MAESTRO CANTOR

Orson Scott Card

W0280374

EDICIONES B
GRUPO ZETA

Título original:
Songmaster

Traducción:
Rafael Marín Trechera

1.ª edición en esta colección: abril 1992

La presente edición es propiedad de Ediciones B, S.A.
Calle Rocafort, 104 - 08015 Barcelona (España)

© 1978, 1979, 1980 y 1987 by Orson Scott Card
© Para la edición en castellano, Ediciones B, S.A., 1992

Printed in Spain
ISBN: 84-406-2719-X
Depósito legal: B. 5.371-1992

Impreso por LITOGRAFÍA ROSÉS

Cubierta:
IDEA BALMES. Jordi Vallhonesta

Foto cubierta:
INDEX

MAESTRO CANTOR

Orson Scott Card

A Ben Bova,
un Maestro Cantor que se preocupa tanto
de desarrollar voces jóvenes
como de cantar sus propias canciones.

PRÓLOGO

Nniv no acudió a recibir la nave estelar de Mikal. En cambio, esperó en la Casa del Canto, construida de piedra irregular, escuchando la canción de las paredes, el susurro del centenar de jóvenes voces en las Cámaras y las Celdas, el frío ritmo de las corrientes de aire. Había pocas personas en la galaxia que se atrevieran a intentar que Mikal fuera hasta ellos. Nniv, sin embargo, no era atrevido. No se le ocurría pensar que el Maestro Cantor tuviera que ir a recibir a nadie.

Fuera de los muros de la Casa del Canto, el resto de los habitantes del planeta Tew no estaban tan tranquilos. Cuando la nave de Mikal lanzó sus salvajes impulsos de energía sobre el campo de aterrizaje y se posó firme y delicadamente en el suelo, había miles de personas esperando para verle. Podría haber sido un líder bienamado que fuera a oír las bandas de música y las aclamaciones de la multitud que llenaba el campo de aterrizaje. Podría haber sido un héroe nacional, con flores extendidas a su paso y dignatarios inclinándose con un saludo y esforzándose por enfrentarse a una situación para la que, en Tew, aún no habían dispuesto ningún protocolo.

Pero el verdadero motivo de las ceremonias y la adoración externa no era el amor, sino un incómodo recuerdo del hecho de que Tew había tardado en someterse a la Disciplina de Frey. Los embajadores de Tew habían jugado ante otros mundos con los planes y las alianzas para formar una resistencia patética y última al conquistador más irresistible de la historia. Ninguno de los planes sirvió de nada. Numerosas alianzas y naciones de las más poderosas habían fracasado y ahora, cuando las naves de Mikal aparecían, ningún mundo interior se resistía; no estaba permitido mostrar ninguna hostilidad.

Ciertamente, tampoco había terror alguno en los corazones de los oficiales que se encaminaban hacia él con calculada pompa. Los días de saquear planetas conquistados habían terminado. Ahora que ya no había ninguna resistencia, Mikal demostraba que podía gobernar con brutalidad y al mismo tiempo con inteligencia, consolidar un imperio con la finalidad de abarcar los mundos más distantes de la galaxia y confederaciones en donde su nombre era tan sólo un rumor. Mientras los dignatarios tuvieran cuidado, el gobierno de Mikal en Tew sería razonablemente justo, sólo suavemente represivo y desagradablemente honesto.

Algunos se preguntaban por qué Mikal se interesaba por Tew. Parecía aburrido mientras se abría paso entre la alfombra de flores. Sus guardias y lacayos mantenían a la multitud a una prudente distancia. No miraba a ninguna parte y pronto desapareció en el interior del vehículo que lo condujo rápidamente a las oficinas del Gobierno. Y no fue Mikal, sino sus ayudantes, quienes preguntaron, despidieron y contrataron, los encargados de plantear y explicar las nuevas leyes y el nuevo orden, de revisar rápidamente el sistema político del mundo para que encajara en los parámetros del pacífico imperio de Mikal. ¿Qué necesidad tenía, entonces, Mikal de venir a Tew?

Sin embargo, la respuesta tendría que haber sido obvia, y pronto lo fue para todos aquéllos que estaban lo suficientemente bien informados como para saber que Mikal había desaparecido del edificio que iba a alojarle. En realidad, Mikal no era distinto de los demás turistas que visitaban Tew. El planeta era sólo un mundo sin importancia, y no estaba, en absoluto, considerado dentro de los planes imperiales, excepto por la Casa del Canto. Mikal había venido a ver la Casa del Canto. Y, puesto que era un hombre rico y poderoso, sólo había una auténtica razón para visitarla.

Quería un Pájaro Cantor, naturalmente.

—No puede disponer de un Pájaro Cantor, señor —dijo la tímida muchacha de la sala de espera.

—No he venido a discutir con porteras.

—¿Con quién le gustaría discutir? No servirá de nada.

—Con el Maestro Cantor, con Nniv.

—No comprende —explicó la muchacha—. Los Pájaros Cantores sólo se dan a los que verdaderamente puedan apreciarlos. Somos nosotros quienes los ofrecemos. No aceptamos peticiones.

Mikal la miró con frialdad.

—No estoy haciendo ninguna petición.

—¿Entonces qué hace aquí?

Mikal no dijo nada más. Simplemente, se quedó allí de pie, esperando. La muchacha intentó discutir con él, pero Mikal no contestó. Ella intentó ignorarle y continuar con su trabajo, pero él esperó durante más de una hora, hasta que no lo pudo soportar. La muchacha se levantó y salió sin decir una palabra.

—¿Cómo es? —cantó Nniv, en voz baja y tranquilizadora.

—Impaciente —contestó ella.

—Sin embargo, te esperó —la corrección no dio paso a la crítica en la voz de Nniv. Ah, es un maestro amable, pensó la muchacha, pero no dijo nada.

—Es tozudo —continuó—. Es un gobernante, y no se resigna a creer que exista algo que no pueda conseguir, alguien a quien no pueda ordenar, algún lugar que no pueda ocupar con su presencia.

—Ningún hombre puede viajar por el espacio sin saber que hay lugares que no puede ocupar —respondió Nniv amablemente.

Ella inclinó la cabeza.

—¿Qué le digo?

—Dile que lo veré.

La muchacha se sorprendió; estaba desconcertada. Abandonó las palabras y cantó su confusión. La canción era débil e incontrolada, pues nunca sería un maestro cantor, ni siquiera una instructora, pero preguntó a Nniv, sin palabras, por qué quería escuchar a un hombre semejante, por qué se arriesgaba a que el resto de la humanidad pensara que la Casa del Canto trataba a todos los hombres por igual, juzgando sólo según el mérito de cada cual, no según el poder... excepto a Mikal.

—No me corromperá —cantó Nniv suavemente.

—Dile que se marche —suplicó ella.

—Tráemelo.

La muchacha perdió el Control y lloró; declaró entonces que no podía hacer una cosa así.

Nniv suspiró.

—Entonces haz que venga Esste. Mándame a Esste, y haz que te releven de tu puesto hasta que Mikal se marche.

Mikal, una hora más tarde, aún esperaba en la antesala, cuando las puertas volvieron a abrirse. Esta vez no era la portera, sino otra mujer, más madura, con sombras bajo los ojos y porte altivo.

—¿Mikal?

—¿Eres tú el Maestro Cantor? —preguntó Mikal.

—No —dijo ella, y por un instante Mikal se sintió profundamente cohibido por haberlo pensado. ¿Pero por qué tengo que estar avergonzado?, se preguntó, y descartó aquellos sentimientos. La Casa del Canto maquina hechizos, decía la gente corriente de Tew, y aquello ponía nervioso a Mikal. La mujer le condujo fuera de la sala, canturreando. No dijo nada, pero su melodía indicaba a Mikal el camino que debía seguir, y por lo tanto siguió la tonadilla de la música a través de los fríos salones de piedra. Las piedras se abrían aquí y allá; las ventanas eran lo único que arrojaban luz (y era una luz tenue de un cielo gris e invernal). Durante todo el recorrido por la Casa del Canto no se encontraron con nadie, ni oyeron ninguna otra voz.

Por fin, después de subir muchas escaleras, llegaron a una

gran sala, la Sala Alta, aunque, en realidad, nadie lo mencionó. Sentado en un banco de piedra, en el fondo de la estancia, resguardado de la fría brisa que entraba por los postigos abiertos, se encontraba Nniv. Era un hombre viejo, su rostro reflejaba más el paso de los años que sus propios rasgos y Mikal se sorprendió. Anciano. Eso hizo pensar a Mikal en su propia muerte, que sólo había empezado a percibir cuando cumplió los cuarenta años. Ahora tenía sólo sesenta, pero ya no era joven y sabía que el tiempo jugaba en su contra.

—¿Nniv? —preguntó Mikal.

Nniv asintió y su voz murmuró un bajo *mmmm*.

Mikal se volvió hacia la mujer que le había acompañado hasta allí. Ésta seguía canturreando.

—Déjanos a solas —dijo Mikal.

La mujer permaneció donde estaba, mirándole como si no comprendiera. Mikal se enfureció, pero no dijo nada porque de repente la melodía aconsejó silencio, ordenó silencio, y Mikal se volvió hacia Nniv.

—Dile que deje de canturrear. Me niego a ser manipulado.

—Entonces te niegas a vivir —dijo Nniv, y su canto se asemejó a una risa, aunque su voz continuaba siendo suave.

—¿Me estás amenazando?

Ninv sonrió.

—Oh, no, Mikal. Simplemente te hago ver que todos los seres vivos son manipulados. Mientras haya una voluntad, ésta será doblegada y manejada constantemente. Sólo a los muertos se les permite disfrutar del lujo de la libertad, y eso sólo porque no quieren nada, y por tanto no pueden ser contrariados.

Los ojos de Mikal se tornaron fríos en ese instante, y habló con voz controlada que parecía disonante y embarazosa tras la música del discurso de Nniv.

—Podría haber venido por la fuerza, Maestro Cantor Nniv. Podría haber hecho que aterrizasen ejércitos y armas que habrían obligado a la Casa del Canto a trabajar bajo mi voluntad. Si tuviera la intención de coaccionaros, asustaros o bien, de alguna manera, abusar de vosotros no habría venido solo, expuesto al ataque de los asesinos, a pedir lo que deseo. He venido a verte respetuosamente, y se me tratará con el mismo respeto.

La única respuesta de Nniv fue mirar a la mujer, a quien dijo:

—Esste.

Ella guardó silencio. Su canturreo había sido tan penetrante que las paredes resonaron claramente en el repentino silencio posterior.

Nniv esperó.

—Quiero un Pájaro Cantor —dijo Mikal.

Nniv no dijo nada.

—Maestro Cantor Nniv, conquisté un planeta llamado Lluvia, y en él había un hombre de gran fortuna que poseía un Pájaro Cantor y me invitó a escuchar cantar al niño.

Y, al recordarlo, Mikal no pudo contenerse. Se echó a llorar.

Sus sollozos sorprendieron a Esste y a Nniv. Este hombre no era Mikal el Terrible. No podía serlo, pues los Pájaros Cantores, aunque impresionaban a todo el mundo, sólo podían ser plenamente apreciados por ciertas personas, gente cuyo interior más profundo resonara con la más poderosa de las músicas. Era sabido en toda la galaxia que un Pájaro Cantor jamás acudía a una persona que matara, codiciosa, que sintiera gula o que ansiara el poder. Ese tipo de gente no podía escuchar realmente la música de un Pájaro Cantor, y no cabía la menor duda de que Mikal había comprendido al Pájaro Cantor. Nniv y Esste podían oír sus cantos involuntarios demasiado claramente como para equivocarse.

—Nos has hecho daño —dijo Nniv, con la voz apesadumbrada.

Mikal se contuvo como pudo.

—¿Yo, haceros daños a vosotros? ¿Yo? El solo recuerdo de vuestro Pájaro Cantor me destroza.

—Te exalta.

—Rompe mi compostura, que es la clave de mi supervivencia. ¿Cómo os he dañado?

—Al demostrarnos que realmente mereces un Pájaro Cantor. Estoy seguro de que sabes lo que eso significa. Todo el mundo sabe que la Casa del Canto no se inclina ante los poderosos en lo que respecta a los Pájaros Cantores. Y sin embargo... te concederemos uno. Ya puedo escucharlo: «Hasta la Casa del Canto se vende a Mikal...»

La voz de Nniv hizo una imitación estridente y apropiada de la forma de hablar de la gente corriente, aunque, como es natural, ese tipo de criaturas no existía en la galaxia. Mikal se echó a reír.

—¿Cree que es divertido? —preguntó Esste, y su voz afectó a Mikal de una manera tal que le hizo retroceder.

—No —respondió.

Nniv cantó suavemente, tranquilizando a Esste y a Mikal.

—Pero, Mikal, sabes también que no fijamos ninguna fecha de entrega. Tenemos que encontrar el Pájaro Cantor adecuado para ti, y si no lo encontramos antes de que mueras, no puede haber queja.

Mikal asintió.

—Pero de prisa. De prisa, si podéis.

Esste cantó. Su voz resonaba llena de confianza.

—Nunca nos damos prisa. Nunca nos damos prisa. Nunca nos damos prisa.

La canción fue la despedida de Mikal. Se marchó y encontró solo la salida, guiado por el hecho de que todas las puertas, excepto las de la derecha, estuvieran cerradas para él.

—No comprendo —le dijo Nniv a Esste después de que Mikal se hubiera marchado.

—Yo sí —contestó Esste.

Nniv susurró su sorpresa mediante un siseo creciente que se repitió en las paredes de piedra y se mezcló con la brisa.

—Es un hombre de gran fuerza y poder personal —le dijo—. Pero no se ha corrompido. Cree que puede usar su poder para el bien. Ansía hacerlo.

—¿Un altruísta? —a Nniv le costaba trabajo creerlo.

—Un altruísta. Y esta es su canción —dijo Esste, y entonces empezó a cantar, usando ocasionalmente las palabras o pronunciando extrañas vocales, o incluso mediante el silencio, el viento y la forma de sus labios para expresar su comprensión hacia Mikal.

Por fin su canción terminó, y la propia voz de Nniv se cargó de emoción mientras cantaba su reacción.

—Si realmente es como lo cantas, entonces le amo —dijo Nniv cuando terminó su canción.

—Yo también —contestó Esste.

—¿Quién encontrará un Pájaro Cantor para él, sino tú?

—Encontraré el Pájaro Cantor de Mikal.

—¿Y le enseñarás?

—Le enseñaré.

—Entonces habrás hecho el trabajo de toda una vida.

Y Esste, aceptando el duro desafío (y el posible honor inestimable), cantó su sumisión y dedicación, y dejó a Nniv a solas en la Sala Alta para que escuchara la canción del viento y contestara lo mejor que pudiera.

Durante setenta y nueve años, Mikal no tuvo Pájaro Cantor. En todo ese tiempo, conquistó la galaxia, impuso la Disciplina de Frey sobre toda la humanidad, estableció la paz de Mikal para que cada recién nacido tuviera una esperanza razonable de vivir hasta la edad adulta, y nombró un gobierno de gran categoría para cada planeta, cada distrito, cada provincia y cada ciudad que existiera.

Y siguió esperando. Cada dos o tres años, enviaba un mensajero a Tew para que le hiciera una pregunta al Maestro Cantor:

—¿Cuándo?

Y siempre obtenía la misma respuesta.

—Todavía no.

Y los años y la carga del trabajo de su vida envejecieron a Esste. Muchos Pájaros Cantores fueron descubiertos gracias a su búsqueda, pero ninguno que pudiera cantar adecuadamente la canción de Mikal.

Hasta que encontró a Ansset.

ESSTE

1

Había muchas maneras de encontrar a un niño en el mercado de niños de Doblay-Me. Muchos de ellos, naturalmente, eran huérfanos, aunque, ahora que las guerras habían concluido con la Paz de Mikal, la orfandad era una posición social mucho menos frecuente. Otros habían sido vendidos por padres desesperados que necesitaban dinero... o que necesitaban quitarse a un hijo de enmedio y no tenían valor para asesinarlo. Muchos eran bastardos procedentes de mundos y naciones donde la religión o las tradiciones prohibían el control de natalidad. Y otros habían sido introducidos en secreto.

Ansset era uno de ésos cuando un buscador de la Casa del Canto le encontró. Había sido raptado y sus secuestradores, a causa del pánico, habían optado por sacar un rápido beneficio del bebé, en vez de dedicarse al arriesgado negocio de pedir un rescate a cambio de su devolución. ¿Quiénes eran sus padres? Probablemente tenían recursos económicos, pues de lo contrario no hubiera merecido la pena secuestrar al niño. Eran blancos, porque Ansset era extremadamente blanco de tez y muy rubio. Sin embargo, había millones de personas que encajaban en aquella descripción, y ninguna agencia del gobierno era tan ingenua como para asumir la responsabilidad de devolverlo a su familia.

Por tanto Ansset, cuya edad era imposible averiguar, aunque no podía tener más de tres años, fue uno más entre los doce niños que el buscador llevó a Tew. Todos ellos habían respondido bien a varias pruebas sencillas: reconocimiento de tono, repetición de melodías y respuesta emocional. En realidad, habían respondido suficientemente bien como para ser considerados potenciales prodigios musicales. Y la Casa del Canto los había comprado (no, no, los niños no son *comprados* en el mercado de niños); la Casa del Canto los había *adoptado* a todos. Tanto si se convertían en Pájaros Cantores como en simples cantores, maestros o profesores, o aunque no sacaran ningún provecho de la música, la Casa del Canto les educaba y se preocupaba por ellos durante toda su vida. *In loco parentis*, decía la ley. La Casa del Canto era madre, padre, niñera, hermana, prole y, hasta que los niños no alcanzaban cierto nivel de sofisticación, incluso Dios.

—Nuevos —cantaron un centenar de chiquillos en la Sala Común, mientras Ansset y sus compañeros adquiridos en el mercado entraban en la estancia. Ansset no destacaba de los demás. Cierto, estaba aterrorizado, pero lo mismo les sucedía a los otros. Y aunque su piel nórdica y sus cabellos le diferenciaban del otro extremo del espectro racial, ese tipo de cosas eran estrictamente ignoradas y nadie le ridiculizó por ello, como tampoco habrían ridiculizado a un albino.

Fue presentado de un modo rutinario a los demás niños; y del mismo modo rutinario todos olvidaron su nombre en cuanto lo oyeron; y también de forma habitual cantaron una bienvenida cuyo tono y melodía eran tan confusos que no sirvió de nada para mitigar el miedo de Ansset; como de costumbre, Ansset fue asignado a Rruk, una niña de cinco años que conocía bien las normas.

—Puedes dormir conmigo esta noche —dijo Rruk, y Ansset asintió en silencio—. Soy *mayor*. Dentro de unos meses, muy pronto, tendré una celda —esto no significaba nada para Ansset—. De todas formas, no te mees en la cama, porque nunca nos toca la misma dos veces seguidas.

El orgullo de tres años de Ansset fue suficiente como para que se ofendiera ante aquello.

—No me meo en la cama —dijo. Pero no parecía enfadado... sólo asustado.

—Bien. Algunos se asustan tanto que lo hacen.

Era casi la hora de acostarse; los niños nuevos siempre veníán a la hora de acostarse. Ansset no hizo ninguna pregunta. Cuando vio que los otros niños se desnudaban, se desnudó él también; cuando vio que encontraban pijamas bajo las mantas, él también encontró uno y se lo puso. Rruk intentó ayudarle, pero Ansset rehusó la oferta. Ella pareció dolida durante un instante, pero entonces le cantó la canción del amor:

Nunca te lastimaré.
Siempre te ayudaré.
Si tienes hambre
te daré mi comida.
Si estás asustado
yo soy tu amiga.
Te quiero ahora
y el amor no tiene fin.

Las palabras y conceptos iban más allá de la capacidad de comprensión de Ansset, aunque no el tono de voz. El abrazo con el que Rruk le envolvió fue todavía más significativo, y Ansset se apoyó en ella, aunque siguió callado y no lloró.

—¿Quieres ir al lavabo? —preguntó Rruk.

Ansset asintió, y ella le condujo a una larga habitación, al lado de la Sala Común, donde el agua corría rápidamente por los canalillos. Fue allí donde supo que Rruk era una niña.

—No mires —dijo ella—. Nadie mira sin permiso.

Una vez más, Ansset no comprendió las palabras, pero el tono de voz era claro. Lo comprendía instintivamente, como siempre había hecho; era su mayor don, conocer las emociones aún mejor que la persona que las experimentaba.

—¿Cómo es que no hablas más que cuando estás enfadado? —le preguntó Rruk cuando estaban acostados en camas contiguas (al igual que otro centenar de niños).

Fue entonces cuando Ansset perdió el control. Sacudió la cabeza, se dio luego la vuelta, la metió debajo de las sábanas y lloró hasta que se quedó dormido. No vio a los demás niños a su alrededor que le miraban con desdén. No supo que Rruk canturreaba una tonada que significaba: «Dejadnos en paz, dejadnos tranquilos, dejadnos vivir.»

Sin embargo, sí se dio cuenta cuando Rruk le palmeó la espalda y supo que el gesto era de afecto. Y por esto nunca olvidó su primera noche en la Casa del Canto y el porqué nunca pudo sentir hacia Rruk otra cosa que no fuera amor, aunque pronto sobrepasaría las cualidades bastante limitadas que tenía la niña.

—¿Por qué permites que Rruk esté siempre a tu lado, cuando no es ni siquiera una Brisa? —le preguntó una vez un compañero estudiante cuando Ansset tenía seis años. Éste no contestó con palabras, sino con una canción que hizo que el curioso perdiera el Control, provocando su humillación, y logrando que llorara abiertamente. Nadie más se atrevió a desafiar jamás el derecho de Rruk sobre Ansset. No tenía amigos de verdad, pero su canción para Rruk era un desafío demasiado poderoso.

2

Ansset se aferraba a dos recuerdos de sus padres, aunque no sabía quiénes eran aquellas personas que aparecían en sus sueños. Eran la Dama Blanca y el Gigante cuando se le ocurría ponerles nombre. Nunca le hablaba a nadie de su existencia, y sólo pensaba en ellos cuando los había visto en sueños la noche anterior.

El primer recuerdo era de la Dama Blanca sollozando, tendida en una cama de enormes almohadas. Miraba a la nada y no veía a Ansset entrar en la habitación. Los pasos del niño eran vacilantes. No sabía si ella se enfadaría por haber entrado allí. Pero sus lamentos suaves y ahogados le atraían, pues eran un sonido que no podía resistir, y se acercaba y se quedaba junto a la cama donde ella apoyaba su cabeza en un brazo. Él extendía la mano y la tocaba. Hasta en sueños la piel era caliente y febril. Ella le miraba y sus ojos estaban inundados en lágrimas. Ansset ponía la mano en sus ojos, le tocaba las cejas, deslizaba sus deditos hacia abajo, y le cerraba los párpados tan cuidadosamente que la Dama Blanca no reaccionaba. Ella suspiraba y él acariciaba toda su cara, mientras sus sollozos se suavizaban hasta convertirse en un tenue susurro.

Entonces el sueño se bifurcaba y terminaba de diversas y extrañas formas. Siempre entraba el Gigante, con una misteriosa voz, retumbante, abrazos y gritos. A veces también él se tumbaba en la cama con la Dama Blanca, otras cogía a Ansset y le hacía correr extrañas aventuras que siempre terminaban con el despertar. A veces la Dama Blanca le daba un beso de despedida, y otras, no advertía su presencia cuando el Gigante entraba en la habitación. Pero el sueño siempre empezaba igual, y esa parte que nunca cambiaba era lo que Ansset recordaba.

El otro recuerdo era el momento del secuestro. Ansset estaba en un lugar muy amplio, con un tejado distante que estaba pintado con animales extraños y gente deforme. Una fuerte música surgía de un lugar iluminado donde todo el mundo se movía constantemente. Entonces se producía un sonido ensordecedor y ese lugar se volvía todo luz y ruido y conversación, y la Dama Blanca y el Gigante andaban entre la multitud. Había empujones y codazos, y alguien se interponía entre la Dama Blanca y Ansset, separando sus manos. Ella se volvía hacia el desconocido, pero en ese mismo momento Ansset sentía que una mano poderosa atrapaba la suya. Le alejaban de un tirón y chocaba bruscamente con la gente. Entonces la mano le tiraba hacia arriba, lastimándole el brazo, y por un instante, alzado por encima de la muchedumbre, Ansset veía a la Dama Blanca y al Gigante por última vez.

Los dos se abrían paso entre la multitud, con caras temerosas y las bocas abiertas a punto de gritar. Pero Ansset no podía recordar nunca lo que decían, porque una ráfaga de aire caliente le golpeaba y una puerta se cerraba, y entonces siempre-siempre se despertaba, temblando, pero sin llorar, porque oía una voz que decía *tranquilo*, *tranquilo*, *tranquilo*, con un tono que significaba miedo, caída, fuego y vergüenza.

—Tú no lloras —dijo el profesor, un hombre con una voz más confortante que la luz del sol.

Ansset negó con la cabeza.

—A veces —contestó.

—Antes —repuso el profesor—. Pero ahora aprenderás el Control. Cuando lloras malgastas tus canciones. Las quemas. Las ahogas.

—¿Canciones? —preguntó Ansset.

—Eres una pequeña olla llena de canciones —dijo el profesor—, y cuando lloras la olla se rompe y todas las canciones se derraman y se pierden. El Control implica mantener las canciones en la olla, y dejarlas salir una a una.

Ansset sabía lo que era una olla. La comida salía de las ollas. Pensó entonces que las canciones eran comida, además de música.

—¿Conoces alguna canción? —preguntó el profesor.

Ansset negó con la cabeza.

—¿Ninguna? ¿Ni una sola?

Ansset bajó la mirada.

—Canciones, Ansset. No palabras. Sólo una canción que tenga palabras, sólo canta así...

Y el profesor cantó un breve fragmento de melodía que le decía a Ansset: *Confía, confía, confía.*

Ansset sonrió. Cantó la misma melodía al profesor. Durante un momento, el maestro también sonrió; luego pareció sorprendido, y extendió una mano, con los ojos llenos de admiración, y acarió el pelo de Ansset. El gesto fue afectuoso, y por eso Ansset le cantó la canción del amor, pero no las palabras, porque todavía no tenía memoria para recordarlas. Cantó la melodía como Rruk se la había cantado, y el maestro lloró. Fue la primera lección de Ansset en su primer día en la Casa del Canto, y el maestro lloró. No comprendió hasta mucho más tarde que el maestro había perdido el Control y éste se sentiría avergonzado durante semanas hasta que sus propios dones fueran mejor apreciados. Sólo sabía, entonces, que cuando cantaba la canción del amor le comprendían.

3

—Cull, estás por encima de estas cosas —dijo Esste, con pena, comprensión y reproche—. Eres un buen maestro, y por eso se te confían los nuevos.

—Lo sé —contestó Cull—. Pero, Esste...

—Lloraste durante varios minutos antes de recuperar el Control. Cull, ¿has estado enfermo?

—No.

—¿Eres desgraciado?

—No, no hasta... después. No lloré de pena, madre Esste. Lloraba...

—¿Por qué?

—Lloraba de alegría.

Esste murmuró exasperación y pareció no entender.

—El niño, Esste, el niño.

—¿Ansset? ¿El rubio?

—Sí. Le canté confianza y me la repitió.

—Es prometedor, entonces. Y perdiste el Control delante de él.

—Eres impaciente.

Esste inclinó la cabeza.

—Lo soy.

Su postura reflejaba vergüenza. Su voz decía que aún estaba impaciente y sólo un poco avergonzada después de todo. No podía mentirle a un maestro.

—Escúchame —suplicó Cull.

Te estoy escuchando, dijo el suspiro tranquilizador de Esste.

—Ansset me cantó nota por nota mi confianza, perfectamente. Casi durante un minuto, y no era fácil. Y no cantó sólo la melodía, sino que interpretó el tono, el matiz. Cantó todas las emociones que le había dicho, excepto que más fuerte. Fue como cantar en una gran sala y escuchar que el sonido es devuelto con un tono más alto de lo que tú lo has cantado.

—¿No exageras?, preguntó el canturreo de Esste.

—Me quedé anonadado. Y al mismo tiempo deleitado, porque supe en ese mismo instante que teníamos a un auténtico prodigio. Alguien que podría convertirse en un Pájaro Cantor...

Cuidado, cuidado, dijo el siseo que brotó de la boca de Esste.

—Sé que no es decisión mía, pero no oíste su respuesta. Es su primer día, su primera lección... y eso no fue nada, nada en absoluto con lo que sucedió después. Esste, me cantó la canción del amor. Rruk sólo se la cantó una vez, ayer. Pero él me la cantó entera...

—¿Con palabras?

—Sólo tiene tres años. Cantó la melodía y el amor. Esste, Madre Esste, nadie me ha cantado nunca un amor así: incontrolado, completamente abierto, totalmente entregado, y no pude contenerme. No pude, Esste, y sabes que nunca había perdido el Control antes.

Esste oyó la canción de Cull y supo que el maestro instructor no estaba mintiendo para protegerse. El niño era notable. Era poderoso. Esste decidió que tenía que verlo.

Después de conocerlo, en el transcurso de un breve encuentro en la Cocina durante el desayuno, decidió ser la instructora del niño. En cuanto a Cull, la consecuencia de su pérdida del Control fue mucho menos grave que de costumbre, y mientras enseñaba a Ansset día a día, dio órdenes de que Cull promocionara paso a paso hasta que pocas semanas después volvió a ser maestro de los nuevos, y Esste hizo correr la voz de que nadie debería criticar a Cull.

—Con este niño, cualquier maestro habría perdido el Control.

Por la manera en que Esste andaba, como si bailase, y por el calor de su voz, todos los profesores y maestros, incluso el propio Maestro Cantor de la Sala Alta, advirtieron que ella por fin suponía, y quizás incluso creía, que el trabajo de su vida estaba a su alcance.

—¿El Párajo Cantor de Mikal? —se atrevió a preguntarle un día otro Maestro Cantor, aunque su melodía anunciaba que no tenía por qué contestarle si no quería.

Ella sólo canturreó fuertemente en su cabeza y la apoyó contra la piedra, poniéndose la mano en la cara para que el Maestro Cantor se riera. Pero éste obtuvo su respuesta. Podía bromear y tratar de esconder sus esperanzas, pero sus juegos y payasadas eran un mensaje suficiente.

Esste era feliz, hasta tal punto que incluso asombró a los niños.

4

Era inaudito que un Maestro Cantor enseñara a los niños nuevos, aunque éstos, por supuesto, no lo sabían, al menos al principio, hasta que no aprendieron los conocimientos básicos para progresar, como clase, y convertirse en Gemidos. Había otros Gemidos, algunos de cinco o seis años ya, y como todos los niños tenían su propia sociedad con sus propias reglas, costumbres y leyendas. La clase de Ansset aprendió pronto que era posible mostrarse belicoso y testarudo con un Eructo, pero nunca con un Brisa, y que no tenía importancia dónde se durmiera, aunque había que sentarse a la mesa con los amigos; y que si un compañero Gemido te cantaba una melodía, había que cometer deliberadamente un error al cantársela de nuevo, o pensaría que estabas haciendo alardes.

Ansset aprendió rápidamente todas estas reglas, porque era brillante, e hizo que todos los de su clase lo consideraran como a un amigo, porque era amable. Solamente Esste advirtió que Ansset no intercambiaba secretos en el baño y que no se unía a ninguno de los círculos internos que constantemente se formaban y se rompían entre los niños. Ansset, en cambio, trabajaba duramente para perfeccionar su voz. Canturreaba casi de forma constante. Alzaba la cabeza cuando los maestros y profesores hablaban sin palabras, usando sólo la melodía para comunicarse. No prestaba atención a los niños, que no tenían nada que enseñarle, sino a los adultos.

Aunque ninguno de los niños era consciente de que se separaba de ellos, a nivel inconsciente lo permitían. Trataban a Ansset con deferencia. La novatada típica que gastaban a los Eructos (no, no delante de los profesores: delante de los profesores eran *Campanas**), que normalmente consistía en orinarse sobre un Eructo para que tuviera que volver a ducharse, o bien derramarle la sopa día tras día hasta que los cocineros le reprendieran, no afectó a Ansset.

Así, entró muy rápidamente a formar parte de la mitología de los Gemidos. Había otras figuras legendarias: Jaffa, que a causa de un enfado con su profesora entró un día en una Cámara y cantó un solo y luego, en vez de ser castigado, fue ascendido a la categoría de Brisa sin tener que ser antes Eructo; Moom, que fue Gemido hasta los nueve años, y luego le cogió, de repente, el truco a las cosas y ascendió a Campana y Brisa en una semana, entró, después, en las Celdas y en las Cámaras y salió siendo cantor antes de cumplir los diez años; y Dway, que tenía la cualidad necesaria para convertirse en un Pájaro Cantor, pero como no podía dejar de rebelarse, se escapaba con mucha frecuencia de la Casa del Canto y por fin

* Juego de palabras intraducible entre *bell* («campana») y *belch* («eructo»). *(N. del T.)*.

fue expulsada e internada en un colegio normal y nunca volvió a cantar una sola nota.

Ansset no era tan pintoresco, sin embargo su nombre pasó de clase en clase y de año en año de tal modo que sólo había sido Gemido durante un mes y ya los cantores de las Celdas y las Cámaras le conocían, le admiraban, y le envidiaban en secreto.

Será un Pájaro Cantor, decía el mito creciente. Y los niños de su edad no lo lamentaban, pues mientras todos ellos sólo podían esperar ser simples cantores, los Pájaros Cantores sólo se daban muy de vez en cuando, y algunos niños pasaban de las Salas Comunes a las Celdas y Cámaras sin haber conocido a nadie que se convirtiera en Pájaro Cantor. En realidad, ahora no había ningún Pájaro Cantor en la Casa del Canto; el más reciente, Wymmyss, había salido semanas antes de la llegada de Ansset, y por eso ninguno de su clase había oído cantar a un Pájaro Cantor.

Por supuesto, había antiguos Pájaros Cantores entre los profesores y maestros, pero no servía de nada porque sus voces habían cambiado. ¿Cómo se convierte uno en un Pájaro Cantor?, le preguntaban los Gemidos a los Eructos, y los Eructos a los Brisas, y nadie conocía la respuesta, y muy pocos se atrevían a soñar con alcanzar aquella condición.

—¿Cómo se convierte uno en Pájaro Cantor? —le preguntó un día Ansset a Esste, y ella no pudo dejar de esconder su sorpresa por completo, no por la pregunta, aunque resultaba extraño que un niño hiciera preguntas tan abiertamente, sino por la canción, que también parecía preguntar: *¿Fuiste un Pájaro Cantor, Esste?*.

—Sí, fui un Pájaro Cantor —contestó ella, y Ansset, que aún no había aprendido a dominar el Control, le reveló que aquella *era* la pregunta que había querido saber. El niño estaba aprendiendo hablacanción, y Esste tendría que advertir a los profesores y maestros que no lo usaran delante de él a menos que no les importara que les comprendiese.

—¿Qué hacías? —preguntó Ansset.

—Cantaba.

—Los cantores cantan también. ¿Por qué los Pájaros Cantores son diferentes?

Esste le miró fijamente.

—¿Por qué quieres ser un Pájaro Cantor?

—Porque son los perfectos.

—Sólo eres un Gemido, Ansset. Aún tienes años por delante.

Sabía que la afirmación era inútil. Ansset podía cantar, podía escuchar las canciones, pero aún era un niño, y los años eran demasiado largos para que pudiera comprender lo que le decía.

—¿Por qué me amas? —le preguntó Ansset, esta vez delante de la clase.

—Os amo a todos —cantó Esste, y todos los niños sonrieron ante el amor que había en su voz.

—¿Por qué entonces me cantas más que a los otros? —preguntó Ansset, y Esste oyó en su voz otro mensaje: Los otros no son amigos míos porque me mantienes aparte.

—No canto más a unos que a otros —contestó Esste, y en hablacanción dijo: *Tendré más cuidado*. ¿La comprendió Ansset? Al menos pareció satisfecho con su respuesta, y no hizo más preguntas.

Ansset se convirtió en una de las grandes leyendas, cuando fue promocionado de Gemido a Eructo antes que el resto de su clase. Y Esste, en vez de quedarse con la clase, se trasladó con él. Fue entonces cuando Ansset se dio cuenta de que no sólo era extraño que un Maestro Cantor estuviera haciendo un trabajo de instructor, sino que Esste le estaba enseñando a él, no a la clase. A Ansset. Esste le estaba enseñando a Ansset. Los otros niños se dieron cuenta de esto tan rápidamente como Ansset, y éste descubrió que, aunque todos eran amables con él, le alababan, querían estar cerca de él y comer y hablar con él, ninguno le cantó la canción del amor. Y ninguno era su amigo, porque tenían miedo.

5

Una lección.

Esste daba su clase de Campanas fuera de la Casa del Canto. Iban en un deslizador, de manera que todos podían ver el exterior. Dejar atrás los fríos muros de piedra de la Casa del Canto era algo que siempre les maravillaba. Los Gemidos nunca salían; los Brisas lo hacían a menudo; y los Campanas sabían que el viaje en deslizador era sólo un anticipo de las cosas que vendrían a continuación.

Recorrieron densos bosques, deslizándose por encima de la maleza mientras seguían una estrecha carretera trazada entre altos árboles. Los pájaros saltaban de uno a otro, y los animales les miraban, sorprendidos a su paso.

Para los niños, sin embargo, el milagro se producía cuando bajaban del deslizador. Esste hizo que el conductor, que sólo tenía dieciocho años y por tanto acababa de regresar de ser un cantor en el mundo externo, les dejara junto a una pequeña cascada, y condujo luego a los niños a la ribera de un arroyo. Ordenó silencio, y como los Campanas tenían los rudimentos del Control, pudieron quedarse callados y escuchar. Oyeron el canto de los pájaros, a los que ansiaban responder; el gorgoteo de la corriente del arroyo mientras caía entre las rocas y las caletas de la ribera; el susurro de la brisa a través de las hojas y la hierba.

Se quedaron allí sentados durante quince minutos, que era casi el límite de su Control, y luego Esste los guió hasta las inmediaciones de la cascada.

No era un paseo largo, pero el suelo estaba húmedo y resbaladizo a medida que se aproximaban a la neblina que se elevaba del pie de la cascada. Muchos años antes, había habido un corrimiento de tierras, y por eso en vez de caer en el estanque que había tallado en la roca, la cascada brincaba sobre las rocas y se esparcía en todas direcciones. Los niños se sentaron a sólo una docena de metros de distancia, y el agua los empapó.

De nuevo, silencio. De nuevo, Control. Pero esta vez no oyeron nada más que el ruido del agua contra la roca. Vieron a los pájaros volando, a las hojas moviéndose con el viento, pero no pudieron oír nada.

Después de unos minutos, Esste los dejó en libertad.

—¿Qué hacemos? —preguntó uno de los niños.

—Lo que queráis —respondió Esste.

Y así se pusieron a chapotear alegremente en los bordes del estanque, mientras el conductor vigilaba con atención para asegurarse de que no se ahogara ninguno de ellos. Muy pocos se dieron cuenta del momento en que Esste se marchó; únicamente Ansset fue detrás de ella.

Esste le guió, aunque no mostraba signos de saber que él la seguía, por un sendero que conducía a la inclinada pendiente que daba a la cima de la cascada. Ansset la observaba con cuidado, para ver adónde iba. Esste escaló. Ansset escaló detrás. No fue fácil. Sus brazos y piernas aún tenían la torpeza de la infancia, y se cansó. Había lugares difíciles que Esste podía subir dando un solo paso, mientras que Ansset tenía que trepar salientes que eran la mitad de altos que él. Pero no perdió a Esste de vista, y ella, por su parte, no fue demasiado deprisa para que no se perdiera. Esste se había recogido la bata para subir y Ansset miró sus piernas con curiosidad. Eran blancas y larguiruchas, y sus tobillos parecían demasiado delgados para poder sostenerla. Sin embargo, ella escalaba con facilidad. Los niños tenían piernas, pero los maestros y profesores llevaban batas que rozaban el suelo. La visión de aquellas piernas, iguales que las de los niños, hizo que Ansset se preguntara si Esste sería igual que las niñas que veía en la ducha y en el baño. Se la imaginó en cuclillas sobre el canalillo. Era una visión que sabía que estaba prohibida, pero mentalmente violó incluso los buenos modales y siguió mirando y mirando.

De pronto se encontró cara a cara con Esste en la cima de la colina.

Se sorprendió y lo demostró. Esste sólo murmuró algunas notas de confianza. Esperaba que vinieras aquí, decía la canción. Entonces ella miró más allá de la colina, y Ansset la imitó. Tras ellos había bosques y colinas cimbreantes, pero delante había un lago que se extendía hasta lamer los bordes de una cuenca de colinas. Los árboles crecían justo hasta el borde, a excepción de algunos claros. El lago no era grande, como suelen ser los lagos, pero para Ansset era toda el agua del mundo. Sólo a unos pocos cientos de metros de distancia el lago se vertía sobre un reborde rocoso para formar la cascada, aunque ahí no había ningún indicio de la violencia de la caída del agua. El lago era plácido, y las aves acuáticas volaban a ras de la superficie y se zambullían y nadaban, lanzando chillidos de vez en cuando.

Esste le preguntó con una melodía.

—Es grande —respondió Ansset—. Grande como el cielo.

—Eso no es todo lo que deberías ver, Ansset, hijo mío. Deberías ver las montañas que rodean el lago, conteniéndolo.

—¿Cómo se forma un lago?

—Un río llega a este valle, vertiendo el agua. No tiene sitio adonde ir, así que lo llena. Hasta que un poco de agua se derrama por la cascada. No puede llenar el lago más allá del punto inferior. Ansset, esto es Control.

Esto es Control. La joven mente de Ansset se esforzó por encontrar la conexión.

—¿Por qué es Control, Ansset?

—Porque el lago es profundo —respondió éste.

—Estás suponiendo, no pensando.

—Porque está encerrado por todas partes menos por una, y así sólo sale un poco cada vez.

—Te acercas —dijo Esste, lo que quería decir que se había equivocado. Ansset miró el lago, intentando encontrar alguna inspiración. Pero todo lo que podía ver era un lago.

—Deja de mirar el lago, Ansset, si el lago no te dice nada.

Entonces Ansset miró a los árboles, a los pájaros, a las colinas. Miró alrededor de ellas y se dio cuenta de qué era lo que Esste quería que supiera.

—El agua sale por el sitio bajo.

—¿Y?

¿Todavía no era suficiente?

—Si el sitio bajo fuera más alto, el lago sería más profundo.

—¿Y si el sitio bajo fuera más bajo?

—Entonces no habría lago.

Y Esste dio por terminada la conversación. O mejor dicho, cambió de lenguaje, porque empezó a cantar, y el canto alegraba un poco. Era un tono bajo, no alto, pero hablaba, sin palabras, de alegría; de encuentro tras una larga búsqueda, de haber entregado un regalo esperado demasiado tiempo, de haber comido por fin cuando pensaba que nunca volvería a comer. Me moría de hambre por ti, decía la canción, y tú estás aquí.

Y Ansset comprendió todas las notas de su canción, y todo lo que había tras ellas, y también él cantó. No se enseñaba armonía a los Campanas, pero Ansset cantó en armonía; aunque mal, sólo era un contrapunto disonante con la canción de Esste, pero sin embargo aumentó la alegría de ella, y donde cualquier maestra, con menos Control, podría haber sido superada por el eco que Ansset hacía de las partes más profundas de su canción, Esste tenía el suficiente para canalizar el éxtasis hacia su propio canto. La canción adquirió tanta potencia, y Ansset era tan receptivo ante ella, que se vio superado y se echó a llorar, agarrándose a ella e intentando cantar a pesar de sus lágrimas.

Esste se arrodilló a su lado, le abrazó y le susurró, y pronto el niño se quedó dormido. Le habló mientras dormía, le contó cosas que estaban más allá de su comprensión, abriendo senderos en su mente: Construía lugares secretos en su pensamiento, y en uno de ellos cantó la canción del amor, de forma que en momentos de gran necesidad resonara en él y la recordara, sintiéndose completo.

Cuando se despertó, Ansset no recordó que había perdido el Control; ni recordó tampoco que Esste le había hablado. Pero extendió un brazo y le cogió la mano, y ella le guió colina abajo. Le pareció bien asir aquella mano, aunque tal familiaridad estaba prohibida entre niños y profesores, en parte porque su cuerpo tenía vagos recuerdos de haber agarrado la mano de una mujer en la que confiaba por completo, y en parte porque, de alguna manera, sabía que a Esste no le importaría.

6

Kya-Kya era una Sorda. A la edad de ocho años aún no había progresado más allá del nivel de Gemido. Su Control era débil. Su tono, incierto. No era carencia de habilidad innata: el buscador que la encontró no había cometido ningún error; Kya-Kya, simplemente, no podía prestar suficiente atención. No se preocupaba.

O al menos eso decían. Pero ella se preocupaba mucho, sobre todo cuando los niños de su edad y un año más pequeños aún la dejaban atrás. Todos eran amables con ella y pocos se desesperaban, porque era bien sabido que algunos cantaban mejor que otros. Se preocupó aún más cuando le dijeron amablemente que no tenía sentido seguir adelante. Era una Sorda, no porque no pudiera oír, sino porque, como le dijo su profesor: «Oír, no oyes.» Y eso fue todo. Un tipo de profesor distinto, distintos deberes, distintos niños. No había muchos Sordos, pero sí los suficientes como para llenar una clase. Les enseñaban los mejores profesores que podía proporcionar Tew. Pero no aprendían música.

La Casa del Canto cuida de todos sus niños, pensaba a menudo, a veces con agradecimiento, a veces con amargura. Cuida de mí. Me enseñan a trabajar asignándome tareas en la Casa del Canto. Me enseñan ciencia, historia e idiomas y en eso soy realmente buena. En el exterior, me considerarían una niña dotada. Pero aquí soy una Sorda, y cuanto antes me marche, mejor.

Se iría pronto. Tenía catorce años. Le quedaban sólo unos

pocos meses. A los quince años estaría fuera, con un buen sueldo y las puertas de una docena de universidades abiertas. Continuaría disponiendo de dinero hasta que tuviera veintidós años, e incluso más tarde, si lo necesitaba. La Casa del Canto se preocupaba de sus hijos.

Pero todavía quedaban esos pocos meses, y sus tareas eran bastante interesantes. Trabajaba con seguridad, comprobando los sistemas de alarma y protección que aseguraban que la Casa del Canto permaneciera aislada del resto de Tew. Aquellos aparatos no habían sido necesarios en los viejos tiempos. Incluso había habido una época en que el Maestro Cantor de la Sala Alta gobernaba todo el mundo. Pero había transcurrido menos de un siglo desde que los extranjeros habían intentado entrar en la Casa del Canto por culpa de una estúpida disputa de un pirata que codiciaba los reputados tesoros de la Casa del Canto. Y ahora tenían los dispositivos de seguridad, en cuya vigilancia empleaba todo un año. El deber había llevado a Kya-Kya a las afueras, en un viaje mayor que circundar el mundo, y en scooter, así que estaba sola en los bosques, desiertos y costas de las tierras de la Casa del Canto.

Hoy estaba comprobando los dispositivos de seguridad de la propia Casa del Canto. En cierto sentido, ser consciente de que sabía algo que ninguno de los niños y muy pocos maestros y profesores sabían la hacía sentirse superior: que la piedra no era impenetrable; que, de hecho, estaba repleta de cables y tubos y que lo que parecía una primitiva piedra era potencialmente tan moderna como cualquier otra cosa en Tew. La posesión de los diagramas de alambrado le proporcionaba una información que sorprendería a cualquiera de los cantores menos informados. Sin embargo, siempre que se enorgullecía por aquel conocimiento secreto, se obligaba a recordar que le permitían que supiera todo aquello siendo tan joven porque estaba completamente apartada de la disciplina y el estudio de la Casa del Canto. Era una Sorda... Podía conocer secretos porque nunca cantaría, y por eso no importaba.

Ése era su estado de ánimo cuando entró en la Sala Alta. Llamó bruscamente a la puerta porque se sentía trastornada.

No hubo respuesta. El viejo Maestro Cantor, Nniv, no estaba dentro. Empujó la puerta hasta abrirla. La Sala Alta estaba helada, con todos los postigos abiertos para que entrara el viento invernal. Era una locura dejar la habitación en este estado... ¿quién podría trabajar aquí? En vez de dirigirse a los paneles donde estaban escondidos los monitores, Kya-Kya se acercó a los postigos de la ventana más próxima, se inclinó para cogerlos y se sorprendió mirando hacia abajo al tejado más cercano durante una eternidad, o al menos creía ella. No se había dado cuenta de lo alta que estaba. En la zona este, naturalmente, la Casa del Canto era más elevada, y por tanto las escaleras hacia la Sala Alta no eran realmente muy largas. Pero se encontraba muy arriba, y la altura le fascinaba. ¿Qué se sentiría al caer? ¿Sería como volar, con la alegría con la que el scooter corría colina abajo? ¿O tendría miedo?

Se detuvo con una pierna ya sobre el alféizar y los brazos dispuestos a lanzarla al aire. ¿Qué estoy haciendo? El darse cuenta de ello fue casi suficiente como para lanzarla hacia adelante. Se contuvo, agarró los laterales de la ventana y se esforzó por meter la pierna hacia dentro; lentamente, se separó de la ventana y por fin se arrodilló, apoyando la cabeza contra el reborde de roca de la base. ¿Por qué he hecho eso? ¿Qué estaba haciendo?

Me marchaba de la Casa del Canto.

El pensamiento la hizo estremecerse. No de esa manera. No dejaré la Casa del Canto de esa manera. Marcharme de la Casa del Canto no será el final de mi vida.

No lo creía, y por eso se agarró a la piedra y deseó no soltarse nunca.

La sala estaba fría. La hacía sentirse entumecida, inmóvil como estaba, y el gemido del viento a través de los huecos del tejado y las ráfagas que penetraban por las ventanas la atemorizaban de un modo desconocido. Era como si alguien la estuviera observando.

Se dio la vuelta. No había nadie. Sólo montones de ropa, libros y bancos de piedra y un pie que sobresalía de uno de los montones de piedra. El pie estaba violáceo, se acercó a él y descubrió que aquel montón de ropa era el cuerpo retorcido e increíblemente delgado de Nniv, que estaba muerto, helado por el viento invernal que penetraba desde fuera. Tenía los ojos abiertos, y miraba a la piedra que tenía frente a él. Kya-Kya gimió, pero después se agachó y lo sacudió como para despertarlo. Le dio la vuelta, pero un brazo se quedó erguido en el aire, y las piernas se movieron tan sólo un poco. Kya-Kya supo que estaba muerto, que durante todo el tiempo que había estado en la habitación había estado muerto.

El Maestro Cantor de la Sala Alta sólo moría raramente. Nunca había conocido a otro. Era Nniv quien había decidido su destino. La había declarado Sorda y decidido que se marcharía de la Casa del Canto sin canciones. Le había odiado en el fondo de su corazón, aunque sólo había hablado con él muy pocas veces desde que cumplió los ocho años. Ahora sólo sentía repulsión por el cadáver, y más que eso, disgusto por la forma en que había muerto. ¿Siempre se mantenía la habitación con este frío tan terrible? ¿Cómo había podido vivir tanto tiempo? ¿Formaba parte de alguna disciplina el hecho de que el señor de la Casa del Canto viviera con tanta penuria y miseria?

Si este cadáver demacrado y congelado era la culminación de lo que la Casa del Canto podía producir, Kya-Kya no se sentía impresionada. Nniv tenía los labios abiertos y la lengua fuera, azul y fantasmal. Esta lengua, pensó, había sido alguna vez parte de una canción que fue considerada la canción más perfecta de la galaxia, incluso del universo. Pero ¿qué había sido la canción sino la garganta y los labios, dientes y pulmones ahora fríos? ¿Sino el cerebro ahora inmóvil?

Kya-Kya no podía cantar por culpa de labios, dientes, garganta y pulmones y porque su mente no era tan sencilla como para poder ser lo que la Casa del Canto exigía. ¿Pero qué importaba eso?

No se alegraba por el hecho de que Nniv estuviera muerto. Tenía la edad suficiente como para saber que también ella moriría, y el que tuviera quizás un siglo por delante tan sólo significaría que su tiempo podía acabar de una manera tan accidentalmente cruel como había sucedido con Nniv. Kya-Kya no pretendía ninguna virtud inusitada. Sólo un valor poco común que nadie más que ella reconocía. Y se dio cuenta de que el fracaso de Nniv en reconocer quién y qué era ella (¿o lo había reconocido de verdad?), no la *cambiaba*.

Lo abandonó y bajó las escaleras para buscar al Ciego que estaba a cargo del mantenimiento, un anciano llamado Hrrai que casi nunca salía de su despacho.

—Nniv está muerto —le dijo, preguntándose si su voz reflejaría su felicidad (pero sabiendo que Hrrai tenía pocas posibilidades de interpretarla muy bien, ya que era un Ciego). No puedo dejar que nadie se dé cuenta de que soy feliz, pensó. Porque no me alegro de su muerte, sino de mi vida.

—¿Muerto? —el imperturbable Hrrai parecía poco sorprendido—. Bien, entonces debes ir a informar a su sucesor.

—Pero Hrrai... —dijo Kya-Kya.

—¿Pero qué?

—¿Quién es el sucesor de Nniv?

—El próximo Maestro Cantor de la Sala Alta, naturalmente.

—¿Naturalmente? ¿Y cómo puedo saber quién es? ¿Cómo se supone que voy a averiguarlo si no me lo dices?

Hrrai alzó la cabeza, mucho más sorprendido esta vez que en el momento de oír la noticia de la muerte de Nniv.

—¿No sabes cómo funcionan estas cosas?

—¿Cómo voy a saberlo? Soy una Sorda. Nunca he pasado de Gemido.

—Bien, no te exaltes tanto. No es precisamente un secreto. Quien encuentre el cuerpo lo sabrá, eso es todo. Quien quiera que encuentre muerto al Maestro Cantor en la Salta Alta lo sabrá.

—¿Cómo lo sabré?

—Te resultará obvio. Simplemente ve y dile que tiene que encargarse de los preparativos del funeral. Es así de sencillo. Pero tienes que actuar rápidamente. La Casa del Canto no puede estar mucho tiempo sin alguien en la Sala Alta.

Regresó a su trabajo de un modo tan concluyente que Kya-Kya supo que tenía que marcharse y cumplir con su deber sin molestarle más. Se fue y deambuló por los corredores. Había pensado en salir de la Casa del Canto dentro de unos meses, pues era la persona menos importante que la habitaba, y de pronto se esperaba que eligiera al dirigente del lugar. ¿Qué clase de loco sistema es este? se preguntó. ¡Mira que tocarme a mí precisamente con todos los que hay!, ¡qué mala suerte!

Pero no era mala suerte, y mientras vagabundeaba por los corredores de piedra, helados por el frío invierno del exterior, se dio cuenta de que nadie se acercaba a la Sala Alta sin problemas, excepto los encargados de mantenimiento, y que éstos eran Sordos o Ciegos, o sea aquéllos que no habían alcanzado los puntos más altos del arte de cantar. Ellos no podían hacerlo, no podían tampoco enseñar... y por eso eran ellos quienes tenían que toparse con los cadáveres y, al ser imparciales y no formar parte del grupo de los elegibles, escogían con justicia a la persona que obviamente debería ser el Maestro Cantor de la Sala Alta.

¿A quién?

Se dirigió a las Salas Comunes y vio cómo los profesores daban sus clases, y supo que no podría ascender súbitamente a un profesor por encima de su categoría; era tentador mostrarse caprichosa, vengarse de la Casa del Canto y nombrar a un incompetente para que la encabezase, pero sería cruel con el incompetente así designado y no podía destruir a nadie de esa forma. Sabía que era igual de cruel ascender a una persona por encima de su puesto que dejarla por debajo de su verdadera posición. No causaré ninguna desdicha.

Pero los Maestros Cantores, el grupo lógico del que habría que elegir... no conocía a ninguno, excepto por su reputación. Onn, era profesor y cantor de talento, pero siempre se le habían asignado tareas de consultor porque no podía soportar la necesidad de mantener un programa fijo, reunirse con gente extraña y aún menos tomar decisiones. Mucho mejor dar consejos. No, Onn no era el que todos esperarían, aunque sí el más agradable. Y Chuffyun era demasiado viejo, excesivamente viejo. No tardaría mucho en reunirse con Nniv.

En realidad, como Hrrai le había dicho, la elección era obvia, aunque no era algo que le gustara ni mucho menos. Esste se mostraba fría con todo el mundo excepto con el niñito que estaba aleccionando para que se convirtiera en el posible Pájaro Cantor de Mikal. Además, había descendido a las Salas Comunes rebajándose a ejercer de maestra, cuando había sido administradora de la mitad de la Casa del Canto, todo por un simple chiquillo. Nadie ha hecho sacrificios tan grandes por mí, pensó Kya-Kya amargamente. Pero Esste era una gran cantora que podía encender fuegos en todos los corazones de la Casa del Canto... o apagarlos si quería, y estaba por encima de los celos y las pequeñas rivalidades endémicas en la Casa del Canto. Su actitud era la que estaba por encima de estas cosas... y además ahora se hallaría también por encima de ella en su posición.

Kya-Kya detuvo a una maestra (que se sorprendió muchísimo al ver que una Sorda la interrumpía), y le preguntó dónde podía encontrar a Esste.

—Con Ansset. Con el niño.

—¿Y dónde está él?

—En su celda.

Celda. El niño había sido promocionado. No debía tener apenas más de seis años y ya estaba en Celdas y Cámaras. Aquello amargó a Kya-Kya y le revolvió el estómago, aunque se recuperó en un momento. El niño había sido ascendido por Esste, eso era todo. Estaría toda su vida en la Casa del Canto, excepto unos cuantos años que pasaría a ser ejecutor. Mientras que ella sería libre, podría ver todo Tew... ¡Aun más, podría visitar otros planetas, tal vez incluso podría ir a la Tierra, donde Mikal gobernaba el universo con indescriptible gloria!

Unas pocas preguntas. Unas pocas direcciones. Encontró la celda de Ansset, idéntica a todas las otras a no ser por el número que tenía en la puerta. Oyó cantar en el interior. Era una conversación... sabía cuándo utilizaban hablacanción. Esste estaba dentro, entonces. Kya-Kya llamó a la puerta.

—¿Quién? —fue la respuesta... del niño, no del Maestro Cantor.

—Kya-Kya. Con un mensaje para la Madre Esste.

La puerta se abrió. El niño, que era mucho menor que Kya-Kya, la dejó entrar. Esste estaba sentada en un banquito junto a la ventana. La habitación era sombría: paredes de madera, tres de ellas desnudas, una litera, una banqueta, y el muro de piedra enmarcando la solitaria ventana que daba al patio. Todas las celdas eran intercambiables entre sí. Pero Kya-Kya habría vendido su alma por poseer una y todo lo que eso implicaba. El niño tenía sólo seis años.

—¿Cuál es tu mensaje?

Esste se comportaba con la misma frialdad de siempre. Sus vestidos se arremolinaban en torno a sus pies y estaba sentada absolutamente erguida.

—Esste, vengo de la Sala Alta.

—¿Nniv quiere verme?

—Está muerto. —La cara de Esste no reveló nada. Tenía el Control—. Está muerto —repitió Kya-Kya—. Y espero que te encargues de los preparativos del funeral.

Esste permaneció en silencio unos instantes antes de contestar.

—¿Encontraste tú el cadáver?

—Sí.

—No me has hecho ningún favor —dijo Esste, y se levantó y salió de la habitación.

¿Y ahora qué?, se preguntó Kya-Kya, de pie cerca de la puerta de la celda de Ansset. No había pensado más que en informar a Esste, aunque había esperado alguna reacción, al menos que le dijera qué tenía que hacer. En cambio allí estaba, en la celda con el niño que era todo lo contrario a ella, el epítome del éxito donde ella no había conocido nada más que fracasos.

El niño la miró inquisitivamente.

—¿Qué significa esto?

—Significa que Esste es el Maestro Cantor de la Salta Alta.

El niño no mostró ningún signo de respuesta. Control, pensó Kya-Kya. El maldito Control.

—¿No significa nada para ti? —demandó.

—¿Qué tendría que significar? —preguntó Ansset, y en su voz había un hilo de inocencia.

—Debería significar al menos una enorme alegría, niño —replicó Kya-Kya, con el desdén que los inferiores sin esperanza pueden mostrar cuando el superior se siente indefenso—. Esste te ha estado mimando en todo momento y guiándote hacia arriba sin que tuvieras que sufrir el dolor que todo el mundo tiene que experimentar. Y ahora ella tiene todo el poder necesario. Serás un Pájaro Cantor, pequeño. Cantarás para las personas más importantes de la galaxia. Y luego regresarás a casa, y tu Esste se encargará de que no tengas que preocuparte de ser amigo o tutor. Empezarás directamente enseñando, o siendo un maestro, o quizá (¿por qué no?), un gran maestro ya desde el principio, y antes de que tengas veinte años serás un Maestro Cantor. ¿Así que por qué no olvidas tu Control y demuestras tu alegría? ¡Esto es lo mejor que podría haberte pasado!

La voz de Kya-Kya era furiosa y amarga, sin ningún rastro de música, ni siquiera la negra música de la cólera.

Ansset la miró plácidamente y entonces abrió la boca, pero no para hablar, sino para cantar. Al principio ella decidió marcharse de inmediato, pero pronto fue incapaz de decidir nada.

Kya-Kya había oído a muchos cantores con anterioridad, pero ninguno le había cantado de esta forma. Eran palabras, aunque no oía palabras, sino amabilidad, comprensión, ánimo. En la canción de Ansset, ella no era un fracaso, sino una mujer sabia que había hecho un gran favor a la Casa del Canto; una mujer que se había ganado el respeto de todas las generaciones futuras. Se sintió orgullosa. Sintió que la Casa del Canto la enviaría al exterior no con vergüenza, sino como emisaria ante los mundos de fuera. Les hablaré de la música, decidió, y gracias a mí la Casa del Canto será tenida en mucha mayor estima por todos los que la conocen, pues yo soy un producto de la Casa del Canto, igual que cualquier cantante o Pájaro Cantor. Kya-Kya rebosaba de alegría, de orgullo. No había sido tan feliz desde hacía años en toda su vida. Abrazó al niño y lloró durante varios minutos.

Si esto es lo que Ansset puede hacer, merece todos los elogios que ha recibido, pensó Kya-Kya. El niño está lleno de amor, incluso hacia mí. Incluso hacia mí. Y entonces lo miró a los ojos y vio...

Nada.

Él la miraba tan plácidamente como había hecho antes. Control. Había cantado la Canción, y eso era todo, pero no había nada humano en él cuando dejaba de cantar. Sabía lo que ella quería oír, se lo había dado, y aquéllo era todo lo que necesitaba hacer.

—¿No te dan cuerda? —dijo a aquel rostro inexpresivo.

—¿Darme cuerda?

—Quizás seas cantor —dijo ella, furiosa—. ¡Pero no eres humano!

Ansset se puso a cantar de nuevo, con un tono tranquilizador, pero Kya-Kya se puso en pie de un salto y retrocedió.

—¡Otra vez no! ¡No me engañarás de nuevo! ¡Cántale a las piedras y hazlas llorar, pero no me engañarás otra vez!

Salió corriendo de la habitación, cerrando la puerta de golpe, y dejando atrás la canción del niño, su rostro vacío. Ansset era un monstruo, no había nada real en él, y Kya-Kya lo odiaba.

Pero al mismo tiempo recordaba su canción y le amaba, y ansiaba regresar a su celda para oírle cantar eternamente.

Ese mismo día le suplicó a Esste que la dejara marcharse antes de tiempo. Esste parecía confusa y le pidió explicaciones. Kya-Kya insistió de nuevo en que si no la dejaban irse, se mataría.

—Entonces puedes irte mañana —dijo la nueva Maestra Cantora de la Sala Alta.

—¿Antes del funeral?

—¿Por qué antes del funeral?

—Porque él cantará entonces, ¿no?

Esste asintió.

—Su canto será maravilloso.

—Lo sé —contestó Kya-Kya, y sus ojos se llenaron de lágrimas al recordarlo—. Pero no será un ser humano el que cante. Adiós.

—Te echaremos de menos —dijo Esste en voz baja, y las palabras fueron tiernas.

Kya-Kya, antes de marcharse, se dio la vuelta para mirar a Esste a los ojos.

—Oh, hablas tan dulcemente... Ya veo de quién aprendió Ansset. Una máquina enseñando a otra máquina.

—Estás equivocada —contestó Esste—. Es dolor enseñando al dolor. ¿Para qué otra cosa crees que sirve el Control?

Pero Kya-Kya se había marchado ya, y no volvió a ver a Esste ni a Ansset de nuevo antes de que el tranvía la condujera, con su equipaje y con el sueldo de su primer mes, lejos de la Casa del Canto.

—Soy libre —dijo en voz baja cuando traspasó la puerta que conducía a Tew y a las granjas que se extendían ante ella.

Eres una mentirosa, eres una mentirosa, respondió el ritmo de los motores.

7

Una máquina enseñando a otra máquina. Las palabras dejaron un amargo recuerdo que acompañó a Esste durante todos los preparativos del funeral. Una máquina. Bueno, en un sentido era completamente cierto, y absolutamente falso en otro. Las máquinas eran las personas que no tenían el Control, aquéllos cuya voz revelaba todos sus secretos y ninguna de sus intenciones. Pero yo me controlo a mí misma, cosa que ninguna máquina puede hacer.

Sin embargo, entendía bien lo que Kya-Kya había querido decir. Claro que lo entendía, y por eso le asustaba lo perfectamente que Ansset había aprendido a dominar el Control siendo tan joven. Le observó mientras cantaba en el funeral de Nniv. No era el único cantor, pero sí el más joven, y el honor era inmenso, casi sin precedentes. Hubo un murmullo cuando se puso en pie para cantar. Pero cuando terminó, nadie tuvo la menor duda de que se merecía aquel honor. Sólo los nuevos, los Gemidos y unos pocos Campanas estaban llorando: No era correcto que en el funeral de un Maestro Cantor se perdiera el Control. Sin embargo, la canción reflejaba pena, amor y añoranza al mismo tiempo, el respeto de todos los presentes, no sólo hacia Nniv, que estaba muerto, sino hacia la Casa del Canto, que había ayudado a mantenerlo vivo. Oh, Ansset, eres un maestro, pensó Esste, pero también advirtió cosas que no había percibido con anterioridad: cómo su rostro se mostraba impasible antes y después de cantar: cómo su cuerpo permanecía rígido, concentrándose en conseguir el tono preciso. Nos manipula, pensó Esste. Nos manipula pero no lo hace ni con la mitad de perfección con que se manipula a sí mismo. Advirtió cómo el niño percibía la más mínima agitación, cada mirada del público, cómo se nutría de ella y la devolvía multiplicada por cien. Ansset es un espejo que amplifica, pensó Esste. Eres un espejo que amplía, tomando el amor que recibes y lo devuelves con más fuerza que antes, pero sin nada de dentro de ti. No eres completo.

Ansset se aproximó al lugar donde Esste estaba sentada y tomó asiento junto a ella. Tenía ese derecho, puesto que Esste era su maestra. Ella no dijo nada, pero suspiró de una manera que decía a los sensibles oídos del niño: *Bien, pero con defectos*. La crítica, inesperada e inmerecida, no cambió la expresión de Ansset. Sólo contestó con un gruñido que significaba: *No hacía falta que me lo dijeras. Ya lo sabía.*

Control, pensó Esste. Desde luego, has aprendido el Control.

8

Ansset no volvió a cantar en público en la Casa del Canto. Al principio no se dio cuenta. Simplemente, no era su turno de interpretar un solo o un dúo, trío o cuarteto en una Cámara. Sin embargo, cuando todos los miembros de su clase cantaron dos o tres veces y no le pidieron que cantara, primero se sorprendió, pero luego se alarmó. No se ofreció para cantar porque nadie se presentaba voluntario. Esperó y esperó, pero su turno parecía que no llegaba nunca.

No mucho después de que lo advirtiera, los otros miembros de su Cámara empezaron a comentarlo, al principio entre sí, pero luego incluso con el propio Ansset.

—¿Has hecho algo malo? —le preguntaban, uno a uno, a la hora de la comida, en los corredores o en el lavabo—. ¿Por qué te están castigando?

Ansset sólo contestaba encogiéndose de hombros o con un sonido que indicaba: ¿Cómo puedo saberlo? Pero cuando su prohibición de interpretar continuó, empezó a rehuir las preguntas con una frialdad que decía a quien se las hacía que el tema estaba prohibido.

Para Ansset, aquéllo formaba parte del Control: No podía permitir verse envuelto en especulaciones sobre su misteriosa prohibición, y además su Control tampoco le permitía hacer preguntas. Esste podía continuar así durante todo el tiempo que quisiera. Fuera cual fuese el significado, fuera lo que fuese lo que esperara conseguir, Ansset lo soportaría sin hacer preguntas.

Esste acudía a su celda todos los días, naturalmente, igual que antes. Ser el Maestro Cantor de la Sala Alta significaba tener deberes adicionales, y no librarse de los que ya tenía. Encontrar e instruir al Pájaro Cantor de Mikal era el trabajo de su vida, y que había escogido libremente hacía décadas. La carga no se vería aliviada ni el trabajo terminaría sólo porque Nniv hubiera muerto y la maldita tonta de Kya-Kya hubiera tenido la osadía de afligirla con su trabajo. Esste habló con Ansset, esperando que el niño comprendiera que ella no iba a abandonarle. Pero el niño recibió la noticia sin dar ninguna señal de preocupación, y continuó con las lecciones del día como si no pasara nada.

¿Y por qué debería hacer algo distinto? Hasta que Kya-Kya no había expresado su opinión antes de marcharse, Esste no se había preocupado demasiado. Si Ansset era soberbio en su práctica del Control, también lo era en todo lo demás, y eso era algo que saltaba a la vista. Pero ahora Esste advertía que cada uno de los ejemplos de la aparente falta de preocupación de Ansset era un golpe para ella.

En cuanto a Ansset, éste no tenía ni idea de lo que estaba sucediendo en la mente de Esste. Pues el Control de ella era también soberbio, y no mostraba a Ansset ningún indicio de sus pensamientos y preocupaciones. Así tenían que ser las cosas, suponía. Soy un lago, pensaba, y todas mis paredes son altas. No tengo un lugar bajo. Me hago más profundo cada día.

No se le ocurrió que podría ahogarse.

9

Una lección.

Esste llevó a Ansset a una habitación vacía, sin ventanas. Sólo piedra, una docena de metros cuadrados, y una gruesa puerta que no dejaba pasar ningún sonido. Se sentaron en el suelo y, ya que todos los suelos eran de piedra igual que aquél, se sintieron cómodos, o como mínimo familiarizados, y Ansset pudo relajarse.

—Canta —dijo Esste, y Ansset cantó.

Como siempre, su cuerpo permanecía rígido y su cara no mostraba emoción alguna. Como siempre, el canto era intensamente emocional. Esta vez cantó sobre oscuridad y espacios cerrados, y pareció afligido. Esste se sorprendía, a menudo, de la profunda capacidad de comprensión que Ansset mostraba hacia unas cosas que, por su edad, era imposible que conociera por experiencia propia.

La canción resonó y se repitió como un eco por las paredes.

—Resuena —dijo Esste.

—Mmmm —contestó Ansset.

—Canta de manera que no resuene.

Ansset volvió a cantar, esta vez sin palabras, una canción esencialmente sin significado que danzaba con facilidad entre sus notas más bajas (que no eran muy bajas en sí) y salían más en forma de aire que de tono. La canción no resonó.

—Canta de manera que la canción sea tan alta para mí, aquí junto a la pared, como para ti, pero sin que resuene.

—No puedo —dijo Ansset.

—Sí puedes.

—¿Puedes tú?

Esste cantó, y la canción llenó la habitación pero no produjo ningún eco.

Y Ansset siguió cantando. Una hora, intentando encontrar la voz exacta para aquella habitación. Finalmente, después de dos horas, lo consiguió.

—Hazlo otra vez.

Lo hizo. Y entonces preguntó:.

—¿Por qué?

—No se canta sólo en el silencio. También se canta en el espacio. Debes cantar exactamente para el espacio que se te dé. Debes llenarlo para que nadie quede sin oírte y a la vez puedas conservar tu tono de un modo tan claro y libre de ecos que todos puedan oír exactamente lo que tu cuerpo produzca.

—¿Tengo que hacerlo siempre así?

—Con el tiempo se convierte en un reflejo, Ansset.

Permanecieron en silencio durante unos instantes. Y luego, suavemente, Ansset dijo:

—Me gustaría llenar la Cámara de esta forma.

Esste sabía lo que estaba pidiendo, y rehusó responder a su verdadera pregunta.

—Creo que la Cámara está vacía ahora. Podríamos ir allí.

Ansset luchó consigo mismo durante un momento... o al menos eso supuso Esste, porque aunque guardó silencio durante un instante, su rostro era impasible.

—Madre Esste —dijo por fin—. No sé por qué he estado prohibido.

—¿Lo has estado?

—Sabes que sí —contestó el niño suavemente.

Era una victoria menor. Ella le había forzado a preguntar. Sin embargo, la victoria carecía de valor. Ansset no había perdido el Control. Simplemente, había considerado improductivo seguir guardando silencio al respecto. Esste se recostó contra el muro de piedra, sin darse cuenta de que ella misma estaba cediendo ante su rigidez para relajarse.

—Ansset, ¿cuál es tu canción?

Él la miró de modo inexpresivo. Esperó. Aparentemente, no comprendía.

—Ansset, lo que haces es repetirnos nuestras canciones. Sigues captando lo que la gente siente y lo intensificas y nos conmueves, ¿pero cuál es tu canción, chiquillo?

—Todas.

—Ninguna. Hasta ahora nunca te he oído cantar una canción que supiera que pertenecía solamente a Ansset.

El niño no perdió el Control.

Seguramente tenía que estar enfadado. Pero sólo la miró con los ojos vacíos.

—Te equivocas —dijo.

Sólo tenía seis años y decía *te equivocas*.

—No volverás a cantar de nuevo en público hasta que no me hayas cantado en privado una canción que sea tuya.

—¿Cómo lo sabrás?

—No lo sé, Ansset, Pero lo sabré.

Ansset siguió mirándola fijamente, y ella, a causa de su propio Control, no apartó la mirada. Algunos niños habían aprendido muy mal el Control anteriormente, y por eso terminaban siendo Sordos. El Control no era fácil para nadie, pero resultaba esencial para las canciones. Y sin embargo aquí tenía un niño que, como la mayoría de los cantantes y los Pájaros Cantores realmente buenos, vivía con él de modo natural. De modo *demasiado* natural. La finalidad del Control no era apartar al cantor de todo contacto humano, sino hacer que ese contacto fuera claro y limpio. En vez de utilizarlo como un canal, Ansset empleaba el Control como una barrera impenetrable e insuperable.

Cruzaré tu barrera, Ansset, se prometió Esste en silencio. Me cantarás una canción propia.

Pero el rostro inexpresivo y carente de significado del niño sólo decía: Fracasarás.

10

Riktors Ashen estaba furioso cuando llegó a la Sala Alta.

—Escucha, mujer, ¿sabes qué es esto?

—No —respondió Esste, y su voz estaba calculada para apaciguarle.

—Es una orden de entrada. Del emperador.

—Y has entrado. ¿Por qué estás tan molesto?

—¡He esperado cuatro días! Soy el enviado personal del emperador, y tengo una misión muy importante...

—Riktors Ashen —interrumpió Esste (aunque suave, calmadamente)—, tienes una misión importante, pero no se trata de eso. Esto es sólo un alto en el camino...

—¡Maldita sea, y este pequeño asunto me ha hecho perder cuatro días!

—Tal vez, Riktors Ashen, deberías haber *solicitado* verme.

—No tengo que solicitar nada. Tengo la orden de entrada del emperador.

—Hasta el emperador solicita poder entrar aquí.

—Lo dudo.

—Es un hecho histórico, amigo mío. Yo misma le conduje a esta sala.

Riktors estaba ahora menos agitado. En realidad, estaba avergonzado por su estallido de cólera. No es que no tuviera derecho... Esste sabía que era un hombre que podía usar la cólera con buenos efectos. No había ascendido sin motivo hasta un rango tan elevado en la flota. Estaba avergonzado porque la furia había sido real, y por una cuestión de orgullo. Era un joven que estaba aprendiendo. A Esste le gustaba, a pesar de que también fuera capaz de matar a cualquiera con tal de conseguir lo que quería. La muerte aguardaba en sus manos tranquilas, detrás de su rostro infantil.

—La historia es una bazofia —dijo Riktors suavemente—. He venido a informarme sobre el Pájaro Cantor de Mikal.

—El emperador no tiene ningún Pájaro Cantor.

—Ése es precisamente el problema —contestó Riktors, no sin cierta diversión—. ¿Te das cuenta de los años que han pasado desde que le prometísteis un Pájaro Cantor? Mikal va a cumplir este año los ciento dieciocho. Por supuesto, es muy amable suponer que el emperador vivirá eternamente, pero el propio Mikal me ha dicho que es consciente de su mortalidad, y que espera no morir sin haber oído su Pájaro Cantor.

—Ya sabes que los Pájaros Cantores se eligen con mucho cuidado para que sean adecuados a sus dueños. A menudo tenemos el Pájaro Cantor y trabajamos para hacer que encaje adecuadamente. Este caso era poco común, y hasta ahora no hemos tenido el Pájaro Cantor apropiado.

—¿Hasta ahora?

—Creo que disponemos del Pájaro Cantor adecuado para Mikal.

—Quiero verle ahora.

Esste decidió sonreír. Riktors Ashen le devolvió la sonrisa.

—Con tu permiso, por supuesto —añadió.

—El niño sólo tiene seis años —contestó Esste—. Su instrucción dista mucho de estar completa.

—Quiero verle para saber que existe.

—Te conduciré hasta él.

Se pusieron en camino y recorrieron escaleras y atravesaron corredores y pasadizos.

—Hay tantos pasillos que no comprendo cómo queda espacio para las habitaciones —dijo Riktors.

Esste guardó silencio hasta que llegaron a los corredores de las Celdas, donde se detuvo un momento y cantó una nota larga y alta. Las puertas se cerraron en la distancia. Entonces condujo al enviado personal del emperador ante la puerta de Ansset y cantó unas cuantas notas sin palabras.

La puerta se abrió y Riktors Ashen quedó boquiabierto. Ansset era delgado, pero su piel clara y el pelo rubio le daban un aspecto translúcido a través del sol que entraba por la ventana. Y las facciones del niño eran maravillosas, no sólo regulares; era el tipo de rostro que enternecía tanto los corazones de los hombres como los de las mujeres. Con más facilidad.

—¿Fue elegido por su voz, o por su rostro? —preguntó Riktors Ashen.

—Cuando un niño tiene tres años —respondió Esste—, su futuro rostro es un misterio. Su voz se despliega con más facilidad. Ansset, he traído a este hombre para que te oiga cantar.

Ansset miró inexpresivamente a Esste, como si no comprendiera, pero rehusaba pedir explicaciones. Esste supo inmediatamente lo que Ansset planeaba. Riktors no.

—Quiere decir que cantes para mí —dijo servicialmente.

—No hace falta repetirle las cosas. Ha oído mi petición y prefiere no cantar.

La cara de Ansset no reveló nada.

—¿Es sordo? —preguntó Riktors.

—Ahora nos iremos —contestó Esste. Y se fueron. Pero Riktors se retrasó hasta el último momento para mirar la cara de Ansset.

—Precioso —repetía Riktors una y otra vez mientras recorrían los pasillos hacia la puerta.

—Va a ser el Pájaro Cantor del emperador, Riktors Ashen, no su efebo.

—Mikal tiene un montón de hijos. Sus gustos no son tan eclécticos como para incluir a los niños pequeños. ¿Por qué no quiso cantar?

—Porque prefirió no hacerlo.

—¿Siempre es tan testarudo?

—A menudo.

—La hipnoterapia se encargará de eso. Un buen experto podría implantar un bloqueo mental que prohibiera la resistencia...

Esste cantó una melodía que, de pronto, detuvo a Riktors. La miró, preguntándose por qué de repente tenía miedo de aquella mujer.

—Riktors Ashen, yo no te digo cómo tienes que desplegar en el espacio tus flotas de naves estelares.

—Por supuesto. Era sólo una sugerencia...

—Vives en un mundo donde todo lo que se espera de la gente es que obedezca, y para eso vuestros hipnoterapeutas y bloqueos mentales cumplen todos vuestros propósitos. Pero en la Casa del Canto creamos belleza. No se puede forzar a un niño a que encuentre su voz.

Riktors Ashen había recuperado la compostura.

—Sois buenos en eso. A mí me cuesta más trabajo hacer que la gente me escuche.

Esste abrió la puerta de entrada.

—Madre Esste —dijo Riktors—, le diré al emperador que he visto a su Pájaro Cantor, y que el niño es hermoso. ¿Pero cuándo le digo que le enviarán el niño?

—El niño será enviado cuando yo esté lista.

—Tal vez sería mejor que el niño fuera enviado cuando *él* esté listo.

—Cuando *yo* esté lista —repitió Esste, y su voz fue toda deleite y gracia.

—El emperador tendrá su Pájaro Cantor antes de que muera.

Esste siseó suavemente, lo que obligó a Riktors a acercarse más para poder oír lo que la mujer decía a continuación.

—*Ambos* tenemos mucho que hacer antes de que el emperador muera, ¿no es cierto?

Riktors Ashen se marchó, entonces, rápidamente a concluir su misión para el emperador.

11

Vino te quita la mente,
Bahía te roba la vida,
Ciénaga te arrebata el dinero,
Madera se lleva a tu esposa.
Escarcha es fría,
Agua calurosa.
Altura te quiere,
Norumm no.

—¿Qué canción es ésa? —preguntó Ansset.

—Considérala una guía. Solían enseñarla a los niños de Encrucijada para burlarse de otras grandes ciudades de Tew. Ahora Encrucijada ya no es una gran ciudad. Pero las otras de las que se burlaban aún lo son.

—¿Dónde iremos?

—Tienes ocho años, Ansset —respondió Esste—. ¿Recuerdas haber vivido fuera de la Casa del Canto? ¿Recuerdas a otra gente?

—No.

—Después de esto, lo recordarás.

—¿Qué significa la canción? —preguntó Ansset.

El deslizador se detuvo entonces en el punto de transbordo, donde los vehículos de la Casa del Canto siempre se detenían y daban paso a los transportes comerciales. Esste tomó a Ansset de la mano, ignorando su pregunta por el momento. Había cosas que hacer en la taquilla, y su equipaje, por leve que fuera, tenía que ser examinado, clasificado e introducido en el ordenador para que no pudiera hacerse ninguna reclamación falsa a la compañía de seguros. Esste sabía, por los recuerdos de su primera salida de la Casa del Canto, que Ansset apenas entendía nada de lo que sucedía. Intentó explicarle unas cuantas cosas, y él pareció conformarse. El dinero, y la idea de lo que éste significaba, no le costaron mucho trabajo. La ropa le resultaba incómoda; se quitó los zapatos varias veces hasta que ella le insistió que eran imprescindibles. Esste no esperaba que se acostumbrara a la comida. Sufriría diarrea durante unos cuantos días, porque en la Casa del Canto nunca había llegado a apreciar ni a tolerar el azúcar.

Esste no se sorprendió ante la aceptación total del niño. El viaje indicaba que a Ansset le faltaba todavía un año para marcharse, y sin embargo no mostraba excitación ni interés por su destino final. Durante los dos últimos años había empezado a mostrar un poco de emoción humana en el rostro, pero Esste, que lo conocía mejor que nadie, no se dejó engañar. La emoción se manifestaba para evitar que hicieran comentarios excitados. No era real. No era más que lo que se esperaba en cada momento adecuado. Y Esste se desesperaba. Había lugares y senderos ocultos que ella misma había colocado en la mente de Ansset, y sin embargo ahora no podía alcanzarle. No podía conseguir que el niño hablara de sí mismo; no podía conseguir que mostrara ni siquiera la menor emoción inadvertida, y en cuanto a la intimidad que habían compartido en la cima de la colina que daba al lago, Ansset jamás revelaba un recuerdo, ni le permitía a ella dar unos pocos pasos en la senda que podía seguir para ponerle en un ligero trance, lo que le habría permitido conseguir algo, o al menos descubrir algún indicio.

Cuando terminó el transbordo, se sentaron a esperar el transporte, un deslizador que podía alquilar cualquiera que tuviera dinero.

Fue entonces cuando Esste decidió matar el tiempo respondiendo a la pregunta de Ansset. Si el niño se sorprendió o mostró gratitud por el hecho de que ella recordara el tema, no manifestó señal alguna.

—Vino es una de las Ciudades del Mar: Hogar, Borbotón, Lágrimas y Vino..., todas son famosas por su vino y su cerveza. Son también famosas porque exportan muy pocos productos, ya que son unos bebedores prodigiosos. El vino y la cerveza contienen alcohol. Son enemigos del Control, y no se puede cantar cuando lo has bebido.

—¿Bahía te roba la vida? —preguntó Ansset, recordando la canción, como siempre.

—Bahía solía tener la desagradable costumbre de celebrar ejecuciones públicas todos los sábados, tanto si había condenados a muerte como si no. Para evitar utilizar demasiados ciudadanos propios, usaban extranjeros. La práctica ha cesado en los últimos años. Madera tenía una especie de mercado de esposas obligatorio. Cosas muy raras. Tew es un planeta muy extraño. Por eso la Casa del Canto logró existir aquí. Éramos más normales que la mayoría de las ciudades, y por eso nos dejaron en paz.

—¿Ciudades?

—La Casa del Canto empezó siendo una ciudad donde había gente a la que le encantaba cantar. Eso es todo. Las cosas crecieron a partir de ahí.

—¿Y el resto de las ciudades?

—Escarcha está muy al norte. Agua está muy al sur. Altura es un lugar cuyo único producto es la belleza de su escenario, y vive de la gente adinerada que acude allí a acabar sus días. Norumm tiene cuatro millones de habitantes. Antes tenía nueve. Aún se creen que están superpoblados y no dejan que los visiten más que unas pocas personas cada año.

—¿Vamos a ir allí?

—No.

—«Ciénaga te arrebata el dinero». ¿Qué significa?

—Lo descubrirás por ti mismo. Es ahí adonde vamos.

Llegó el autobús, lo abordaron y se pusieron en marcha. Por primera vez en su recuerdo, Ansset veía a la gente fuera del escenario de la Casa del Canto. No había muchas personas en el autobús. Aunque ésta era la autopista principal entre Miramar y Ciénaga, la gente solía tomar los expresos, que no paraban en el apeadero de la Casa del Canto, y a menudo ni siquiera en Encrucijada. El autobús no era un expreso: paraba en todas partes.

Justo delante de ellos había una pareja con su hijo, que debía tener al menos un año más que Ansset. El niño había estado viajando demasiado tiempo y no podía contenerse.

—Madre, tengo que ir al lavabo.

—Acabas de ir ahora mismo. Quédate en tu sitio.

Pero el niño dio media vuelta y se arrodilló sobre el asiento para mirar a Esste y Ansset. Ansset contempló al niño, sin apartar la mirada de él. El niño le observaba mientras movía el trasero con impaciencia. Extendió la mano para tocar la cara de Ansset. Tal vez se trataba de un gesto amistoso, pero Ansset murmuró una rápida y áspera canción que hizo que el niño se diera la vuelta en el asiento. Cuando la madre lo cogió para llevarlo al lavabo, situado al fondo del autobús, el niño miró a Ansset aterrorizado y se mantuvo lo más alejado posible de él.

Esste se sorprendió ante lo mucho que se había asustado el niño. Ciertamente, la música había sido un reproche. Pero la reacción del niño había sido desproporcionada con respecto a la canción de Ansset. En la Casa del Canto, cualquiera podría haber entendido el canto de Ansset, pero aquí el niño debería de haberlo hecho sólo vagamente: esa era la finalidad del viaje, aprender a adaptarse a los extraños. De alguna manera, Ansset se había comunicado con el niño y lo había hecho mejor que con la propia Esste.

¿Podía *dirigir* Ansset su propia música hacia una persona en concreto?, se preguntó Esste. Eso estaba más allá del hablacanción. No, no. Seguro que el niño estaba prestando más atención a Ansset que ella, y por eso la canción le había golpeado con más fuerza.

Y en lugar de preocuparse, el incidente le dio más confianza. En su primer encuentro con un externo, Ansset lo había hecho mejor de lo que se esperaba. Era la elección idónea para convertirse en el Pájaro Cantor de Mikal. Ojalá.

A pesar de que el bosque no era tan espeso como los densos árboles del Valle de los Cánticos, donde antes habían llevado a Ansset en todas sus excursiones, los árboles seguían siendo lo suficientemente altos como para resultar impresionantes, y la falta de maleza configuraba una clase diferente de belleza, una especie de templo austero donde los troncos se extendían hasta el infinito y las hojas formaban un denso techo. Ansset observaba más a los árboles que a las personas. Esste intentó imaginar qué podía estar sucediendo en la mente impenetrable del niño. ¿Evitaba deliberadamente mirar a los otros? Tal vez necesitaba eludir su extrañeza hasta que pudiera asimilarla. ¿O se sentía realmente desinteresado, le atraía más el bosque que los otros seres humanos?

Tal vez me equivoqué, pensó Esste. Tal vez mi intuición fue un error. Quizá debí dejar que Ansset cantase. Durante dos años no ha tenido más público que yo. Si el tratamiento anterior, que él prefería, le había mantenido apartado de los otros niños, la prohibición le había convertido en un paria. Ninguno sabía dónde estaba su error, y hasta después de su triunfal canción en el funeral de Nniv, nadie había oído la voz de Ansset, y todo el mundo daba por hecho que la desgracia era el castigo por algo terrible. Algunos también habían cantado al respecto en la cámara. Un niño, Ller, tuvo incluso la osadía de protestar y había cantado furiosamente que era injusto prohibir cantar a Ansset durante tanto tiempo. Pero también Ller evitaba la compañía de Ansset, como si el sufrimiento del futuro Pájaro Cantor fuera contagioso.

Si me equivoqué, concluyó Esste, el daño ya está hecho. Dentro de un año, Ansset será entregado a Mikal, esté listo o no. Ansset se presentará como la voz más exquisita que ha salido de la Casa del Canto en toda su historia. Pero entregaremos una criatura inhumana, incapaz de comunicar a otras personas los sentimientos humanos normales. Una máquina cantora.

Tengo un año, pensó Esste. Me queda un año para romper sus barreras sin romper al mismo tiempo su corazón.

El bosque dio paso a una pradera boscosa, la tierra desolada donde aún rondaban animales salvajes. El aumento de la población de Tew nunca había sido lo suficientemente grande como para que los colonizadores vinieran a establecerse en este enclave, donde los inviernos resultaban imposiblemente fríos y los veranos insoportablemente calurosos. Les faltaba una hora para llegar al Borde, un gran despeñadero de un millar de kilómetros de largo y casi uno de alto. Aquí, sin embargo, la grieta se había partido en dos y las formaciones rocosas hacían el descenso más gradual. La ciudad de Encrucijada había crecido al pie del amasijo de rocas. Pocos granjeros podían permitirse el lujo de tener deslizadores. Incluso cuando Encrucijada dejó de ser una ciudad importante, siguió teniendo renombre local.

El autobús siguió la senda tortuosa abierta en la roca siglos atrás. Era un camino abrupto, pero el autobús no lo notaba, excepto en el momento en que los baches repentinos obligaban a perder un poco de altura. Ansset siguió contemplando el paisaje, y ahora incluso Esste observó las enormes extensiones de tierras de cultivo al pie de la pendiente. Lo que en la meseta era nieve caía en forma de lluvia por debajo del Borde, y los granjeros de aquí alimentaban al mundo, como a ellos mismos les gustaba decir.

Encrucijada era una ciudad aburrida. Todos los edificios eran antiguos y la decadencia era el mensaje que ofrecían a voces los letreros estropeados y las calles casi vacías. Sin embargo, había que sacar provecho de ello. Esste llevó a Ansset a un restaurante deprimente y pagó una cena.

—Aquí, incluso los precios están deprimidos —comentó. Ansset la ignoró.

En el restaurante no había más gente que en las calles. Fuera donde fuese la gente, no lo hacía a este lugar. La comida llegó rápidamente. No era mala, pero el sabor la había abandonado en alguna parte entre la granja y la mesa. Ansset comió un poco, aunque no mucho. Esste comió aún menos, se dedicó a observar a la gente. Al principio tuvo la impresión de que todas las personas eran viejas, pero como no se fiaba de las impresiones, las contó. Sólo seis eran canosos o calvos; la otra docena eran de mediana edad o incluso jóvenes. Algunos guardaban silencio, pero la mayoría conversaba. Sin embargo, el restaurante parecía viejo y las conversaciones aburridas, y Esste se sintió un poco deprimida. Las canciones del lugar habían desaparecido, suponiendo que las hubiera habido. Sólo los lamentos eran ahora apropiados.

Y, en cuanto Esste pensó en aquéllo, se dio cuenta de que

Ansset estaba gimiendo. El sonido era suave, pero penetrante, casi como el ruido del fondo de las máquinas que procesaban la comida en la cocina. El Control permitió a Esste refrenar su deseo de mirar a Ansset. En cambio, se dedicó a escuchar la canción. Era un eco claro del ambiente del lugar, una comprensión perfecta, pero no de la miseria, sino del aburrimiento de la gente. Gradualmente Ansset construyó un tono ascendente en su melodía, un elemento extraño y sorprendente que la hacía interesante, o que al menos hacía que la persona que lo oyera quisiera interesarse por algo. Esste supo inmediatamente qué era lo que estaba haciendo Ansset. Estaba rompiendo la prohibición. Estaba actuando. Y, una vez más, la canción no le pertenecía..., era lo que cada persona del restaurante, incluida Esste, quería oír, ansiaba sentir.

El carácter rítmico de la canción se hizo más pronunciado. Los que no habían estado conversando empezaron a hablar, las conversaciones ya iniciadas se animaron. La gente sonrió. La mujer fea que estaba en la barra se puso a charlar con el camarero, incluso a bromear. Nadie parecía advertir la canción de Ansset.

Y Ansset fue mitigando, suavizando el canto, lo dejó morir en mitad de una nota para que diera la impresión de que continuaba en el silencio. En realidad, Esste no estaba segura de si la canción había terminado o no, aunque era la única persona que la había estado escuchando con atención. Sin embargo, el efecto de la canción continuó. Esste esperó deliberadamente a ver cuánto tiempo permanecía la gente contenta. Y se marcharon del restaurante sonriendo.

—Te felicito por tu soberbia actuación —dijo Esste.

La cara de Ansset no respondió. Su voz, sí.

—Son más difíciles de cambiar que la gente de la Casa del Canto.

—Es como intentar avanzar en el agua, ¿no? —preguntó Esste.

—O en el barro. Pero puedo hacerlo.

Ni tan siquiera presunción. Sólo un reconocimiento del hecho. Pero te conozco, muchacho, pensó Esste. Estás disfrutando enormemente. Te lo estás pasando muy bien siendo más listo que yo y al mismo tiempo demostrando que puedes manejar cualquier situación. Siempre que esté fuera de ti.

El autobús les condujo a través de la noche de regreso al Borde, pero esta vez hacia el oeste, y todavía era de noche cuando llegaron a Ciénaga. Es decir, el cielo estaba oscuro. Las luces de la ciudad inundaban el terreno hasta la orilla del mar. En algunos puntos parecía que no había huecos entre las luces, como si la ciudad fuera una alfombra de luz pura, un fragmento del sol, y las nubes, por encima de ella, resplandecían brillantemente. Incluso el mar parecía relucir.

Las calles estaban tan abarrotadas, incluso antes del amanecer, que los autobuses, deslizadores e incluso scooters tenían que utilizar rampas elevadas que corrían entre los edificios. Era deslumbrante. La aglomeración de gente era frenética, desesperada, jubilosa, incluso desde el interior del autobús. Ansset siguió durmiendo después de que Esste le despertara un momento para hacer que mirara.

—Luces —dijo el niño con un tono de voz que quería decir: *Prefiero dormir*.

—Pueden ir arriba y dormir —dijo el encargado del hotel—. Aquí no pasa nada durante el día. Ni siquiera hay trabajo. No se puede conseguir una comida decente a menos que sea en uno de esos apestosos comedores que abren todo el día.

Pero después de sólo unas cuantas horas de sueño, Ansset insistió en que salieran.

—Quiero ver la ciudad ahora.

—Tiene mejor aspecto con luz eléctrica —le dijo Esste.

—Por eso. Por eso quiero verla ahora.

—¿Por eso? Yo preferiría descansar.

—Las camas que hay aquí son demasiado blandas —dijo Ansset—, y me duele la espalda. La comida de Encrucijada me ha hecho ir cuatro veces al lavabo, y entonces tenía mejor aspecto que en la mesa. Quiero ver la ciudad. Quiero verla cuando no está disfrazada para engañar a la gente.

Tienes ocho años, dijo Esste en silencio. Pero podrías ser también un desagradable viejo de ochenta.

—La ciudad está en el estuario del río Rutasal. La mayor parte del terreno está sólo a unos centímetros por encima del nivel del mar, y amenaza constantemente con hundirse.

Le mostró cómo la arquitectura se había adaptado a las condiciones. Todos los edificios tenían una entrada principal que se abría al aire libre en todas las plantas. A medida que el edificio se hundía, la entrada al siguiente piso entraba en uso. Había edificios cuyas azoteas estaban sólo a unos pocos centímetros del nivel de la calle... En la mayoría de los casos, otros edificios habían sido construidos ya encima de ellos.

Los letreros luminosos estaban apagados durante el día, y había muy pocas personas en la calle.

—Tan deprimente como Encrucijada —dijo Ansset.

—Excepto que Ciénaga cobra vida por la noche.

—¿Sí?

En algunas partes la basura se amontonaba en las calles. Los basureros mecánicos se abrían camino rugiendo mientras masticaban los desperdicios. Las pocas personas que había por la calle parecían haber pasado una mala noche... o se habían levantado, después de domir muy poco. La noche anterior se había celebrado un carnaval; hoy, la ciudad era un cementerio.

Un parque. Se sentaron en un banco que se adaptó a sus cuerpos en unos instantes. Cerca, una anciana estaba sentada, con los pies metidos en un estanque. Sujetaba una cuerda que se introducía en el agua. A su lado, una fea anguila se retorcía de vez en cuando. La mujer silbaba.

Su melodía era áspera, sin tono, repetitiva. Ansset empezó a cantar la misma balada, con el mismo tono: alto, ondulante, inseguro. Se adaptó a la mujer, tono a tono, nota tras nota. Y entonces, con brusquedad, Ansset cantó una disonancia que chirrió penosamente. La anciana se dio la vuelta, al tiempo que separaba su enorme estómago del regazo. Se echó a reír, y sus pechos subieron y bajaro.

—¿Conoces la canción? —preguntó.

—¡La conozco! —chilló Ansset—. ¡Yo la escribí!

Ella volvió a reírse. Ansset se rió con ella, pero su risa fue una aguda imitación de la suya: grandes jadeos y un pequeño estallido de sonido. A la mujer le encantó oír que su risa fuera tan parecida a la suya... puesto que era la suya propia.

—¡Ven aquí! —le llamó.

Ansset se acercó a ella, y Esste le siguió, insegura de las intenciones que la mujer tenía hacia el niño. Insegura hasta que ella volvió a hablar.

—Eres nuevo aquí —dijo—. Yo sé quién es nuevo aquí. ¿Es tu madre? Un chico muy guapo. No le deje salir esta noche. Es demasiado guapo para ser un efebo. A menos que sea eso lo que tiene en mente, en cuyo caso espero que se convierta en una anguila... Por cierto, ¿quiere comprar ésta?

La anguila, como para exhibir sus encantos, se retorció obscenamente.

—Todavía no está muerta —comentó Ansset.

—Tardan horas en hacerlo. Cosa que me parece muy bien. Cuanto más se meneen, más se mean y mejor sabor tienen. El estanque está lleno de anguilas. Está conectado directamente con el sistema de cloacas. Viven en ellas. Con otras cosas peores. Ciénaga produce más mierda que nadie, la suficiente para permitir la vida a un millón de cosas como esta. Y mientras las haya, yo no moriré de hambre.

Volvió a reírse, y Ansset se rió con ella. Entonces tomó su risa y la convirtió en una loca canción, provocando que la mujer riera con más fuerza. Esste tuvo que recurrir al Control para no echarse a reír con ella.

—El niño es un cantor.

—Tiene muchas cualidades.

—¿La Casa del Canto? —preguntó la mujer.

Era mejor mentir.

—No le aceptarían. Les dije que tenía talento, incluso genio, pero su malditos tests no encontrarían a un genio ni aunque cantara un aria.

—Muy bien. Por aquí hay un buen mercado para los cantores, y puede apostar que no de los del tipo de la Casa del Canto. Si está dispuesto a quitarse la ropa, hará una fortuna.

—Sólo estamos de visita.

—También hay un montón de sitios donde podría ganar mucho simplemente poniéndosela. Aquí hay de todo. Pero vienen ustedes *de fuera* de la ciudad. Todo el mundo sabe que no se entra en los parques durante el día. No hay suficientes policías para patrullarlos. Ni siquiera los monitores sirven..., sólo hay unos pocos hombres y mujeres para vigilarlos, y están muertos de sueño después de la noche pasada. La noche vive, pero el día es mortal. Es un dicho.

El sonsonete de su voz había sido igualmente expresivo. Pero Ansset aparentemente no pudo resistirlo. Captó las palabras y las repitió varias veces, cada vez con más comicidad.

—La noche vive, pero el día es mortal.

La mujer se echó a reír. Pero sus ojos rápidamente mostraron seriedad.

—No se está mal aquí en el margen. Y nunca me molestan. Pero será mejor que tengan cuidado.

Ansset cogió la anguila y la examinó con cuidado. Los ojos del bicho parecían desesperados.

—¿A qué sabe?

—¿A qué puede saber? No come más que mierda. Sabe a mierda.

—¿Y tú la comes?

—Con especias, sal, azúcar... puedo hacer que la anguila sepa a cualquier cosa. Sigue siendo terrible, pero al menos ya no sabe a anguila. La carne de anguila es flexible. Puedes doblarla y retorcerla y hacer con ella lo que quieras.

—Ah —dijo Ansset.

Para la anciana, aquel *Ah* no significaba nada. Para Esste, quería decir: *Soy una anguila para ti. Puedes doblarme, pero yo me resistiré.*

—Vámonos —dijo Esste.

—Buena idea —contestó la mujer—. Éste no es un sitio seguro.

—Adiós —dijo Ansset—. Me alegro de conocerte.

Parecía tan contento de haberla conocido que la mujer se sorprendió y sonrió con más júbilo cuando se marcharon.

12

—Esto es un aburrimiento —dijo Ansset—. Tiene que haber más cosas que ver.

Esste lo miró sorprendida. Cuando ella misma había venido aquí como incipiente Pájaro Cantor, los espectáculos, con sus danzas, cantos y risas, le habían resultado una maravillosa sorpresa.

No había pensado que Ansset pudiera saciarse con tanta facilidad.

—¿Adónde vamos, entonces?

—Detrás.

—¿Detrás de qué?

Él no respondió. Se había levantado ya de su asiento y se abría paso entre las filas. Una mujer extendió el brazo y le dio una palmadita en el hombro. Ansset la ignoró por completo y siguió avanzando. Esste intentó alcanzarle, pero el niño se movía mejor entre los pasillos y la multitud mientras la gente entraba y salía constantemente. Le vio salir por la puerta de servicio. No tuvo más remedio que seguirle. ¿Dónde estaba el miedo y la timidez ante los extraños que normalmente mantenía a raya a los niños de la Casa del Canto?

Le encontró con los cocineros, que reían y bromeaban con él. Ansset hacía eco de sus risas y su humor y aumentaba su felicidad mientras les hablaba de tonterías. Los cocineros estaban encantados.

—¿Es su hijo, señora?

—Sí.

—Buen chaval. Un chico magnífico.

Ansset les observó cocinar. El calor era intenso. El cocinero le dio explicaciones mientras trabajaba.

—En casi todas partes usan hornos rápidos. Pero aquí seguimos las antiguas costumbres, las viejas maneras de cocinar. Es nuestra especialidad.

El sudor resbalaba por las mejillas de Ansset. Tenía los cabellos pegados a la frente y el cuello formando rizos pegajosos. Pero él no parecía darse cuenta, sin embargo Esste sí, y con un tono que implicaba que tenía que obedecerla, dijo:

—Nos vamos.

Ansset no ofreció resistencia, pero cuando ella se disponía a llevarle a la puerta por la que habían entrado, el niño se dirigió inequívocamente hacia otra salida que conducía a un muelle de carga y descarga. Los trabajadores les miraron con curiosidad, pero Ansset canturreó una tonada sin sentido y los hombres los dejaron tranquilos.

Más allá del muelle, una calleja interna servía a todos los edificios de la zona. Era una ciudad dentro de la ciudad: todos los edificios delanteros resplandecían para los visitantes, los jugadores, los buscadores de diversión, mientras en la parte trasera y en el interior de los edificios los estibadores, los cocineros, los camareros, los encargados y artistas de variedades iban de un lado a otro, circulaban en taxis cochambrosos y vaciaban la basura. Era la fealdad que generaban todos los placeres de Ciénaga, oculta a los clientes tras muros y puertas que decían «Sólo empleados».

Esste apenas podía mantener el paso de Ansset. Ya no pretendía darle ninguna orden. Él había encontrado este lugar, y era su música la que mantenía a raya a aquellas personas que podrían haberles detenido. Tenía que quedarse con él; quería seguir a su lado, porque estaba excitada por los descubrimientos que hacía, mucho más excitada de lo que él mismo parecía.

Una estación de procesado de basura; un burdel; un vehículo blindado cargando los ingresos de aquella hora de una casa de juego; un dentista especializado en arreglar los dientes de aquéllos que debían sonreír y no querían perder más de unos minutos de trabajo; un ensayo de un espectáculo satírico y un millar de estibadores que metían comida y sacaban basura.

Y un depósito de cadáveres.

—No pueden entrar ahí —dijo el embalsamador, pero Ansset se limitó a sonreír y contestar:

—Sí podemos.

Y cantó con una confianza inconmovible. El embalsamador se encogió de hombros y continuó con su tarea. Y pronto empezó a cantar también él mientras trabajada.

—Los limpio —informó. Los cadáveres entraban conducidos por una cinta transportadora. Él los trasladaba a una mesa, donde abría los abdómenes y sacaba las vísceras—. Ricos, pobres, triunfadores, perdedores, jugadores, trabajadores, mueren cien cada noche en esta ciudad, y aquí los limpiamos bien para que se conserven. Todas las tripas son iguales. Todos los olores son iguales. Desnudos como bebés.

Metió las entrañas en una bolsa. Llenó la cavidad con material plástico, rígido, y cosió la piel con una aguja ganchuda. Sólo tardaba diez minutos con cada uno de los cadáveres.

Esste quería marcharse. Tiró del brazo de Ansset, pero el niño se resistió. Observó cuatro cuerpos que llegaban. El cuarto era el de la anciana del parque. Al embalsamador acababa de terminársele la charla. Abrió el enorme estómago. El hedor se hizo más insoportable.

—Odio a los gordos —dijo el embalsamador—. Siempre hay que apartar la grasa. Me hace ir más lento. Me retrasa —tuvo que apartar montones de carne para llegar a las vísceras, y maldijo al romperlas—. Los gordos me vuelven torpe.

La cara de la mujer tenía una mueca que podría haber sido una sonrisa. Le habían cortado la garganta.

—¿Quién la mató? —preguntó Ansset, sin mostrar en el rostro y en la voz emoción alguna, aparte de la curiosidad.

—Cualquiera. ¿Cómo puedo saberlo? Un simple asesino. La pueden haber matado por cualquier cosa. Pero es pobre, claro. Conozco el olor. Comía anguilas. Si no la hubieran matado, habría muerto de cáncer. ¿Véis? —Sacó el estómago, que estaba hinchado y podrido por un gran tumor—. Tan gordo que no sabía que lo tenía. Habría acabado con ella muy pronto.

El embalsamador tuvo que intentarlo varias veces y con un hilo más fuerte para coser de nuevo el abdomen. Mientras tanto, otro cadáver llegó en la cinta transportadora.

—Maldición —dijo—. Esta noche seguro que hay quejas. Otra gratificación perdida. Odio a los gordos.

—Vámonos *ahora* —dijo Esste, dejando deliberadamente que el Control remitiera la señal suficiente como para que el niño, sorprendido, se moviera. Él dejó que le condujera a la calle interna.

—Ya es suficiente —dijo Esste—. Vámonos.

—Ella estaba equivocada —contestó Ansset.

—¿Quién?

—La mujer. Estaba equivocada. No la han dejado en paz.

—Ansset.

—Ha sido un buen viaje. He aprendido mucho.

—¿De veras?

—El placer es como hacer pan. Mucho calor, un trabajo desagradable en la cocina para unos cuantos bocados en la mesa.

—Muy bien —Esste intentó llevárselo.

—No, Esste. Puedes prohibirme cosas en la Casa del Canto, pero aquí no.

Y se soltó de ella y echó a correr hacia la entrada de artistas de un teatro. Esste le siguió, pero no era joven y aunque hacía esfuerzos por mantenerse en forma, una mujer de su edad no podía esperar en dominar a un niño obstinado en escaparse. Tuvo suerte de estar lo bastante cerca de él para ver adónde iba.

Una orquesta tocaba en una sala abarrotada, y una mujer bailaba desnuda en el escenario. Un hombre igualmente desnudo esperaba entre bastidores. Ansset estaba tras las bambalinas, rígido mientras cantaba. Su voz era alta y clara, la mujer le oyó y dejó de bailar, y pronto los miembros de la orquesta empezaron a escucharle también y a dejar de tocar. Ansset salió de las bambalinas y se acercó al proscenio, todavía cantando.

Les cantó lo que habían estado sintiendo, lo que la orquesta, patéticamente inepta, había intentado interpretar. Les cantó lujuria, pese a que él nunca la había experimentado, y el público empezó a apasionarse y a perder el control, así como también la orquesta, el hombre y la mujer desnudos. Esste lo lamentó interiormente mientras observaba. Ansset les daría todo lo que quisieran.

Pero entonces cambió su canción. Todavía sin palabras, empezó a hablarles de los sudorosos cocineros de la cocina, de los estibadores, del dentista, de la miseria que había tras los edificios. Les hizo comprender el dolor del cansancio, la pena de servir a los desagradecidos. Y por fin cantó sobre la anciana, de su risa, de su soledad y su confianza, cantó su muerte, el frío embalsamamiento sobre la mesa resplandeciente. Era una agonía, y el público lloró y chilló, y los que pudieron controlarse se pusieron en pie y salieron corriendo de la sala.

La voz de Ansset penetró las paredes, pero no resonó.

Cuando la sala quedó vacía, Esste se acercó al escenario, y Ansset la miró con unos ojos tan vacíos como el local.

—Lo comes y lo vomitas con más repugnancia que antes —dijo Esste.

—He cantado lo que había dentro de mí.

—¿En ti? Nada de todo esto ha llegado a tu interior. Llegó de las paredes y tú lo has devuelto.

La mirada de Ansset no se desvió.

—Sabía que no percibirías cuando cantaba de mí mismo.

—Eras tú el que no lo sabía. Nos vamos a casa.

—Tenía que ser un mes.

—No necesitas estar aquí un mes. Nada te cambiará.

—¿Soy una anguila?

—¿Eres una piedra?

—Soy un niño.

—Ya era hora que lo recordaras.

Ansset no ofreció resistencia. Ella le condujo al hotel, donde reunieron sus cosas y se marcharon de Ciénaga por la mañana temprano. Todo ha salido mal, pensó Esste. Creía que la relación con la humanidad le proporcionaría más amplitud, pero todo lo que ha encontrado es lo que ya poseía. Inhumanidad. Un muro impenetrable, y la prueba de que puede hacer con la gente lo que quiera.

Había comprendido demasiado bien al público de extraños. Era algo que no había sucedido antes en la Casa del Canto. Ansset no era sólo un cantor brillante. Podía oír las canciones en los corazones de la gente sin que tuvieran que cantar, oírlos, reforzarlos. Y devolverlos con venganza. Había sido obligado a ser moldeado según la Casa del Canto, pero no estaba hecho de la misma sustancia maleable que los otros. El molde no encajaba.

¿Qué romperé?, se preguntó Esste. ¿Qué romperé primero?

Ni por un momento pensó que tuviera que ser la Casa del Canto. Ansset, pese a toda su fuerza aparente, era mucho más frágil. Si se presenta así ante Mikal, advirtió Esste, hará todo lo contrario de lo que planeo para él. Mikal es fuerte, tal vez lo suficiente como para resistir la perversión en que Ansset convierte su don. ¿Pero y los demás? Ansset los destruiría. Sin querer, claro. Acudirían a beber una y otra vez a su pozo, sin saber que estarían bebiéndose en sí mismos hasta que estuvieran secos.

Ansset descansaba en el autobús. Esste lo rodeó con sus brazos y le cantó la canción del amor una y otra vez mientras dormía.

13

—No tengo tiempo para esto —dijo Esste, permitiendo que su voz sonara irritada.

—Ni yo —respondió Kya-Kya desafiante.

—Los colegios de Tew son excelentes. Tu sueldo es más que adecuado.

—He sido aceptada por el Instituto Gubernamental de Princeton.

—Mantenerte en la Tierra costará diez veces más. Eso sin

tener en cuenta el coste de llevarte hasta allí. Y el inconveniente de tener que darte una suma global.

—Ganas diez veces esa cantidad con lo que pagan a un Pájaro Cantor en un año.

Muy cierto. Esste suspiró para sí. Demasiados problemas hoy. No estaba preparada para enfrentarse a aquella muchacha. Lo que no me ha quitado Ansset lo hace el cansancio.

—¿Por qué a la Tierra? —preguntó, sabiendo que Kya-Kya reconocería la cuestión como el último jadeo de resistencia.

—Porque en mi terreno soy un Pájaro Cantor. Sé que te cuesta trabajo admitir que alguien pueda hacer algo de manera excelente y que no sea cantar, pero...

—Puedes ir. Pagaremos.

El tono de voz indicaba despedida. La misma brusquedad y despreocupación hizo que la victoria de Kya-Kya pareciera una desilusión. La muchacha aguardó unos instantes y luego se dirigió a la puerta. Se detuvo, dio la vuelta y preguntó:

—¿Cuándo?

—Mañana. Haz que el tesorero venga a verme.

Esste volvió a concentrarse en los papeles que tenía sobre la mesa. Kya-Kya aprovechó su falta de atención para echar un vistazo a la Sala Alta. Yo te elegí para este cargo, pensó, intentando sentirse superior. No sirvió de nada. Era como había dicho Hrrai: había hecho la elección obvia. Cualquiera que conociera la Casa del Canto habría nombrado a Esste para el cargo.

La habitación estaba fría, y todos los postigos estaban cerrados. Había corrientes de aire, pero no viento. Al parecer, Esste no tenía intención de morir pronto. Kya-Kya miró la ventana por la que estuvo a punto de caerse. Con los postigos cerrados, era sólo otra ventana, una parte del muro. La habitación no estaba a kilómetros del suelo, sino tan baja como cualquier otro edificio. La Casa del Canto era sólo un edificio; no le importaba si volvía a verla o no. No sentía ningún amor hacia sus piedras, se negaba a soñar con ella, ni siquiera se rebajaba a despreciarla ante sus amigos de la universidad.

Sus dedos rozaron las paredes de piedra al marcharse.

Esste alzó la mirada ante el sonido que hizo Kya-Kya al irse. Por fin. Recogió el papel que le preocupaba mucho más que los problemas de una Sorda que intentaba vengar su fracaso.

Maestra Cantora Esste:

Mikal me ha llamado a la Tierra para que sirva en su guardia de palacio. También me ha ordenado que me lleve conmigo a su Pájaro Cantor. Tengo entendido que el niño tiene nueve años. No me queda más alternativa que obedecer. Sin embargo, he dispuesto mi ruta para que Tew sea mi última parada. Dispones de veintidós días a partir de la fecha de este mensaje. Lamento la brusquedad, pero debo cumplir mis órdenes.

Riktors Ashen.

La carta había sido transmitida aquella misma mañana. Veintidós días. Y lo peor es que Ansset está preparado. Preparado. Preparado.

Yo no.

Veintidós días. Apretó un botón que había debajo de su mesa.

—Que venga Ansset.

14

Rruk acababa de entrar en Celdas y Cámaras, tal como le correspondía. Su voz carecía de potencia, pero era una cantora dulce y gustaba a todos los que la escuchaban. Celdas y Cámaras era un paso hacia adelante para aquellos que estaban entre Gemido y Campana o Campana y Brisa. Aquí era una de las más jóvenes, y en su cámara era la *más* joven. Sólo una cosa la ayudaba a olvidar su timidez: la séptima cámara. La cámara de Ansset.

—¿Vendrá Ansset? —le preguntó a un niño que estaba sentado cerca de ella.

—Hoy no.

Rruk no mostró su desilusión; la cantó.

—Lo sé —repuso el niño—. Pero eso apenas importa. De todas formas, nunca canta aquí.

Rruk había oído rumores al respecto, pero no los había creído. ¿No dejaban cantar a Ansset? Pero era cierto. Y murmuró una canción sobre la injusticia de la prohibición.

—No sé por qué —dijo el niño—. Una vez canté lo mismo en la Cámara. Me llamo Ller.

—Rruk.

—He oído hablar de ti. Fuiste la primera que le cantó a Ansset la canción del amor.

Era un vínculo: los dos habían dado algo, incluso se habían preocupado un poco por Ansset. La Cámara empezó entonces, y la conversación cesó. Ller formaba parte de un trío aquel día. Se encargaba de los tonos altos, y emitió un zumbido agudo y débil que sólo cambiaba de vez en cuando. Sin embargo, seguía siendo la voz que controlaba al trío, el centro al que las otras dos voces regresaban siempre. Al subordinar su propio virtuosismo, había logrado que la canción fuese inusitadamente buena. A Rruk le gustaba cada vez más, no sólo por Ansset, sino por sus propias cualidades.

Después de la clase, sin decidirlo de un modo particular, fueron a visitar a Ansset.

—Tuvo que presentarse al Maestro Cantor de la Sala Alta antes de la Cámara. Tal vez ya haya regresado. Normalmente Esste acude a él como maestra, así que es posible que le haya llamado para revocar la prohibición.

—Eso espero —dijo Rruk.

Llamaron a la puerta de Ansset. Cuando se abrió, él estaba allí, observándoles con aire ausente.

—Ansset —dijo Ller, y entonces guardó silencio. Con cualquier otro niño habrían hablado directamente. Pero el largo aislamiento de Ansset, su expresión en absoluto infantil y su aparente falta de interés... eran obstáculos difíciles de superar.

Cuando el silencio empezó a prolongarse demasiado, Rruk dijo bruscamente:

—Hemos oído que fuiste a la Sala Alta.

—Sí —dijo Ansset.

—¿Ha terminado la prohibición?

Ansset volvió a mirarlos en silencio.

—Oh —dijo Rruk—. Lo siento —su voz indicaba cuánto lo sentía.

Fue entonces cuando Ller advirtió que las mantas de Ansset estaban enrolladas.

—¿Te marchas? —preguntó Ller.

—Sí.

—¿Adónde? —insitió Ller.

Ansset se dirigió a las mantas, las cogió y regresó junto a la puerta.

—A la Sala Alta —dijo. Pasó junto a ellos y se encaminó corredor abajo.

—¿Para vivir allí? —preguntó Ller.

Ansset no respondió.

15

—Este trabajo no era para un buscador —dijo el buscador.

—Lo sé —respondió Esste, y le cantó una disculpa que informó de la necesidad de la tarea.

Apaciguado, el buscador dio su informe.

—Gasté los ingresos de una década de cantores para acceder a los archivos secretos del mercado de niños. Doblay-Me es un lugar sencillo para hacer negocios. Si tienes bastante dinero y sabes a quién dárselo, puedes conseguir cualquier cosa.

—¿Lo encontraste?

—Ansset fue secuestrado. Sus padres están vivos y pagarían lo que fuera por recuperarlo. Y cuando lo raptaron, tenía la edad suficiente para conocerlos, para saber que no querían perderlo. Lo secuestraron en un teatro. El secuestrador con el que hablé es ahora funcionario del gobierno. Se dedica a los impuestos o algo así. Tuve que contratar a algunos asesinos conocidos para asustarle y hacer que me hablara. Un asunto muy desagradable. No he podido cantar durante semanas.

—¿Y sus padres?

—Son muy ricos. La madre es una mujer encantadora. El padre... sus cantos son más ambiguos. No soy un gran juez de adultos, ya lo sabes. No he tenido necesidad de serlo. Pero me dio la impresión de que había culpas de las que tenía miedo. Tal vez podría haber hecho más por recuperar a Ansset. O tal vez la culpa se debe a otro tipo de cosas, a algo completamente distinto. Según la ley, ahora que ambos sabemos esto, es un delito capital no devolver al niño.

Esste le miró, cantó unas pocas notas y los dos se echaron a reír.

—Lo sé —dijo el buscador—. En cuanto se está dentro de la Casa del Canto no se tienen padres, no se tiene familia.

—¿Los padres no sospechan nada?

—Para ellos su hijo es Byrwyn. Les dije que el niño psicótico de nuestro hospital de Murrain tenía un tipo sanguíneo diferente del de su hijo.

Llamaron a la puerta.

—¿Quién?

—Ansset —fue la pregunta.

—¿Puedo verle? —preguntó el buscador.

—Puedes verle. Pero no le hables. Y cuando salgas, cierra la puerta desde fuera. Dile al Ciego que comeré de las máquinas. Nadie debe subir. Los mensajes, que lleguen a través del ordenador.

El buscador la miró sorprendido.

—¿Por qué ese aislamiento?

—Estoy preparando al Pájaro Cantor de Mikal.

Entonces se puso en pie, se acercó a la puerta y la abrió. Ansset entró con desenvoltura llevando su manta enrollada. Miró al buscador sin curiosidad. Éste le miró también a él, pero no tan fríamente. Dos años investigando el pasado del niño le habían proporcionado una importancia inusitada a sus ojos. Pero, al contemplarle, el buscador vio la falta de expresión en la cara de Ansset, y mostrando su pena le cantó a Esste, brevemente. Ella le había dicho que no hablara. Pero algunas cosas no podían ser. No podían no decirse.

El buscador se marchó. Colocó el travesaño en su sitio, al otro lado de la puerta. Ansset y Esste se quedaron solos.

Él se quedó de pie ante ella durante largo rato, esperando. Pero esta vez Esste no tenía nada que decir. Simplemente se le quedó mirando, con la cara tan inexpresiva como la suya, aunque a causa de la edad había cierta expresión permanentemente escrita en ella y no podía, por tanto, parecer tan vacía. La espera se le hizo a Esste interminable. La paciencia del niño era mayor que la de muchos adultos. Pero, eventualmente, se le acabó. Aún guardando silencio, Ansset se dirigió al banco de piedra que había junto a uno de los postigos cerrados y se sentó.

Primera victoria.

Ahora, Esste pudo dirigirse a su mesa y ponerse a trabajar. Los papeles salían por el ordenador, mientras ella escribía a mano notas para sí; escribió algunos mensajes en clave en el ordenador. Mientras trabajaba, Ansset permaneció sentado en silencio en el banco hasta que su cuerpo empezó a sentir cansancio y frío. Entonces se levantó y se puso a caminar. No intentó abrir la puerta ni los postigos. Era como si ya se hubiera dado cuenta de que aquello iba a ser un duelo de voluntades, una prueba de fuerza entre su Control y el de Esste. Las puertas y ventanas no serían ningún escape. El único escape sería la victoria.

En el exterior empezó a oscurecer, y la luz que se filtraba a través de las rendijas de los postigos desapareció. Sólo quedó la luz de la mesa, que casi nadie veía nunca encendida: la ilusión de lo primitivo se mantenía durante todo el tiempo posible y sólo el personal y los Maestros Cantores sabían que la Sala Alta no era realmente tan desnuda y sencilla como parecía. La finalidad de aquello, sin embargo, no era crear ilusión. El Maestro Cantor de la Sala Alta era invariablemente alguien que había crecido en los helados corredores de piedra y en las Salas Comunes, Celdas y Cámaras de la Casa del Canto. Un lujo repentino no significaría ninguna comodidad, sino distracción. Así, la Sala Alta parecía desnuda excepto cuando era necesario realizar alguna moderna mejora.

Ansset estaba sentado en la penumbra, en un rincón de la Sala Alta, cuando Esste abandonó finalmente la mesa y tendió sus propias mantas en el suelo. Sus movimientos le permitieron moverse. Desplegó sus mantas en la esquina más lejana, se envolvió en ellas y se quedó dormido antes que Esste.

El segundo día transcurrió en completo silencio, igual que el tercero: Esste trabajaba la mayor parte del tiempo con el ordenador, y Ansset se sentaba, paseaba o se quedaba de pie tal como le apetecía, sin que el Control le permitiera dejar escapar un solo sonido de sus labios. Comían en silencio la comida que producía la máquina, iban en silencio al lavabo situado en una esquina, donde sus desechos eran consumidos por un alterador increíblemente costoso situado en las paredes y el suelo.

A Esste, sin embargo, le costaba concentrarse en su trabajo. Nunca había pasado tanto tiempo en su vida sin música. Nunca había pasado tanto tiempo sin cantar. Y en los últimos años nunca había estado un solo día sin escuchar la voz de Ansset. Sabía que aquello se había convertido en un vicio, pues mientras a Ansset le estaba prohibido cantar para los demás en la Casa del Canto, su voz cantaba siempre en su celda, y habían conversado muchas veces durante horas. No obstante, el recuerdo de Esste de aquellas conversaciones confirmaba su resolución. Un intelecto superior a sus años, una gran percepción de lo que sucedía en la mente de la gente, pero ningún indicio de lo que sucedía en su propio corazón. Hay que hacerlo, se decía. Sólo esto puede romper sus barreras. Y debo ser suficientemente fuerte para necesitarle menos de lo que él me necesita a mí, para poder salvarle, se gritaba en silencio.

¿Salvarle?

Sólo para enviarle a la capital de la humanidad, a su gobernante. Si para entonces no he encontrado un modo de adentrarme en su profundo pozo, Ansset nunca escapará. Allí su propia cerrazón será aplaudida, honrada, adorada. Hará carrera, pero cuando vuelva a la Casa del Canto a los quince años no quedará nada. Nunca podría enseñar; sólo cantar. Y sería un Ciego. Aquello lo mataría.

La mataría también a ella.

Y así, Esste guardó silencio durante tres días, y a la cuarta noche fue despertada por la voz de Ansset. El niño no estaba despierto. Pero la voz tenía que surgir. Cantaba en sueños, cosas sin sentido, caprichosas, la mitad eran canciones infantiles que se enseñaban a los nuevos y los Gemidos. Pero en su sueño su Control se había quebrado. Sólo un poco.

El cuarto día comenzó otra vez en completo silencio, como si hubiera que repetir la pauta eternamente. Pero durante la jornada, en algún momento, Ansset pareció tomar una decisión y, cuando la Sala Alta estaba más cálida, por la tarde, habló.

—Debes tener razones para tu silencio, pero *yo* no tengo razones para el mío, excepto que estás callada. Así que si sólo estabas intentando que dejara de ser testarudo y hablara, estoy hablando.

La voz estaba perfectamente controlada, los matices sugerían una rendición formal, pero ningún reconocimiento real de la derrota. Una victoria leve, sólo leve. Esste no mostró ninguna señal ante el hecho de que Ansset hubiera hablado. Sin embargo, se sentía agradecida, no tanto porque fuera otro paso hacia adelante, sino porque podía oír de nuevo la voz de Ansset. El hecho de que el niño hablara con perfecto Control estaba ligeramente más cerca de su objetivo que el que estuviera en silencio con un Control perfecto.

Al ver que ella no respondía, Ansset volvió a guardar silencio, hizo algunos ejercicios ocasionales como antes y no dijo nada durante varias horas. Pero al caer la noche, cuando Esste se tendió sobre su manta y Ansset hizo lo mismo en la suya, empezó a cantar. Esta vez no lo hacía en sueños. Las canciones habían sido elegidas deliberadamente, eran hermosas melodías que a Esste le gustaban mucho. La hacían confiar en que todo saldría bien, que las preocupaciones no tenían sentido, que Ansset no tendría problemas. Después de un rato, la hicieron creer que Ansset ya estaba bien, y que ella había estado exagerando sus miedos por su preocupación por él ante la responsabilidad aterradora a la que iba a enfrentarse.

Esste se asustó. Su Control no mostró ninguna señal externa, pero en su interior estaba furiosa consigo misma. Ansset utilizaba su voz contra ella, empleaba su don. Había sentido su preocupación y su deseo de paz y jugaba con aquéllo, intentando cogerla desprevenida.

Estoy fuera de mi clase, advirtió ella. Soy un Gemido que intenta cantar un dueto con un Pájaro Cantor. ¿Cómo puede compararse mi silencio con su canto como arma en esta batalla?

Ansset cantó aquella noche durante horas, y ella permaneció despierta, resistiéndose y concentrándose en los problemas y preocupaciones de la Casa del Canto: la presión que hacía Escarcha para que abriera la sección noroeste, que la Casa del Canto no utilizaba casi nunca, para buscar petróleo; las quejas que hacía Madera acerca de que los piratas usaban las islas desiertas del suroeste como bases para sus correrías en el golfo; la cuestión de dónde invertir la enorme suma que el emperador pagaría cada año por tener un Pájaro Cantor; el daño que se produciría cuando Mikal el Terrible recibiera un Pájaro Cantor y el resto de la humanidad, que siempre había creído que la Casa del Canto era la única institución inviolable que quedaba en la galaxia, perdiera su fe y pensara que a cambio de dinero, o bajo presión, hasta la Casa del Canto rebajaba sus criterios.

Todos estos pensamientos bastaban para ocupar días y semanas bajo circunstancias normales. Pero las canciones de Ansset jugaban con sus nervios y aunque no estaba completamente atrapada por ellas, tampoco podía escapar del todo. Incluso después de que Ansset se rindiera y se pusiera a dormir, Esste permaneció despierta, temiendo el día siguiente. Me preocupaba por cómo esto afectaría al niño, pensó irónicamente. Es mi Control el que está en peligro, no el suyo.

Ansset le cantó esporádicamente a lo largo del día siguiente, y Esste descubrió que, despierta, podía resistirlo mejor que con el cansancio de la noche. No obstante, la resistencia requería esfuerzos, y cuando llegó la noche estaba aún más cansada que antes, y la prueba fue aún más dura.

Sin embargo, su Control no se quebró, y aunque Ansset pudo sentir emociones que su Control escondía a otras personas, aparentemente no se dio cuenta de lo cerca que había estado del éxito. Al sexto día volvió a guardar silencio. Y mostró indicios de la tensión que experimentaba. Se ejercitó más a menudo. La miraba con más frecuencia. Y tocó dos veces la puerta.

16

¿Está loca? Ansset lo pensó más de una vez. No podía imaginar otra razón para que lo tuviera encerrado en completo silencio. Ni el silencio ni los cantos servían para nada. ¿Qué quería?

¿Me odia? Se había planteado aquella pregunta con frecuencia durante los últimos años. Durante su prohibición, la presión le había parecido casi insoportable. Pero confiaba en ella... ¿en quién si no podría confiar? Era terrible saber que todo el mundo se preguntaba qué era lo que había hecho mal cuando sabía que no podía decírselo porque *no* había hecho nada mal. Y las descabelladas ideas que Esste tenía sobre su mente... a menudo no podía comprender a dónde quería llegar, pero a veces sentía que se acercaba. Ella le acusaba de no cantar acerca de sí mismo. Y sin embargo él sabía que sus cantos eran la máxima alegría de su vida. Mirar a las personas, comprenderlas, cantarles y cambiarlas; casi las recreaba, casi sentía que podía cogerlas y rehacerlas, convertirlas en mejores que antes. ¿Cómo era posible que aquéllo no surgiera de él?

Y ahora, silencio. Silencio hasta que le dolía la cabeza. En toda su vida no se había producido un silencio semejante, y no sabía qué hacer con él. ¿Por qué te acercaste tanto a mí si sólo pretendías acabar conmigo? Y sin embargo Esste no intentaba acabar con todo; aquí, en la Sala Alta, estaba pasando todo el tiempo con ella. No, Esste no estaba intentando herirle. Había un propósito en todo esto. Un loco propósito.

De alguna manera, me ha malinterpretado. Ansset se entristecía al pensar que nadie pudiera comprenderle. No podía esperarlo de los niños; los maestros y profesores apenas le conocían; pero Esste... Esste le conocía mejor que nadie. Le he cantado todas las canciones que sé, y las ha rechazado. Le mostré que podía cantar ante un teatro lleno de extraños y cambiarlos, y me dijo que había fracasado. No puede admitir que soy capaz de hacer algo bien.

¿Está celosa? Ella misma fue un Pájaro Cantor. ¿Puede ver que soy mejor que ella y por eso quiere herirme? Aquella idea le atraía porque tenía cierta explicación racional. *Podría* ser cierta, mientras que la locura estaba totalmente fuera del tema, no importaba lo a menudo que intentara convencerse de ello. Está celosa.

Si Esste se diera cuenta, dejaría de perseguirle. Podrían ser amigos otra vez, como aquel día en las montañas, junto al lago, cuando le enseñó el Control. Pero el lago... Aquello estaba claro, le había enseñado la *razón* para el Control. No era sólo una cuestión de *no* llorar, *no* reír, o de quedarse callado hasta que dijeran lo contrario, todas las cosas sin sentido contra las que se había rebelado, y que había odiado y lamentado mientras estudiaba en las Salas Comunes. El Control no tenía como fin atarlo, sino llenarlo. Y el mismo día de la lección se había relajado, permitiendo que el Control, en vez de ser algo externo que le presionaba, fuera algo en su interior que le mantuviera seguro. Nunca he sido más feliz. Era como si la angustia y el miedo que siempre le habían amenazado antes, hubieran desaparecido. Me convertí en un lago, pensó, y sólo cuando canto se vierte agua. Incluso entonces, cantar es fácil, algo que se produce suave y naturalmente. Gracias al Control puedo ver la pena y comprendo su canción. No me asusta como antes... me da música. La muerte es música, y el dolor, y la alegría, y todo lo que la gente siente... todo es música. Yo la dejo entrar y que me llene, y sólo sale música de mí.

¿Qué está intentando hacer? Ni ella lo sabe.

Tengo que ayudarla. He usado mi música para ayudar a los extraños en Encrucijada, para despertar las almas dormidas de Ciénaga. Pero nunca la he usado para ayudar a Esste. Está preocupada y no sabe por qué, y cree que es culpa mía. Le mostraré qué es lo que teme realmente, y entonces tal vez me comprenda.

Cuando canté, traté de calmar su miedo. Esta vez se lo demostraré más claramente que nunca.

Y tras tomar aquella decisión, Ansset se durmió en la octava noche de su estancia en la Sala Alta. No mostró, naturalmente, ningún signo externo de lo que había pasado por su mente. Su cuerpo permaneció tan rígido como cuando cantaba, como cuando dormía.

17

Ansset ya no se sentaba en la periferia de la sala ni se ejercitaba periódicamente como había hecho antes. Al octavo día de confinamiento se sentó en mitad de la estancia, directamente ante el escritorio, y miró a Esste mientras trabajaba. Ella dedujo inmediatamente que iba a atacar hoy, y se afianzó en su interior. Pero no estaba preparada, no era capaz de enfrentarse con lo que el niño le iba a hacer.

Su canto era dulce, pero no tranquilizador. La canción la obligaba a recordar. Ansset había descubierto la canción de la nostalgia. Esste se esforzó, sin mostrar indicio alguno, por seguir trabajando. Pero mientras examinaba los informes de las explotaciones madereras en el Bosque Blanco dejó de sentirse como la Maestra Cantora que iba envejeciendo en la Sala Alta. Se sintió Esste, el Pájaro Cantor de Polwee, y en vez de paredes de piedra vio cristal por el rabillo del ojo.

El cristal del palacio que Polwee había construido para su familia en la falda de una montaña de granito cubierta de nieve, un palacio que parecía más el trabajo de la naturaleza que la montaña misma. Todo lo demás parecía artificial después de haber visto el hogar de Polwee. Pero lo recordaba mejor desde dentro que desde fuera. El sol brillando a través de un millar de prismas en todas las estancias, un centenar de lunas que surgían en la noche allá donde mirara, suelos que parecían invisibles, habitaciones cuyas proporciones eran todas incorrectas y que sin embargo eran completamente perfectas, y más que la belleza del lugar, la belleza de la gente.

Polwee era la asignación más placentera que nadie podría recordar. Había acudido a la Casa del Canto para solicitar un Pájaro Cantor o un cantante sólo unas pocas semanas antes de que Esste estuviera preparada. Habló con la Maestra Cantora Blunne e inmediatamente la mujer dijo:

—Puedes tener un Pájaro Cantor.

Polwee no había llegado a preguntar siquiera el precio, y cuando llegó la hora de pagar, no le importó que fuera la mitad de su riqueza.

—Habría valido la pena dar todo mi dinero —le dijo a Esste cuando se despidió para regresar a la Casa del Canto a los quince años.

Esste sólo había conocido gente buena, amable, y en el palacio de Polwee siempre hubo amor y alegría para cantar.

Amor, alegría y Greff, el hijo de Polwee.

(No puedo recordar esto, dijo Esste, e intentó continuar con su trabajo, pero ahora la Sala Alta estaba fuera de su visión y la realidad era toda cristal y luz. Estaba sentada, rígida, ante la mesa, y sólo su Control evitaba que traicionara cualquier emoción, pero se sentía completamente incapaz de trabajar o pretender que estaba haciéndolo porque la canción de Ansset la llevaba demasiado lejos, a demasiada profundidad.)

Greff era digno hijo de su padre. Preocupado más por la felicidad de Esste que por la suya propia desde el momento en que llegó. Entonces él tenía diez años y ella nueve. Y durante el último año, los efectos de la droga empezaron a desaparecer y Esste alcanzó la pubertad sólo unos pocos meses antes de lo previsto.

Todavía no tuvo efecto en su voz, y sólo se manifestó ligeramente en su cuerpo. Pero a Greff le estaba creciendo un bigote de adolescente, y era aún más amable que antes, provisto de una timidez que la hacía sentir un cariño infinito, y un invierno hicieron el amor casi por accidente mientras la nieve caía sobre el cristal.

No fue algo prohibido. En realidad, ni siquiera fue una pérdida del Control. Esste había cantado durante todo el acto, al tiempo que aprendía nuevas melodías. Pero no quería dejarle.

Se dio cuenta de que Greff era más importante para ella que ninguna otra persona de la Casa del Canto. ¿A quién había amado como a él? ¿A quién había amado antes? Esste intentó ser racional y consciente de que había pasado casi siete años con Greff, casi la mitad de su vida, y que no importaba lo que sintiera por él, pues ella seguía siendo una criatura de la Casa del Canto y no sería feliz viviendo siempre fuera de ella.

No sirvió de nada. El Maestro Cantor fue a recogerla, y Esste se negó a volver con él.

El Maestro Cantor fue paciente. Aún era un hombre de mediana edad: pasarían años antes de que fuera nombrado Maestro Cantor de la Sala Alta, y Nniv no había aprendido aún la brusquedad necesaria que más tarde le permitiría asumir responsabilidades más pesadas. Así que, en vez de discutir, Nniv simplemente habló con Polwee y le pidió permiso para quedarse con ellos una temporada. Polwee estaba preocupado.

—No sabía nada —decía una y otra vez, pero como Nniv

cantó luego a Esste: *no habría importado que lo supiera, ¿verdad?* Por supuesto que no. Esste se había enamorado de Greff en sus primeros juegos en el cristal, el mismo año de su llegada.

Cuanto más prolongaba Nniv su estancia, más pacientemente esperaba, más importantes se volvían para Esste los recuerdos de la Casa del Canto. Empezó a recordar a sus profesores y maestros cantando en la Cámara. Empezó a pasar más tiempo con Nniv. Un día cantó un dueto con él. Al día siguiente, volvió a casa.

(El canto de Ansset no cedía. Esste no había vuelto a acordarse de aquel día desde hacía años. Y nunca lo había recordado con tanta claridad como ahora. Pero no podía resistir el poder del niño, y volvió a revivir la escena).

—Me marcho, Greff.

Y Greff la miró a la cara con sorpresa, y su voz sonó dolorida cuando habló.

—¿Por qué? Te amo.

¿Qué podía explicarle? ¿Que los niños de la Casa del Canto necesitaban a otros cantores tanto como necesitaban cantar? Greff nunca lo comprendería. De todas formas, intentó decírselo.

—¡Esste, Esste, te necesito! Sin tus canciones...

Esa era otra cosa. Las canciones... ella tendría que interpretar eternamente si se quedaba con Greff. No podría negarse a cantar, pero ahora, después de sólo siete años, se sentía cansada de cantar para la gente cuyas únicas canciones eran burdas aproximaciones de lo que pensaban y sentían o, aún peor, mentían.

—¡No tienes que cantar si no quieres! —gimió Greff, con la voz llena de desesperación, la cara cubierta de lágrimas—. Esste, ¿qué es lo que te ha hecho ese Maestro Cantor? Estabas dispuesta a desafiar ejércitos para quedarte conmigo, y de repente hoy ya no te importa nada, estás dispuesta a dejarme sin pensarlo más.

Ella recordó sus abrazos, sus besos, sus súplicas, pero incluso entonces el Control había funcionado, y por fin Greff se marchó, herido en lo más profundo porque el cuerpo de Esste se había mostrado impasible ante él. Pacientemente, Esste le explicó la única razón que el muchacho podría comprender. Le habló de la droga que retrasaba la pubertad durante años, la cual no tenía efecto permanente, aparte del único hecho que contaba: que cantantes y Pájaros Cantores eran estériles de por vida.

—¿Por qué otro motivo crees que traemos los niños del exterior? No sería bueno que nacieran niños en la Casa del Canto, porque entonces estaríamos más preocupados por ser padres que por ser cantores. No puedo casarme contigo. No podríamos tener hijos.

Pero él insistió, exigió. No le importaba no tener hijos, sólo le importaba ella, y Esste por fin se dio cuenta de que el amor no era sólo dar, era también...

(¡No quiero seguir recordando! Pero la canción de Ansset no cesaba...)

Era también posesión, propiedad, dependencia, rendición. Se dio la vuelta y salió de la habitación, fue a ver a Nniv y le dijo que regresaría con él a la Casa del Canto. Greff irrumpió en la sala, con un frasco de píldoras en la mano, amenazando con matarse si Esste se marchaba. Ella no tenía respuesta alguna que ofrecerle, sólo deseaba que Greff aceptara la situación de buen grado, que la gente de fuera de la Casa del Canto pudiera también aprender el Control, porque aliviaba el dolor mejor que ninguna otra cosa. Y por eso le dijo:

—Greff, me marcho porque Nniv y yo cantamos a dúo anoche. Nunca podrás cantar conmigo, Greff. Por eso no puedo quedarme contigo.

Se dio la vuelta y se marchó. Más tarde, Nniv le dijo que Greff había ingerido el veneno. Se había salvado, por supuesto. En una casa llena de criados es difícil suicidarse, y Greff no tenía intención de morir lentamente, sólo de forzar a Esste a quedarse con él.

No obstante, ella precisó de todo su Control para no echarse atrás, para no cambiar de idea al entrar en la nave estelar y suplicar una oportunidad más para quedarse con Greff.

El Control la había salvado. Y el canto de Ansset insistía: *Déjame mi Control. No rompas mi Control.*

Era de noche. Esste seguía sentada ante la mesa, con la luz eléctrica sobre la cabeza. Ansset dormía en un rincón. Esste ignoraba cuánto tiempo hacía que el niño se había ido a dormir, cuándo había terminado la canción o cuánto tiempo había permanecido rígida junto a la mesa. Le dolían los brazos, la espalda. Las lágrimas que su Control apenas había podido contener presionaban tras sus ojos, y supo que la victoria de hoy pertenecía a Ansset. No había manera de que el niño pudiera saber qué partes de su pasado eran más dolorosas, pero su canto podía, de todas formas, evocar aquellos recuerdos, y Esste temía la mañana y las canciones de Ansset, pero se tumbó de todos modos, se quedó dormida al instante, sin soñar nada, y la noche transcurrió en un momento.

18

Riktors Ashen llegó sin anunciarse al planeta Garibali, su última parada antes de Tew. Prefería llegar de esta manera en las misiones que Mikal le encomedaba. Sin embargo, no hubo señal de que hubiera agitado a nadie; no hubo pánico cuando presentó sus credenciales en la aduana. El oficial a cargo simplemente se inclinó, le preguntó si tenía alguna preferencia en cuanto a hoteles y envió un coche privado a recogerle. Aquello preocupó a Riktors porque indicaba que las cosas en este lugar eran aún peores de lo que habían mostrado los informes. El problema podía darse sólo en la nación de Escala, donde había aterrizado, o en todo el mundo, pero habían estado esperando a un mensajero imperial... y en un mundo libre de nombre, eso significaba que sabían que había alguna razón para que tuviera que venir uno.

Alguien se había pasado un buen rato avisando por teléfono. El personal del hotel estaba preparado cuando él llegó. Riktors observó con diversión cómo la elaborada cortesía daba paso ocasionalmente al terror. En el hotel, al menos, el emisario de Mikal no había sido buscado.

Había una mujer esperándole en su habitación.

Riktors cerró la puerta.

—¿Eres un oficial o una puta? —preguntó.

Ella se encogió de hombros.

—¿Una puta oficial, tal vez? —sonrió. Estaba desnuda.

Riktors no se impresionó. Por muy eficientes que fueran en Escala, desde luego no tenían gusto.

—Talaso —dijo.

—¿Sí? —preguntó ella, sorprendida.

—Quiero verle.

—Oh, no —contestó ella, indefensa—. No puedo hacer *eso*.

—Creo que puedes y lo harás.

—Pero nadie le ve sin cita previa...

—Tengo una cita —extendió la mano y la tocó en el cuello de una manera casi afectiva. Pero había un pequeño dardo entre sus dedos, y aunque ella dio un respingo ante el repentino aguijonazo, la droga surtió efecto con rapidez.

—¿Talaso? —preguntó, soñolienta.

—Inmediatamente.

—No sé.

—Pero sabes quién *sabe*.

La mujer le condujo fuera del hotel. Riktors no se molestó en vestirla; era incapaz de sentir vergüenza bajo la droga, y a él le parecía apropiado, e incluso simbólico: el mundo entero desnudo ante él.

Hizo falta drogar a otro confundido oficial antes de que Riktors Ashen se plantara ante la puerta del despacho de Talaso. La recepcionista llamó, como es natural, a la guardia, y tres soldados con las armas alzadas se presentaron rápidamente, dispuestos a matar a Riktors antes de que se le dejara entrar. Pero entonces la puerta se abrió y apareció Talaso en persona, tranquilo y confiado.

—Dejad que pase el señor Ashen, por favor. Tenía intención de verle mañana, pero ya que es tan impaciente, le atenderé ahora.

Los guardias, reacios, le dejaron ir, y Riktors entró en la habitación. Inmediatamente dio comienzo a la acusación formal.

—Es sabido que está usted construyendo naves estelares capaces de actividad militar. Se sabe que sus impuestos son demasiado elevados. Se sospecha que su fuerza policial es tres veces superior al máximo legal, y se le acusa de dominar y pedir tributos al menos a otras cuatro naciones de Garibali. Los hechos, las sospechas y las acusaciones son suficientes para llevarle a juicio ante el emperador. Si se resiste al arresto, estoy autorizado a convertirme en juez y ejecutar yo mismo la sentencia. El cargo que se le imputa es traición; queda arrestado.

Talaso no perdió la sonrisa. Tal vez, pensó Riktors, no se da cuenta del peligro. Quizá cree que, puesto que mi tono es tan casual, puede resistirse, o retrasarme, o discutir.

—Señor Ashen, los cargos son serios.

—Tiene que venir conmigo de inmediato —dijo Riktors.

—Por supuesto que obedezco al emperador, pero...

—Este no es un juicio, no tengo tiempo para escuchar sus protestas, y no le servirán de nada. Venga conmigo, Talaso.

—Señor Ashen, tengo responsabilidades aquí. No puedo marcharme ahora mismo.

Riktors miró su reloj.

—Cualquier retraso o intento de retraso constituirá un crimen de traición por resistirse al arresto del emperador. La pena para semejante delito es la muerte.

—No se olvide de que tengo tres guardias detrás de usted y que ha cometido el error de venir a mi nación, a mi ciudad, solo.

—¿De dónde ha sacado la idea de que estoy solo? —preguntó Riktors.

Talaso parecía irritado; Riktors sabía que ahora él se daba cuenta por primera vez de que se había mostrado demasiado confiado.

—Es el único pasajero que desembarcó de su nave.

—Los soldados del emperador ya han tomado completo control del aeropuerto, Talaso.

—¡Es una nave de pasajeros! —dijo furioso Talaso—. No puede engañarme. ¡Los sellos identificadores la declaran como nave de pasajeros! Los identificadores están absolutamente a prueba de entrometidos.

—Por decreto del propio emperador —dijo Riktors.

—Disparadle —ordenó Talaso a los guardias, quienes permanecían con los láseres en la mano. Sin embargo, ya empezaban a sentir los efectos de la droga que Riktors había liberado al tensar los músculos de sus nalgas mientras golpeaba la bota contra el suelo. El terror de Talaso súbitamente le venció y empezó a temblar y a gritar, pidiendo ayuda mientras buscaba un arma en su mesa.

—Talaso, es culpable de traición. Se le sentencia a muerte. Míreme.

Talaso intentó esconderse tras el escritorio; pero miró a Riktors por un momento, el suficiente como para que el dardo del enviado del emperador le alcanzara en el ojo.

Talaso se llevó las manos a la cara; entonces el veneno hizo efecto. Vomitó violentamente, hasta que la mandíbula se le dislocó. Cayó sobre la mesa, empezaron los espasmos. Sus músculos se contrajeron bruscamente. Saltó y se retorció como un pez que busca aire, hasta que uno de sus espasmos lo hizo retorcerse con tanta fuerza que le rompió el cuello. Entonces se quedó quieto, con el pelo manchado de su propio vómito y la cara vuelta en un ángulo que nunca habría podido alcanzar en vida.

Riktors sonrió. Servir como emisario de Mikal era un trabajo desagradable. Sin embargo, lo había desempeñado bien durante los últimos años, y por fin había sido ascendido a la guardia de palacio. Podría haber ejercido el oficio de asesino, un feo empleo de cautelas y muertes naturales bien simuladas, una tarea sin futuro. Riktors estaba seguro de que habría sido un buen asesino, y tenía buenos amigos entre aquel grupo exclusivo..., pero era mucho mejor gobernar. Aquella era, en realidad, la parte del trabajo que a Riktors le gustaba, y gracias a Dios el emperador le había escogido para recorrer ese camino y no el otro.

Se dio la vuelta y abrió la puerta. Habían llegado más guardias. Riktors los mató a todos, así como a la recepcionista de Talaso, a la prostituta oficial y al confundido oficial que lo había traído hasta aquí.

Entonces llamó a los otros burócratas de las habitaciones colindantes. Los llevó a la oficina de Talaso y les mostró el cadáver.

—Supongo que un equipo holográfico estará rodando —dijo. Era cierto—. Duplíquenlo y emítanlo inmediatamente a Escala y a todo el mundo.

El oficial al que estaba mirando parecía confuso.

—Amigo mío —dijo Riktors—. No me importa cuál ha sido su trabajo antes. Ahora soy el gobernador de Escala, en nombre del emperador Mikal, y hará lo que le digo o morirá.

Los cadáveres que había a su alrededor eran una prueba suficiente de su poder. El oficial se marchó rápidamente, y Riktors continuó dando órdenes, poniendo ya en funcionamiento los cambios que había que completar en una semana para mantener su calendario previsto, de forma que ningún otro dictador pudiera aparecer en Garibali durante siglos. Cogió el teléfono y llamó al aeropuerto. Su lugarteniente había estado esperando su llamada.

—Procedan —dijo Riktors—. Tengo a Talaso aquí. Muerto, por supuesto, y nos estamos desenvolviendo bien.

—Tengo un mensaje del emperador para usted. Sus agentes en Clike han descubierto que los rumores eran infundados y su visita allí ha sido cancelada. Le ordena que se dirija a Tew en cuanto este trabajo esté terminado.

Tew. La Casa del Canto y el Pájaro Cantor de Mikal.

—Entonces informa a la Casa del Canto de que llegaremos una semana antes de lo previsto.

No había que olvidar la cortesía si se pretendía que la maquinaria de gobierno avanzara sin problemas. La Casa del Canto. Aquella mujer fría y aterradora, Esste, y el hermoso niño que no quiso cantar para él. Politicastros y aventureros como Talaso eran fáciles de manejar. Pero cómo ganarle a los cantores, cómo obtener un regalo que sólo se podía dar libremente: aquellas eran cuestiones cuyas respuestas no podían encontrarse. Era una misión que no se podía manejar de modo rutinario, y si tenía éxito sería porque ellos lo permitirían. Si fracasaba, sería el final de su carrera, el freno definitivo a su ambición, porque una vez fue el soldado más próximo a Tew, en quien el emperador Mikal podía confiar.

Maldita mala suerte.

Se sentó ante la mesa de la recepcionista y empezó a reorganizar el gobierno de Escala mientras sus soldados tomaban el control de todos los otros gobiernos de Garibali, uno a uno, y colocaban el destino de dos mil millones de personas en las manos de Riktors. Con el placer del poder, Riktors pronto puso al Pájaro Cantor en el fondo de su mente, en un lugar donde no necesitaba preocuparse. Aunque no lo olvidó del todo.

19

Era el cuarto día que Ansset atormentaba a Esste. Estaba casi oscuro afuera, y la Sala Alta se enfriaba. Ansset había dejado de cantar hacía una hora, pero no pudo moverse. Permanecía sentado en medio de la sala, miraba a Esste y tenía miedo.

Ella estaba sentada, inmóvil, con los ojos abiertos, mirando al frente pero sin ver nada. Sus manos descansaban sobre la mesa que tenía delante. No se había movido de aquella posición desde que Ansset empezó a cantar por la mañana.

Y ahora el niño estaba lleno de dudas. No comprendía qué le estaba sucediendo a la mujer. La primera vez se excitó porque la había visto cambiar. Aunque el Control la mantenía y aún permanecía en silencio, había dejado de trabajar y había perdido su capacidad de concentrarse en el ordenador de la mesa. Ansset pensaba que el fin tendría lugar al día siguiente. Pero al día siguiente ella aguantó, y al otro, y ahora el niño se daba cuenta de que Esste no iba a ceder. Sabía que aquellas eran las canciones que la harían sentir miedo. Pero él no tenía ni idea de cuáles eran los miedos que había convocado.

Cada noche, cuando se iba a dormir, la dejaba petrificada ante la mesa; cada mañana, cuando se despertaba, ella seguía dormida entre sus mantas; luego se despertaba sin decir nada, sin apenas mirarle, se levantaba, comía, se dirigía a la mesa y empezaba a trabajar. Cada día, él empezaba a cantar y, poco después, Esste dejaba de trabajar y adoptaba su pose diaria de estudiada falta de atención.

¿Qué le estoy produciendo que no puedo ver en su cara?

Ansset se sentía intranquilo, sabía que tenía que actuar. Se detuvo (Control), y cuando se levantó lo hizo lentamente (Control) y no se puso a caminar de un lado a otro, sino que se dirigió directamente hacia un postigo y trató de abrirlo. Al hacerlo, comprendió que aquello era un signo de que su propio Control estaba flaqueando. Ante esta idea, se percató instantáneamente de las paredes de roca que había en su interior, el lago profundo y plácido que crecía dentro de ellas. Sin embargo, algo se agitaba en el fondo del lago.

Tocó la fría pared de piedra entre las ventanas y oyó el gemido del viento en el exterior. Tal vez se acercaba la primera tormenta del otoño. ¿Por qué le había traído Esste aquí? ¿Qué era lo que intentaba conseguir?

¿Qué le he hecho?

Examinó el lago, muy profundamente, y empezó a comprender qué era lo que le sucedía. Después de once días en la Sala Alta, comenzaba a tener miedo. Las cosas estaban fuera de su control. No podía marcharse. No podía obligar a Esste a que hablara, ni siquiera a llorar ni a mostrar indicio alguno de lo que sentía. (¿Por qué es tan importante que muestre signos de sentimientos?) Y ahora, sentía cosas dentro de las paredes de su Control que no pertenecían a aquel lugar. El miedo se sacudió en el fondo de su alma. Miedo no sólo a lo que pudiera sucederle a él en la Sala Alta, sino de lo que pudiera haberle hecho a Esste. No podía expresarlo con palabras, pero se daba cuenta de que si algo le sucedía a ella, también le sucedería algo a él. Había una conexión. De alguna manera, estaban ligados, eso creía él. Y al despertar los miedos de Esste habían despertado también los suyos propios. Estaban al acecho. Estaban dentro de sus paredes y no sabía cómo controlarlas.

Háblame, Esste, dijo en silencio. ¡Háblame y enfádate conmigo, exígeme que cambie, pégame, alábame o canta cosas sin sentido sobre las ciudades de Tew, pero deja de esconderte de mí!

Ella no parecía viva, ni humana. Su rostro continuaba inexpresivo, su cuerpo, *inmóvil*. Los seres humanos se movían. Sus caras expresaban cosas.

No romperé el Control.

—No romperé el Control —cantó en voz baja.

Pero en el momento de cantarlo supo que no era cierto, y el miedo se agitó en su interior.

20

Era su pesadilla infantil a la que Esste se aferraba. Un rugido en sus oídos y un vasto globo invisible que crecía y crecía y rodaba hacia ella para aplastarla, tragarla, llenarla, vaciarla...

Y el globo la alcanzaba, rugiendo como una tormenta en el mar. Ella no era más que una chiquilla que sostenía fuertemente la manta en torno a su cuello, tumbada de espaldas, los ojos muy abiertos, viendo y no viendo el techo de la Sala Común, viendo y no viendo el vasto rugido que había llenado el salón. Abría las manos para apretarlas contra el globo, pero éste era demasiado pesado y no podía levantarlas contra su peso. Cerraba los puños, pero el material del globo no podía abarcarse con facilidad, y se comprimió entre sus dedos y puños de manera que en lugar de detenerlo lo sostenía. Si abría la boca el globo entraría y la llenaría. Si cerraba los ojos, podría cambiar sin que lo viera. Y así permanecía tumbada hora tras hora hasta que el sueño la vencía o hasta que gritaba y gritaba y gritaba.

Pero nadie acudía nunca, porque jamás emitía un sonido.

La pared de piedra emergió de las sombras. Era noche cerrada, y la luz que se filtraba por entre las rendijas de los postigos había desaparecido. Ansset ya no estaba en medio de la habitación. Pudo verle dormido en un rincón, acurrucado entre la manta. El viento aullaba en el exterior; hacía frío. Esste acercó sus dedos rígidos y fríos al ordenador e hizo que la sala estuviera más cálida. Estaba acostumbrada al frío, pero Ansset era todavía joven. Congelarlo hasta la muerte no serviría de nada.

Se incorporó lentamente, para que su cuerpo pudiera ajustarse al movimiento. Su espalda protestó. Pero los dolores de su cuerpo no significaban nada. Hoy había sido peor que nunca; los terrores de la infancia, y no un recuerdo del pasado, regresaban para vengarse. No puedo soportar otro día más como éste. Se había dicho lo mismo ayer, y sin embargo lo había soportado.

¿En qué me diferencio de él?, se preguntó. También yo me escondo tras el Control. También yo soy inalcanzable y no expreso más que aquello que quiero expresar. Tal vez si me relajo, si rompo el Control aunque sea sólo un poco, Ansset haga lo mismo y sea otra vez humano.

Pero sabía que no intentaría hacer el experimento. Él tenía que abrirse primero. Si ella daba el primer paso nada habría valido la pena, y Ansset sería más fuerte y ella más débil la próxima vez que lo intentara. Si es que había una próxima ocasión. Veintidós días. Era la duodécima noche, y mañana sería el duodécimo día. Había transcurrido la mitad del tiempo y Esste no había conseguido nada de importancia excepto que su propia fuerza estaba flaqueando y se preguntaba si podría soportar otro día.

Se aproximó a su rollo de mantas, las extendió en el suelo y se inclinó para acostarse. Pero, entonces, miró al rincón donde dormía Ansset, y rápidamente alzó la vista y se dio cuenta de que Ansset no estaba dormido como las otras veces. Tenía los ojos abiertos. La estaba mirando.

¡No cantes!, gritó ella en silencio. ¡Déjame en paz!

Ansset no cantó. Sólo siguió mirándola. Y entonces, con una voz controlada y tranquila que no expresaba emoción alguna, dijo:

—¿Podemos acabar ya?

¿Podemos acabar ya? Si no hubiera sido por el Control, ella se habría reído histéricamente. ¿*Él* me pide clemencia? Su voz era aún fría; la batalla todavía continuaba; pero Ansset había pedido que acabara, y aquello, de alguna manera, le hacía sentir que había conseguido algún progreso. No. *Ella* no había progresado. Lo había hecho *Él*. Era un signo de que tal vez la batalla terminaría.

Esste durmió un poco mejor esa noche.

Por la mañana había un mensaje en el ordenador. Riktors Ashen había enviado una pesarosa nota diciendo que el emperador había cancelado varias misiones y que llegaría a Tew una semana antes de lo previsto. El emperador había sido muy explícito. La Casa del Canto le prometió un Pájaro Cantor. Lo necesitaba ahora. Si el Pájaro Cantor no partía con Riktors Ashen inmediatamente, Mikal sabría que la Casa del Canto no tenía intención de mantener la promesa hecha por el Maestro Cantor Nniv.

Una semana antes. Tres días a partir de ahora.

Desayunó con Ansset, en silencio, y se preguntó si habría alguna esperanza de acabar con esto ahora.

Sentada a la mesa para cumplir con su trabajo diario, Esste se endureció antes de que Ansset se sentara en medio de la habitación y empezara a destruirla con una canción. Hoy no sucedía nada. Hoy Ansset caminaba sin rumbo, acariciando la roca, sentándose y volviéndose a levantar casi de inmediato, tocando la puerta, tocando los postigos. Canturreaba, pero el canturreo no expresaba apenas nada, una brizna de impaciencia, y por debajo de eso un indicio aún más tenue de miedo, aunque ahora no intentaba manipularla con su voz. Al principio Esste sintió un alivio que iba más allá de cualquier capacidad de comprensión, pero pronto, en cuanto empezó a poner al día el trabajo que no había hecho en tres días, volvió a preocuparse por Ansset. Ahora que le daba un descanso y no se temía a sí misma, podía preocuparse por el niño.

La tensión comenzaba a manifestarse en su rostro. Sus ojos no reflejaban inexpresividad. Se movían de un lado a otro, incapaces de descansar sobre un objeto durante mucho tiempo. Y se mordía las mejillas de vez en cuando. El Control empezaba a desvanecerse. ¿Por qué ahora? ¿Qué le había sucedido?

Tengo que vigilarle con mucho cuidado, se dijo Esste. Estoy jugando con fuego, lo estoy llevando al borde de su destrucción, tengo que saber el momento preciso para hablar. No puedo dejar que se desespere.

Tres días.

Por la tarde, el canturreo sin sentido de Ansset se convirtió en palabras. Al principio, Esste apenas pudo oírle y se preguntó si estaba hablando con ella. Pero pronto las palabras se hicieron más claras y percibió que el niño llenaba exactamente la sala sin hablar más alto. La voz permanecía aún bajo Control; expresaba sólo aquello que él quería expresar.

—Por favor por favor —decía la voz, controlada, cuidadosa, meticulosa—. Por favor por favor ya he tenido suficiente por favor puedo irme o quieres decirme algo por favor no sé qué intentas conseguir no comprendo nada de esto pero por favor no lo soporto más por favor por favor por favor...

La voz de Ansset continuaba con su tono monótono, y el niño no miraba a Esste, sino a las paredes, las ventanas, el suelo y sus propias manos, que no temblaban cuando la miraba, pero que oscilaban siempre un poco cuando no lo hacía. Esste, desde hacía años, no le había visto mover un solo músculo mientras cantaba. Este movimiento no era voluntario, pero era *movimiento*, y su misma cualidad involuntaria reflejaba las terribles cosas que sucedían en el interior de la mente del niño. Esste deseaba tocarle, consolarle y procurar que sus músculos dejaran de temblar. Sin embargo, no lo hizo. Permaneció ante el ordenador y siguió trabajando mientras escuchaba su voz.

—Lo siento hice que te asustaras lo siento lo siento por favor puede acabar esto de una vez te tengo miedo tengo miedo de esta habitación déjame oír tu voz Esste Esste por favor...

Su voz fue menguando hasta que volvió a hacerse el silencio, y entonces Ansset se sentó junto a la puerta, con la cara apretada contra la gruesa madera.

21

Le he suplicado y ella no me ha respondido. Los monstruos se mueven en mi interior y ella no me ayuda. Necesito ayuda. Todos los monstruos del mundo están en mi interior y no en el exterior, me han engañado y me han atrapado y están dentro de mis murallas, no fuera, dentro de mí y ella no quiere ayudarme. Cuando dejo de pensar en un músculo, el músculo tiembla. Cuando dejo de pensar en un miedo, el miedo se apodera de mí. Me estoy ahogando, pero el lago sigue haciéndose más y más profundo y no sé cómo salir, las paredes se alzan eternamente y no puedo escalarlas y no puedo salir y ella no quiere hablarme.

Ansset apretó la cara contra la madera de la puerta hasta que le hizo daño, y el dolor le sirvió de ayuda.

Recordó. Recordó estar cantando. Pudo oír todas las voces. Oía la voz de Esste criticando sus canciones. Oía a los otros niños de la Cámara, las voces en su clase de Brisas, en su clase de Campanas y en su clase de Gruñidos. Voces en las comidas. Voces en el lavabo. Las voces de los extranjeros en Encrucijada y Ciénaga. La voz de Rruk mientras le ayudaba a aprender cómo se hacían las cosas en la Casa del Canto. Todas las voces le cantaban a la vez, pero sólo había una a la que no podía reconocer, que no podía oír claramente, una voz oscura y distante que no comprendía.

Sin embargo, no era una voz de la Casa del Canto. Era ronca y cruda y la canción carecía de sentido y estaba vacía. Pero no estaba vacía, estaba llena. No carecía de significado, porque sabía que si podía oír la canción una vez, oírla realmente a través del estrépito de las otras voces, aquello podría ayudarle, la canción podría significar algo para él. Y en cuanto a su rudeza y su naturaleza ronca, la canción que intentaba oír no le irritaba. Le hacía sentir cómodo como cuando dormía, cuando comía, como la satisfacción de todos los deseos miserables. Se esforzó por oír, apretó la cara contra la madera, pero la voz no llegaba a sus oídos con claridad.

No lo hizo durante horas, y Ansset restregó la cara contra la madera, y se arrojó al suelo de piedra, para que el dolor pudiera librarle de las otras voces que había en su mente y le permitiera oír la única voz que buscaba, porque aquella era la voz que le salvaría del terror que nadaba cada vez más cerca de la superficie donde él observaba y esperaba indefenso.

22

La vigilia duró toda la noche. Esste contempló cómo Ansset frotaba su nariz, frente y mejillas contra las astillas de la puerta hasta que se hizo sangre. Observó cómo intentaba asir y desgarrar la puerta hasta que se rompió las uñas. Vio cómo estampaba su cara en la roca hasta que sangró y ella temió que se produjera una herida permanente. Parecía que nunca se dormiría. Y en medio de la automutilación, con una voz controlada e inexpresiva, con el cuerpo tan rígido como podía en medio de tantos temblores, Ansset decía:

—Ahora por favor. Ahora por favor. Ayúdame.

Había Control, pero sus canciones habían desaparecido.

Sólo de momento, se dijo Esste. Sólo por ahora. Sus canciones, sus buenas canciones, volverán si espero a que las cosas sigan su curso, como una fiebre que tiene que superar.

Llegó la mañana y Ansset seguía despierto. Había dejado de lastimarse, y Esste se dirigió a la máquina en busca de comida. Se sentó ante él, pero Ansset no quiso comer. Esste le metió un trozo en la boca, pero en vez de comer, el niño le mordió, le clavó los dientes en los dedos con todas sus fuerzas. El dolor fue insoportable, pero el Control de Esste ni siquiera fue puesto a prueba. El dolor físico, a su edad, era la menor de sus debilidades. Esperó pacientemente, sin decir nada. La sangre de sus dedos manó durante minutos por la boca de Ansset mientras los dos se miraban mutuamente en silencio. Y fue Ansset quien emitió el primer sonido, un gemido que parecía el lento resquebrajar de una roca, una canción que hablaba sólo de agonía y de odio por sí mismo. Lentamente, liberó sus mandíbulas y le soltó los dedos. El dolor corrió rápidamente por el brazo de Esste.

Los ojos de Ansset se quedaron en blanco. No la veía.

Esste se dirigió a la máquina y se untó los dedos con bálsamo. Estaba exhausta después de una noche sin dormir, y el salvaje mordisco de Ansset la había perturbado mucho más que el simple dolor. Se acabó. Esto ha ido demasiado lejos, decidió. La mano le temblaba, a pesar del Control, a pesar de la calma a la que intentaba forzarse. No puedo seguir con esto, se dijo en silencio.

Pero durante doce días había permanecido callada, y el sonido no brotó fácilmente de su garganta. Surgió con tanta dificultad que mientras miraba la cara inexpresiva de Ansset no pudo emitir sonido alguno. Entonces se acostó entre las mantas, que no había utilizado durante la noche, y durmió.

Se despertó con el sonido del viento que barría la Sala Alta. Hacía frío, incluso bajo las mantas. Sólo tardó unos instantes en darse cuenta de lo que aquello significaba. Se puso en pie de un salto. Era media tarde, pero estaba oscuro por causa del viento y las nubes. Éstas eran tan bajas que la niebla se arrastraba por la Sala Alta con las ráfagas del viento, y el suelo era invisible. Todos los postigos estaban abiertos, y algunos golpeaban contra las murallas exteriores de piedra.

Se ha tirado desde la torre. El pensamiento chilló en su mente, y jadeó de modo audible.

Su jadeo fue contestado por un gemido. Esste se dio la vuelta y vio a Ansset tendido en la mesa, encogido, con el pulgar y el meñique de su mano derecha metidos en la boca, los otros dedos apretando su frente y sus ojos en una pose infantil involuntaria. El alivio que recorrió a Esste la obligó a inclinarse sobre la mesa, jadeante. Cualquier ilusión de Control había desaparecido ahora. Ansset había vencido, obligándola a rendirse antes de que su tarea hubiera terminado.

El frío la obligó a moverse. Se dirigió a las ventanas y las cerró todas, inclinándose sobre los alféizares para agarrar los tiradores de los postigos con los que poder cerrarlos. La niebla era tan densa que pareció tragarse su mano. Pero en su interior, Esste cantaba. Ansset no se había tirado.

Una vez hubo cerrado las ventanas, Esste volvió a la mesa y sólo entonces se dio cuenta de que Ansset estaba dormido. Temblaba de frío y, probablemente, también de cansancio, pero no se percató de su pánico, de su alivio, no había oído sus jadeos. La primera impresión de Esste fue de gratitud, pero advirtió que hubiera sido bueno que el niño se diera cuenta de que el miedo por su seguridad podía incluso vencer la férrea reserva de ella. Las cosas son como son, se dijo, y buscó en la mano izquierda de Ansset la llave de los postigos, la encontró, y los cerró todos y luego volvió a colgarse la llave de la cadena que había caído al suelo después de que el niño se la quitara del cuello mientras dormía.

Se dirigió al ordenador y conectó la calefacción. Instantáneamente, las piedras bajo sus pies se calentaron.

Entonces cogió la manta de Ansset y cubrió al niño. El se agitó levemente, gimió y lloriqueó, pero no se despertó.

23

El rostro de Ansset estaba rígido cuando se despertó. Ya no tenía frío. Le dolía la cabeza, y donde las astillas habían penetrado en su cara, el picor era un hormigueo constante. Pero sentía algo de frío en la cara, y dondequiera que tocaba, el escozor desparecía. Abrió un poco los ojos. Esste se encontraba inclinada sobre él, extendiendo bálsamo sobre su rostro. Por un momento Ansset olvidó todas las cosas malas y le dijo muy despacio:

—No salté. Me dijeron que saltara, pero no lo hice.

Esste guardó silencio. No dijo nada, ni una palabra, y su silencio fue un golpe que volvió a impresionar a Ansset, y su lucha se reanudó. El agua subía a encontrarle, un vasto remolino que subía y subía y Ansset estaba en lo alto y no había ningún sitio para poder escapar. Miró en su interior y no había escapatoria, y cuando el agua le alcanzó, cubrió sus pies, le derribó y le hizo girar en círculos, chilló. Su grito llenó la Sala Alta y se repitió en las paredes y conmovió la quietud de la niebla exterior.

Ya no estaba en la Sala Alta. El remolino lo succionaba. El agua se cerraba sobre su cabeza. Girando más y más deprisa, se hundía cada vez más hacia las bocas abiertas y los horrores que le esperaban abajo. Una tras otra, las bocas lo engulleron. Sintió cómo lo tragaban, los poderosos movimientos de peristalsis le llevaban de un esófago a otro, a lugares calientes donde no podía respirar.

Y paseaba por una habitación. Caminaba y caminaba pero no llegaba a ninguna parte. Y en solitario, sin ningún otro sonido, oyó la canción que había estado buscando. Oyó la canción y vio al cantor, pero en realidad no podía oír ni ver, porque el cantor no tenía una cara que pudiera reconocer, y la canción, no importara cuánta atención prestara, se escapaba al instante después de oírla. No podía escuchar la melodía en su memoria, sólo en el momento, y cuando miraba a un ojo, el otro ojo desaparecía, y cuando buscaba la boca, el ojo que había visto antes desaparecía también.

Ya no estaba caminando, aunque no tenía recuerdo alguno de haber llegado junto a la mujer que yacía en la cama. Tendió la mano. Estaba tocando su cara. Acariciaba su rostro muy suavemente, siguiendo las facciones, los ojos, la boca, y la voz cantaba: *adiós-mor-adiós, adiós-mor-adiós*, pero perdía las palabras en cuanto las entendía. Las perdía y la niebla aparecía y engullía la cara. Él trataba de aferrarla, la agarraba con todas sus fuerzas. La mujer no podía desaparecer de él en la niebla que era toda caras invisibles que la engullían. Esta vez Ansset se aferró con todas sus fuerzas y nada podría hacer que se soltase.

Oyó de nuevo la canción, oyó la canción y era exactamente la misma, y esta vez las palabras eran:

Nunca te lastimaré.
Siempre te ayudaré.
Si tienes hambre
te daré mi comida.
Si estás asustado
yo soy tu amigo.
Te amo ahora
y el amor no tiene fin.

Ahora supo dónde se encontraba. De alguna manera, le habían sacado del lago. Estaba tendido en la orilla, seco y a salvo y había encontrado por fin la canción que había estado buscando. Seguía agarrado a la cara, asiendo el pelo, apretando el rostro muy cerca del suyo propio mientras yacía allí, y supo por fin quién era la mujer, y lloró de alegría.

24

Ansset estaba tendido en el regazo de Esste, asiéndole el pelo frenéticamente, cuando por fin dejó de tiritar, y abrió lentamente la boca, y sus ojos por fin se aclararon y la vio.

—Mamá —lloró, y no había canción en su voz, sólo infancia.

Esste abrió la boca, y las lágrimas bañaron sus ojos y al parpadear cayeron sobre las mejillas del niño.

—Ansset, mi único hijo —cantó desde lo más profundo de su corazón.

El niño lloró y se aferró a ella, y Esste balbuceó palabras sin significado, le cantó sus canciones más tranquilizadoras y le abrazó con fuerza. Yacían en las mantas de la Sala Alta mientras la tormenta estallaba en el exterior. Y mientras sostenía contra su hombro su cara magullada y cortada, también Esste lloró. Porque dos lugares ocultos habían sido sondeados, y ella no sabía ni le importaba cuál había sido el logro más importante. Había encerrado a Ansset en el silencio de la Sala Alta para curarle. Él le había devuelto el favor y ahora ella también estaba curada.

25

Era la tarde del decimocuarto día. La luz del sol fluía a través de las rendijas de los postigos occidentales. Ansset y Esste permanecían sentados en el suelo de la Sala Alta, cantándose mutuamente.

La canción del niño era insegura, aunque la melodía era aguda y fina, y sus palabras eran toda la agonía de la pérdida y la soledad mientras crecía, pero la agonía había sido transformada, estaba siendo transformada incluso mientras cantaba, por la armonía y la contramelodía de la canción sin palabras de Esste que decía no tengas miedo, no tengas miedo, no tengas miedo. Las manos de Ansset bailaban mientras cantaba, jugueteaban con los brazos, la cara, los hombros de Esste, capturaban sus manos y las dejaban ir. Su cara estaba iluminada mientras cantaba, sus ojos estaban vivos, y su cuerpo decía tanto como su voz. Pues mientras su voz hablaba del recuerdo del miedo, su cuerpo hablaba de la presencia del amor.

26

Riktors Ashen no estaba seguro de lo que iba a hacer. Mikal había sido muy claro: el Pájaro Cantor tenía que regresar con él. Sin embargo, Riktors sabía que no podía conseguir nada con presiones ni amenazas. Esto no era una asamblea nacional o un dictador vanidoso o un planeta poco refinado donde el simple nombre del emperador podía inspirar terror. Era la Casa del Canto, y era más antigua que el imperio, más antigua que muchos mundos, más antigua que ningún gobierno de la galaxia. No reconocía ninguna nacionalidad, ninguna autoridad, ningún otro propósito excepto sus canciones. Riktors sólo podía esperar, a pesar de que el retraso enfurecería a Mikal, y sabiendo que la prisa no conseguiría nada en la Casa del Canto.

Al menos la Casa del Canto le tomaba lo suficientemente en serio como para dejar con él a un Maestro Cantor, un hombre llamado Onn cuyas palabras expresaban confianza, aunque en realidad no había prometido nada.

—Nos sentimos muy honrados de tenerle aquí —dijo Onn.

—Deben de estarlo —respondió Riktors, divertido—. Es la tercera vez que me lo dice.

—Bien, ya sabe cómo son las cosas —dijo Onn de muy buen humor—. Veo a tan poca gente de fuera que apenas sé qué decir. No disfrutaría usted oyendo los cotilleos de la Casa del Canto, y eso es todo de lo que sé hablar.

—Le sorprendería saber lo mucho que me interesan los cotilleos.

—Oh, no. Nuestros cotilleos son singularmente aburridos —dijo Onn, y entonces cambió el tema de su conversación y se refirió al tiempo, que había sido lluvioso y soleado alternativamente durante días. Riktors empezó a impacientarse. El tiempo tenía mucha importancia para los que vivían atados en los planetas, supuso. Para Riktors Ashen, cualquier tipo de clima no era más que una razón más para estar en el espacio.

La puerta se abrió y por ella entró Esste, acompañada de un

niño. Era rubio y hermoso, y Riktors lo reconoció instantáneamente como Ansset, el Pájaro Cantor de Mikal, y casi lo dijo. Entonces dudó. El niño parecía, de alguna manera, diferente. Le observó con más atención. Tenía arañazos y cicatrices en la cara.

—¿Qué le han hecho al niño? —preguntó Riktors, asustado ante la idea de que hubieran golpeado al chico.

Fue el propio Ansset quien contestó, con tonos que inspiraban absoluta confianza. Los niños no saben mentir, decía su voz.

—Me caí en la pila de leña. Sabía que no era un buen sitio para jugar. Tuve suerte de no romperme un hueso.

Riktors se tranquilizó, y entonces advirtió otra razón más importante por la que el niño parecía diferente. Estaba sonriendo.

Su cara estaba alerta, sus ojos parecían cálidos y amistosos. Iba cogido de la mano de Esste.

—¿Estás dispuesto a venir conmigo? —le preguntó Riktors.

Ansset sonrió y suspiró, y, las dos acciones hicieron que la reserva normal de Riktors se desvaneciera. Le gustó el niño al instante.

—Ojalá pudiera —dijo Ansset—. Pero soy un Pájaro Cantor, y eso significa que tengo que cantar ante toda la Casa del Canto antes de partir —se volvió hacia Esste—. ¿Puedo invitarle a que asista?

Esste sonrió, y eso sorprendió más a Riktors que el cambio operado en Ansset. No había imaginado que la mujer pudiera reflejar otra actitud que no fuera la seriedad.

—¿Vendrás? —preguntó Ansset.

—¿Ahora?

—Sí, si quieres.

Y Ansset y Esste se dieron la vuelta y se marcharon. Riktors, inseguro, miró a Onn, quien le devolvió cordialmente la mirada. Me han invitado, pensó Riktors, así que puedo acompañarles.

Le condujeron a una amplia sala que estaba repleta de cientos y cientos de niños que permanecían sentados sobre duros bancos en absoluto silencio. Hasta los pies descalzos sobre la piedra apenas hacían ruido mientras el último ocupaba su puesto. Diseminados entre ellos había muchos adolescentes y adultos, y en la plataforma de piedra en la parte delantera de la sala se encontraba el más viejo de todos. Todos iban vestidos de la misma manera, con austeras túnicas que llegaban al suelo, aunque ninguno de los niños parecía disponer de ropa que les quedara exactamente bien. La impresión era de pobreza hasta que Riktors observó sus caras, las cuales parecían jubilosas.

Esste y Ansset le condujeron a la parte trasera de la sala, al fondo del pasillo central. Riktors se sorprendió de que le dieran un asiento tan pobre; no sabía, y nadie de la Casa del Canto se lo dijo, que era el primer extraño en muchos siglos que presenciaba una ceremonia en la gran sala de la Casa del Canto.

Ni siquiera sabía que era una ceremonia. Ansset y Esste simplemente caminaron, cogidos de la mano, hasta la parte delantera de la sala. Esste subió a la plataforma y tendió una mano para ayudar a Ansset a subir. Entonces la Maestra Cantora se retiró a una silla en la plataforma para que Ansset permaneciera solo delante, frente al pasillo, donde Riktors podía verle claramente.

Y cantó.

Su voz llenó todos los rincones de la sala, pero no había resonancia alguna en las paredes que pudiera distorsionar el tono. Apenas cantó palabras, y las pocas que empleó le parecieron absurdas a Riktors. Sin embargo, el enviado del emperador quedó hechizado. Las manos de Ansset se movían en el aire, subiendo, bajando, siguiendo el compás de los extraños ritmos de la música. Su cara también hablaba con la canción, de modo que incluso Riktors, desde la distancia, pudo ver que la canción brotaba del alma de Ansset.

Nadie lloró en la sala, ni siquiera los jóvenes Gruñidos que apenas tenían Control. El Control no estaba amenazado por la canción de Ansset, y no reflejaba los sentimientos de la audiencia. En realidad, la dividía en individuos separados, pues la canción de Ansset era tan íntima que no había dos personas que pudieran escucharla de la misma manera. La canción hizo pensar a Riktors en zambullirse entre planetas, aunque no era posible que el niño hubiera experimentado la sensación de vértigo de los pilotos estelares. Y cuando por fin Ansset guardó silencio, la canción flotó en el aire y Riktors supo que nunca la olvidaría. No había vertido lágrimas, no experimentaba pasiones terribles. Sin embargo, la canción era una de las experiencias más intensas de su vida.

Mikal ha esperado esto toda una vida, pensó Riktors.

Todos los niños y adultos de la sala se pusieron en pie, aunque no había visto que se diera ninguna señal. Y todos empezaron a cantar, uno a uno, y luego todos juntos, hasta que el mero peso del sonido hizo que el aire de la sala pareciera denso y aromático con la melodía. Le estaban diciendo adiós a Ansset, que era el único que permanecía en silencio, el único que permanecía de pie en la plataforma sin llorar.

Aún cantaban cuando Ansset bajó de la plataforma y sin mirar a izquierda ni a derecha recorrió el pasillo hasta el lugar donde esperaba Riktors. Ansset tendió la mano. Riktors la tomó.

—Llévame contigo —dijo Ansset—. Estoy preparado para irme.

Y la mano de Riktors tembló mientras conducía a Ansset fuera de la sala y le llevaba al deslizador que esperaba en el exterior y les conduciría a la nave estelar. Riktors había visto riquezas, la opulencia del palacio de Mikal en Susquehanna, había visto las mil cosas más bellas que la gente hacía, compraba y vendía. Ninguna de aquellas cosas era comparable a la belleza que caminaba junto a él, que le daba la mano, que le sonreía mientras la Casa del Canto se cerraba a sus espaldas.

MIKAL

1

Susquehanna no era la ciudad más grande de la Tierra; había un centenar de ciudades mayores. Tal vez más. Pero Susquehanna era ciertamente la ciudad más importante. Era la ciudad de Mikal, construida por él en la confluencia de los ríos Susquehanna y Susquehanna Occidental. Estaba formada por el palacio y sus terrenos, las casas de todas las personas que trabajaban en palacio y las instalaciones para albergar los millones de huéspedes que cada año acudían a la corte. No había más de unos cien mil residentes permanentes.

La mayoría de las oficinas del gobierno estaban localizadas por toda la Tierra, de forma que ninguna parte más que otra fuera el centro del planeta. Con comunicaciones instantáneas, nadie necesitaba estar más cerca. Y así Susquehanna parecía más bien una comunidad suburbana normal... un poco más rica que la mayoría, un poco mejor diseñada, pavimentada, iluminada, tal vez, sin ningún residuo industrial ni signos de pobreza, ni decaimiento.

Era sólo la tercera gran ciudad que Ansset había visto en su vida. Carecía de la violenta excitación de Ciénaga, pero tampoco era aburrida, como Encrucijada. Y la vegetación tenía un verde más profundo que el de Tew, de modo que allí donde los bosques no destacaban y las montañas eran suaves y bajas, la impresión era de exhuberancia. Como si el mundo que había cobijado a la humanidad estuviera ansioso por demostrar que aún era fecundo, que la vida podía nacer en su interior sin malgastar nada, que la humanidad no era su única sorpresa, el único truco con que había sorprendido al universo.

—Es un lugar lleno de orgullo —dijo Ansset.

—¿Qué, la Tierra? —preguntó Riktors Ashen.

—¿Qué he visto de la Tierra?

—Todo el planeta es así. Mikal no diseñó esta ciudad, ¿sabes? Fue un regalo.

—¿El planeta entero es así de hermoso?

—No. Altivo. Con la nariz al aire. La gente de la Tierra está muy orgullosa de ser el «centro de la humanidad». El corazón, vaya tontería. En el margen, eso es lo que son, y un margen loco, si quieres saber mi opinión. Se aferran a sus insignificantes identidades nacionales como si fueran religiones. Es un lugar terrible para una capital... este planeta está más fragmentado que el resto de la galaxia. Hay incluso movimientos independentistas.

—¿Para independizarse de qué?

—De Mikal. De su planeta capital, y piensan que sólo una porción del planeta debería librarse de él —rió Riktors.

Ansset estaba completamente sorprendido.

—¿Pero cómo pueden dividirlo? ¿Pueden coger un trozo del planeta y llevarlo al espacio? ¿Cómo pueden ser independientes?

—Eso mismo pienso yo.

Viajaban en deslizador, desde luego, un vehículo completamente transparente a excepción del panorama que se abría bajo sus pies, pues de otro modo podrían haberse mareado. Tardarían una hora en llegar al aeropuerto de la ciudad, pero ya podían ver el palacio, una mezcla de algo que parecía ser piedra, con un estilo extraño e intrincado, de aspecto sutil y delicado y tan sólido como el planeta mismo.

—La mayor parte es subterránea, por supuesto —dijo Riktors.

Ansset contempló la aproximación al edificio sin decir nada. A Riktors se le ocurrió que tal vez el niño estaría nervioso, temeroso del inminente encuentro con el emperador.

—¿Quieres saber cómo es? —preguntó.

Ansset asintió.

—Viejo. En el oficio de Mikal, son pocos los hombres que llegan a viejos. Ha habido más de ocho mil atentados contra la vida del emperador. Desde que se estableció en la Tierra.

Ansset no manifestó emoción alguna hasta un instante más tarde, pero luego lo hizo con una canción, un breve canto sin palabras que expresaba su sorpresa. Entonces, para que Riktors pudiera comprenderle, dijo:

—Un hombre al que tanta gente quiere ver muerto... ¡Tiene que ser un monstruo!

—O un santo.

—Ocho mil...

—Cincuenta estuvieron cerca. Dos consiguieron herir al emperador. Como comprenderás, hay dispositivos de seguridad que siempre lo rodean. La gente llega a todos los extremos para matarle. Por tanto, tenemos que lograr la máxima protección para intentar protegerle.

—¿Cómo un hombre así consiguió ganar el derecho de tener un Pájaro Cantor? —quiso saber Ansset.

La pregunta sorprendió a Riktors. ¿Comprendía realmente Ansset su propio carácter único en el universo? ¿Era tan vanidoso por el hecho de ser un Pájaro Cantor que se maravillaba de que el emperador pudiera disponer de uno? No, decidió Riktors. El niño acababa de ser nombrado Pájaro Cantor poco antes de emprender el vuelo que le traería aquí. Aún pensaba en los Pájaros Cantores como algo ajeno a sí mismo. ¿O no?

—¿Ganar el derecho? —repitió Riktors, pensativo—. Fue hace muchos años a la Casa del Canto y lo pidió. Según la historia que he oído, pidió cualquier cosa, un Pájaro Cantor, un cantante, cualquier cosa. Porque había oído una vez a un Pájaro Cantor y no podía vivir sin la belleza de su música. Y habló con el viejo Maestro Cantor, Nniv. Y con la nueva, Esste. Y le prometieron un Pájaro Cantor.

—Me pregunto por qué.

—Ya había cometido numerosas matanzas. Su reputación

le precedía. Dudo que se dejara engañar por eso. Tal vez vieron algo en su interior.

—Por supuesto que lo hicieron —dijo Ansset, y su voz increpó suavemente de modo que de repente Riktors se sintió joven y vagamente reprendido por el niño que tenía al lado—. Esste no habría cometido un error.

—¿No?

El abogado del diablo, pensó Riktors. ¿Por qué siempre juego el papel contrario?

—Se rumorean cosas por todo el imperio, ¿sabes? Dicen que la Casa del Canto se ha vendido al enviarte a Mikal.

—¿Vendido? ¿Por qué precio? —preguntó Ansset suavemente. Y Riktors notó la burla que había en la pregunta.

—Todo tiene un precio. Mikal está pagando por ti más de lo que hace por una docena de naves de la flota. Has salido caro.

—He venido a cantar. Y si Mikal hubiera sido pobre, pero la Casa del Canto hubiera decidido que merecía tener un Pájaro Cantor, entonces le habrían pagado para que me aceptara.

Riktors alzó una ceja.

—¿No eres un poco joven para saber de historia? —preguntó Riktors, divertido.

—¿Qué familia no sabe de su propio pasado?

Por primera vez, Riktors advirtió que el aislamiento de la Casa del Canto no era sólo una técnica o una fachada para mantener el respeto. Ansset, y por extensión todos los cantores, no sentían realmente igualdad en relación al resto de la humanidad. Al menos no una igualdad próxima.

—Son todo para ti, ¿no? —preguntó Riktors.

—¿Quiénes? —respondió Ansset, y entonces llegaron. Daba lo mismo. La palabra de Ansset fue helada y Riktors no habría conseguido la respuesta que quería. El niño era hermoso, especialmente ahora que las cicatrices y los arañazos habían sanado por completo. Pero no era normal. No podía ser tocado como los otros niños. Riktors se enorgullecía de hacerse fácilmente amigo de los niños. Pero Ansset, decidió, no era un niño. Llevaban días viajando juntos, y lo único que su relación había revelado a Riktors era el hecho de que no tenían relación ninguna. Riktors había visto a Ansset con Esste, y evidenció el amor tan fuerte como el rugido de los motores en la atmósfera. Pero aparentemente el amor tenía que ser ganado. Riktors no lo había conseguido.

Mucha gente le había odiado. Era un hecho que nunca le había molestado antes, pero que, más que ninguna otra cosa, quería que este niño le amara. Como había amado a Esste.

Imposible. ¿Qué es lo que estoy pidiendo?, se preguntó Riktors. Ansset le cogió entonces de la mano y salieron del deslizador juntos, dirigiéndose a la puerta y Riktors sintió que la poca intimidad que habían compartido se esfumaba. Lo mismo podría estar en Tew, pensó Riktors. Está a años luz de distancia, aunque vaya de mi mano. La Casa del Canto le tiene asido de una forma que nunca cederá.

¿Por qué demonios estoy celoso?

Y Riktors se sacudió por dentro y se maldijo por haber dejado que la Casa del Canto y este Pájaro Cantor le hubieran hechizado de aquella forma. El Pájaro Cantor está entrenado para conquistar el amor. Por tanto, no le amaré. Y, en cuanto tomó la decisión, se hizo casi real.

2

El Chambelán era un hombre atareado, y ese aspecto era lo que más se evidenciaba en él. Se empinaba ligeramente sobre sus talones cuando estaba de pie; se inclinaba hacia adelante mientras andaba; tan ansioso estaba por llegar a su destino que ni siquiera sus pies podían mantener su ritmo. Y aunque era amable e interminablemente lento durante las ceremonias, su conversación normal era rápida y sus palabras surgían tan atropelladamente que uno no se atrevía a dejar de prestar atención durante un momento por temor de perder algo y tener que pedirle que lo repitiera... ah, entonces, se enfadaría y el ascenso del año estaría completamente perdido.

Así que los hombres del Chambelán eran también rápidos. O, más bien, lo parecían. Pues aquéllos que trabajaban para el Chambelán no tardaban en darse cuenta de que su rapidez era una ilusión. Sus palabras eran rápidas, pero sus pensamientos lentos, y requería cinco o seis conversaciones para llegar a un punto que podría haber sido dicho con una sola frase. Era algo enloquecedor, enervante, y por eso sus subordinados sufrían lo infinito con tal de evitar hablarle.

Que era, precisamente, lo que el Chambelán quería.

—Soy el Chambelán —le dijo a Ansset en cuanto estuvieron solos.

Ansset le miró sin ninguna expresión en el rostro. Aquello cogió al Chambelán por sorpresa. Normalmente había algún parpadeo de reconocimiento, una media sonrisa que traicionaba el nervioso conocimiento de su poder y su posición. ¿Del niño? Nada.

—Eres consciente —continuó diciendo sin esperar más tiempo una respuesta—, que soy el administrador de este palacio, y, por extensión, de esta ciudad. Nada más. Mi autoridad no se extiende más allá. Sin embargo, esa autoridad te incluye. Completa, totalmente, sin excepción. Harás lo que yo diga.

Ansset le miró sin parpadear.

Maldición, odio tener que tratar con niños, pensó el Chambelán. Ni siquiera son humanos.

—Eres un Pájaro Cantor increíblemente valioso. Por lo tanto, no saldrás sin mi permiso. *Mi* permiso. Dos de mis hombres te acompañarán constantemente. Seguirás el programa que se te prepare, el cual incluye amplias oportunidades de recreación. No puedo tenerte bajo mi tutela todo el tiempo. Por el precio que pagamos por ti, podríamos construir otro palacio como éste y tener espacio suficiente como para alojar un ejército.

Nada. Ninguna emoción.

—¿No tienes nada que decir?

Ansset sonrió levemente.

—Chambelán, tengo mis propios programas. Serán esos los que cumpla. O no podré cantar.

Era inaudito. El Chambelán no pudo decir nada, absolutamente nada, mientras el niño le sonreía.

—Y en cuanto a tu autoridad, Riktors Ashen ya me lo ha explicado todo.

—¿De veras? ¿Qué te explicó?

—No lo controlas todo, Chambelán. No controlas la guardia del palacio, que tiene su propio Capitán nombrado por Mikal. No controlas otros aspectos del gobierno imperial que no sean la administración palaciega y el protocolo. Y nadie me controla, Chambelán. Excepto yo.

Había esperado muchas cosas. Pero no que un niño de nueve años, por hermoso que fuera, le hablara con más autoridad que un almirante de la flota. Sin embargo, la voz del niño era una admirable lección de fuerza. El Chambelán, que nunca se confundía, se sintió completamente anonadado.

—La Casa del Canto no dijo nada de eso.

—La Casa del Canto no habla, Chambelán. Tengo que vivir de cierta manera para poder cantar. Si no puedo vivir como debo, entonces me iré a casa.

—¡Imposible! ¡Hay programas que cumplir!

Ansset le ignoró.

—¿Cuándo veré a Mikal?

—¡Cuando la programación lo diga!

—¿Y cuándo será eso?

—Cuando *yo* lo diga. Yo hago la programación. ¡Yo doy acceso a Mikal o niego el acceso a él!

Ansset solamente sonrió y canturreó de forma tranquilizadora. El Chambelán se sintió muy aliviado. Más tarde intentaría pensar por qué, pero no pudo.

—Eso está mejor —dijo el Chambelán. En realidad, se sentía tan aliviado que se sentó y el mobiliario se adaptó a él perfectamente—. Ansset, no tienes ni idea de la increíble carga que supone el oficio de Chambelán.

—Tienes mucho que hacer. Riktors me lo dijo.

El Chambelán tenía muy buen autocontrol. Se enorgullecía

de ello. Se habría sentido angustiado de saber que Ansset leía los destellos de emoción en su voz y sabía que el Chambelán albergaba poco amor hacia Riktors Ashen.

—Me pregunto si deberías cantar algo ahora —dijo el Chambelán—. La música amansa a las fieras más salvajes, ya sabes.

—Me encantaría cantar para ti —respondió Ansset.

El Chambelán esperó un momento y luego miró inquisitoriamente a Ansset.

—Pero, Chambelán —dijo el niño—. Soy el Pájaro Cantor de Mikal. No puedo cantar para nadie hasta que le haya conocido y él haya dado su consentimiento.

La voz del Pájaro Cantor tenía el tono justo de burla para que el Chambelán se enervara por dentro, azorado, como si hubiera intentado dormir con la esposa de su amo y descubriera que ella simplemente se estaba riendo de él. El niño iba a ser todo un horror.

—Le hablaré de ti a Mikal.

—Sabe que estoy aquí. He oído que estaba muy impaciente por hacerme venir.

—¡He dicho que hablaré con Mikal!

El Chambelán se dio la vuelta y se marchó haciendo una salida rápida y dramática; pero el drama quedó anulado cuando la voz de Ansset le siguió suavemente, con una gentileza y un tono tan precisos que podría haberle estado susurrando al oído.

—Gracias.

Y la palabra estaba llena de respeto y gratitud para que el Chambelán no se enfadara ni pudiera pensar en ningún motivo para sentirse furioso. El niño, obviamente, iba a ser complaciente, como es natural.

El Chambelán fue directamente a ver a Mikal, algo que sólo muy pocas personas podían hacer, y le dijo que el Pájaro Cantor estaba allí, que ansiaba verle, y que era desde luego un niño encantador, pero algo testarudo.

—Esta noche, a las diez —dijo Mikal, y el Chambelán salió y le dijo a sus hombres lo que tenían que hacer a continuación y en qué momento, ajustó los programas para fijar aquella cita y entonces se dio cuenta de que había procedido exactamente como el niño había querido. Lo había cambiado todo para complacerle.

Me ha engañado, le reveló la sensación enfermiza que se abría en la boca de su estómago.

Odio a ese pequeño bastardo, le reveló el cálido rubor de sus mejillas un momento después.

El contrato establecía que estaría en el palacio seis años. El Chambelán pensó que aquellos seis años iban a ser muy largos. Terriblemente largos.

3

El palacio no tenía música.

Ansset por fin se dio cuenta con alivio. Algo le había estado atormentando desde su llegada. No era la búsqueda impersonal a cargo de los guardias de seguridad o el modo casual en que parecía encajar en una maquinaria y funcionar. Esperaba que las cosas fueran diferentes, y ya que todo le parecía extraño comparado con la Casa del Canto, nada debería haber estado «mal». No tenía una visión cosmopolita, pero la Casa del Canto nunca le había permitido pensar que fuera «buena» y todas las demás cosas no. La Casa del Canto era su casa, y este era simplemente un lugar diferente.

Pero la carencia de música... Incluso Ciénaga tenía música, y también la perezosa Encrucijada tenía sus propias canciones. Aquí, la piedra artificial que era más dura que el acero llevaba pocos sonidos; el mobiliario permanecía mudo mientras fluía para acomodarse a los cuerpos; los criados guardaban silencio mientras relizaban sus tareas, igual que los guardias; los únicos sonidos procedían de las máquinas, e incluso éstos eran invariablemente apagados.

En su visita a Ciénaga y Encrucijada, Ansset estuvo al lado de Esste. Alguien a quien podía cantar y que conocía el significado de sus canciones. Alguien cuya voz estaba llena de inflexiones cuidadosamente controladas. Aquí todos eran tan roncos, tan poco refinados, tan descuidados...

Y Ansset sintió nostalgia del hogar mientras pasaba los dedos sobre la cálida piedra tan diferente ésta de la fría roca de las paredes de la Casa de Canto. Canturreaba, pero las paredes absorbían el sonido y nada reflejaban. Además, tenía calor. Eso estaba mal. Había sido criado en un edificio ligeramente helado desde que tenía tres años. Este lugar era tan caluroso que podía quitarse las ropas y todavía sentir calor. ¿Cómo podían sus habitantes sentirse cómodos?

Su intranquilidad no disminuyó por el hecho de haber estado solo desde que el obsequioso criado le condujera a una habitación y le dijera: *Esta es tuya.* No había ventanas, y la puerta no tenía ningún mecanismo de apertura interior. Así que Ansset había esperado sin cantar porque no estaba seguro de que le estuvieran escuchando. Riktors Ashen le había advertido sobre ello. Permaneció sentado en silencio y escuchó la total carencia de música del palacio, sin hacer música propia hasta que hubiera visto a Mikal, y sin saber cuándo sería, o si sucedería alguna vez, o si le olvidarían para siempre en un lugar donde bien podría estar sordo.

No.

También en eso estaba equivocado.

Hay música aquí, advirtió Ansset. Pero era cacofónica, no armónica, y por eso no la había reconocido. Los estados de ánimo de Encrucijada y Ciénaga habían sido uniformes. Aún cuando los individuos hubieran tenido sus propias canciones, eran solo variaciones sobre un mismo tema, y trabajaban juntos para darle a la ciudad una sensación propia. Aquí no existía tal armonía. Sólo miedo y desconfianza hasta tal punto que no había dos voces que sonaran juntas. Como si la propia mezcla de modos de hablar, de ideas y de facilidad de expresión pudiera de alguna manera comprometer peligrosamente a una persona y llevarle cerca de la muerte o de terrores aún más oscuros. Esa era la música, si música podía llamarla, que tenía el palacio.

Qué lugar más siniestro se había construido Mikal. ¿Cómo puede alguien vivir en un silencio y un dolor tan ensordecedores?

Pero tal vez para ellos no sea dolor, pensó Ansset, es así en todos los mundos. Tal vez sólo en Tew, que tiene la Casa del Canto, las voces hayan aprendido a mezclarse y fundirse armónicamente.

Pensó en los incontables millones de estrellas, cada una con sus planetas y cada planeta con sus habitantes, y en que ninguno sabía como cantar o escuchar la canción de los demás.

Era una pesadilla. Se negó a pensar en ello. En cambio, pensó en Esste, y sintió de nuevo la maravilla de lo que había en su interior y que ella había conseguido por fin encontrar. Al recordarla, no pudo ver su rostro: la había dejado demasiado recientemente para poder conjurarla como si fuera un fantasma. En cambio, escuchaba su voz, oía la fuerza de su charla por la mañana, su expresión normal. Esste no se habría sentido incomoda, no hubiera permitido que el tonto del Chambelán le forzara a decir más de lo que debiera. Y si Esste se encontrara aquí, pensó, no me sentiría tan...

Si ella se encontrara en este lugar no se permitiría a si misma ninguna de estas cosas. Algunos Pájaros Cantores habían tenido antes asignaciones difíciles. Esste, a quien amaba y en quien confiaba, le había colocado aquí. Por tanto, era aquí donde pertenecía. Y así buscaría recursos para sobrevivir. Utilizando el palacio para sus canciones, en vez de desear estar en la Casa del Canto. Para esto había sido entrenado. Les ofrecería sus servicios y luego, cuando vinieran por él, volvería.

La puerta se abrió y por ella entraron cuatro guardias de seguridad. Llevaban uniformes diferentes de los hombres que le habían vigilado antes. Hablaron poco, apenas lo suficiente para ordenarle a Ansset que se quitara las ropas.

—¿Por qué? —preguntó Ansset, pero ellos simplemente esperaron y esperaron hasta que por fin él se dio la vuelta y se desnudó. Una cosa era estar desnudo entre los otros niños en las duchas y lavabos y otra muy distinta estarlo delante de hombres adultos que no tenían otro propósito que mirar. Los soldados analizaron todos los rincones de su cuerpo, y dicha observación, aunque no fue demasiado brusca, no resultó agradable. Intimaron con él como nadie había intimado antes, y el hombre que agarró sus genitales, buscando misterios inescrutables (Ansset no podía imaginar nada que pudiera esconderse allí), sopesó y tocó un poco demasiado intensa y amablemente. Ansset no sabía lo que aquello significaba, pero sabía que no era bueno. La cara del hombre reflejaba una actitud calmada, pero cuando habló a los otros, Ansset detectó el temblor, la pasión en los resquicios de sus palabras, y eso le atemorizó.

Pero el momento pasó y los guardias le devolvieron sus ropas, y le condujeron fuera de la sala. Eran muy altos; le sobrepasaban y Ansset se sintió cohibido, incapaz de seguirles el paso y temeroso de quedar bajo sus pies, entre sus piernas. El peligro era más la ira que podían manifestar si los hacía tropezar que cualquier daño que sus piernas pudieran hacerle. Ansset tenía aún demasiado calor, porque se movía rápidamente y estaba tenso. En la Casa del Canto su Control había sido inconmovible, excepto para Esste. Pero allí, Ansset se había familiarizado con todo, y era capaz de enfrentarse a los cambios porque todo, excepto el cambio, era lo que había conocido durante toda su vida. Aquí se dio cuenta de que la gente actuaba por razones diferentes, que o bien seguían pautas distintas o ninguna de ellas en absoluto.

Sin embargo, había sido capaz de controlar al Chambelán. Se comportó toscamente, pero había funcionado. Los seres humanos seguían siendo seres humanos. Aunque fueran soldados gigantescos que temblaban al tocar a un niñito desnudo.

Los guardias palparon los lados de las puertas, y éstas se abrieron. Ansset se preguntó si también sus dedos podrían abrir las puertas al tocarlas. Entonces los guardias llegaron ante una puerta que no podían abrir, o al menos no intentaron hacerlo. ¿Estaba Mikal al otro lado?

No. Estaba el Chambelán, y el Capitán de la guardia, y algunas personas más, pero ninguna de ellas tenía porte imperial. No era que Ansset tuviera una idea clara del aspecto que debería tener un emperador, pero supo casi inmediatamente que ninguna de estas personas estaba segura de su poder o tenía suficiente control de sí mismo para gobernar con la fuerza de su propia autoridad. En realidad, Ansset sólo había conocido a un extraño de la Casa del Canto que pudiera hacerlo... Riktors Ashen. Y eso se debía probablemente a que éste era un comandante de la flota que había abortado, casi sin sangre una rebelión. Sabía lo que podía hacer. Estas personas dependientes del palacio no sabían nada acerca de sí mismas.

Hicieron preguntas, aparentemente al azar, sobre su entrenamiento en la Casa del Canto, su educación antes de llegar a Tew, y docenas de preguntas que Ansset ni siquiera comprendía, y menos aún sabía contestar.

¿Qué te parecen las cuatro libertades?

¿Te enseñaron en la Casa del Canto la Disciplina de Frey?

¿Qué hay de los héroes de Miramar? ¿Y la Liga de las Ciudades del Mar?

Y por fin:

—¿No te enseñaron *nada* en la Casa del Canto?

—Me enseñaron a cantar respondió Ansset.

Los interrogadores se miraron mutuamente. El Capitán de la guardia, por fin, se encogió de hombros.

—Demonios, es un niño de nueve años. ¿Cuántos niños de nueve años saben algo de historia? ¿Cuántos tienen ideas políticas?

—Es la Casa del Canto lo que me preocupa —dijo un hombre cuya voz cantó muerte a Ansset.

—Tal vez, sólo tal vez —dijo el Capitán, y su voz estaba teñida de sarcasmo—, la casa del Canto es apolítica, como claman.

—Nadie es apolítico.

—Le dieron a Mikal un Pájaro Cantor —señaló el Capitán. Ha sido un acto muy popular en todo el imperio. He oído decir que un estúpido pomposo de Prowk les va a devolver su cantor como protesta.

El Chambelán alzó un dedo.

—No le dieron a Mikal un Pájaro Cantor. Han cobrado muchísimo dinero.

—Que no necesitan para nada —dijo el hombre cuya voz cantaba muerte—. Tienen más dinero que cualquier otra institución en el imperio, a excepción del imperio mismo. Así que la cuestión permanece... ¿por qué enviaron este niño a Mikal? No me fío de ellos. Es un complot.

Un hombre callado con ojos grandes y profundos salió de un rincón de la habitación y tocó al Chambelán en el hombro.

—Mikal está esperando —dijo en voz baja, pero su mensaje pareció enmudecer a los demás.

—Tenía la esperanza de que la Casa del Canto se retrasara lo suficiente para...

— ¿Para qué? —preguntó el Capitán de la guardia, desafiando beligerantemente al Chambelán a cometer traición.

—Para que no tuvieramos que levantar todo este alboroto.

El hombre cuya voz cantaba muerte se acercó a Ansset, que permanecía sentado con el rostro inexpresivo, observándole. Miró fríamente al niño a los ojos.

—Supongo —dijo por fin—, que podrías ser simplemente lo que pareces.

—¿Qué es lo que parezco? —preguntó Ansset inocentemente.

El hombre se detuvo antes de responder.

—Hermoso —contestó el hombre por fin, y había temblores de pesar en su voz. Se dio la vuelta y salió de la habitación a través de la puerta por la que había entrado Ansset. Todos parecieron aliviados.

—Bien, eso es todo —dijo el Chambelán, y el Capitán de la guardia se tranquilizó notablemente.

—Se supone que estoy al mando de todas las naves de la flota, y me paso una hora intentando entrar en la cabeza de un niño —se echó a reír.

—¿Quién es el hombre que se ha marchado? —preguntó Ansset.

El Chamberlán miró al Capitán antes de contestar.

—Se llama Ferret. Es un experto del exterior.

—¿Del exterior de qué?

—Del palacio —respondió el Capitán.

—¿Por qué están todos tan contentos de que se haya marchado?

—Ya basta de preguntas —dijo el hombre de los ojos grandes, su voz era amable y digna de confianza—. Mikal está esperándote.

Así, Ansset le siguió a una puerta que conducía a una pequeña habitación donde los guardias pasaron las manos sobre sus cuerpos y tomaron muestras sanguíneas, y luego a otra habitación que conducía a una pequeña sala de espera. Y por fin una voz vieja y áspera surgió de un intercomunicador y dijo:

—Ahora.

Una puerta se abrió hacia arriba en lo que parecía una sección de la pared, y pasaron de la falsa piedra a una sala de madera. Ansset no sabía aún que esto, entre todas las otras cosas, era un signo del poder y el dinero de Mikal. En Tew, los bosques estaban por todas partes y era fácil conseguir madera. En la Tierra, había una ley, castigable con la muerte, contra la tala de los bosques, una ley que había sido promulgada casi veinte mil años antes, cuando los bosques habían estado a punto de morir. Sólo podían cortar madera los más pobres campesinos de Siberia... y Mikal, Mikal podía disponer de madera. Mikal podía disponer de todo lo que quisiera.

Incluso de un Pájaro Cantor.

Había un fuego (¡madera *ardiendo*!) en una chimenea, en un extremo de la sala. Junto a ella estaba tumbado Mikal. Era viejo, pero su cuerpo era delgado. Su rostro estaba arrugado pero sus brazos eran firmes, desnudos hasta el hombro, y no evidenciaban ninguna flacidez de los músculos.

Los ojos eran profundos, y miraron fijamente a Ansset. El criado condujo al niño hasta el centro de la habitación y entonces se marchó.

—Ansset —dijo el emperador.

Ansset bajó la cabeza en gesto de respeto.

Mikal se incorporó y se sentó en el suelo. Había muebles en la habitación, pero estaban situados junto a las paredes, muy lejos, y junto a la chimenea, en el suelo no había nada.

—Ven —dijo Mikal.

Ansset se le acercó, se detuvo y permaneció en pie cuando estaba sólo a un metro de distancia de él. El fuego era cálido, pero Ansset advirtió, que la habitación era fría. Mikal sólo había dicho dos palabras, y Ansset no podía conocer todavía sus canciones. No obstante, percibió amabilidad y un sentimiento de miedo. Miedo, del emperador de la humanidad hacia un niño.

—¿Te gustaría sentarte? —preguntó Mikal.

Ansset se sentó. El suelo, que había estado rígido bajo sus pies, se suavizó cuando su peso quedó distribuido sobre una zona más amplia, y sintió que era cómodo. Demasiado cómodo... Ansset no estaba acostumbrado a la suavidad.

—¿Te han tratado bien?

Por un momento, Ansset no contestó. Estaba escuchando las canciones de Mikal, y no se dio cuenta de que le habían hecho una pregunta, no hasta que empezó a comprender parte del motivo de que se hubiera enviado un Pájaro Cantor a un hombre que había matado a tantos millones de seres humanos.

—¿Tienes miedo a contestar? —preguntó Mikal—. Te aseguro que si te han maltratado de alguna forma...

—No sé —contestó Ansset—. No sé qué se entiende aquí por buen trato.

Aquello hizo gracia a Mikal, pero sólo lo dejó entrever. Ansset admiró su control. No era el Control, por supuesto, sino algo similar, algo que le costaba trabajo oír.

—¿Qué se entiende por buen trato en la Casa del Canto?

—Nadie me ha registrado en la Casa del Canto —dijo Ansset —nadie me ha agarrado nunca el pene como si quisiera poseerlo.

Mikal no respondió durante un instante, aunque la pausa fue el único signo de emoción que mostró.

—¿Quién ha sido? —preguntó con mucha calma.

—El alto, con una veta de plata —Ansset sintió una extraña excitación al poder describir al hombre. ¿Qué haría Mikal? El emperador se volvió hacia una mesa baja, y presionó un botón.

—Había un hombre alto, un sargento, entre los hombres que registraron al muchacho.

Un momento de silencio, y luego una suave voz contestando... la voz del Capitán, advirtió Ansset, pero, de alguna manera enmudecida, desprovista de toda brusquedad, suavizada. ¿Era por efecto del aparato? ¿O hablaba el Capitán tan tiernamente a Mikal?

—Callowick —dijo el Capitán—. ¿Qué hizo?

—Encontró al muchacho tentador —dijo Mikal—. Despídele y envíale fuera del planeta, a alguna parte —Mikal apartó la mano de la mesa.

Por un momento Ansset sintió un escalofrío de placer. En realidad no comprendía qué era lo que había hecho aquel guardia, Callowick, excepto que no le había gustado. Pero Mikal se negaba a que sucediera de nuevo, Mikal castigaría a los que le ofendieran, Mikal haría que se sintiera tan a salvo como se había sentido en la Casa del Canto, incluso más, porque en la Casa del Canto Ansset había sido lastimado, y aquí nadie se atrevería a lastimarle por temor a Mikal. Era la primera vez que Ansset saboreaba el poder sobre la vida y la muerte, y le resultó delicioso.

—Tienes poder —dijo Ansset en voz alta.

—¿Sí? —preguntó Mikal, mirándole intensamente

—Todo el mundo lo sabe.

—¿Y tú? —preguntó Mikal.

—Una clase de poder —dijo Ansset, pero había algo en la pregunta del emperador. Algo más, una especie de súplica, y Ansset intentó averiguar cuál era la pregunta que le hacía realmente esta voz nueva y extraña—. Una especie de poder, pero tú ves el final. Te hace sentir miedo.

Mikal no dijo nada ahora. Sólo miró cuidadosamente el rostro de Ansset. Ansset tuvo miedo por un instante. Esto no era lo que Esste le había incitado a hacer. Tienes que ganar amigos, le había dicho, porque comprendes muchas cosas. ¿De verdad?, se preguntaba Ansset ahora. Comprendo algunas cosas, pero este hombre tiene lugares ocultos. Además es peligroso; no es sólo mi protector.

—Tienes que decir algo ahora —dijo Ansset, con calma externa—. No puedo conocerte si no escucho tu voz.

Mikal sonrió, pero sus ojos estaban cansados, y también su voz.

—Entonces tal vez sería mejor que permaneciera en silencio.

La voz del emperador fue suficiente para que Ansset pudiera llegar un poco más lejos.

—No creo que sea la pérdida del poder lo que te da miedo —dijo Ansset—. Creo... creo...

Y entonces las palabras le abandonaron, porque no comprendía qué era lo que veía y oía en Mikal. No era algo que pudiera expresar con palabras. Así que cantó. Con algunas palabras, aquí y allá, pero el resto con melodías y ritmos que hablaban del amor al poder de Mikal. No amas el poder como un hombre hambriento ansía la comida, parecía decir la canción. Lo amas como un padre ama a su hijo. Ansset cantó sobre el poder que era creado, no hallado; creado e incrementado hasta que llenara el universo. Y luego cantó sobre la habitación donde vivía Mikal, llenó las paredes de madera con su voz, y dejó que el sonido resonara en la madera, para que danzara y recobrara vida y, aunque distorsionado en su tono, regresara para añadir profundidad a la canción.

Y mientras cantaba las canciones que acababa de aprender de Mikal, Ansset se volvió cada vez más atrevido, y cantó la esperanza de la amistad, la oferta de la confianza. Cantó la canción del amor.

Y cuando terminó, Mikal le miró con sus ojos observadores. Por un instante Ansset se preguntó si la canción había surtido algún efecto. Entonces Mikal alargó una mano, y tembló, y el temblor no se debía a la edad. Alargó una mano y Ansset también alargó la suya, y la depositó sobre la palma del anciano. La mano de Mikal era grande y fuerte, y Ansset sintió que podía ser engullido dentro del puño de Mikal, donde nunca le encontrarían. Sin embargo, cuando Mikal cerró su pulgar sobre la mano de Ansset, el contacto fue gentil, la sensación firme aunque agradable, y la voz de Mikal estaba cargada de emoción cuando dijo:

—Eres lo que había estado esperando.

Ansset se inclinó hacia adelante.

—Por favor, no te sientas demasiado satisfecho todavía —dijo—. Tus canciones son difíciles de cantar, y no las he aprendido todas aún.

—¿*Mis* canciones? Yo no tengo canciones.

—Sí que las tienes. Te las he cantado.

Mikal parecía perturbado.

—¿De donde has sacado la idea de que...?

—Las oí en tu voz.

La idea sorprendió a Mikal, le cogió desprevenido.

—Pero había tanta belleza en lo que cantaste...

—A veces —respondió Ansset.

—Sí. Y tanto... no sé. Quizá. Quizás has encontrado esas canciones dentro de mí —el emperador parecía dubitativo, decepcionado—. ¿Es un truco? ¿Eso es todo?

—¿Un truco?

—¿Oír lo que sucede en la voz de tu amo y cantárselo? No me extraña que me gustara la canción. ¿Pero no tienes canciones propias?

Ahora fue Ansset quien se sorprendió.

—¿Pero qué es lo que soy yo?

—Buena pregunta —dijo Mikal—. Un hermoso niño de nueve años. ¿Es eso lo que estaban esperando? Un cuerpo que lograra que un polígamo lamentara haber amado a las mujeres, un rostro que madres y padres seguirían a lo largo de kilómetros y kilómetros, ambicionándolo para sus hijos. ¿Era esto lo que quería? ¿Un efebo? Creo que no. ¿Quería un espejo? Tal vez cuando vi al Maestro Cantor hace tantos años no era tan sabio como creía. O tal vez he cambiado desde entonces.

—Lamento haberte decepcionado —Ansset dejó que su miedo real aflorara a su voz. Una vez más, era lo que Esste le había dicho: No ocultes nada a tu amo. Había sido fácil, después de la prueba en la Sala Alta, abrir su corazón a Esste. Pero aquí, ahora, con este extraño hombre al que no le había gustado la canción a pesar de que le había conmovido profundamente... le costó un auténtico esfuerzo mantener las barreras bajas. Ansset se sintió tan vulnerable como cuando el soldado le había tocado, e igual de ignorante de lo que temía. No obstante, mostró el miedo, porque aquello era lo que Esste le había dicho que hiciera, y sabía que ella no podía equivocarse.

La cara de Mikal se endureció.

—Claro que no me has decepcionado. Esa canción era lo que había estado esperando. Pero quiero oír una canción tuya. Seguro que tienes canciones propias.

—Las tengo —respondió Ansset.

—¿Me las cantarás?

—Te las cantaré.

Y así, cantó, empezando tímidamente porque nunca había cantado aquellas canciones excepto a las personas que ya le amaban, personas que eran también criaturas de la Casa del Canto y por tanto no necesitaban ninguna explicación. Pero Mikal no sabía nada de la Casa del Canto, y por eso Ansset rebuscó en su melodía, intentando encontrar un medio de decirle a Mikal quiénes eran, y dándose cuenta al fin de que no podía, de que todo lo que podía decirle era el significado de la Casa del Canto, la sensación de la fría piedra bajo sus dedos, la amabilidad de Rruk cuando lloró de miedo e inseguridad y ella le había cantado confianza, aunque no era más que una niña.

Soy un niño, decía la canción de Ansset, tan débil como una hoja al viento, y sin embargo, junto con otras mil hojas tengo raíces que se adentran profundamente en la roca, las rocas frías y vivas de la Casa del Canto. Soy un niño, y mis padres son un millar de otros niños, y mi madre es una mujer que me abrió y me calentó en la fría tormenta donde estaba desnudo de repente, pero ya no solo. Soy un regalo, moldeado por mis propias manos para ser entregado a ti por otros, y no sé si soy aceptable.

Mientras cantaba, se encontró dirigiéndose inexorablemente hacia la canción que nunca había pensado en cantar. La canción de los días en la Sala Alta. La canción de su nacimiento. No puedo, pensó mientras las melodías corrían por su garganta y salían por su boca. No puedo soportarlo, lloró para sí mientras las emociones venían no en forma de lágrimas, sino en tonos apasionados que surgían de los lugares más sensibles de su interior. No puedo detenerme, pensó mientras cantaba acerca del amor que Esste sentía hacia él y su terror a dejarla tan pronto después de haber aprendido a apoyarse en ella.

Y en su canción, también, oyó algo que le sorprendió. Oyó, a través de toda la emoción de sus recuerdos, una amenaza de disonancia, una amenaza que hablaba de oscuridades escondidas en su interior. Buscó esa nota y la perdió. Y gradualmente la búsqueda de la extrañeza en su propia canción le sacó de ella y le devolvió de nuevo a sí mismo. Cantó, y el fuego se apagó, y su canción también se apagó por fin.

Y fue entonces cuando se dio cuenta de que Mikal yacía encogido a su alrededor, rodeándole con un brazo mientras se cubría el rostro con el otro, en el que lloraba, en el que sollozaba en silencio. Terminada la canción, las chispas eran la única música que quedaba en la habitación, como los últimos rescoldos de las llamas que intentaban revivir el fuego.

Oh, ¿qué he hecho?, se gritó Ansset a sí mismo mientras contemplaba al emperador de la humanidad. Mikal el Terrible llorando y cubriéndose la cara con la mano.

—Oh, Ansset —dijo Mikal—. ¿Qué has hecho?

Y entonces, después de un momento, Mikal dejó de sollozar rodó sobre su espalda y dijo:

—Oh, Dios, es demasiado agradable, es demasiado cruel. Tengo ciento veintiún años y la muerte me acecha por las paredes y por el suelo, esperando encontrarme desprevenido. ¿Por qué no viniste a mi cuando tenía cuarenta años?

Ansset no sabía si tenía que dar una respuesta.

—No había nacido todavía —dijo por fin, y Mikal se echó a reír.

—Es verdad. No habías nacido todavía. Nueve años. ¿Qué es lo que hacen en la Casa del Canto, Ansset? ¿Qué terrible presión ejercen para poder sacar de ti tales canciones?

—¿Te gustó mi canción esta vez?

—¿Qué si me gustó? —repitió Mikal, preguntándose si el niño estaba bromeando—. ¿Qué si me gustó?

Y se rió durante largo rato, y depositó su cabeza en el regazo de Ansset.Los dos durmieron allí esa noche, y a partir de entonces no hubo más registros, ni más preguntas. Ansset pudo ser libre para acudir junto a Mikal cuando quisiera, porque no había momento en que Mikal no ansiara tenerle a su lado.

4

—Sois afortunados —les dijo el guía, y Kya-Kya suspiró. Esperaba tener la suerte de salir de Susquehanna después de hacer únicamente el recorrido normal de cinco horas. Pero estaba segura de que eso no era lo que el guía tenía en mente.

—El emperador —continuó diciendo el guía—, quiere reunirse con vosotros. Esto supone un gran honor. Pero, como me dijo el Chambelán hace sólo unos instantes, los estudiantes de la Universidad Gubernamental de Princeton son los futuros administradores de este gran imperio. Es justo que Mikal quiera conocer a sus futuros auxiliares y ayudantes.

Auxiliares y ayudantes, demonios, pensó Kya-Kya. El viejo morirá antes de que me gradúe, y entonces seré la ayudante de alguien más... Probablemente del bastardo que le mate.

Tenía trabajo que hacer. Algunos viajes y excursiones merecían la pena: los cuatro días que pasaron en el centro de ordenadores de Tegucigalpa, la semana observando el funcionamiento de los módulos de servicio en Ruen. Pero aquí en Susquehanna no habían visto nada de importancia, sólo formulismos. La ciudad existía para mantener a Mikal vivo y a salvo. El gobierno real trabajaba en otra parte. Aún peor, el palacio había sido diseñado por un loco (probablemente, pensaba Kya-Kya, por el propio Mikal), y los corredores eran un laberinto que se retorcía constantemente. Se elevaban y se hundían a través de interminables rampas y escaleras sin sentido. El edificio parecía ser una enorme barrera, y las piernas le dolían por la larga caminata entre una exhibición y otra. Habría jurado que habían recorrido varias veces un pasillo que tenía puertas a la izquierda, y luego girado ciento ochenta grados y caminado por un pasillo paralelo que conducía al mismo pasillo que acababan de recorrer. Enloquecedor. Absurdo.

—Y lo que es más —decía el guía—, el Chambelán incluso dejó entrever que podríais asistir a un acontecimiento que solamente contemplan los visitantes más distinguidos. Es posible que tengáis oportunidad de oír al Pájaro Cantor de Mikal.

Hubo un murmullo de interés entre los estudiantes. Por supuesto, todos habían oído hablar del Pájaro Cantor de Mikal. Al principio, la escandalosa noticia de que Mikal había forzado incluso a la Casa del Canto para que se doblegara a su voluntad, y luego el rumor de aquellos pocos privilegiados que habían oído cantar al niño: que el Pájaro Cantor de Mikal era el mejor Pájaro Cantor que había habido nunca, que ninguna voz humana podía hacer lo que hacía él.

Kya-Kya, sin embargo, sintió algo totalmente diferente. Ninguno de sus compañeros estudiantes sabía que era de la Casa del Canto, ni siquiera de Tew. Había sido discreta hasta el extremo del aislamiento. Y no quería ver de nuevo a Ansset, a ese niño que había sido el favorito de Esste, a ese niño que era su opuesto.

Pero no había manera de escaparse del grupo. Kya-Kya había sido sistemáticamente una estudiante modelo: creativa pero complaciente, a veces aquello estuvo a punto de matarla, pensaba, pero estaba segura de que habría encarecidas recomendaciones por parte de cada uno de sus profesores, un perfecto historial de logros. Era duro para una mujer conseguir un puesto en el gobierno de Mikal. Y el tipo de trabajo que deseaba solo lo conseguían las mujeres al final de su carrera, no al principio.

Por tanto Kya-Kya no dijo nada mientras ocupaban los asientos que formaban una herradura cuyo extremo abierto rodeaba el trono de Mikal.

Kya-Kya se sentó cerca de un extremo, de modo que pudiera ver a Mikal de perfil. Prefería estudiar a alguien sin mirarle directamente a los ojos. Una mirada directa le permitía mentir.

—En pie —dijo el guía con deferencia, y por supuesto todos aceptaron la sugerencia y se incorporaron. Una docena de guardias uniformados entró en la sala y se distribuyó en abanico a lo largo de las paredes. Entonces el Chambelán entró y anunció con voz lenta y ceremoniosa:

—Mikal Imperator ha venido a verles.

Y Mikal entró.

El hombre era viejo, y su rostro estaba arrugado, ajado y hundido, pero sus pasos eran ligeros y rápidos y su sonrisa parecía provenir de un corazón alegre. Kya-Kya, por supuesto, rechazó aquella primera impresión, pues era obviamente la expresión de relaciones públicas que adoptaba Mikal para impresionar a los visitantes. No obstante, parecía gozar de una incuestionable buena salud.

Mikal se dirigió al trono y tomó asiento, y fue entonces cuando Kya-Kya se dio cuenta de que Ansset había entrado en la sala con él. La presencia de Mikal era tan arrebatadora que incluso el hermoso Pájaro Cantor no había podido distraer la atención de ella. Mikal tomó la mano del niño y gentilmente tiró de él, dirigiéndole a unos pocos pasos ante el trono, donde se quedó de pie, solo, mirando a cada uno de los componentes de la pequeña audiencia.

Kya-Kya, sin embargo, no miró a Ansset. Observó a los otros estudiantes que le estaban observando. Todos se preguntaban, por supuesto, si un niño de tanta belleza había encontrado un hueco en la cama de Mikal. Kya-Kya lo sabía bien. La Casa del Canto nunca habría tolerado una cosa así. Nunca enviarían a un Pájaro Cantor a alguien que intentara algo semejante.

Ansset se dio la vuelta por completo para mirar el extremo de la fila de sillas, y sus ojos encontraron los de Kya-Kya. Si la reconoció, no dio muestra de ello. Pero Kya-Kya sabía lo suficiente sobre el Control para saber que muy bien podría haberla reconocido... que, probablemente, lo había hecho.

Y entonces el niño cantó. La canción fue potente. Trataba de las esperanzas y ambiciones de los estudiantes que había en la sala, una canción que hablaba de servir a la humanidad y ser honrados por ello. Las palabras eran simples, pero la melodía hizo que todos ellos quisieran gritar de excitación ante su propio futuro. Todos excepto Kya-Kya, que recordaba las reuniones en la gran sala de la Casa del Canto. Recordaba haber oído cantar allí a otros, y cómo se sintió en la primera reunión después de que la declararan Sorda. No había esperanza para ella en la canción. Y, en cierto sentido, su propia amargura ante la canción de Ansset era un placer. El niño cantaba obviamente, lo que los estudiantes deseaban oír, intentaba impresionar a todos los que formaban la audiencia. Pero nunca la impresionaría a ella.

Cuando Ansset acabó, los estudiantes se pusieron en pie aplaudieron y vitorearon. Ansset se inclinó tímidamente y luego se apartó del lugar que ocupaba ante el trono de Mikal y se colocó cerca de la pared, a un par de metros escasos de Kya-Kya. Ella le miró cuando se acercaba. Le lastimó ver de cerca lo hermoso que era el niño, lo agradable y feliz que parecía su rostro en reposo. Ansset simuló, y por eso ella desvió también la mirada.

Mikal empezó a hablar entonces, acerca de las cosas de costumbre, sobre lo importante que era el hecho de que estudiaran duro y aprendieran a enfrentarse con todos los problemas conocidos, y así como desarrollarse en su interior para que pudieran tener profundos recursos con los que poder enfrentarse a lo inesperado. Y etcétera, etcétera, etcétera, pensó Kya-Kya.

—Escucha —le dijo una voz al oído. Kya-Kya se giró y sólo vio a Ansset, que seguía estando a un par de metros de distancia, sin mirarle. Pero había sido forzada a salir de su ensimismamiento; escuchó a Mikal.

—Ocuparéis rápidamente puestos importantes con mucha gente bajo vuestras órdenes. A menudo os sentiréis impacientes por la lentitud de vuestros subordinados. Los insignificantes burócratas que parecen querer poseer todos y cada uno de los trozos de papeles que cruzan por sus despachos y conservarlos para sí todo el tiempo posible. Parecen tener mentes pequeñas, ninguna ambición, ninguna visión de cómo debería gobernarse. Ansiaréis coger una buena escoba y barrer a esos bastardos. Dios sabe que yo mismo he querido hacerlo muy a menudo.

Los estudiantes se rieron, no por lo que Mikal había dicho sino porque se sentían inmensamente adulados por el hecho de que Mikal Imperator les hablara tan francamente.

—Pero no lo he hecho. No lo he hecho a menos que haya sido absolutamente necesario. Los burócratas son nuestros tesoros, la parte más valiosa del gobierno. Los que tenéis grandes habilidades ascenderéis, cambiaréis, os aburriréis, saltaréis de un empleo a otro. Si tuviérais otro tipo de emperador, algunos serían despedidos de vez en cuando y enviados a... Bueno, no tengo tanta imaginación para hacerme la idea del tipo de lugares a los que podrían ser enviados los administradores ofensivos.

Rieron de nuevo. Kya-Kya se sintió disgustada.

—Escucha —repitió la voz, y esta vez Kya-Kya se dio la vuelta y vio que Ansset la estaba mirando.

—Sé que es traición hablar del tema, pero dudo que haya ninguno entre vosotros que no se haya dado cuenta de que soy viejo. He gobernado mucho tiempo. He sobrepasado las expectativas de vida normal del hombre. Tengo razones para creer que algún día moriré.

Los estudiantes se estiraron en sus asientos, inseguros de lo que tenía que ver con ellos, pero seguros de que preferían no oír ese tipo de cosas.

—Cuando eso suceda, alguien ocupará mi puesto. No procedo de ninguna dinastía particularmente larga, y podría haber algunas cuestiones sobre quién es mi heredero legítimo. Puede que el tema resulte incluso molesto. Algunos os sentiréis tentados a tomar partido. Y los que elijan el bando equivocado pagarán su error. Pero mientras estalle la tormenta, esos burócratas amasadores de papeles seguirán dirigiendo el gobierno a su modo insípido e incompetente. Ya tienen tal inercia que ni siquiera yo podría cambiarlos aunque quisiera. Unos pocos cambios, aquí y allá. Una mejora aquí y allá, o un burócrata brillante que merece un ascenso. Pero la mayoría seguirán haciendo las cosas de la misma manera infinitamente lenta. Y eso, mis jóvenes amigos, será la salvación y la conservación de este imperio. Apoyáos en la burocracia. Depended de élla. Conservadla, si podéis, bajo control. Pero no la debilitéis nunca. Salvará a la humanidad cuando todos los visionarios hayan fracasado, cuando todas las utopías se hayan derrumbado. La burocracia es lo único que ha creado la humanidad.

Y entonces Mikal sonrió, y todos los estudiantes volvieron a reírse, porque se dieron cuenta de que él sabía que estaba exagerando. Pero eran conscientes también que gran parte de lo que decía era en serio, y comprendieron su visión de futuro: Que no importaba quién estuviera al mando, siempre que la tripulación supiera cómo gobernar el barco.

Sin embargo nadie le comprendía tan bien como Kya-Kya. No había ningún sistema honorable de sucesión al trono, como lo había habido en la Casa del Canto, donde la elección del Maestro Cantor de la Sala Alta quedaba recomendada a un Sordo, cuya decisión no rebatía nadie. El gobierno del imperio, en cambio, pasaría al que fuera más fuerte y más determinado cuando Mikal muriera. A lo largo de la historia, demasiados soberanos habían destruido sus imperios intentando promover a un favorito o a un pariente como sucesor. Mikal no tenía esa intención. Estaba anunciando a los estudiantes del Instituto Gubernamental de Princeton que iba a dejar el asunto de su sucesión a la ley de la selección natural mientras intentaba construir instituciones que sobrevivieran los tumultos.

Los primeros años tras la muerte de Mikal serán interesantes, pensó Kya-Kya, y se preguntó por qué se sentía tan alegre de saber que estaría viva y trabajando en el gobierno durante ese tiempo cuando iba a ser un período triste y se producirían numerosas matanzas.

Mikal se puso en pie y lo mismo hicieron todos los demás, y cuando se marchó los estudiantes estallaron en docenas de conversaciones diferentes. A Kya-Kya le hacía gracia la manera tan efectiva con que Mikal los había embaucado a todos con su calor y su modo casual. ¿Habían olvidado que este hombre había matado a cientos de millones de personas en mundos arrasados, que sólo la fuerza bruta y una total falta de escrúpulos le había hecho acceder al poder? Y sin embargo, también ella tuvo que admirar el hecho que después de haber vivido una vida como la que Mikal había vivido, todavía fuera capaz de ocultar su naturaleza maligna de tal manera que todos en la sala excepto ella (no, seamos honestos, todos en la sala) pensaran en él como en un abuelo paternal. Amable. Un caballero y además un hombre amable. Y sabio.

Bien, le concedía aquello al viejo bastardo. Era lo suficientemente listo para permanecer vivo siendo el blanco número uno de la galaxia. Probablemente moriría en la cama.

—Es muy fácil sentir desprecio —dijo a su lado la voz de Ansset.

Kya-Kya se dio la vuelta para mirarle.

—Pensé que te habías ido. ¿Qué querías decir con que le escuchara? —se sorprendió al ver que le hablaba con tanta furia.

—Porque no lo estabas haciendo —la voz del niño era amable, pero Kya-Kya detectó en ella los semitonos del hablacanción.

—No lo intentes conmigo. No podrás engañarme.

—Sólo los tontos no pueden ser engañados —respondió Ansset. Kya-Kya se dio cuenta que había crecido—. Haces ver que no te gusta Mikal. Pero de todas las personas que hay aquí, eres quien más se parece a él.

¿Qué pretendía? Kya-Kya se sintió furiosa. Se sintió halagada.

—¿Tengo aspecto de asesina? —preguntó.

—Conseguirás lo que quieras —replicó Ansset—. Y matarás para hacerlo, si es necesario.

—No sólo canciones, sino también psicología, ¿eh? Tu entrenamiento debe de haber sido muy intenso.

—Conozco tus canciones, Kya-Kya —dijo Ansset—. Te oí cantar cuando fuiste aquel día a ver a Esste a mi celda.

—Nunca he cantado.

—No, Kya-Kya. Has cantado siempre. Simplemente, no has escuchado nunca la canción.

Ansset se dio la vuelta, y su aire de confianza, de superioridad, enfureció a Kya-Kya.

—¡Ansset! —llamó, y el niño se detuvo y la miró a la cara. Te están utilizando —dijo—. Crees que se preocupan por ti, pero sólo te están utilizando. Eres una herramienta. ¡Una herramienta estúpida e ignorante!

Kya-Kya no había hablado en voz alta, pero cuando se giró se dio cuenta de que muchos estudiantes les estaban mirando. Se separó del niño y se abrió camino entre los estudiantes que sabían lo suficiente para no decir nada, pero que sin duda se preguntarían cómo había entablado conversación con el Pájaro Cantor de Mikal y se maravillarían de que hubiera sido capaz de enfurecerse con él.

Eso habría sido suficiente para hacer que los estudiantes chismorrearan durante varios días. Pero cuando Kya-Kya alcanzó la puerta, oyó que todas las conversaciones se detenían y la voz de Ansset se elevaba por encima del charloteo que se desvanecía, y cantaba una canción sin palabras que ella sola, entre todos los otros estudiantes, conocía como una cancion de esperanza, amistad y honestos buenos deseos. Cerró la mente a los trucos de la Casa del Canto que empleaba el niño y salió de la sala, donde esperó afuera, en silencio, junto a los guardias, hasta que llegó el guía para conducirlos a la salida.

Los vehículos de transporte, todos deslizadores del Instituto, los llevaron de vuelta a Princeton con sólo una parada en la antigua ciudad de Philadelphia, donde uno de los estudiantes mayores fue secuestrado y encontrado más tarde, terriblemente mutilado, cerca del río Delaware. Era el decimoquinto en una ola de asesinatos que mantenía aterrorizada a Philadelphia y a otras ciudades de la zona. El resto de los estudiantes regresó a Princeton completamente deprimido y reemprendió sus estudios. Pero Kya-Kya no olvidó a Ansset. No podía olvidarle. La muerte estaba en el aire, y aunque Mikal no podía ser responsable de los locos asesinatos de Philadelphia, Kya-Kya no dejaba de creer que también él moriría mutilado. Sin embargo, las mutilaciones llevaban años, y pensó en Ansset, y en cómo él, también, podía ser hallado mutilado y deforme, y aunque no le importaba nada la Casa del Canto y aún menos el Pájaro Cantor de Mikal, no podía dejar de esperar que el hermoso niño que la había recordado, tras todos los años, pudiera salir ileso de Susquehanna y regresar sano y salvo a la Casa del Canto.

Y se impacientó, porque estaba en la universidad y el mundo se movía rápidamente hacia grandes sucesos que serían parte de ella a menos que se apresurara o el mundo se detuviera para que pudiera darle alcance. Tenía veinte años y era brillante e impaciente, pero se sentía completamente frustrada. Una noche lloró por la Casa del Canto cuando se fue a la cama especialmente cansada.

5

Ansset paseaba por el jardín a la vera del río. En la Casa del Canto, el jardín consistía en un puñado de flores en el patio, o las verduras de la zona cultivable que había detrás de la última cámara. Aquí, el jardín era una vasta extensión de hierba y maleza y altos árboles que se extendían por las dos confluencias de los ríos Susquehanna hasta donde ambos se unían. Al otro lado de los ríos había un bosque denso y lujuriante, y los pájaros y los animales a menudo emergían de los árboles para beber o comer en el agua. El Chambelán había suplicado a Ansset que no caminara por el jardín. El espacio era demasiado grande, kilómetros en cada dirección, y la espesura resultaba demasiado densa para efectuar una ronda decente.

En los dos años que llevaba viviendo en el palacio de Mikal, Ansset había comprobado los límites de su vida y descubierto que eran más amplios de lo que le habrían gustado al Chambelán. Había cosas que Ansset no podía hacer, no porque hubiera reglas y programas sino porque Mikal se disgustaría si lo hiciera, y disgustar a Mikal era algo que Ansset no deseaba nunca. No podía seguir Mikal a las reuniones a menos que se le invitara específicamente. Había ocasiones en que Mikal precisaba estar solo. Ansset no necesitaba que se lo dijeran: percibía el estado de ánimo de Mikal y se marchaba.

Había otras cosas, sin embargo, que Ansset había aprendido que *podía* hacer. Podía entrar en la habitación privada de Mikal sin pedir permiso. Descubrió, experimentando, que sólo unas pocas puertas del palacio no se abrían bajo sus dedos. Había deambulado por el laberinto del palacio y lo conocía mejor que nadie; a menudo se divertía situándose junto a un mensajero cuando se le encomendaba una misión y luego planeaba una ruta que le llevaría a su destino mucho antes que él. Los mensajeros se desesperaban, naturalmente, pero pronto captaron el sentido de juego y corrieron con él, y a veces llegaban a la meta antes que Ansset.

El Pájaro Cantor también podía pasear por el jardín cuando quisiera. El Chambelán lo discutió con Mikal, pero éste miró a Ansset a los ojos y dijo:

—¿Es importante para ti pasear por el jardín?

—Lo es, Padre Mikal.

—¿Y tienes que pasear solo?

—Si puedo.

—Entonces lo harás.

Y aquello fue el final de la discusión. Por supuesto, el Chambelán tenía hombres vigilándole desde lejos, y de vez en cuando un volador surcaba el cielo, pero normalmente Ansset tenía la sensación de encontrarse solo. A excepción de los animales, eso era algo de lo que no había tenido mucha experiencia en la Casa del Canto. Hizo excursiones ocasionales al campo, al lago, al desierto. Pero allí no había tantas criaturas, ni tantas canciones. El parloteo de las ardillas, los chillidos de los gansos y los grajos y los cuervos, los saltos de los peces bailarines. ¿Cómo podían haberse atrevido los hombres a abandonar este mundo? Ansset no podía adivinar el impulso que había forzado a sus antepasados a entrar en frías naves y dirigirse a otros planetas que muy a menudo les quitaban la vida. En la paz del canto de los pájaros y el rumor del agua era imposible imaginar que nadie quisiera abandonar este lugar si era tu hogar.

Pero no era el hogar de Ansset. Aunque amaba a Mikal como sólo había amado a Esste, y aunque comprendía las razones por las que había sido enviado para convertirse en el Pájaro Cantor de Mikal, dio la espalda al río y miró al palacio con sus falsas piedras muertas y ansió encontrarse de nuevo en casa.

Mientras comtemplaba el palacio, escuchó un sonido en el río tras él, y el sonido le hizo estremecerse como un vientro frío, y se habría dado la vuelta para enfrentarse al peligro si el gas no le hubiera alcanzado antes. Cayó al suelo, y ya no recordó nada del secuestro.

6

No hubo recriminaciones. El Chambelán no se atrevió a decir que lo había advertido, y Mikal, aunque ocultó su pena, estaba demasiado afligido y preocupado para molestarse echándole la culpa a nadie que no fuera él mismo.

—Encontradle —dijo. Y eso fue todo. Lo dijo al Capitán

de la guardia, al Chambelán y al hombre llamado Ferret—. Encontradle.

Y buscaron. La noticia se esparció con rapidez, naturalmente. El Pájaro Cantor de Mikal había sido secuestrado y la gente que leía y se preocupaba por todo lo referente a la corte también sintió miedo de que el hermoso Pájaro Cantor hubiera sido víctima del mutilador, que aún estaba en libertad en Philadelphia, Manam e Hisper. Sin embargo, diariamente se encontraban víctimas del mutilador con los cuerpos reducidos a pedazos, y ninguno de los cadáveres era el de Ansset.

Todos los puertos fueron cerrados, y la flota circundó la Tierra con órdenes expresas de abordar cualquier nave que intentara salir del planeta y detener a cualquier otra que intentara aterrizar. El trayecto entre los barrios y distritos fue prohibido y miles de voladores, burbujas y deslizadores fueron detenidos y registrados. Pero no había ni rastro de Ansset. Y aunque Mikal se ocupó de sus asuntos, no había nada que ocultara las bolsas bajo sus ojos ni la forma en que se arqueaba ligeramente mientras caminaba ni el hecho de que la primavera hubiera desaparecido de su paso. Algunos pensaron que Ansset había sido secuestrado para pedir luego un rescate, o que había sido raptado por el mutilador y simplemente no habían hallado el cuerpo. Pero aquellos que se percataron de lo que el secuestro obró en Mikal supieron que si alguien hubiera querido debilitar a Mikal y herirle tan profundamente como fuera posible, no hubiera encontrado mejor medio que apoderarse del Pájaro Cantor.

7

El pomo de la puerta giró. Tenía que ser la cena.

Ansset se giró en la dura cama. Los músculos le dolían. Como siempre, intentó ignorar la ardiente sensación de culpa en la boca de su estómago. Como siempre, intentó recordar lo que había sucedido durante el día, pues el último calor de la tarde siempre daba paso al escalofrío de la noche poco después de que se despertase. Y, como siempre, ni pudo explicar la culpa ni recordar el día.

No era Ronco con comida en una bandeja. Esta vez era el hombre llamado Jefe, aunque Ansset creía que aquél no era su nombre. A Jefe le resultaba siempre fácil enfadarse y era terriblemente fuerte, uno de los pocos hombres que Ansset había conocido en su vida que podían hacer que se sintiera tan indefenso como el niño de once años que su cuerpo decía que era.

—Levántate, Pájaro Cantor.

Ansset se incorporó lentamente. En la prisión le mantenían desnudo, y sólo su orgullo impedía que se diera la vuelta ante la rudeza de los ojos que le escrutaban de arriba a abajo. Sólo su Control evitaba que sus mejillas ardieran de vergüenza.

—Vamos a darte una fiesta de despedida, Gorrioncillo, y vas a cantar para nosotros.

Ansset sacudió la cabeza.

—Si puedes cantar para el bastardo de Mikal, puedes cantar para honrados hombres libres.

Ansset dejó que sus ojos ardieran.

—¡Cuida cómo hablas de él, traidor! —dijo con voz de fuego.

Jefe dio un paso, alzando la mano con furia.

—Mis órdenes son no marcarte, Gorrioncillo, pero puedo producirte un dolor que no dejará cicatrices si no cuidas cómo le hablas a un hombre libre. Ahora vas a cantar.

Ansset nunca había sido golpeado por nadie en toda su vida. Pero fue más la furia en la voz del hombre que la amenaza de la violencia lo que le hizo asentir. Aun así, contraatacó.

—¿Podéis darme mis ropas, por favor?

—No hace frío adonde vamos —dijo Jefe.

—Nunca he cantado así —respondió Ansset—. Nunca he interpretado sin ropas.

Jefe hizo una mueca.

—¿Qué es lo que haces entonces sin ropas? El efebo de Mikal no tiene secretos que no podamos ver...

Ansset no comprendió la palabra, pero sí la mueca, y siguió a Jefe por la puerta y recorrió un oscuro corredor con el corazón aún más ensombrecido por la vergüenza. Se preguntó por qué iban a darle una «fiesta de despedida». ¿Iban a dejarle en libertad? ¿Había pagado Mikal algún rescate inimaginable por él? ¿O iban a matarle?

Ansset pensó en Mikal, se preguntó qué estaría experimentando el emperador. No era por vanidad sino por reconocimiento cuando pensó por enésima vez que Mikal estaría frenético, aunque contenido por el orgullo y las necesidades del gobierno para no mostrar nada de lo que sentía. No obstante, estaba seguro de que Mikal no regatearía esfuerzos por rescatarle, y de que acudiría para llevárselo consigo.

El suelo se meció suavemente mientras recorrían el pasillo de madera. Hacía tiempo que Ansset había deducido que estaba prisionero en un barco, aunque nunca estuvo a bordo de un barco mayor que no fuera la canoa en la que había aprendido a remar en el estanque en las inmediaciones del palacio. La cantidad de madera auténtica empleada en su construcción hubiera parecido poco discreta y pretenciosa en la casa de un hombre rico. Aquí, sin embargo, parecía sólo ruin. Derechos campesinos y nada más.

Muy por encima pudo oír el distante chillido de un pájaro, y un firme sonido cantarín que imaginó sería el viento azotando las cuerdas y los cables. Había cantado la melodía varias veces, y a menudo había armonizado con ella.

Y entonces Jefe abrió la puerta y con una inclinación burlesca indicó a Ansset que entrara primero. El niño se detuvo en el marco de la puerta. Reunidos alrededor de una amplia mesa se encontraban una veintena de hombres, algunos de ellos los había visto ya antes, todos vestidos con uno de los extraños trajes regionales de los antiguos habitantes de la Tierra. Ansset no podía dejar de recordar cómo se burlaba Mikal de esa gente cuando acudían a la corte para presentar demandas o pedir favores.

—Todos esos antiguos ropajes —decía Mikal mientras yacía en el suelo junto a Ansset, contemplando el fuego—, todos esos antiguos ropajes no significan nada. Los antepasados de la mayor parte de ellos no eran campesinos. Eran los hombres ricos y boyantes de mundos aburridos que regresaron a la Tierra buscando algún significado. Robaron los pocos trajes campesinos que quedaban e hicieron investigaciones exhaustivas para descubrir más, y pensaron que habían descubierto la verdad. Como si cagar sobre la hierba fuera más noble que hacerlo en un retrete.

La gran civilización de la que esa gente decía ser heredera era pequeña e insignificante para aquellos que habían llegado a pensar a escala galáctica. Pero aquí, ahora que Ansset miraba de cerca sus rostros barbudos y sus ojos serios, se dio cuenta de que, fueran lo que fueren los antepasados de esta gente, ellos habían adquirido la fuerza de lo primitivo, y le recordaron el vigor de la Casa del Canto. A pesar de que sus músculos se habían desarrollado con unos trabajos que habrían sorprendido a un cantor. Y Ansset se presentaba ante ellos blando, blanco, hermoso y vulnerable y, a pesar de su Control, tuvo miedo.

Ellos le observaron con la misma curiosa mirada de complicidad y lujuria que Jefe le había dirigido. Ansset sabía que si se permitía el más mínimo signo de debilidad en sus modales, los hombres se envalentonarían. Así que dio un paso al frente, y sus movimientos no mostraron ningún signo del azoramiento y el miedo que sentía. Parecía despreocupado. Su rostro permanecía tan inexpresivo como si no hubiera experimentado una sola emoción en toda su vida.

—¡Sube a la mesa! —rugió Jefe tras él, y sus manos le alzaron sobre la madera salpicada de vino, migajas y restos de comida—. Ahora canta, pequeño bastardo.

Y así, Ansset cerró los ojos, tomó aire, y dejó que un tono bajo saliera de su garganta. Durante dos años no había cantado más que a petición de Mikal. Ahora cantaba para los enemigos del emperador, y quizá los despedazaría con su voz, los haría retroceder ante su odio. Pero el odio no era propio de Ansset, ni lo había experimentado en toda su vida, y por eso cantó algo completamente diferente. Cantó suavemente, sin palabras, conteniendo el tono para que apenas llegara a sus oídos.

—Más fuerte —dijo alguien, pero Ansset le ignoró, y pronto los chistes y risotadas se apagaron cuando los hombres se esforzaron por escucharle.

La melodía era errante, pasaba por tonos y contratonos con facilidad, con gracia, aún grave en su timbre, pero subiendo y bajando rítmicamente. De modo inconsciente, Ansset movía las manos realizando los extraños gestos que habían acompañado todas sus canciones desde que Esste abrió su corazón en la Sala Alta. Nunca era consciente de los movimientos: en realidad, se sorprendió al ver una nota en un periódico de Philadelphia, que leyó en la biblioteca de palacio: «Oír al Pájaro Cantor de Mikal es una experiencia celestial, pero contemplar sus manos danzar mientras canta es el nirvana.» Era algo prudente en la capital de Esteamérica, a menos de doscientos kilómetros del palacio de Mikal. Pero era la visión del Pájaro Cantor de Mikal que tenían todos cuantos pensaban en él, y Ansset no podía comprender, no podía poner imágenes a lo que veían.

Sólo entendía de lo que cantaba, y ahora empezó a cantar con palabras. No eran palabras de recriminación, sino más bien las palabras de su cautiverio, y la melodía se hizo alta, con los suaves tonos superiores que abrieron su garganta y tensaron los músculos de la parte trasera de su cabeza y enderezaron los de la parte delantera de sus muslos. Las notas se abrieron paso y mientras subían y bajaban con tonos sobrecogedores, sus palabras hablaron de la culpa oscura y misteriosa que sentía durante las noches de su sucia prisión. Sus palabras hablaban de su anhelo por el Padre Mikal (aunque nunca mencionó su nombre, no ante estos hombres), de sueños de los jardines junto al río Susquehanna, y de los días perdidos y olvidados que se borraban de su memoria antes de que despertase.

Sin embargo, cantó principalmente sobre su culpa.

Por fin se cansó, y la canción se sumió en una escala susurrante que terminó en una nota equivocada, una nota disonante que se fundió en el silencio, que parecía formar parte de ella misma.

Finalmente Ansset abrió los ojos. Incluso cuando cantaba

ante una audiencia que no le gustaba y para la que no quería cantar, no podía dejar de darles lo que querían. Todos los hombres que no estaban llorando le miraban. Ninguno parecía dispuesto a romper el hechizo, hasta que un joven, al otro extremo de la mesa, dijo con marcado acento:

—Ah, sí que es mejor de lo que cuentan.

Su comentario fue saludado con suspiros y risas de coincidencia, y las miradas que se encontraron los ojos de Ansset dejaron de ser suspicaces y lujuriosas y se volvieron tiernas y amables. Ansset nunca habría imaginado unas miradas así en unos rostros tan rudos.

—¿Quieres un poco de vino, chaval? —preguntó la voz de Jefe a sus espaldas, y Ronco sirvió un vaso. Ansset sorbió el vino, y metió un dedo en el líquido para arrojar una gota al aire siguiendo el gracioso gesto que había aprendido en palacio.

—Gracias —dijo, tendiendo el vaso metálico con la misma gracia con que habría devuelto una copa en la corte. Inclinó la cabeza, aunque le molestaba usar semejante gesto de respeto hacia aquellos hombres, y preguntó: ¿Puedo marcharme ahora?

—¿Tienes que hacerlo? ¿No puedes volver a cantar?

Fue como si todos los hombres congregados en torno a la mesa hubieran olvidado que Ansset era su prisionero. Y él, a su vez, les contradijo como si fuera libre de elegir.

—No puedo hacerlo dos veces. Nunca puedo hacerlo dos veces.

No para ellos, al menos. Y en cuanto a Mikal, todas las canciones eran diferentes, y cada una era nueva.

Entonces le bajaron de la mesa y los fuertes brazos de Jefe le llevaron de vuelta a su habitación. Ansset se tendió en la cama después de que la puerta se cerrara, liberando su control, dejando que su cuerpo temblara. La última canción que cantó antes de esto había sido para Mikal. Una canción ligera y feliz, y Mikal había sonreído con aquella sonrisa suya suave y melancólica que sólo se reflejaba en su rostro cuando estaba solo con su Pájaro Cantor. Y Ansset había tocado la mano de Mikal, y Mikal había acariciado la cara de Ansset, y luego Ansset se había marchado a pasear junto al río.

Ansset se sumió en el sueño pensando en las canciones de los ojos grises de Mikal, canturreando sobre las firmes manos que gobernaban un imperio y, sin embargo, aún podían acariciar la frente de un chiquillo hermoso y llorar con una canción triste. Ah, cantó Ansset en su mente, ah, los sollozos de las apenadas manos de Mikal.

8

Ansset se despertó cuando caminaba por una calle.

—¡Quítate de en medio, chavalín! —gritó un rudo acento tras él, y Ansset se echó a la izquierda mientras un brazo rozaba su brazo derecho. *Salchichas,* clamaba un cartel en la cabina junto al conductor.

Ansset fue asaltado por un terrible vértigo cuando advirtió que no estaba en la celda de su cautiverio y que estaba completamente vestido, aunque no con las ropas de la Casa del Canto. Estaba vivo y libre de sus secuestradores, y la inmensa alegría que sintió al darse cuenta de ello quedó inmediatamente truncada por un destello de la vieja culpa. Las confundidas emociones en conflicto y lo repentino de su liberación fueron demasiado para él, y durante un momento excesivamente largo se olvidó de respirar, y el oscuro suelo se inclinó hacia los lados, corrió hacia él, le golpeó...

—Eh, chico, ¿estás bien?

—¿Te atropelló ese malnacido, chaval?

—Tengo la matrícula del coche. ¡Podemos cogerle!

—Se está recuperando.

Ansset abrió los ojos.

—¿Qué lugar es éste? —preguntó en voz baja.

Vaya, esto es Northet, dijeron.

—¿A qué distancia está el palacio? —preguntó Ansset, recordando vagamente que había oído que Northet era un suburbio de Hisper.

—¿El palacio? ¿Qué palacio?

—El palacio de Mikal... Tengo que ir con Mikal...

Ansset intentó levantarse, pero la cabeza le dio vueltas y se tambaleó. Unas manos le sujetaron.

—El chaval está borracho, eso es lo que le pasa.

—El palacio de Mikal...

—Está sólo a sesenta kilómetros, chico. ¿Les digo que te preparen la cena?

El chiste hizo que los demás estallaran en risas, pero Ansset había recuperado el control y se zafó de las manos que le sujetaban, poniéndose de pie. La droga que le había mantenido inconsciente casi había dejado de hacerle efecto.

—Buscadme a un policía —dijo Ansset—. Mikal querrá verme de imediato.

Algunos siguieron riéndose, pero otros miraron al muchacho atentamente, advirtiendo tal vez que hablaba con precisión, con acento extranjero, y que su aspecto no era el de un chico de la calle.

—¿Quién eres, muchacho? —preguntó uno.

—Soy Ansset. El Pájaro Cantor de Mikal.

Le miraron y se dieron cuenta de que la cara *era* la que aparecía en los periódicos; la mitad salió corriendo para alertar a las autoridades que pudieran encargarse de la situación, mientras que la otra mitad se quedó mirándole la cara, para captar lo hermosos que eran sus ojos, para conservar aquel momento y así poder contárselo a sus hijos y a sus nietos. Vi a Ansset en persona, al Pájaro Cantor de Mikal, dirían, y cuando sus hijos preguntaran cómo era el Pájaro Cantor de Mikal, contestarían: ah, era hermoso, pero era el más valioso de todos los tesoros de Mikal el Terrible, la cara más dulce que jamás hayais visto, y cantaba canciones que podían arrancar lluvia del cielo o una flor de lo más profundo de la nieve.

Extendieron las manos, y Ansset las tocó, y les sonrió, y se preguntó cómo querían que actuara... ¿cohibido por su reverencia o acostumbrado a ella? Leyó las canciones de sus voces mientras murmuraban *Pájaro Cantor,* y *gracias,* y *encantador.* Y decidió que querían que representara su papel, que fuera hermoso y gracioso y distante para que su adoración no quedara interrumpida.

—Gracias —dijo Ansset—, gracias. Todos me han ayudado. Gracias.

Llegaron los policías, disculpándose por lo sucio que estaba su deslizador, que era el único que había en la comisaría, y rogándole que tomara asiento. No le llevaron a la central, le condujeron a un embarcadero, donde esperaba un volador de palacio. El Chambelán salió de su interior.

—Sí, es él —le dijo a la policía, y entonces alargó la mano hacia la cabeza de Ansset—. ¿Estás bien?

—Eso creo —contestó el Pájaro Cantor, repentinamente, consciente de que podía haber algo malo en él. Entró en el volador, las puertas se cerraron, el suelo pareció separarse de él y en un momento se encontró en el aire, de camino al palacio. De camino a Mikal.

9

—El niño se está impacientando —dijo el Capitán.

—Me importa un bledo —contestó el Chambelán.

—Y Mikal también está impaciente.

El Chambelán no dijo nada. Simplemente miró al Capitán.

—Todo lo que estoy diciendo, Chambelán, es que tenemos que darnos prisa.

El Chambelán suspiró.

—Lo sé. Pero el niño es un monstruo. Estuve casado una vez, ya sabe.

El Capitán no lo sabía, pero tampoco le importaba. Se encogió de hombros.

—Tuve un hijo. Cuando tenía once años era un pequeño diablo, pero tan transparente que se podían ver claramente sus intenciones, no importaba cómo pretendiera engañarte. Incluso cuando intentaba ocultar sus sentimientos, uno podía decir exactamente qué estaba intentando ocultar. Pero este niño...

—En la Casa del Canto los entrenan para que no expresen sus emociones.

—Sí, la Casa del Canto. Me maravillo ante su capacidad de enseñanza. El niño puede ocultar las emociones que quiera. Incluso su impaciencia... Elige mostrarla, y luego no muestra nada más.

—Pero lo *ha* hipnotizado.

—Sólo con la ayuda de drogas. Y cuando empiezo a penetrar en su mente, ¿qué es lo que encuentro?

—Paredes.

—Paredes. Alguien ha construido bloqueos en su mente que no puedo atravesar.

El Capitán sonrió.

—E insiste en dirigir el interrogatorio usted mismo.

El Chambelán le miró.

—Para ser franco, Capitán, no me fío de sus hombres. Se supone que eran *sus* hombres los que tenían que vigilarle ese día.

Ahora le tocó al Capitán el turno de enfurecerse.

—¡Y usted sabe quién les ordenó mantenerse completamente fuera del alcance de la vista! Lo contemplaron todo a través de pantallas y no pudieron llegar a tiempo antes de que lo metieran bajo el agua. ¡Toda la búsqueda se desarrolló un segundo demasiado tarde!

—Ese es el problema —dijo el Chambelán—. Un segundo demasiado tarde.

—¡Ha fracasado en su investigación! ¡Mikal quiere de vuelta a su Pájaro Cantor! ¡*Yo* interrogaré al muchacho!

El Chambelán bajó la mirada un instante, luego se dio la vuelta.

—De acuerdo. Por mucho que me duela decirlo, espero sinceramente que tenga éxito.

El Capitán encontró a Ansset sentado en el borde de un sofá, que fluía a su alrededor. El niño alzó la mirada sin interés.

—Otra vez —dijo el Capitán.

—Lo sé —contestó Ansset. El Capitán había traído consigo una bandeja con jeringas y ampollas. Mientras preparaba la primera ampolla, le habló a Ansset. Intentaba, suponía, tranquilizar al niño, aunque era imposible saber si el niño estaba nervioso o no.

—Sabes que Mikal quiere verte.

—Y yo quiero verle a él.

—Pero has sido retenido durante cinco meses por alguien que probablemente no era amigo del emperador.

—Os he dicho todo lo que sé.

—Lo sé. Tenemos grabaciones. Creo que sabemos todo lo que hacías por las noches. Todas las palabras que te dijo la tripulación del barco. Eres un niño maravilloso. Nuestros expertos están estudiando ahora mismo el acento de la tripulación. Tu descripción acerca de sus rostros tienen ocupados a nuestros especialistas, tratando de reconstruirlos. No te has olvidado de ningún detalle. Eres un testigo ideal.

Ansset no mostró ninguna emoción, ni siquiera un solo suspiro.

—Sin embargo, tenemos que empezar de nuevo.

—El problema, Ansset, es lo que sucedió durante el día. Tienes bloqueos...

—El Chambelán me lo dijo. Ya lo sabía.

—Y tenemos que rebasarlos.

—Quiero que lo hagáis. Tienes que creerme —dijo Ansset—. Quiero saberlo. No quiero ser una amenaza para Mikal. Preferiría morir antes que hacerle daño. Pero también preferiría morir antes que marcharme.

Las palabras eran canción. La voz era llana y vacía. Ni siquiera una canción en ella.

—¿Es por causa de alguna orden de la Casa del Canto? Estoy seguro de que lo entenderán.

Ansset lo miró.

—Capitán, la Casa del Canto me aceptaría de regreso en cualquier momento.

—Ansset, una de las razones de por qué no podemos atravesar los bloqueos de tu mente es porque no nos ayudas.

—Lo estoy intentando.

—Ansset, no sé cómo decírtelo. La mayor parte del tiempo tu voz es natural y humana y reaccionas como lo haría cualquier persona. Pero luego, cuando necesitamos comunicarnos contigo más que nunca, permaneces petrificado. Eres completamente inalcanzable. No has mostrado ni una sola emoción desde que estoy aquí.

Ansset pareció sorprendido. El propio hecho de aquella leve reacción hizo que la respiración del Capitán se acelerara, excitada.

—Capitán, ¿no vas a usar drogas?

—Las drogas son el último recurso, Ansset, y aún así puedes resistirlas. Tal vez el que puso los bloqueos en tu mente te ayudó a resistirlas. Las drogas nos pueden conducir a ti sólo en parte. Y te resistes a cada paso del camino.

Ansset le miró detenidamente, como si estuviera asimilando la información. Entonces se dio la vuelta, y su voz sonó ronca cuando dijo:

—Lo que me estás pidiendo es que pierda el Control.

El Capitán no sabía nada del Control. Sólo oyó la palabra *control,* y no comprendió la dificultad de lo que estaba pidiendo.

—Eso es.

—¿Y es la única manera de descubrir lo que han ocultado en mi mente?

—Sí —dijo el Capitán.

Ansset guardó silencio una vez más.

—¿Soy de verdad un peligro para Mikal?

—No lo sé. Tal vez quien te secuestró te encontró tan difícil de tratar como nosotros. Tal vez no hay nada oculto en tu mente, excepto un recuerdo de quienes fueron los secuestradores. Tal vez tenían la intención de retenerte para pedir rescate y luego se dieron cuenta de que nunca escaparían con vida, y pasaron el resto del tiempo intentando ocultar quiénes eran. No sé. Pero tal vez tras esos bloqueos te hayan dado instrucciones para que mates a Mikal. Si quisieran escoger a un asesino perfecto, no podrían haber encontrado a nadie mejor. Nadie más que tú ve a Mikal en circunstancias íntimas. Nadie tiene su confianza. El propio hecho de que nos pidas que te llevemos a él, de que aceleremos el interrogatorio y le dejemos verte... Ya ves el peligro que puedes ser para él.

—Por el bien de Mikal, entonces —dijo Ansset. Yel Capitán se sorprendió al ver lo rápidamente que se quebraba el Control del Pájaro Cantor.

—Dile a Mikal —dijo Ansset, mientras su cara se retorcía de emoción y las lágrimas empezaban a aflorar— que haré cualquier cosa por él. Incluso esto.

Y Ansset lloró, grandes sollozos sacudieron su cuerpo. Lloró por los meses de miedo, culpa y soledad. Lloró por el conocimiento de que tal vez nunca pudiera volver a ver a Mikal. El Capitán contempló, incrédulo, cómo durante una hora Annset no pudo comunicarse para nada, sólo yacer en el sofá como un niño pequño, sollozando y frotándose los ojos. Sabía que desde las estaciones de observación los otros interrogadores estarían contemplando con asombro lo rápidamente que el Capitán había roto las barreras que ni siquiera las drogas habían podido alcanzar. El Capitán deseó que el Chambelán también estuviera mirando.

Y entonces Ansset recobró relativamente la calma, y el Capitán inició el interrogatorio, usando todos los trucos que se le ocurrían para sobrepasar las barreras. Utilizó todos los recursos posibles de los que jamás hubiera oído. Intentó todas las sutilezas que hubieran sacudido las paredes del niño con anterioridad. Pero incluso ahora, con Ansset cooperando enteramente, no podía hacerse nada. Ni siquiera en el trance más profundo podía hablar Ansset de lo que había oculto en su mente. El Capitán sólo aprendió una cosa. Preguntó, mientras interrogaba dando vueltas en torno a uno de los bloqueos:

—¿Quién colocó aquí esta barrera?

Y Ansset, tan profundamente imbuido en el trance que apenas podía hablar, dijo:

—Esste.

El nombre no significaba nada para el Capitán en ese momento. Pero aquel nombre fue lo único que consiguió. Una hora más tarde, el Chambelán y él se presentaron ante Mikal.

—Esste —dijo Mikal.

—Eso es lo que dijo.

—Esste —repitió Mikal—, es el nombre de la Maestra Cantora de la Sala Alta. Su profesora en la Casa del Canto.

—¡Oh!

—¡Esos bloqueos que tan amorosamente habéis intentado romper durante cuatro días fueron colocados hace años por sus maestros! ¡No por secuestradores en los últimos pocos meses!

—Teníamos que asegurarnos.

—Sí —dijo Mikal—. Teníais que aseguraros. Y ahora estamos seguros, naturalmente. Si las barreras fueron colocadas en su mente por su maestra, ¿por qué no puede recordar cómo pasó los días durante su cautiverio? Sólo podemos concluir que algunos de esos bloqueos fueron puestos en la Casa del Canto, y otros por sus secuestradores. ¿Pero qué podemos hacer al respecto?

—Enviar al niño de vuelta a la Casa del Canto —dijo el Chambelán.

La cara de Mikal adquirió una expresión terrible. Fue como si quisiera gritar, pero no se atreviera a decir lo que diría si se rindiera a la pasión. Así que no gritó, pero tras un momento de lucha interna, dijo:

—Chambelán, esa es una sugerencia que *no* volveré a oír. Sé que puede ser necesario. Pero por ahora tendré a mi Pájaro Cantor conmigo.

—Mi señor —dijo el Capitán—, has conservado la vida durante todos estos años al no aceptar tales riesgos.

—Hasta que llegó Ansset —respondió Mikal dolorosamente— no sabía para *qué* estaba vivo.

El Capitán inclinó la cabeza. El Chambelán buscó un nuevo argumento, casi dijo algo, y luego lo pensó mejor.

—Traédmelo —dijo Mikal—, en corte abierta, para que todos puedan ver que acepto de nuevo a mi Pájaro Cantor. No le tendré miedo. Dentro de dos horas.

Se marcharon, y Mikal se quedó sentado, solo, delante de su chimenea, apoyando la barbilla sobre sus manos. Se estaba haciendo viejo, le dolía la espalda, e intentó cantar una tonada que el Pájaro Cantor cantaba a menudo. Su voz era vieja y cascada, y no pudo hacerlo. El fuego le escupió, y se preguntó qué pasaría si el hermoso Ansset empuñara un láser y le disparara al corazón. No sabría lo que estaría haciendo, pensó Mikal. En su corazón, sería inocente.

Pero yo seguiré estando muerto cuando haya acabado.

10

El Capitán y el Chambelán fueron juntos a sacar a Ansset de la celda en la que había pasado los últimos cuatro días.

—Quiere que vayas.

Ansset había recuperado el Control. No mostró apenas emoción al preguntar:

—¿Estoy preparado?

Los hombres no dijeron nada durante un instante, lo que fue respuesta suficiente.

—Entonces no iré —dijo Ansset.

—El emperador lo ordena —dijo el Chambelán.

El Capitán palmeó la espalda del niño.

—Una actitud leal. Pero lo único que pudimos descubrir fue que al menos algunos de los bloqueos fueron colocados por tu maestra.

—¿Esste?

—Sí.

Ansset sonrió, y de repente su voz irradió confianza.

—Entonces está bien. ¡Ella no desea a Mikal más que el bien!

—Sólo algunos de los bloqueos.

Y la sonrisa abandonó la cara de Ansset.

—Pero vendrás. Te estará esperando en la corte dentro de dos horas.

—¿No podemos intentarlo otra vez?

—Hacerlo no tendría sentido. Quien puso esos bloqueos en tu mente lo hizo bien, Ansset. Y Mikal no puede aguardar más tiempo. No tienes elección. Por favor, ven con nosotros ahora.

Y el Capitán se puso en pie. Esperaba ser obedecido, y Ansset le siguió. Se dirigieron hacia el palacio a través de las salas de seguridad que guardaban la entrada a la corte. Allí, Ansset insistió en que buscaran exhaustivamente cualquier arma y cualquier posible veneno.

—Y atadme las manos —insistió.

—Mikal no lo soportará —dijo el Capitán.

—El muchacho tiene razón —asintió el Chambelán. Por tanto, metieron los brazos de Ansset en unas esposas que le inmovilizaron rápidamente desde el codo a las muñecas. Las esposas quedaban sujetas por dos barras de metal separadas exactamente veinte centímetros tras su espalda, lo que resultó incómodo al principio y aún más incómodo a medida que tenía que aguantar la posición. También le encadenaron las piernas.

—Y haced que no se separen de mí guardias con lásers para que no tenga la menor oportunidad de usar un arma.

—Sabes que aún podemos encontrar a tus secuestradores —dijo el Capitán—. Ahora ya hemos identificado el acento. Son de Eire.

—Nunca he oído hablar de ese planeta —comentó el Chambelán.

—Es una isla. De aquí, de la Tierra.

—¿Otro grupo de luchadores por la libertad? —preguntó el Chambelán, frunciendo el ceño.

—Con más agallas que la mayoría.

—Un acento no es una pista demasiado grande.

—Pero la seguiremos —dijo con firmeza el Capitán.

—Ya es la hora —anunció el criado que había ante la puerta.

Salieron de la sala de seguridad y pasaron a través del sistema de seguridad ordinario, detectores que rastreaban en busca de metal y los venenos más comunes, guardias que cacheaban a todo el mundo, incluyendo a Ansset, porque el niño les había dicho que no hicieran ninguna excepción.

Y entonces Ansset atravesó las puertas y entró en el gran salón. Cuando lo visitaron los estudiantes había estado vacío en su mayor parte, y las sillas estaban agrupadas en torno al trono. Pero ahora la corte entera tenía sesión, y había visitantes de docenas de planetas que esperaban por las alas de la sala el momento de presentar sus peticiones, hacer regalos o quejarse de alguna política u oficio gubernamental. Mikal estaba sentado en el trono al otro extremo de la sala. No necesitaba más que una simple silla, aunque elegante: nada de escabel ni escalones, nada más que su propio porte y dignidad para elevarlo por encima de todos cuantos le rodeaban. Ansset nunca se había acercado al trono desde este extremo de la sala. Siempre había permanecido de pie junto a Mikal, siempre había entrado por la parte trasera, y ahora sabía por qué tanta gente que recorría aquel mismo pasillo temblaba cuando llegaba al final. Todos los ojos le observaban mientras pasaba, y Mikal le contemplaba gravemente desde el trono. Ansset quiso correr hacia él, abrazarle, cantarle y encontrarse cómodo en la aceptación de Mikal. Sin embargo, sabía que su mente podía esconder instrucciones para matar al anciano emperador en el trono.

Se acercó a una docena de metros y se arrodilló, inclinando la cabeza.

Mikal alzó la mano siguiendo el ritual de reconocimiento. Ansset había oído a Mikal reírse de los rituales cuando estaban solos, pero ahora la majestad de las formas establecidas ayudaba al muchacho a mantener su calma.

—Mi señor —dijo el Pájaro Cantor con claros tonos que llenaron la habitación y detuvieron todos los cuchicheos de la sala—. Soy Ansset y he venido a suplicarte por mi vida.

En los viejos tiempos, le había explicado Mikal una vez, éste era el ritual para los gobernadores de cientos de mundos, y había tenido un significado. Muchas veces un jefe rebelde o un soldado habían muerto en el acto, cuando el soberano negaba su petición. E incluso Mikal tomaba la rendición preestablecida seriamente. Era una de las muchas cosas que hacía recordar constantemente a sus súbditos que tenía poder sobre ellos.

—¿Por qué debo respetarte? —preguntó Mikal, con voz vieja pero firme. Para todos los demás parecía una pose. Pero Ansset conocía la voz, y oyó el trino de ansia y de miedo y el temblor en su timbre de voz.

El ritual requería que Ansset simplemente confirmara sus reconocimientos, algo modesto aunque impresionante. Pero Ansset dejó aquí el ritual y cantó fervientemente al emperador:

—¡Padre Mikal, no lo hagas!

La multitud empezó a susurrar de nuevo. La visión del Pájaro Cantor, maniatado y cargado de cadenas, era ya de por sí bastante soprendente. Pero que el Pájaro Cantor pidiera su propia muerte...

—¿Por qué no? —preguntó Mikal, con aspecto impasible (pero Ansset sabía que le estaba advirtiendo, diciéndole: «No me empujes, no me fuerces»).

—Porque, mi Señor Mikal Imperator, me han hecho cosas que ahora están enterradas en mi mente y que nadie puede encontrar. Por tanto, te oculto secretos. ¡Soy un peligro para ti, Padre Mikal!

Ansset rompió deliberadamente la formalidad con su última frase, y la amenaza de su voz hizo que todos los presentes en la habitación sintieran miedo.

—¡Nada de eso! —repuso Mikal—.Crees estar actuando por mi bien. No intentes enseñarme a temerte, porque no lo haré —alzó una mano—. Te concedo la vida.

Y Ansset, a pesar del esfuerzo que suponía tener los brazos inmovilizados, se echó hacia adelante y besó el suelo para expresar su gratitud por la clemencia de Mikal. Era un gesto que sólo usaban los traidores perdonados.

—¿Por qué estas encadenado? —pregunto Mikal.

—Por tu seguridad.

—Desencadenadle —ordenó el emperador. Pero Ansset advirtió con alivio que el Capitán de la guardia desarmaba a los hombres que se acercaron para abrirle las esposas. Cuando se las quitaron, Ansset se puso en pie. Alzó los brazos ahora libres por encima de su cabeza, levantó la mirada hacia las grandes cúpulas del techo, y cantó su amor por Mikal. Pero la canción estaba llena de advertencia, aunque no había palabras directas, y también expresaba la súplica de Ansset porque la sabiduria de Mikal hiciera que, por bien del imperio, Ansset quedara desterrado.

—¡No! —gimió Mikal, interrumpiendo el canto—. ¡No! ¡Ansset, Hijo mío, no te desterraré! Preferiría encontrar la muerte en tus manos que recibirla de cualquier otro. Tu vida me es más preciosa que la mía propia.

Y Mikal tendió los brazos.

Ansset corrió hacia él, Y le abrazó ante el trono, y salieron juntos del salón, con una leyenda creciendo ya a sus espaldas. Dentro de una semana, todo el imperio sabría que Mikal había llamado *Hijo mío* a su Pájaro Cantor; el abrazo sería reflejado en cada periódico, y los narradores repetirían una y otra vez aquellas palabras: *Tu vida me es más preciosa que la mía propia.*

11

La puerta de la habitación privada de Mikal se cerró, y Ansset sólo dio unos pocos pasos hacia el interior. Mikal, que caminaba por delante de él, se detuvo, sin mirar a nada, dándole la espalda.

—Nunca más —dijo el emperador.

La voz sonaba ronca por la emoción, y la espalda estaba encorvada. Mikal se dio la vuelta y miró a Ansset, y el niño se impresionó por lo que había envejecido el rostro de Mikal. Las arrugas eran más profundas, la boca caía más bruscamente hacia las comisuras, y los ojos mostraban un terrible dolor, hundidos en unas ojeras que parecían joyas sobre un terciopelo oscuro. Y Ansset, de repente, advirtió que Mikal moriría cualquier día.

—Nunca más —repitió Mikal—. Esto no puede volver a suceder. Cuando me pediste libertad de los guardias, las reglas y los programas, te dije, de acuerdo, puedes hacerlo, no se puede enjaular a un Pájaro Cantor. Para mí, para mis amigos, eras una hermosa melodía en el aire. Para mis enemigos, que sobrepasan con mucho a mis amigos, eres una herramienta. El simple hecho de que te separaran de mí podría haberme matado, Ansset. No soy joven. No puedo soportar ese tipo de cosas.

—Lo siento.

—¿Cómo podías saberlo? Educado en esa maldita Casa del Canto sin ninguna exposición a la vida, ¿cómo podrías haber sabido qué clase de odios propagan los animales que caminan sobre dos patas y dicen ser inteligentes? *Yo* sí lo sabía. Pero desde que llegaste, me he comportado como un tonto. He vivido haciéndolo lo que me parecen mil años, un millón de años, y nunca he cometido tantos errores como desde que viniste.

—Entonces, haz que me vaya. Por favor.

Mikal le miró con firmeza.

—¿Quieres irte?

Ansset quiso mentirle, decirle que sí, que tenía que marcharse, que lo enviara a su hogar en la Casa del Canto. Pero no podía mentirle a Mikal.

—No —dijo por fin.

—Entonces aquí estamos. Pero a partir de ahora te vigilarán constantemente. Es demasiado tarde ya, pero te vigilaremos y dejarás que mis hombres y yo te protejamos.

—Sí.

—¡Cántame, maldición! ¡Cántame!

Y Mikal alzó al niño de once años en sus brazos, lo llevó junto al fuego y le abrazó mientras Ansset empezaba a cantar. Fue una canción suave y breve, pero al final Mikal estaba tumbado sobre su espalda contemplando el techo. Por sus mejillas corrían lágrimas.

—No tenía intención de que la canción fuera triste. Estaba regocijándome —dijo Ansset.

—Yo también.

Mikal alargó una mano y cogió la de Ansset.

—¿Cómo iba a saber, Ansset, cómo iba a saber que ahora, en la vejez, cometería las estupideces que he evitado durante toda mi vida? Oh, he amado la vida como a cualquier otra cosa apasionada que he hecho, pero cuando te raptaron descubrí, hijo mío, que te necesitaba —Mikal se dio la vuelta y miró a Ansset, que contemplaba al anciano con gesto adorador—. No me adores, chico. Soy un viejo bastardo que mataría a su propia madre si uno de mis enemigos no lo hubiera hecho ya.

—Nunca me lastimarías.

—Lastimo todo lo que amo —Su rostro se desprendió de la amargura ante el recuerdo del miedo—. Tuvimos miedo por ti. Al principio temimos que fueras otra víctima de ese loco que ha estado aterrorizando a los ciudadanos. La audacia del secuestro fue increíble. Esperaba que encontraran tu cuerpo hecho pedazos... —su voz se quebró—. Pero no ocurrió así, seguimos encontrando más y más cadáveres, y ninguno de ellos era el tuyo. Incluso les tomamos las huellas dactilares a varios, o comprobamos sus dientes, pero ninguno eras tú, y nos dimos cuentra de que los que te habían capturado habían medido bien su tiempo. Perdimos semanas intentando relacionarte con los otros secuestros, y cuando nos dimos cuenta de que estábamos equivocados, la pista era ya muy vaga. No hubo notas de rescate. Nada. Me quedaba despierto por las noches, durante horas, preguntándome qué te habían hecho.

—Estoy muy bien.

—Aún les temes.

—A ellos no —dijo Ansset—. A mí.

Mikal suspiró y se dio la vuelta.

—Me he permitido llegar a necesitarte, y ahora lo peor que alguien puede hacer es separarte de mí. Me he vuelto débil.

Y Ansset le cantó acerca de la debilidad, pero en su canto la debilidad era la mayor fuerza de todas.

Más tarde, aquella misma noche, cuando Ansset creía que Mikal se estaba quedando dormido, el viejo emperador agitó una mano y gritó con furia:

—¡Lo estoy perdiendo!

—¿El qué? —preguntó Ansset.

—Mi imperio. ¿Lo edifiqué para que cayera? ¿Arrasé una docena de mundos y saqueé otro centenar de ellos para que todo se vuelva un caos cuando yo muera? —se acercó a Ansset y le susurró, sólo a unos centímetros de distancia: Me llaman Mikal el Terrible, pero lo edifiqué para que se alzara como un paraguas por toda la galaxia. Ahora tienen paz y prosperidad y toda la libertad que sus pequeñas mentes pueden soportar. Pero cuando muera lo echarán todo a perder.

Ansset intentó cantarle esperanza.

—No hay esperanza. Tengo cincuenta hijos, tres de ellos legítimos, y todos ellos idiotas que intentan adularme. No podrían conservar el imperio ni durante una semana, ninguno. No hay un solo hombre al que haya conocido que pueda controlar lo que he edificado durante toda mi vida. Cuando muera, todo morirá conmigo.

Y Mikal se hundió en el suelo, agotado.

Por una vez, Ansset no pudo cantar. Extendió una mano para tocar a Mikal y la apoyó sobre la rodilla del viejo.

—Por ti, Padre Mikal, creceré para hacerme fuerte. ¡Tu imperio no caerá! —dijo. Habló con tanta intensidad que tanto él como Mikal tuvieron que echarse a reír tras un instante de sorpresa.

—Sin embargo, es cierto —dijo Mikal, revolviendo el pelo del niño—. Por ti, lo haría. Te daría el imperio, pero te matarían. Y aunque pudiera vivir lo suficiente para entrenarte y convertirte en un gobernador de hombres, para ponerte en el trono y obligarles a aceptarte, no lo haría. El hombre que sea mi heredero tendrá que ser cruel y malvado, sibilino y sabio, completamente egoísta y ambicioso, desdeñoso de todo el resto del mundo, brillante en la batalla, capaz de adivinar los movimientos y maniobras de sus enemigos, y lo suficientemente fuerte para vivir completamente solo durante toda su vida —Mikal sonrió—. Ni siquiera *yo* cumplo todos los requisitos, porque ahora no estoy solo.

—Ni yo —dijo Ansset. Y le cantó al Padre Mikal para que se durmiera.

Y mientras yacía en la oscuridad, Ansset se preguntó cómo sería ser emperador, hablar y hacer que sus palabras fueran obedecidas, no sólo por aquéllos que estuvieran suficientemente cerca para oírle, sino por cientos de millones de personas en todo el universo. Imaginó grandes multitudes moviéndose al son de su canto, y mundos siguiendo el ritmo alrededor de sus soles obedeciendo su palabra, y las propias estrellas moviéndose a derecha e izquierda, cerca o lejos, según lo deseara. Sus imaginaciones se convirtieron en sueños a medida que fue quedándose dormido, y sintió el júbilo del poder como si estuviera volando, toda Susquehanna extendida bajo él, pero de noche, con las luces resplandecientes como estrellas.

Junto a él volaba alguien más. El rostro era familiar, pero no recordaba por qué. El hombre era alto, y vestía uniforme de sargento. Miraba a Ansset plácidamente, pero entonces extendía una mano y le tocaba, y de repente Ansset quedaba desnudo, solo y temeroso, y el hombre manoseaba su entrepierna y a Ansset no le gustaba y golpeaba al hombre, le golpeaba con todo el poder de un emperador, y el sargento caía del aire con una mirada de terror, caía y quedaba aplastado sobre una de las torres del palacio. Ansset contemplaba el cuerpo roto, desgarrado, sangrante, y de repente sentía el terrible peso de la responsabilidad. Alzaba la cabeza y veía que todas las estrellas caían, todos los mundos se precipitaban sobre sus soles, todas las multitudes marchaban hacia un despeñadero enorme y terrible, y por mucho que gritara y sollozara diciéndoles que se detuvieran, no le escuchaban. Entonces sus propios gritos le despertaron, y vio la amable cara de Mikal que le observaba con preocupación.

—Un sueño —dijo Ansset, no despierto del todo—. No quiero ser emperador.

—No lo seas —respondió Mikal—. No lo seas nunca.

Estaba oscuro, y Ansset rápidamente se durmió de nuevo.

12

Si los Hombres Libres de Eire no hubieran sido culpables, ¿habrían disparado contra los primeros soldados imperiales que pretendían interrogarles sobre su base supuestamente secreta en Antrim? Algunos sostenían que no. Pero el Chambelán dijo:

—Es demasiado estúpido para creerlo.

El Capitán de la guardia refrenó sus ímpetus.

—Todo encaja. El acento indicaba que procedían de Antrim. Diecisiete miembros del grupo habían estado en Esteamérica por una razón u otra durante la mayor parte del tiempo que Ansset estuvo secuestrado. Y abrieron fuego en el momento en que vieron a las tropas.

—No hay un sólo grupo nacionalista que no hubiera abierto fuego.

—Hay muchos grupos nacionalistas que no lo hubieran hecho.

—Demasiado conveniente, me parece —insistió el Chambelán, sin mirar a Mikal porque había aprendido hacía mucho tiempo que mirar a Mikal no ayudaba en nada a convencerle—. Todos los malditos Hombres Libres de Eire resultaron muertos. ¡Todos!

—Empezaron a matarse ellos mismos cuando vieron que llevaban las de perder.

—¡Sigo pensando que Ansset es aún un peligro para Mikal!

—¡He descubierto la conspiración y la he destruido!

Luego se hizo el silencio mientras Mikal reflexionaba.

—¿Ha podido reconocer Ansset alguno de los hombres que matásteis?

El Capitán se ruborizó un poco.

—Hubo un incendio. Pocos cuerpos quedaron reconocibles. Le mostré fotografías y creí que dos o tres podrían haber sido...

—Podrían haber —refunfuñó el Chambelán.

—Podrían perfectamente haber sido miembros de la tripulación del barco. Lo hice lo mejor que pude. ¡Yo mando flotas, maldita sea, no pequeños grupos de limpieza!

Mikal le miró con frialdad.

—Entonces, Capitán, deberías haber cedido el mando a alguien que supiera lo que hacía.

—Quise asegurarme de que no se cometían errores.

Ni Mikal ni el Chambelán necesitaron decir nada ante aquello.

—Lo hecho, hecho está, —dijo el Chambelán—. Pero creo que no deberíamos sentirnos demasiado satisfechos. El enemigo fue lo suficientemente listo para capturar a Ansset y retenerle durante cinco meses sin que pudiéramos encontrarlo. Sospecho que a pesar de que algunos de los hombres de la tripulación, o la tripulación entera, fueran los Hombres Libres de Eire, la conspiración no se originó con ellos. Fueron demasiado fáciles de encontrar. Por el acento. Recuerden, el secuestrador fue capaz de ocultar todos los días a la memoria de Ansset y a nuestros mejores sistemas de sondeo. Si no hubiera querido que encontráramos a los Hombres Libres, tambien habría bloqueado esos recuerdos.

El Capitán no era de los que se agarraban a argumentos derrotados.

—Tiene toda la razón. Me han engañado.

—Nos han engañado a todos, en un momento o en otro —dijo Mikal, lo que suavizó un poco la incomodidad del

Capitán—. Puedes marcharte —le dijo, y el Capitán inclinó la cabeza y se fue. El Chambelán se quedó solo con Mikal en la sala de reuniones, a excepción de los tres guardias de confianza que vigilaban cada movimiento.

—Estoy preocupado —dijo Mikal.

—Y yo también.

—Sin duda. Estoy preocupado porque el Capitán no es un estúpido, y sin embargo, se ha comportado estúpidamente. Supongo que habrás hecho que le sigan desde que fue nombrado.

El Chambelán intentó protestar.

—Si no has hecho que le sigan, entonces no has hecho un buen trabajo.

—He hecho que le sigan.

—Busca los archivos y confróntalos con el secuestro de Ansset. Mira a ver qué encuentras.

El Chambelán asintió. Esperó un instante y entonces, cuando Mikal pareció perder el interés en él, se levantó y se fue.

Cuando Mikal se quedó solo (a excepción de los guardias, pero había aprendido a descartarlos de su mente, excepto por la constante vigilancia contra una palabra imprudente), suspiró, estiró los brazos y escuchó crujir sus articulaciones. Aquello no le había sucedido hasta que tuvo más de cien años.

—¿Dónde está Ansset? —preguntó.

—Lo traeré —respondió uno de los guardias.

—No lo traigas. Dime dónde está.

Y el guardia ladeó la cabeza escuchando la constante corriente de información que acudía a su oreja.

—En el jardín. Con tres guardias. Cerca del río.

—Llevadme con él.

Los guardias no intentaron traicionar su sorpresa. Mikal no había salido del palacio durante años. Pero se movieron con eficiencia, y con cinco guardias y otro centenar más patrullando invisibles el jardín, Mikal dejó el palacio y caminó hasta el lugan donde Ansset estaba sentado a la vera del río. Ansset se levantó cuando vio que Mikal se acercaba, y se sentaron juntos, con los guardias a varios metros de distancia, vigilando con atención, mientras los voladores imperiales pasaban por encima.

—Me siento como un intruso —dijo Mikal—. Tengo que llevar a dos guardias conmigo cuando vengo a molestarte.

—Los pájaros de la Tierra cantan hermosas canciones —respondió Ansset—. Escucha.

Mikal escuchó durante un rato, pero sus oídos no eran tan agudos como los de Ansset, y se impacientó.

—Hay planes dentro de planes —dijo Mikal—. Cántame acerca de los planes y esquemas de los hombres alocados.

Y así Ansset le cantó una historia que había oído sólo unos días antes sobre un bioquímico que trabajaba en el control de venenos. Trataba de un antiguo investigador que por fin había tenido éxito al cruzar un cerdo con una gallina, de modo que la criatura daba jamón y huevos juntos, ahorrando un montón de tiempo en el desayuno. Los animales producían muchos huevos, y eran todo lo que el investigador había deseado. El problema era que los huevos no incubaban, y por tanto el animal no podía reproducirse. Los porcillitos (¿o pollirditos?) de hocico achatado, no podían romper los huevos, y por eso el experimento fracasó. Mikal se divirtió, y se sintió mucho mejor.

—Pero sí había una solución, Ansset —dijo—. Podría haberles enseñado a abrirse camino con las colas.

Pero su rostro pronto reflejó otra vez amargura.

—Mis días están contados, Ansset. Cántame sobre los días contados.

A pesar de todos sus intentos, Ansset nunca había comprendido la muerte de la misma forma que el viejo la entendía. Así que tuvo que cantarle a Mikal sus propios sentimientos. No fueron ningún alivio. Pero al menos Mikal pensó que le comprendían, y se sintió mejor mientras yacía en la hierba, observando correr al Susquehanna.

13

—Tenemos que llevar a Ansset. Es el único que podría reconocer a alguno.

—No permitiré que me separen de Ansset de nuevo.

El Chambelán insistió testarudamente sobre este punto.

—No quiero dejar las cosas al azar. Hay demasiadas maneras de destruir la evidencia.

Mikal se enfureció.

—No permitiré que el niño vuelva a mezclarse en este asunto. ¡Vino a la Tierra a cantar, maldita sea!

—Entonces rehuso intentarlo de nuevo —dijo el Chambelán—. ¡No puedo cumplir las tareas que me encomendáis si me atáis de manos!

—Entonces llévatelo. Pero tendrás que llevarme también a mí.

—¿A vos?

—A mí.

—Pero los procedimientos de seguridad...

—Al infierno con los procedimientos de seguridad. Nadie espera que pueda hacer algo así. La sorpresa es la mejor seguridad de todas.

—Pero, mi señor, arriesgaréis vuestra vida...

—¡Antes de que nacieras arriesgué mi vida en circunstancias muchísimo más peligrosas que ésta! Aposté mi vida a que podía construir un imperio y estuve cerca de perderla un centenar de veces. Partiremos dentro de quince minutos.

—Sí, mi Señor —dijo el Chambelán. Se marchó rápidamente para prepararlo todo, pero temblaba mientras salía de la habitación de Mikal. Nunca se había atrevido a discutir con el emperador de esa forma con anterioridad. ¿En qué había estado pensando? Y ahora el emperador iba a partir con él. Si algo le sucedía a Mikal mientras estaba al cuidado del Chambelán, estaba perdido. Nadie estaría de acuerdo en nada después de la muerte de Mikal, excepto en que el Chambelán tenía que morir.

Mikal y Ansset fueron juntos al deslizador de las tropas. Los soldados estaban aterrados por tener que realizar una operación con el propio emperador. Pero el Chambelán advirtió que Mikal estaba jubiloso, excitado. Probablemente, supuso el Chambelán, recordaba las glorias de días pasados, cuando conquistó el mundo entero. Bueno, ahora no es gran cosa como emperador, y espero con todas mis ansias que me deje encargarme de esto. Uno de los peligros de estar tan cerca del centro del poder... es que había que aceptar los caprichos de los poderosos.

El niño, sin embargo, parecía no sentir nada en absoluto. No era la primera vez que el Chambelán envidiaba el férreo autocontrol de Ansset.

La habilidad de esconder todos sus sentimientos a los amigos y los enemigos (a menudo era difícil distinguirlos), sería un arma mucho mayor que cualquier láser.

El deslizador recorrió el río Susquehanna a una velocidad inusitadamente rápida, lo que les colocó por encima del tráfico normal del río. Llegaron a Hisper en una hora, luego continuaron durante otra hora más, dejaron el río y cruzaron terrenos de granjas y pantanos hasta que llegaron a un río mucho más ancho.

—El Delaware —le susurró el Chambelán a Mikal y Ansset.

Mikal asintió, pero dijo:

—Guárdate tus esoterismos para ti —parecía irritado, lo que quería decir que se lo estaba pasando estupendamente.

Poco después, el Chambelán ordenó al teniente que dirigiera el deslizador hacia la orilla.

—Hay un sendero que conduce a donde queremos ir.

El terreno era húmedo y dos soldados encabezaron la columna por el sendero, encontrando suelo firme. Fue una larga caminata, pero Mikal no les pidió que redujeran el ritmo. El Chambelán quería detenerse y descansar, pero no se atrevió a pedir que la columna hiciera un alto en el camino. Sería una victoria para Mikal. Si el viejo puede soportarlo, pensó, también puedo yo.

El sendero conducía a un campo vallado, y tras él había un

grupito de casas. La casa más cercana era de estilo colonial, por lo que debía tener al menos cien años de antigüedad. El río se encontraba a un centenar de metros, y anclado a un pilote había un barco de quilla plana flotando suavemente en las corrientes.

—Esa es la casa —dijo el Chambelán—, y ese es el barco.

El camino que les separaba de la casa no era largo, y estaba salpicado de crecidos arbustos, así que pudieron alcanzarla sin que fuera demasiado fácil advertir su presencia. Sin embargo la casa estaba vacía, y cuando irrumpieron en el barco el único hombre que había a bordo se apuntó con un láser a la cara y se la redujo a cenizas. Pero, antes, Ansset pudo reconocerle.

—Era Ronco —dijo el muchacho, mirando el cuerpo sin ningún signo de sentimiento—. Es el hombre que me daba de comer.

Entonces Mikal y el Chambelán siguieron a Ansset al barco.

—No es el mismo —dijo Ansset.

—Por supuesto que no —repuso el Chambelán—. Han estado intentando camuflarlo. La pintura está fresca. Y huele a madera nueva. Lo han estado remodelando. ¿Pero hay algo familiar?

Lo había. Ansset encontró una habitacioncita que podría haber sido su celda, aunque ahora estaba pintada de amarillo brillante y una nueva ventana dejaba entrar la luz del sol. Mikal examinó el marco.

—Nuevo —dijo el emperador.

Y al intentar imaginar el interior del barco tal como podría haber sido, sin pintar, Ansset pudo encontrar la gran sala donde había cantado la última noche de su cautiverio. No había mesa. Pero la habitación parecía del mismo tamaño, y Ansset dedujo que éste bien podría haber sido el lugar donde le habían mantenido prisionero.

En la celda de Ansset oyeron la risa de unos niños y un deslizador que pasaba por el río, lleno de excursionistas que cantaban.

—Una zona muy poblada —le dijo Mikal al Chambelán.

—Por eso hemos venido a través de los bosques. Para no llamar la atención.

—Si querías evitar llamar la atención —dijo Mikal—, habría sido mejor venir en un vehículo civil. No hay nada más sospechoso que soldados escondiéndose en los bosques.

El Chambelán acusó la crítica de Mikal como si fuera un reproche.

—No soy un táctico.

—Lo suficiente —dijo Mikal, dejando que el Chambelán se relajara un poco—. Volvamos a palacio inmediatamente. ¿Hay alguien en quien puedas confiar para que se encargue del arresto?

—Sí —contestó el Chambelán—. Ya han sido avisados de que no le dejen salir de palacio.

—¿A quién? —preguntó Ansset—. ¿A quién vais a arrestar?

Por un momento, parecieron reacios a contestar.

—Al Capitán de la guardia —dijo Mikal finalmente.

—¿Estaba detrás del secuestro?

—Eso es lo que parece —respondió el Chambelán.

—No lo creo —dijo Ansset, pues pensaba que conocía la voz del Capitán y no había oído en ella más que canciones de lealtad. Pero el Chambelán no lo comprendería. No era una evidencia. Y este era el barco, lo que parecía probarles algo. Por tanto, Ansset no dijo nada más sobre el Capitán hasta que fue demasiado tarde.

14

Tal como estaban las prisiones, las había peores. Era sólo una celda con una puerta... al menos en el interior. Y aunque no había muebles, el suelo era tan cómodo como el de la habitación privada de Mikal.

Sin embargo, no era difícil sentirse amargado. El Capitán

permanecía sentado, apoyado contra una pared, desnudo para que no pudiera herirse con sus propias ropas. Tenía más de sesenta años y durante cuatro había estado a cargo de todas las flotas del emperador, coordinando miles de naves por toda la galaxia. Y ahora había sido atrapado en esta estúpida intriga palaciega e iban a convertirlo en el chivo expiatorio...

El Chambelán lo había planeado todo, por supuesto. Siempre el Chambelán. ¿Pero cómo podría demostrar su inocencia sin recurrir a la hipnosis, y quién llevaría a cabo la operación sino el Chambelán mismo? Además, el Capitán sabía lo que no sabía nadie más: que aunque una sonda en su mente no probaría que estaba relacionado con el secuestro de Ansset, sí revelaría otras cosas, más antiguas, cualquiera de las cuales podría destruir su reputación y que juntas le causarían la muerte con tanta seguridad como si hubiera secuestrado a Ansset él mismo.

Cuarenta años de lealtad inquebrantable y ahora, cuando soy inocente, mis antiguos crímenes evitan que fuerce el asunto. Se pasó las manos por sus viejos muslos mientras permanecía sentado contra una de las paredes. Los músculos estaban aún allí, pero los sentía en las piernas como si la piel se hubiera aflojado, plegándose. Un hombre puede vivir ciento veinte años en este mundo, pensó. No habré vivido ni la mitad.

¿Qué les había llevado a hacerle prisionero? ¿Qué había hecho que levantara sospechas? ¿O no había nada en absoluto?

Tenía que haber algo. Mikal no era un tirano: gobernaba según la ley, aunque fuera todopoderoso. ¿Había hablado con demasiada frecuencia con gente equivocada? Fueran quienes fueren los verdaderos traidores, estaba seguro de que habían dispuesto contra él un caso plausible.

Las luces perdieron bruscamente su intensidad. Conocía suficiente la prisión, cuando estuvo fuera de ella, para saber que aquello significaba que dentro de diez minutos todo quedaría a oscuras. La noche, y el sueño, si *podía* dormir.

Se tumbó, dejó descansar el brazo sobre sus ojos y supo

que el revuelo de su estómago sería irresistible. No podría dormir esta noche. Seguía pensando. Morbosamente, se permitía pensar, porque tenía demasiado valor para esconderse de sus propias imaginaciones. Siguió pensando en la forma en que moriría. Mikal era un gran hombre, pero no era amable con los traidores. Los desmembraban, trozo a trozo, mientras los hologramas grababan la agonía de la muerte para emitirla a todos los planetas. O tal vez declararían que sólo estaba relacionado tangencialmente con el asunto, en cuyo caso su agonía sería más privada, menos prolongada. Pero no era el dolor lo que le asustaba: había perdido dos veces el brazo izquierdo, apenas hacía dos años, y sabía que podía soportar el dolor razonablemente bien. Lo que le preocupaba era que todos los hombres que habían estado alguna vez bajo su mando pensarían en él de ahora en adelante como en un traidor que moría en completa desgracia.

Eso era lo que no podía soportar. El imperio de Mikal había sido creado por soldados con fanática lealtad, amor y honor, y aquella tradición continuaba. Recordó la primera vez que estuvo al mando de una nave. Fue en la rebelión de Quenzee, y su crucero había sido sorprendido en tierra. Tuvo que elegir drásticamente entre despegar inmediatamente, antes de que pudieran dañarlo, o esperar para salvar a algunos destacamentos de sus hombres. Optó por el crucero, porque si esperaba, significaría que nada podría ser salvado para el imperio. Pero los gritos de pánico de *esperad, esperad,* resonaron en sus oídos mucho después de que la radio pudiera ya captarlos. Había sido recompensado, aunque no le dieron la medalla durante meses porque habría encontrado algún medio de matarse con ella.

Entonces pensaba con tanta facilidad en el suicidio, recordó el Capitán. Ahora, cuando podría ser útil, está completamente fuera de mi alcance.

Si estuviera pagando por mis crímenes... No se dan cuenta, pero aunque pensaran que están condenando a un hombre inocente, me merezco exactamente el castigo que recibo.

Recordó...

Y las luces se apagaron.

Intentó dormir y soñar, pero seguía recordando y recordando. Y en todos sus sueños veía la cara de ella. Sin nombre. Nunca había conocido su nombre, era parte de su protección, porque si no se sabían los nombres, no podían ser descubiertos ni por las pruebas más reveladoras, y no importaba lo mucho que lo intentaran. Pero su cara..., más negra que la suya, como si tuviera sangre pura descendiente de la parte más aislada de África, y su sonrisa, aunque extraña, era tan resplandeciente que su recuerdo le anegaba los ojos de lágrimas y hacía que la cabeza le diera vueltas. Se suponía que ella era la asesina real. Y la noche antes de que planearan matar al prefecto, ella le había llevado a su casa. Sus padres, que no sabían nada, dormían. Ella se le entregó dos veces, antes de que él se diera cuenta de que aquello significaba algo más que la liberación de la tensión antes de una misión difícil. Ella le amaba de verdad, estaba seguro, y por eso él le susurró su nombre al oído.

—¿Qué era eso? —preguntó ella.

—Mi nombre —respondió él, y la cara de ella pareció experimentar un gran dolor.

—¿Por qué me lo has dicho?

—Porque confío en ti —había susurrado él mientras ella le acariciaba la espalda. Ella gimió el peso de aquella confianza... o tal vez fueran los últimos ecos del éxtasis sexual. Nunca lo sabría. Al marcharse, ella le susurró:

—Reúnete conmigo mañana a las nueve, junto a la estatua de Horus, en Flant Fisway.

Y él había esperado junto a la estatua durante dos horas. Luego fue a buscarla y descubrió que su casa estaba rodeada por la policía. Y también las casas de otros dos conspiradores, y supo que habían sido traicionados. Al principio pensó que tal vez *ella* los había traicionado, y que quería que él salvara la vida y por eso le había dicho que la esperara en el momento en que sabía que acudiría la policía. Sin embargo, de todas formas, aunque fuera inocente, leyó en los periódicos que se había matado cuando la policía llegó a su casa: Se voló la cabeza con una anticuada pistola de proyectiles, delante de sus padres, mientras estaban sentados en el salón preguntándose por qué la policía llamaba a la puerta. Aunque hubiera traicionado al grupo, se negó a traicionarle a él: Sabiendo su nombre, prefirió la muerte a la posibilidad de que la forzaran a revelarlo.

Escaso alivio. Él mismo mató al prefecto y luego abandonó el planeta en el que había nacido y nunca regresó. Pasó unos cuantos años, hasta que cumplió los veinte, intentando unirse a rebeliones, fomentándolas o incluso provocando serios enfrentamientos en algunas zonas del imperio de Mikal, que entonces no era muy antiguo. Pero gradualmente se dio cuenta de que no había tanta gente que ansiara independencia. La vida bajo Mikal era mejor de lo que había sido antes. Y a medida que aprendía eso, empezó a comprender qué era lo que Mikal había conseguido.

Y se enroló, y utilizó su talento para ascender en el escalafón militar hasta convertirse en el lugarteniente en quien Mikal más confiaba, Capitán de la guardia. Todo para nada por causa de un sirviente civil ambicioso que iba a matarle no con honor, como había soñado, sino caído en terrible desgracia.

También me lo merezco, pensó. Porque le dije mi nombre. Todo es culpa mía, porque le dije mi nombre.

Se había quedado adormilado, pero una repentina corriente de aire frío le hizo recuperar la consciencia. ¿Habían venido a por él? Pero no..., habrían encendido la luz. Y no había ninguna luz, ni siquiera en el pasillo, si su impresión era correcta cuando abrieron la puerta.

—¿Quién es? —preguntó.

—Shhh —respondieron—. ¿Capitán?

—Sí —el Capitán se esforzó en reconocer la voz—. ¿Quién eres?

—No me conoce. Soy sólo un soldado. No me conoce. Pero yo le conozco, Capitán. Le he traído algo.

Y el Capitán sintió una mano recorrerle el cuerpo hasta que encontró su brazo, su mano, y le colocó en ella una ampolla con una jeringa.

—¿Qué es esto?

—Honor —dijo el soldado. La voz era muy joven.

—¿Por qué?

—Usted no podría traicionar a Mikal. Pero sé que le matarán... como a un traidor. Si quiere, aquí tiene... honor.

Y entonces el rumor del viento mientras el soldado se marchaba en la oscuridad; el calor reagrupándose mientras la puerta se cerraba y la brisa se detenía. El Capitán sostuvo la muerte en su mano. Pero no tenía mucho tiempo. El soldado era valiente y listo, pero los sistemas de seguridad de la prisión alertarían pronto a los guardias (probablemente ya lo habían hecho) de que alguien había entrado. Tal vez ya venían por él.

¿Y si logro probar mi inocencia?, se preguntó. ¿Por qué morir, cuando podría ser exonerado y vivir el resto de mi vida?

Pero recordó lo que descubrirían las drogas y las preguntas del Chambelán, y sólo pudo ver la cara negra de ella en su mente mientras presionaba la aguja a su estómago, con fuerza, y el impacto rompió el sello y dejó que los componentes químicos abrieran su piel al veneno de la jeringa. Normalmente habría contado los segundos para retirar la droga cuando hubiera conseguido la dosis adecuada, pero esta vez la única dosis apropiada era todo lo que la jeringa pudiera contener.

Aún tenía la mano en el vientre cuando las luces se encendieron y la puerta se abrió, y un grupo de guardias entró corriendo, le quitaron la jeringa del estómago y de la mano, y empezaron a levantarle para sacarlo de la celda.

—Demasiado tarde —dijo el Capitán, débilmente, pero le sacaron de igual modo, arrastrándole corredor abajo. Los miembros del Capitán estaban completamente paralizados; reconoció el veneno y supo que aquello era un indicio de que la muerte no podía tardar, no importaba cuál fuera el tratamiento. Atravesaron otra puerta, y allí vio la espalda de un joven soldado que era forzado por otros tres a entrar en una sala de exámenes.

—Gracias —intentó decirle el Capitán al muchacho, pero

no pudo emitir suficiente sonido para que se oyera por encima de las pisadas y el roce de los uniformes a través de los pasillos.

—¡Intentadlo de todas formas! —gritó una voz que el Capitán apenas reconoció como perteneciente al Chambelán.

—Chambelán... —susurró el Capitán.

—¡Sí, bastardo! —dijo el Chambelán, con la voz llena de angustia.

—Dígale a Mikal que mi muerte libera a más conspiradores de los que mata.

—¿Cree que no lo sabe?

—Y dígale..., dígale...

El Chambelán se acercó más, pero el Capitán murió sin saber si había sido capaz de dar a Mikal su último mensaje antes de ser silenciado para siempre.

15

Ansset contemplaba cómo Mikal se enfurecía con el Chambelán. Conocía la voz de Mikal suficientemente bien para saber que de alguna manera estaba mintiendo, que la furia era, al menos parcialmente, fingida. ¿Lo sabía el Chambelán? Ansset sospechaba que sí.

—¡Sólo un loco habría matado a ese soldado! —gritó Mikal.

—Lo intenté todo —dijo el Chambelán, fingiendo estar asustado—. Drogas, hipnosis... pero estaba bloqueado, demasiado bien bloqueado...

—¡Y por eso adoptaste la antigua tortura!

—Era una de las penas por traición. Pensaba que si la empezaba confesaría el resto de la conspiración...

—Y por eso murió y ahora no tenemos esperanza de descubrir...

—Estaba bloqueado, os lo digo, ¿qué podía hacer?

—¿Qué podías hacer? —Mikal se dio la vuelta. Ansset oyó en su voz un deje de placer. ¿Ante qué? Era un placer oscuro, ciertamente, nada de lo que Mikal se regocijara abiertamente—. Suministró veneno al Capitán a pesar de nuestros mejores esfuerzos.

—Al menos demuestra la culpabilidad del Capitán —dijo el Chambelán.

—¡Al menos no demuestra nada! —replicó Mikal, dándose la vuelta para encarar el intento del Chambelán de endulzar las perspectivas—. ¡Has traicionado mi confianza y fallado al cumplir tu deber!

Era el principio de un ritual. El Chambelán obedientemente inició el paso siguiente.

—Mi Señor Imperator, he sido un estúpido. Merezco morir. Renuncio a mi puesto y os pido que me matéis.

Mikal siguió el ritual, pero con furia, sin gracia, como para asegurarse de que el Chambelán sabía que se le perdonaba, aunque no se olvidaba.

—Claro que eres un estúpido. Te concedo la vida debido a tus servicios infinitamente valiosos y, sobre todo, por detener al traidor —Mikal ladeó la cabeza—. Y ahora, Chambelán, ¿a quién crees que debería nombrar nuevo Capitán de la guardia?

Ansset se confundió más aún. El Chambelán y Mikal mentían sobre algo, ocultándose mutuamente... y ahora Mikal le pedía consejo al Chambelán en un asunto que no era de su incumbencia. Y el Chambelán iba a contestar.

—Riktors Ashen, por supuesto, mi Señor.

¿Por supuesto? La actitud era impertinente, el propio hecho de dar consejos, peligroso. El Chambelán no hacía cosas peligrosas. Una respuesta segura hubiera sido afirmar que nunca había pensado en el asunto y que no presumiría de dar consejos al emperador en un asunto tan vital. Y en cambio decía *por supuesto.*

Normalmente, Ansset habría esperado que Mikal se calmara, despidiera al Chambelán y rehusara verle durante días.

Pero Mikal desafió todo lo que Ansset creía que sabía y simplemente contestó, con una sonrisa:

—Por supuesto, claro. Riktors Ashen es la elección adecuada. Dile en mi nombre que ha sido nombrado Capitán.

Incluso el Chambelán, que era maestro en el arte de la inexpresión, pareció sorprendido por un momento. Y la sorpresa del Chambelán se reveló en la mente de Ansset. El Chambelán nombró al hombre a quien no quería como Capitán de la guardia, con la intención de que Mikal rehusaría inmediatamente a cualquier hombre que él sugiriera. En cambio, Mikal le eligió, sabiendo que ese hombre no se sometería a la influencia del Chambelán.

Y Ansset no pudo por menos que sentirse complacido. Riktors Ashen era una buena elección. La flota lo aprobaría, por supuesto, porque la reputación de guerrero de Riktors Ashen era la mejor que había habido durante años. Y el imperio la aprobaría porque Riktors Ashen demostró en la rebelión de Mantrynn que podría tratar a la gente con merced. En vez de castigar y destruir, Riktors se preocupó por las quejas de la gente contra la rapacidad de su administrador, al que juzgó y ejecutó. Junto con los líderes de la rebelión, por supuesto, pero había gobernado él mismo el planeta durante varios meses, acabó con la corrupción en los niveles superiores del gobierno y colocó gente local en altos cargos para continuar el trabajo después de que se marchara. No había en la galaxia un planeta más leal que Mantrynn, y ningún nombre en la flota era más amado entre la gente corriente que el de Riktors Ashen.

Pero más que todas estas buenas razones para el nombramiento, Ansset estaba contento porque conocía a ese hombre, le gustaba y confiaba en él. Esste le había dicho que Riktors Ashen era el hombre más parecido a Mikal del universo. Y ahora que Ansset conocía a Mikal y le amaba, aquélla era la más alta alabanza en la que podía pensar.

Mientras, Ansset reflexionaba sobre ese nombramiento, el Chambelán se marchó, y fue la voz de Mikal la que sacó al muchacho de su ensimismamiento.

—¿Sabes cuáles fueron sus últimas palabras para mí?

Ansset supo, sin que se lo dijera, que Mikal hablaba del Capitán.

—Dijo: «Decidle a Mikal que mi muerte libera a más conspiradores de los que mata.» Y luego..., luego dijo que me amaba.

La voz de Mikal se quebró. Había lágrimas en sus ojos.

—Imagina, ese viejo bastardo diciendo que me amaba. ¿Sabías que hace cuarenta años estuvo implicado en una conspiración para deponer mi gobierno? Algo patético... su amante traicionó a la conspiración y eventualmente él logró escapar. Nunca llegó a saber que yo lo sabía. Pero tal vez no mentía. Tal vez me amaba, después de todo.

—¿Le amabas tú?

—Nunca me fié de él, naturalmente. Nunca me fío de nadie. Excepto de ti —Mikal sonrió a Ansset y le alborotó el pelo. Su tono era casual, pero Ansset sabía que detrás había pena—. ¿Pero amarle? ¿Quién sabe? Me siento fatal sabiendo que está muerto. Me ama. Me amaba. Sí, supongo que le amaba todo lo que puedo amar a alguien. Al menos me alegro de que encontrara un medio de morir con honor —Mikal se echó a reír—. Suena raro, ¿verdad? Su muerte encubre la conspiración, y sin embargo me alegro. Desde que viniste, Ansset, he olvidado mi dedicación a mi propio interés.

—Entonces debería marcharme.

Mikal suspiró.

—La, la, la. Una de tus canciones más aburridas, Ansset, cantando siempre la misma nota.

Mikal se hundió en la silla. Ésta fluyó para soportar su cambio de peso. Pero su rostro reflejó también una expresión de abatimiento.

—¿Qué tiene de malo? —preguntó Ansset.

—Nada —dijo Mikal—. Oh, no tiene sentido mentirte. Digamos que estoy cansado y que los asuntos de estado se vuelven más duros a medida que me voy haciendo viejo.

—¿Por qué arrestaron al Capitán? —preguntó Ansset, para cambiar de conversación... y para satisfacer también su propia curiosidad—. ¿Cómo lo supisteis?

—Oh, eso. Los hombres del Chambelán le habían estado vigilando. Visitaba un lugar con regularidad. Decía a sus amigos que iba a visitar a una mujer que vivía allí. Pero todos los vecinos testificaron, bajo drogas, que allí no vivía ninguna mujer. Y el Capitán era un maestro estableciendo bloqueos mentales. De todas formas, todo habría sido circunstancial, a pesar de que el barco fuera similar, si no hubieras identificado al hombre que se mató allí. ¿Ronco?

—Ronco —Ansset bajó la mirada—. No me gusta saber que he condenado al Capitán.

—No fue agradable para nadie.

—Al menos la conspiración se ha quebrado —dijo Ansset, alegre por el alivio que aquello le supondría de la constante vigilancia de los guardias.

—¿Quebrado? —preguntó Mikal—. La conspiración apenas ha sido tocada. El soldado pudo proporcionarle veneno al Capitán. Por lo tanto, aún hay conspiradores dentro de palacio. Y por eso instruiré a Riktors Ashen para que te vigile de cerca.

Ansset no intentó ocultar su decepción a Mikal.

—Lo sé —dijo Mikal, cansinamente—. Sé cómo te afecta. Pero los secretos están aún encerrados en tu mente, Ansset. Hasta que aparezcan, ¿qué otra cosa puedo hacer?

16

Los secretos se revelaron al día siguiente.

Mikal mantenía reunida a la corte en la gran sala, y a petición suya Ansset se encontraba de pie junto al Chambelán, no demasiado lejos del trono. Durante un momento de la velada, Mikal pediría a Ansset que cantara. El resto del tiempo Ansset se resignaba a contemplar la aburrida procesión de dignatarios presentando sus respetos al emperador. Todos serían ritualmente respetuosos y solícitos y jurarían amor y lealtad a Mikal. Luego todos volverían a casa e informarían de lo pronto que iba a morir Mikal el Terrible, y quién podría sucederle, y cuáles eran las expectativas de conseguir un trozo del imperio.

El orden de los dignatarios fue elaborado cuidadosamente para honrar a los amigos y humillar a aquellos cuya infatuada dignidad necesitaba una advertencia. Un oficial menor de un distante macizo estelar, cuyas innovaciones en la administración de los bienes de la industria habían sido adoptadas por todo el imperio, fue honrado oficialmente, el primero del día, y luego empezó el auténtico aburrimiento. Príncipes, presidentes, sátrapas y administradores, dependiendo del título que hubiera sobrevivido a la conquista setenta u ochenta años antes, avanzaban con su séquito, inclinándose (y sus gestos mostraban lo mucho que temían a Mikal, o lo mucho que querían adularle, o lo orgullosos e independientes que intentaban parecer), murmuraban unas cuantas palabras solicitando una audiencia privada o un favor especial, y luego volvían a esperar junto a las paredes mientras Mikal los despedía con una palabra amable o cortante.

Para humillar especialmente al sátrapa de Sununuway, le colocaron detrás de una delegación de Kinshasanos Negros ataviados con sus extraños y antiguos trajes terrestres. Kinshasa insistía, ridículamente, en que era una nación soberana, aunque el Chambelán susurró a Ansset al oído que ni siquiera tenían su país en el lugar adecuado, ya que la antigua Kinshasa estuvo situada en el Valle del río Congo, mientras que estos campesinos venidos a más vivían en el extremo meridional de África. Aún así inclinaron la nariz ante Mikal, llamando embajador a su representante, y resultaron tan ridículos que darles precedencia sobre cualquiera era un insulto grosero.

—Esos sapos de Sununuway se subirán por las paredes —dijo el Chambelán. Soltó una risita.

Eran, a su modo, pintorescos. Llevaban el pelo recogido con grandes huesos y adornos, enormes pilas de cuentas por el pecho y sólo el más mínimo taparrabos los hacía parecer decentes. Pero, pintorescos o no, Mikal se aburrió pronto de ellos e hizo un gesto en demanda de vino.

El Chambelán lo escanció, lo probó, según costumbre, y luego dio un paso hacia el trono de Mikal. Entonces se detuvo y llamó a Ansset. Soprendido ante la llamada, Ansset acudió a él.

—¿Por qué no le llevas *tú* el vino a Mikal, Dulce Pájaro Cantor? —dijo el Chambelán. La sorpresa desapareció de los ojos de Ansset, y tomó el vino y se dirigió resueltamente hacia el trono de Mikal.

En ese momento, sin embargo, se desencadenó el infierno. Los enviados Kinshasanos rebuscaron en sus elaborados turbantes y sacaron cuchillos de madera, que habían logrado pasar los detectores de metales y los cacheos, y corrieron hacia el trono.

Los guardias dispararon rápidamente y sus láseres derribaron a cinco kinshasanos, pero todos habían apuntado a los asesinos más cercanos, y tres continuaban su avance. Corrieron hacia el trono, los brazos extendidos de tal forma que los cuchillos ya apuntaban directamente al corazón de Mikal. Hubo gritos y chillidos. Un guardia logró cambiar de blanco y disparó, pero fue a lo loco, y los otros habían gastado sus cargas en la primera andanada.

Se esforzaban en recargar sus láseres, pero mientras lo intentaban sabían que sería demasiado tarde, que nada podría ser suficientemente rápido para evitar que los cuchillos de madera alcanzaran al emperador.

Mikal miró la muerte a los ojos y no pareció decepcionado.

Pero en ese momento Ansset lanzó la copa de vino a uno de los atacantes y se colocó de un brinco delante del emperador. Saltó fácilmente en el aire y pateó la mandíbula del primero de los atacantes. El ángulo de la patada fue perfecto, la fuerza brusca e increíblemente dura, y la cabeza del kinshasano voló cincuenta pies hacia la multitud, y su cuerpo se deslizó hacia delante hasta que el cuchillo de madera aún crispado en su mano tocó el pie de Mikal. Ansset se recuperó del salto a tiempo de enviar su mano hacia arriba con tanta brusquedad que su brazo quedó enterrado hasta el codo en las entrañas, y sus dedos aplastaron el corazón del otro hombre.

El tercer atacante se detuvo sólo un instante, refrenado en su carga por el repentino estallido del niño que había permanecido tan indefenso junto al trono del emperador. Aquella pausa fue suficiente para que los láseres recargados le apuntaran e hicieran fuego, y el último asesino kinshasano cayó, soltando cenizas mientras se derrumbaba, ardiendo ligeramente.

Todo el incidente, desde la aparición de los cuchillos de madera hasta la caída del último atacante, había durado cinco segundos.

Ansset permanecía de pie en mitad de la sala, con los brazos llenos de vísceras y la sangre esparcida por todo su cuerpo. Miró la mano ensangrentada, al cuerpo que había masacrado. Un destello de memorias bloqueadas regresó, y recordó otros cuerpos similares, otras cabezas pateadas de otros torsos, otros hombres que habían muerto mientras Ansset aprendía la habilidad de matar con sus manos. La culpa que le atormentaba cuando se despertaba por las noches en el barco le barrió con más fuerza que nunca, pues sabía por qué la sentía y a qué se debía.

Las investigaciones habían sido en vano. Las preocupaciones no tenían sentido. Ansset no podría haber usado un arma, no la necesitaba: Ansset *era* el arma que iba a ser empleada contra el Padre Mikal.

El olor de la sangre y los intestinos destrozados junto con las emociones, barrieron su cuerpo. Habría vomitado. Ansiaba vomitar. Pero el Control lo sostuvo: Había sido instalado en él para momentos insoportables como éste. Y se quedó de pie, con la cara convertida en una máscara impasible, esperando.

Los guardias se aproximaron a él con cuidado, inseguros de lo que tenían que hacer.

Pero el Chambelán lo sabía. Ansset oyó su voz, que temblaba de miedo por lo cerca que habían llegado los asesinos y lo próximo que había estado Mikal de ser asesinado desde que le habían devuelto a Ansset, mientras gritaba:

—Mantenedle bajo vigilancia. Lavadle. Y traedlo a la cámara de consejos dentro de una hora.

Los guardias miraron a Mikal, que permanecía conmocionado y ceniciento sobre el trono. El emperador asintió.

17

Mikal contemplaba el fuego, recordando al primer hombre que había matado en su vida. Mikal era entonces solamente un chiquillo de diez años, más joven que Ansset... no. No tenía que pensar en Ansset. Sólo diez años, y estaba dormido en el piso de arriba. Sucedió en los años de terror en los mundos de la Ayuda Andante, y esa noche era su turno. No llamaron a la puerta, ni hubo ningún sonido fuera, sólo el estrépito de la puerta reventada, el grito de la madre de Mikal, que aún no se había ido a la cama, el chillido de su hermana al despertarse en la habitación frente a él. Mikal no tuvo que preguntar qué sucedía. Sólo tenía diez años, pero cosas así no podían ser ocultadas a un niño en aquellos tiempos, y había visto los cadáveres de las mujeres, desmembradas y tiradas en las calles; había visto los genitales masculinos clavados a las paredes mientras el cadáver del hombre al que habían pertenecido permanecía tendido debajo, mirando solamente al fuego que había convertido sus testículos en cenizas.

Los merodeadores viajaban en pequeños grupos, y se decía que eran irresistibles, pero Mikal sabía dónde se guardaba el fusil de caza y cómo apuntarlo. Lo encontró en la habitación de sus padres, lo cargó con cuidado mientras su madre seguía gritando abajo, y entonces esperó pacientemente mientras dos pares de pisadas subían las escaleras. Sólo podría disparar una vez, pero si escogía el momento preciso, sería suficiente: el arma era realmente potente para impeler una carga a través de un hombre y matar a otro que estuviera detrás.

Los hombres llegaron al rellano. Mikal no sentía miedo ante la idea de matar. Disparó. El retroceso del arma le derribó. Cuando se puso en pie, los dos hombres no estaban, pues habían caído rodando por las escaleras. La calma no le abandonó. Volvió a cargar y luego se acercó cuidadosamente al rellano. Al pie de las escaleras había dos hombres arrodillados junto a los cadáveres; entonces alzaron la vista. Si Mikal hubiera dudado, le habrían matado: los láseres eran más rápidos que ningún proyectil, y estos hombres sabían usarlos. Pero Mikal no dudó. Disparó de nuevo y esta vez no perdió el equilibrio ante el retroceso y pudo ver cómo los dos hombres caían bajo la explosión cuando la bala alcanzó a uno de ellos en la cabeza. Fue un tiro de suerte. Mikal había apuntado al vientre del otro hombre. Ahora no tenía importancia. Los dos estaban muertos.

Mikal no sabía cómo bajaría las escaleras bajo los disparos para acabar con el resto, pero lo intentó, aunque no fue preciso. Tenían apresado a su padre y le obligaban a contemplar cómo un hombre empezaba a violar a su esposa. Cuando cuatro de los merodeadores resultaron muertos de repente, el padre de Mikal no dudó en decir a los otros tres: «No tenéis ninguna oportunidad. Hay cuatro arriba y otra docena fuera.»

Le creyeron; pero eran merodeadores, y por eso le rebanaron la garganta hasta el hueso, y apuñalaron a la madre de Mikal ocho veces, y sólo entonces se apuntaron con sus propios láseres, sabiendo que no habría piedad si se rendían, ni siquiera un juicio, sólo la breve ceremonia de romperlos en pedazos. El padre de Mikal murió al mismo tiempo que ellos. Pero la madre de Mikal vivió. Y a la edad de diez años Mikal se convirtió en una especie de héroe. Organizó a los aldeanos en una poderosa fuerza de resistencia, y cuando se corrió la voz de que ningún merodeador podía entrar en aquel pueblo, otros aldeanos le pidieron a Mikal que los liderara también, aunque no era más que un niño. A los quince años, había forzado a los merodeadores a aceptar un tratado que, en esencia, los obligaba a abstenerse de aterrizar en el planeta de Mikal, y durante los siguientes años Mikal les demostró que tenía el poder y la voluntad para cumplirlo.

Sin embargo, en los momentos en que bajó las escaleras y vio a los cuatro hombres que había matado, vio a su padre vomitando sangre a través de la jadeante sonrisa de su garganta, vio tres cadáveres achicharrados que ya empezaban a oler a carne medio cocinada, vio a su madre desnuda en el suelo con un cuchillo entre sus pechos, y sintió una agonía que había motivado todas sus acciones a partir de entonces. Incluso recordar aquella noche le hacía sudar, más de un siglo después. Y al principio había sido el odio lo que le propulsaba, lo que le obligó a salir con una flota a los mundos de los merodeadores y someterlos, lo que le puso a la cabeza de un grupo de hombres fuertes y duros todos mayores que él y dispuestos a seguirlo a las puertas del infierno.

Pero en alguna parte del camino el odio le había abandonado. No hasta después de que por fin sus enemigos tuvieran éxito y consiguieran matar a su madre con veneno, décadas después de haber sobrevivido a los cuchillos. Había odiado entonces, seguramente. Tal vez fue algo gradual, a medida que la mortal noche se desvanecía en su memoria y empezaba a sentir la responsabilidad de cuidar a los cientos de millones de personas que dependían de él para que les ofreciera justicia, paz, protección. En alguna parte a lo largo del camino sus objetivos habían cambiado. Ya no se dedicaba a castigar a los malvados, como había pensado una vez que sería su misión en la vida. Ahora se dedicaba a establecer la paz por toda la galaxia, a proteger a la humanidad de sí misma, aunque aquello significara más guerras sangrientas para forzar a los mundos en litigio, a las naciones y a las ligas de mundos a aceptar lo que todos habían aclamado que querían. El fin de la muerte en batalla.

Lo hice, se dijo Mikal mientras contemplaba las llamas. Lo hice.

Sin embargo, no lo había hecho bien del todo. Porque a pesar de ello un niño tenía esta noche las manos manchadas de sangre y había contemplado los cuerpos de los hombres a los que había matado. Empecé todo esto para que ningún niño tuviera que hacer eso de nuevo.

Mikal sintió en su interior un dolor que no podía soportar

Puso su mano en el fuego hasta que el dolor de su cuerpo forzó a remitir el dolor de su corazón. Entonces retiró la mano, la frotó y se preguntó por qué las heridas internas no podían curarse con tanta facilidad.

18

—Pájaro Cantor —dijo Riktors Ashen—, parece que alguien te ha enseñado nuevas canciones.

Ansset permanecía de pie entre los guardias que le apuntaban con sus láseres. El Control impedía que mostrara emoción alguna aunque ansiaba gritar por la agonía que le desgarraba por dentro. Mis paredes son profundas, ¿pero pueden contener esto?, se preguntó, y en el interior de su cabeza oyó, débilmente, una voz que le cantaba. Era la voz de Esste, y cantaba la canción del amor, y eso era lo que le permitía contener la culpa, la pena y el miedo y conservar el Control.

—Tienes que haber sido instruido por un maestro —dijo Riktors.

—Nunca... —empezó a decir Ansset, y entonces se dio cuenta de que no podía seguir hablando y consevar el Control.

—No tortures al niño, Capitán —dijo Mikal desde el lugar que ocupaba en una esquina de la sala de consejos.

El Chambelán intervino, aparentemente resignado.

—Debí de haber examinado la estructura molecular del niño y advertir las nuevas habilidades que había conseguido. Presento mi dimisión. Os ruego que toméis mi vida.

El Chambelán tenía que estar más preocupado que de costumbre, advirtió Ansset, porque se había postrado delante del emperador.

—Cierra el pico y levántate —dijo Mikal. El Chambelán se levantó con la cara gris. Mikal no había seguido el ritual. Su vida estaba aún en juego.

—Aparentemente, nos hemos abierto paso en algunas de las barreras colocadas en la mente de mi Pájaro Cantor —dijo Mikal—. Veamos cuántas.

Ansset se quedó de pie, mirando cómo Riktors tomaba un paquete de la mesa y le tendía unas fotos para que las viera. Ansset miró la primera y se sintió enfermo. No sabía por qué le obligaban a mirarlas hasta que vio la tercera y jadeó, a pesar del Control.

—Conoces esta —dijo Riktors.

Ansset asintió, mudo.

—Señala las que conoces.

Ansset señaló casi la mitad de ellas, y Riktors las comprobó con una lista que tenía en la mano, y cuando Ansset acabó y se dio la vuelta (despacio, despacio, porque los guardias con los láseres estaban nerviosos), Riktors sonrió torvamente a Mikal.

—Ha escogido todas aquellas de los que fueron secuestrados y asesinados después de que él mismo fuera secuestrado. Había una conexión, después de todo.

—Yo los maté —dijo Ansset, y su voz no era calmada. Temblaba como nadie en el palacio la había oido temblar antes. Mikal le miró, pero no dijo nada, ni hizo ningún gesto de simpatía—. Me hicieron practicar con ellos —terminó Ansset.

—¿Quién te hizo practicar? —preguntó Riktors.

—¡Ellos! Las voces... de la caja.

Ansset se esforzó por agarrarse al recuerdo que ocultaba el bloqueo. Ahora sabía porqué éste había sido tan fuerte: No hubiera soportado lo que estaba escondido en su mente.

Sin embargo, ahora estaba descubierto, y tenía que soportarlo, al menos lo suficiente para decirlo. Tenía que decirlo, aunque ansiaba que el bloqueo regresara para esconder aquellos recuerdos para siempre.

—¿Qué caja? —Riktors no estaba dispuesto a rendirse.

—La caja. Una caja de madera. Tal vez un receptor. Tal vez un grabador. No lo sé.

—¿Conoces la voz?

—Eran muchas voces. Nunca era la misma. Ni siquiera para la misma frase. Las voces cambiaban para cada palabra. Nunca podría encontrar canciones en ellas.

Ansset seguía viendo las caras de los hombres atados a los que tenía que mutilar y luego matar. Recordaba que aunque lloraba por eso, no podía resistirse, ni detenerse.

—¿Cómo te obligaban a hacerlo? —preguntó Riktors, y aunque su voz era suave, las preguntas eran insistentes y teníán que ser respondidas.

—No lo sé. No lo sé. Había palabras, y entonces yo tenía que hacerlo.

—¿Qué palabras?

—¡No lo sé! ¡Nunca lo supe!

Y Ansset empezó a llorar.

—¿Quién te enseñó a matar así? —preguntó Mikal en voz baja.

—Un hombre. Nunca supe su nombre. El último día estaba atado donde habían estado los otros. Las voces me obligaron a matarlo.

Ansset se debatía con las palabras, y la pugna se hacía más difícil porque comprendió que esta vez, cuando mató a su maestro, no había tenido que ser forzado. Le había matado porque le odiaba.

—Le asesiné.

—Tonterías —dijo el Chambelán, intentando parecer comprensivo—. Eras una herramienta.

—Te dije que te callaras —cortó Mikal—. ¿No puedes recordar nada más, hijo mío?

Ansset asintió, tomó aliento, sabiendo que aunque había perdido la ilusión del Control, eran aún las paredes del Control lo que le impedían gritar, atacar a un guardia y morir agradecido bajo la llama de un láser.

—Maté a Jefe, y a toda la tripulación que estaba allí. Faltaban algunos. Los que reconocí de las fotos de Eire. Y Ronco. Pero maté al resto, todos estaban allí en la habitación de la mesa, y yo solo los maté a todos. Lucharon conmigo como pudieron, todos excepto Jefe, que se quedó perplejo como si no pudiera creer lo que yo estaba haciendo. Tal vez nunca llegaron a saber qué era lo que aprendía en la cubierta.

—¿Y luego?

—Luego, cuando todos estuvieron muertos, oí pasos por encima mío, en la cubierta.

—¿Quién?

—No lo sé. La caja me dijo que me tumbara boca abajo y que cerrara los ojos, y lo hice, y no pude abrirlos. Entonces unos pasos bajaron las escalera y sentí un pinchazo en el brazo y me desperté caminando por una calle.

Entonces todos guardaron silencio durante unos instantes. Fue el Chambelán quien por fin habló primero.

—Mi señor, debe haber sido el gran amor que el Pájaro Cantor siente hacia vos lo que rompió las barreras, a pesar del hecho de que el Capitán estuviera ya muerto y...

—¡Chambelán! —interrumpió Mikal—. ¡Perderás la vida si vuelves a hablar sin que te lo ordene! —se volvió hacia Riktors Asehn—. Capitán, quiero que sepas cómo consiguieron esos Kinshasanos pasar tu guardia.

Riktors Asehn no hizo ningún intento de excusarse.

—Los guardias de la puerta eran mis hombres, e hicieron una comprobación de rutina, sin ningún esfuerzo para investigar la posibilidad de un arma inusitada en aquellos extraños turbantes. Han sido reemplazados por hombres más cuidadosos, y los que los dejaron están en prisión, esperando lo que tú quieras.

—Lo que yo quiera —dijo Mikal—, tardará mucho tiempo en venir.

Ansset estaba recuperando el Control. Escuchó las canciones en la voz de Riktors Asehn y se maravilló de la confianza del hombre. Era como si nada de todo este asunto pudiera alcanzarle. Sabía que no era falta suya, sabía que no sería castigado, sabía que todo saldría bien. Su confianza era contagiosa, y Ansset se sintió un poco mejor.

Mikal dio claras órdenes a su Capitán.

—Habrá una rigurosa investigación en Kinshasa. Descubre cualquier relación entre el intento de asesinato y la manipulación de Ansset. Todos los miembros de la conspiración serán deportados a un mundo de clima desagradable, todos los edificios de Kinshasa serán destruidos y todos los campos, plantaciones y animales serán arrasados. Quiero que todo sea grabado en holograma para que se distribuya por todo el imperio.

Riktors inclinó la cabeza.

Entonces Mikal se volvió hacia el Chambelán, que parecía petrificado de miedo, aunque se aferraba a su dignidad.

—Chambelán, ¿qué me recomiendas que haga con mi Pájaro Cantor?

El Chambelán volvió a comportarse con mucha cautela.

—Mi Señor, no es cuestión de lo que yo piense. La disposición de vuestro Pájaro Cantor no es un asunto sobre el que yo considere apropiado daros consejo.

—Muy sensato, mi querido Chambelán.

Ansset se esforzó en conservar el Control mientras escuchaba su discusión de lo que sucedería con él. Mikal alzó la mano con el gesto que, siguiendo el ritual, perdonaba la vidal al Chambelán. El alivio de éste fue visible, y en otra ocasión Ansset se habría echado a reir, pero ahora no había risas en él, y sabía que su propio alivio no llegaría tan rápidamente como en el caso del Chambelán.

—Mi señor —dijo Ansset cuando la conversación se detuvo—. Te suplico que me condenes a muerte.

—Maldición, Ansset, estoy harto de rituales —dijo Mikal.

—Esto no es ningún ritual —contestó Ansset, con voz cansada y ronca por la falta de uso—. Ni tampoco una canción, Padre Mikal. Soy un peligro para ti.

—Ya me he dado cuentra —dijo Mikal secamente. Entonces se volvió hacia el Chambelán—. Recopila las pertenencias de Ansset y prepáralo para un viaje.

—No tengo ninguna pertenencia —dijo Ansset.

Mikal le miró con sorpresa.

—Nunca he poseido nada —dijo el niño.

—Mikal se encogió de hombros y le habló nuevamente al Chambelán.

—Informa a la Casa del Canto de que Ansset regresa. Diles que ha interpretado maravillosamente, y que le he hecho daño al traerle a mi corte. Diles que se les pagará cuatro veces lo que acordamos antes, y que eso no es todavía suficiente para compensarles por la belleza de su regalo o por el daño que le he hecho. Encárgate. Encárgate de todo.

Entonces Mikal se volvió para marcharse. Ansset no pudo soportar ver marcharse a Mikal de aquella manera, dándole la espalda y sin siquiera despedirse de él.

—Padre Mikal —llamó Ansset. O intentó hacerlo. Pero las palabras salieron en voz baja. Eran una canción, y Ansset se dio cuenta de que había cantado las primeras notas de la canción del amor. Era todo el adiós que podía dar.

Mikal se marchó sin dar ningún signo de que le hubiera oido.

19

—Me han dicho que no eres un prisionero —dijo el guardia—, pero que tenemos que vigilarte, y no dejarte hacer nada peligroso ni que intentes escapar.Me parece que eso es ser prisionero, aunque supongo que tengo que ser amable contigo.

—Gracias —respondió Ansset, ofreciendo una sonrisa—. ¿Significa que puedo ir adónde quiera?

—Depende de dónde sea.

—Al jardín —dijo Ansset, y el guardia asintió, y él y sus compañeros siguieron a Ansset fuera del palacio y cruzaron los anchos campos de las riberas del Susquehanna. Al hacerlo, el Control regresó a Ansset. Recordaba las palabras de su primer maestro:

—Cuando quieras llorar, deja que las lágrimas salgan por tu garganta. Deja que el dolor salga de la presión en tus muslos. Deja que la pena se eleve y resuene en tu cabeza.

Todo era canción, y, como tal canción, podía ser controlada por el cantor.

Al caminar por el Susquehanna a medida que el campo se enfriaba por las sombras de la tarde, Ansset cantó su pena. Cantó en voz baja, pero los guardias oyeron su canto, y no pudieron dejar de llorar también por él.

Ansset se detuvo en un lugar donde el agua parecía fría y clara, y empezó a quitarse la túnica, preparándose para nadar. Uno de los guardias extendió una mano y le detuvo. Ansset advirtió el láser apuntando a sus pies.

—No puedo dejar que lo hagas. Mikal me dio órdenes de que no se te permitiera quitarte la vida.

—Sólo quiero nadar —contestó Ansset, con la voz llena de confianza.

—Me matarían si te sucede el menor daño —dijo el guardia.

—Te doy mi palabra de que sólo quiero nadar. Soy un buen nadador. Y no intentaré escaparme.

Los guardias lo consideraron entre ellos y la confianza en la voz de Ansset les venció.

—No te vayas muy lejos —le dijo el jefe.

Ansset se quitó las ropas y se zambulló en el agua. Estaba helada por el frío del otoño, y al principio picaba. Nadó dando grandes brazadas corriente arriba, sabiendo que para los guardias del banco sólo parecería ahora una mota en la superficie. Entonces se sumergió y nadó bajo el agua, conteniendo la respiración como sólo un buceador de perlas o un cantor podía hacer, y atravesó la corriente en dirección a la orilla cercana, donde le esperaban los guardias. Pudo oír, sofocados por el agua, los gritos de los soldados. Salió a la superficie, riéndose. ¡Dios, podía volver a reír!

Dos de los guardias ya se habían despojado de las botas y estaban a punto de lanzarse al agua, preparados para coger el cuerpo de Ansset cuando pasara. Pero Ansset siguió riéndose de ellos y le miraron con furia.

—¿Por qué os preocupáis? —dijo Ansset—. Os di mi palabra.

Entonces los guardias se relajaron, y Ansset no jugó más con ellos y se limitó a nadar, flotar y descansar en la orilla. El aire frío de otoño era similar al frío perpetuo de la Casa del Canto, y aunque tenía frío, no se sentía cómodo, sino reconfortado.

De vez en cuando nadaba un poco bajo el agua, escuchando los diferentes sonidos que provocaban las discusiones y las risas de los guardias cuando Ansset se distanciaba de ellos. Jugaban a polis, y el jefe perdía bastante, aunque lo soportaba bien. Y de vez en cuando, cuando hacían una pausa en el juego, Ansset podía oír el chillido de un pájaro en la distancia, más brusco y ambiguo por el rumor de la corriente en sus oídos.

Era como el chillido de los pájaros que había oído cuando estuvo encerrado en su celda en el barco. Los pájaros habían sido la única señal de que había un mundo fuera de su prisión, de que aunque estuviera prisionero de una locura, todavía quedaba algo sano.

Y entonces Ansset hizo la conexión en su mente y se dio cuenta de que había estado terriblemente equivocado. Se había equivocado y Mikal tenía que saberlo de inmediato, tenía que saberlo antes de que pasara algo terrible, algo peor que todo lo que había sucedido antes... la muerte de Mikal.

Ansset nadó rápidamente hacia la orilla, salió del agua y sin intención de secarse se puso la ropa interior y su túnica y se dirigió hacia el palacio. Los guardias le llamaron, dejaron de jugar y le persiguieron. Que corran, pensó Ansset.

—¡Alto! —exclamaban los guardias, pero Ansset no se detuvo. Apenas caminaba. Que corrieran y se pusieran a su alcance.

—¿Dónde vas? —preguntó el primer guardia que le alcanzó. El hombre le cogió por el hombro e intentó detenerle, pero Ansset se zafó de él con facilidad y salió corriendo.

—Al palacio —dijo Ansset—. ¡Tengo que llegar a palacio! Los guardias se habían congregado ya a su alrededor, y algunos se colocaron ante él intentando detenerle.

—Me dijisteis que podía ir dónde quisiera.

—Con límites —le recordó el jefe.

—¿Se me permite ir a palacio?

Un momento de pausa.

—Por supuesto.

—Voy a palacio.

Por tanto, le siguieron, algunos con los láseres en la mano, cuando entraron en el palacio y los conducía hacia el laberinto. Las puertas no habían sido cambiadas... podía abrirlas igual que antes. Y los guardias, a medida que le acompañaban por el laberinto del palacio, empezaban a sentirse más y más confusos.

—¿Dónde vamos?

—¿No lo sabéis? —preguntó Ansset inocentemente.

—Ni siquiera sabía que existiera este corredor, ¿cómo voy a saber a dónde conduce?

Y algunos empezaron a especular sobre si podrían o no encontrar solos el camino de salida. Ansset no sonrió, pero quiso hacerlo. Pasaban cerca de las cocinas, el salón, las habitaciones de los guardias, los lugares que les eran más familiares. Pero Ansset estaba más habituado con el laberinto, y los dejó completamente confundidos.

Sin embargo, la confusión se aclaró cuando salieron a las salas de seguridad ante la habitación privada de Mikal. El jefe de los guardias las reconoció inmediatamente, y se detuvo furioso delante de Ansset, con el láser desenfundado.

—El único lugar al que no puedes ir es ese —dijo—. ¡Date la vuelta!

—Quiero ver a Mikal. ¡Tengo que ver a Mikal! —Ansset alzó la voz para que pudiera ser oída en la habitación, en el pasillo externo, en cualquier otra sala de seguridad. Naturalmente, uno de los criados se les acercó y preguntó, con sus modales tranquilos y serviciales, si podía ayudarles en algo.

—No —dijo el guardia.

—¡Tengo que ver a Mikal! —gimió Ansset. Su voz era una canción de angustia, una súplica de piedad. Las súplicas de Ansset eran irresistibles. Pero el criado no tenía ninguna intención de resistir. Simplemente, parecía sorprendido.

—¿No lo traíais aquí? —preguntó a los guardias—. Mikal le está buscando.

—¿Buscando? —preguntó el guardia.

—Mikal lo quiere en sus habitaciones inmediatamente. Y sin guardias.

El jefe de los soldados bajó su láser. Lo mismo hicieron los otros.

—Eso es —dijo el criado—. Ven por aquí, Pájaro Cantor.

Ansset asintió al guardia, quien se encogió de hombros y desvió la mirada, cohibido. Luego, Ansset siguió el camino que el criado había sugerido.

20

Ansset parecía un loco, sus pelos estaban aún mojados, la túnica todavía se le pegaba al cuerpo. Pero no estaba preparado para ver a Mikal, al Chambelán y Riktors Ashen, los únicos que había en la habitación. Mikal sonreía jovialmente. Saludó a Ansset con un apretón de manos, algo que nunca había hecho antes y aparecía increíblemente alegre mientras decía:

—Ansset, hijo mío, todo está aclarado. Fuimos unos ilusos al creer que era necesario que te marcharas. El Capitán era el único miembro del complot que estaba lo suficientemente cerca de ti como para haberte dado la señal. Cuando murió, quedé inmediatamente a salvo. ¡En realidad, como has demostrado hoy, mi niño, eres el mejor guardaespaldas que podría tener nunca!

Mikal se echó a reír, y el Chambelán y Riktors Ashen se le unieron como si no tuvieran ninguna otra preocupación en el mundo, como si no pudieran estar más complacidos con el cambio de los acontecimientos. Pero todo era increíble. Ansset conocía demasiado bien la voz de Mikal. Había señales de aviso en todo lo que hablaba y decía. Pasaba algo malo.

Bien, pasaba algo malo, y Ansset inmediatamente le dijo a Mikal lo que había advertido.

—Mikal, cuando me tuvieron prisionero en el barco, podía oír a los pájaros en el exterior. Pájaros, y eso era todo. Nada más. ¡Pero cuando fuimos al barco que había en el río Delaware oímos niños riendo y pasó un deslizador! ¡Nunca estuve allí! ¡Fue un engaño, y el Capitán murió por ello!

Pero Mikal simplemente sacudió la cabeza y se echó a reír. La risa era enloquecedora. Ansset quiso saltar hacia él, advertirle de que quién había planeado aquello era más listo de lo que habían pensado y estaba aún en libertad...

Pero el Chambelán se le acercó con una botella de vino en la mano, riéndose igual que Mikal, con canciones de traición en la voz.

—Nada de eso importa —dijo el Chambelán—. Este es un momento de celebración. ¡Salvaste la vida de Mikal, chiquillo! He traído vino. Ansset, ¿por qué no lo sirves?

Ansset tembló con recuerdos que no pudo retener.

—¿Yo? —preguntó al principio sorprendido. El Chambelán le tendió la botella y la copa.

—Por nuestro señor Mikal —dijo el Chambelán.

Ansset gritó y tiró la botella al suelo.

—¡Hazle callar!

La repentina acción violenta de Ansset hizo que Riktors empuñara el láser. Ansset advirtió con alivio que el nuevo Capitán había entrado armado en la habitación privada de Mikal.

—¡No dejes hablar al Chambelán! —gritó.

—¿Por qué no? —preguntó Mikal inocentemente, y el láser se hundió en la mano de Riktors; pero Ansset supo que no había inocencia tras las palabras. Mikal hacía como que no comprendía. Ansset quiso volar a través del techo y escapar.

Pero el Chambelán no se había detenido.

—¿Por qué has hecho eso? —dijo rápidamente, casi con urgencia—. Tengo otra botella. *¡Dulce Pájaro Cantor, deja que Mikal beba profusamente!*

Las palabras martillearon en el cerebro de Ansset, y por reflejo se dio la vuelta y encaró a Mikal. Sabía lo que estaba pasando, lo sabía y gritó en contra de aquello en el interior de su mente. Pero sus manos se alzaron en contra de su voluntad, sus piernas se arquearon, se dispuso a saltar, y sucedió todo tan rápidamente que no pudo detenerse. Sabía que dentro de menos de un segundo su mano estaría enterrada en la cara de Mikal, en la amada cara de Mikal, en la sonriente cara de Mikal...

Mikal le sonreía, amablemente y sin miedo. Durante años, el Control había ayudado a Ansset a contener la emoción. Ahora le ayudaba a expresarla. No podía, no podía, no podía herir a Mikal, y sin embargo estaba obligado a hacerlo, y saltó, y su mano golpeó...

Pero no se hundió en la cara de Mikal. En cambio, lo hizo en el suelo, rompió la superficie y se manchó del gel que eruptó de éste. El impacto rasgó la piel del brazo de Ansset; el gel hizo que el dolor fuera insoportable; el hueso experimentó dolor ante la fuerza del golpe. Pero Ansset no sintió aquel dolor. Todo lo que sentía era el dolor en su mente mientras luchaba con la compulsión que aún le ordenaba matar a Mikal, matar a Mikal.

Su cuerpo se tensó hacia arriba, su mano voló por el aire y el respaldo de la silla de Mikal se resquebrajó y se rompió bajo el impacto. La silla tembló y luego se reparó a sí misma. Pero la mano de Ansset sangraba; la sangre manaba y salpicoteaba la superficie del gel que se esparcía por el suelo. Pero era su propia sangre, no la de Mikal, y Ansset gritó de alegría. Sonó como un grito de agonía.

En la distancia, oyó la voz de Mikal que decía:

—No le dispares.

Y, tan repentinamente como había llegado, la compulsión cesó. Su mente giró cuando oyó las lejanas palabras del Chambelán:

—Pájaro Cantor, ¿qué has hecho?

Aquellas eran las palabras que le liberaban.

Exhausto y sangrante, Ansset se tumbó en el suelo. Tenía el brazo derecho cubierto de sangre. Sintió entonces el dolor y rugió, aunque su canción era tanto de triunfo como de dolor. De alguna manera, Ansset había tenido fuerza suficiente, había soportado lo suficiente para no matar al Padre Mikal.

Finalmente se dio la vuelta y se sentó, sosteniéndose el brazo. La sangre quedó reducida a un lento goteo.

Mikal aún estaba sentado en la silla, que se había reparado sola. El Chambelán permanecía de pie en el mismo sitio que antes, sosteniendo ridículamente la copa en la mano. El láser de Riktors apuntaba al Chambelán.

—Llama a los guardias, Capitán —dijo Mikal.

—Ya lo he hecho —respondió Riktors. Los guardias entraron rápidamente en la habitación.

—Llevad al Chambelán a una celda —les ordenó Riktors—. Si se le hace el menor daño, todos vosotros moriréis. Y también vuestras familias. ¿Comprendido?

Los guardias comprendieron. Eran hombres de Riktors, no del Chambelán. No sentían ningún amor hacia su prisionero.

Ansset se agarró el brazo. Mikal y Riktors Ashen esperaron mientras acudía un médico y lo trataba. El dolor amainó. El doctor se marchó.

Riktors habló primero.

—Naturalmente, sabías que era el Chambelán, mi Señor.

Mikal sonrió débilmente.

—Por eso le dejé persuadirte de que llamaras a Ansset. Para hacerle mostrar su juego.

La sonrisa de Mikal se agrandó.

—Pero, mi Señor, sólo tú podías saber que el Pájaro Cantor sería lo suficientemente fuerte para resistir una compulsión que tardó cinco meses en ser implantada.

Mikal se echó a reír. Y esta vez Ansset oyó verdadera alegría en la risa.

—Riktors Ashen —dijo Mikal—. ¿Te llamarán Riktors el Grande? ¿O Riktors el Usurpador?

Riktors tardó un instante en advertir lo que había dicho el emperador. Sólo un instante. Pero antes de que su mano pudiera alcanzar su láser, que había reintegrado a su cinturón, Mikal sacó una pistola que apuntaba a su corazón.

—Ansset, hijo mío, ¿quieres quitarle al Capitán su láser?

Ansset se levantó y así lo hizo. Podía oír la canción de triunfo en la voz de Mikal. Pero no comprendía. ¿Qué había hecho Riktors? Este era el hombre que según Esste era el más parecido a Mikal que ninguna otra persona viva...

Y Mikal había conquistado la galaxia. ¡Oh, Esste le había advertido, y sólo se había reafirmado en ello!

—Sólo un error, Riktors Ashen —dijo Mikal—. Brillantemente ejecutado, por otra parte. Y la verdad es que no veo cómo podrías haber evitado ese error.

—¿Te refieres a la fortaleza de Ansset? —preguntó Riktors. Su voz aún intentaba parecer tranquila y lo conseguía bastante bien.

—Ni siquiera yo contaba con eso. Estaba preparado para matarle si era necesario.

Las palabras no lastimaron a Ansset. Habría preferido morir antes que herir a Mikal, y era consciente de que Mikal lo sabía.

—Entonces no cometí errores —dijo Riktors—. ¿Cómo lo supiste?

—Porque mi Chambelán, a menos que estuviera bajo algún tipo de obligación, nunca habría tenido el valor de discutir conmigo, de insistir en llevar a Ansset a aquella estúpida expedición militar, de atreverse a sugerirme tu nombre cuando le pregunté quién debería convertirse en nuevo Capitán de la guardia. Pero tú necesitabas que diera tu nombre, porque a menos que fueras Capitán no estarías en un puesto desde el que tomar el Control cuando yo muriera. El Chambelán sería obviamente el culpable, mientras que tú serías el héroe que podría mantener el imperio unido. El mejor comienzo posible para tu reinado. Ninguna sospecha de asesinato te habría alcanzado. Por supuesto, la mitad del imperio se habría rebelado inmediatamente. Pero eres un buen estratega y popular entre la flota y los ciudadanos. Te había dado una oportunidad entre cuatro de conseguirlo. Y eso es más de lo que puede hacer ningún otro hombre en el imperio.

—Yo también me daba esa misma oportunidad —dijo

Riktors, pero ahora Ansset podía oír claramente el miedo cantando en el fondo de sus valientes palabras. Bien, ¿por qué no? La muerte era ahora algo seguro, y Ansset no sabía de nadie, excepto tal vez el viejo Mikal, que pudiera mirar a la muerte, especialmente cuando también significaba fracaso, sin sentir un poco de miedo.

Pero Mikal no presionó el botón del láser. Ni llamó a los guardias.

—Mátame ahora y acabemos —dijo Riktors, suplicando una muerte honorable, aunque sabía que no la merecía.

Mikal retiró el láser.

—¿Con esto? No tiene carga. El Chambelán instaló un detector de carga en cada una de las puertas de mis habitaciones hace más de quince años. Habría sabido si estaba armado.

Inmediatamente, Riktors dio un paso hacia adelante, el principio de un conato de ataque al emperador. Con la misma rapidez, Ansset se puso en pie, a pesar de su brazo vendado, dispuesto a matar con la otra mano, con los pies, con los dientes. Riktors se detuvo en seco.

—Ah —dijo Mikal—. Nunca llegaste a aprender del hombre que enseñó a Ansset. Qué magnífico guardaespaldas me diste, Riktors.

Ansset apenas le oía. Todo lo que oía era la voz de Mikal diciendo: *No tiene carga*. Mikal *había* confiado en él. Mikal había arriesgado su vida confiando en la habilidad de Ansset para resistir la compulsión. Ansset quería llorar de gratitud hacia aquella confianza, de miedo por el terrible peligro que apenas había sido advertido. En cambio, permaneció inmóvil, con un Control férreo, y observó a Riktors Ashen a la espera del menor movimiento.

—Riktors —continuó Mikal—, tus errores fueron muy leves. Espero que hayas aprendido de ellos. Así, cuando un asesino tan brillante como tú intente quitarte la vida, sabrás todos los enemigos que tienes y todos los aliados a los que puedes llamar y qué se puede esperar exactamente de cada uno.

Ansset miró a la cara de Riktors y recordó lo alegre que se

había sentido cuando el alto soldado había sido nombrado Capitán.

—Deja que le mate ahora —dijo.

Mikal suspiró.

—No mates por placer, hijo mío. Si alguna vez matas por placer, llegarás a odiarte. Además, ¿no estabas escuchando? Voy a nombrar a Riktors Ashen mi heredero.

—No te creo —dijo Riktors, pero Ansset oyó esperanza en su voz.

—Llamaré a mis hijos... están por aquí, cerca de la corte, esperando ser los que estén más cerca del palacio cuando muera. Les haré firmar un juramento para que te respeten como mi heredero. Por supuesto, lo firmarán, y por supuesto todos lo romperán, y por supuesto tú los matarás a todos al momento siguiente de que ocupes el trono. Si alguno de ellos es suficientemente listo, estará en el otro extremo de la galaxia entonces. Pero dudo que sean tan inteligentes. ¿Cuándo te coronaremos? Tres semanas a partir de mañana es suficiente. Abdicaré en tu favor, firmaré todos los papeles. Será noticia de cabecera en los periódicos durante días. Casi puedo ver a todos los rebeldes potenciales tirándose de los pelos llenos de rabia. Qué agradable es retirarse a tiempo.

Ansset no comprendía.

—¿Por qué? Intentó matarte.

Mikal simplemente se echó a reír. Fue Riktors quien contestó.

—Cree que puedo mantener unido al imperio. Pero quiero saber el precio.

—¿Precio? ¿Qué podrías darme, Riktors, que no pudieras tomar como un regalo para ti de todas formas? Te he esperado durante setenta años. Setenta años, Riktors. Pensaba que tenía que haber alguien que ansiara mi poder y tuviera agallas y cerebro suficiente para venir y conseguirlo. Por fin apareciste tú. Verás que no he edificado mi imperio para nada. Que el viento no lo romperá todo en pedazos en el momento en que yo no esté para sujetarlo. Todo lo que quiero después de que ocupes el trono es una casa para mí y mi Pájaro Cantor hasta que muera. En la Tierra, para que puedas vigilarme, por supuesto. Y con un nombre diferente, para que no me molesten los bastardos que intenten conseguir mi ayuda para derrocarte. Y cuando yo muera, envía a Ansset a casa. ¿Es lo bastante simple?

—Estoy de acuerdo —dijo Riktors.

—Qué prudente.

Y Mikal se echó a reír de nuevo.

21

Se hicieron los juramentos, la abdicación y la coronación tuvieron lugar con gran pompa, y los abastecedores y hoteleros de Susquehanna consiguieron más beneficios de lo que jamás habían soñado. Todos los contendientes y pretendientes al trono fueron asesinados, y Riktors pasó un año yendo de sistema en sistema para sofocar todas las rebeliones con su peculiar mezcla de brutalidad y simpatía. Después de que los primeros planetas estuvieran en paz, el populacho feliz y los rebeldes masacrados, la mayoría de las otras rebeliones se sofocaron solas.

Fue sólo al día siguiente de que los periódicos anunciaran que Riktors Ashen venía de vuelta a casa cuando los soldados aparecieron ante la puerta de la casita en Brasil donde vivían Mikal y Ansset.

—¿Cómo se atreve? —gimió Ansset lleno de angustia cuando vio a los soldados fuera—. ¡Dio su palabra!

—Ábreles la puerta, hijo mío —dijo Mikal.

—¡Van a matarte!

—Un año es más de lo que esperaba. He tenido ese año. ¿De verdad esperabas que Riktors cumpliera su palabra? No hay espacio en la galaxia para dos cabezas que conocen la sensación de la corona imperial.

—Puedo matar a la mayoría antes de que se acerquen. Si te escondes, tal vez...

—No mates a nadie, Ansset. Esa no es tu canción. La danza de tus manos es fea sin la canción de tu voz, Pájaro Cantor.

Los soldados empezaron a aporrear la puerta, que no se derrumbó fácilmente, puesto que era de acero.

—La abrirán en un minuto —dijo Mikal—. Prométeme que no matarás a nadie. No importa a quién. Por favor. No me vengues.

—Lo haré.

—No me vengues. Prométello. Por tu vida. Por el amor que profesas hacia mí.

Ansset prometió. La puerta se abrió de súbito. Los soldados mataron a Mikal con un destello de láseres que redujo su piel a cenizas. Siguieron disparando hasta que no quedaron más que cenizas. Entonces se congregaron. Ansset les observó, conservando su promesa pero deseando con todo su corazón que hubiera en su mente algún muro tras el que pudiera esconderse. Desgraciadamente, estaba demasiado cuerdo.

22

Llevaron a Ansset y las cenizas del emperador a Susquehanna. Las cenizas fueron colocadas en una gran urna con honores de Estado. Todos dijeron que Mikal había muerto de viejo, y nadie admitió que pudiera sospechar lo contrario.

Llevaron a Ansset a la fiesta funeraria bajo densa vigilancia, pues temían lo que pudieran hacer sus manos.

Después de la comida, que todos pretendieron sombría, Riktors llamó a Ansset. Los guardias siguieron al muchacho, que ya tenía doce años, pero Riktors los despidió con un gesto. La corona descansaba suavemente sobre sus cabellos.

—Sé que estoy a salvo de ti —dijo Riktors.

—Eres un mentiroso bastardo —dijo Ansset en voz baja, para que sólo Riktors pudiera oírle—, y si no le hubiera dado mi palabra a un hombre mejor que tú, te haría pedazos.

—Si no fuera un bastardo mentiroso —contestó Riktors con una sonrisa—, Mikal nunca me habría dado el imperio. Entonces se puso en pie.

—Amigos míos —dijo, y los dignatarios presentes le aclamaron—. De ahora en adelante no seré conocido como Riktors Ashen, sino como Riktors Mikal. El apellido Mikal pasará a todos mis sucesores en el trono, en honor al hombre que edificó el imperio y trajo paz a toda la humanidad.

Riktors se sentó entre los aplausos y vítores, que parecían sinceros. Fue un hermoso discurso, como suelen serlo los discursos improvisados.

Entonces Riktors le pidió a Ansset que cantara.

—Preferiría morir —dijo Ansset.

—Lo harás cuando llegue el momento. Ahora canta... la canción que Mikal habría querido que cantaras en su funeral.

Ansset cantó entonces, de pie sobre la mesa para que todos pudieran verle, igual que había hecho ante una audiencia a la que odiaba durante la última noche de cautiverio a bordo del barco. Su canción no tenía palabras, pues todas las que podría haber dicho serían de traición, y habrían hecho que la audiencia se alzara para destruir a Riktors en el acto. Por tanto, cantó una melodía, que no tenía acompañamiento de un tono a otro, cada nota surgía de su garganta llena de dolor, brindando un dolor cada vez más dulce a los oídos que la escuchaban.

La canción acabó con el banquete cuando la pena que habían pretendido sentir les afectó a todos. Muchos se fueron a casa sollozando; todos sintieron la gran pérdida del hombre cuyas cenizas reposaban en el fondo de la urna.

Sólo Riktors permaneció en la mesa después de que la canción de Ansset terminara.

—Ahora nadie olvidará nunca al Padre Mikal —dijo Ansset.

—Ni al Pájaro Cantor de Mikal —dijo Riktors—. Pero ahora yo soy Mikal, todo lo que podría sobrevivir de él. Un nombre y un imperio.

—No hay nada del Padre Mikal en ti —repuso Ansset fríamente.

—¿No? —dijo Riktors suavemente—. ¿Te dejaste engañar por la crueldad pública de Mikal? No, Pájaro Cantor.

Y en su voz Ansset oyó los atisbos de dolor que yacían tras el rudo y cruel emperador.

—Quédate y canta para mí. Pájaro Cantor —dijo Riktors. Había súplica en el tono de su voz.

—Me mandaron a Mikal, no a ti —contestó Ansset—. Ahora tengo que volver a casa.

—No —dijo Riktors, y rebuscó entre sus ropas y sacó una carta. Ansset la leyó. Era la letra de Esste, y le decía que, si quería, la Casa del Canto le asignaría a Riktors. Ansset no comprendió. Pero el mensaje era claro, el lenguaje inconfundible de Esste. Él había confiado en Esste cuando le había dicho que amara a Mikal. Confiaría en ella también ahora.

Ansset alargó la mano y tocó la urna de cenizas que descansaba sobre la mesa.

—Nunca te amaré —dijo, pretendiendo que las palabras hicieran daño.

—Ni yo —respondió Riktors—. Pero, sin embargo, podemos alimentarnos mutuamente del hambre que sentimos. ¿Se acostaba Mikal contigo?

—Nunca quiso. Nunca me ofrecí.

—Ni lo haré yo. Sólo quiero oír tus canciones.

Ansset no tenía voz para lo que quería decir. Sólo pudo asentir. Riktors tuvo el detalle de no sonreír. Sólo asintió y se levantó de la mesa. Antes de llegar a la puerta, Ansset le habló.

—¿Qué harás con esto?

Riktors miró la urna sobre la que Ansset reposaba la mano.

—Las reliquias son tuyas. Haz lo que quieras.

Y entonces Riktors Mikal se marchó.

Ansset llevó la urna a la habitación donde él y el Padre Mikal se habían cantado tantas canciones mutuamente. Ansset permaneció de pie largo rato ante la chimenea, canturreándose recuerdos. Devolvió todas las canciones al Padre Mikal, y con amor vació la urna en el ardiente fuego.

Las cenizas apagaron las llamas.

23

—La transición ha terminado —le dijo el Maestro Cantor a Esste en cuanto se cerró la puerta de la Sala Alta.

—Tenía miedo —confesó Esste con una baja melodía que temblaba—. Riktors Ashen no es tonto. Pero las canciones de Ansset son más fuertes que la sabiduría.

Se sentaron juntos a la fría luz del sol que se filtraba por los postigos de la Sala Alta.

—Ah —cantó Onn, y la melodía estaba llena de amor hacia la Maestra Cantora Esste.

—No me alabes. El don y el poder eran de Ansset.

—Pero la maestra fue Esste. En otras manos Ansset podría haber sido utilizado como herramienta para el poder, para el dinero. O peor, podría haber sido malgastado. Pero en tus manos...

—No, Hermano Onn. El propio Ansset está hecho de amor y lealtad. Hace que los otros deseen lo que él es ya. Es una herramienta que no puede ser utilizada para el mal.

—¿Lo sabrá alguna vez?

—Tal vez; no creo que sospeche todavía el poder de su don. Sería mejor si nunca descubriera lo poco que se parece a los otros Pájaros Cantores. Y en cuanto al último bloqueo en su mente... lo colocamos bien. Nunca lo descubrirá, y por eso nunca aprenderá ni buscará la verdad sobre quién controló la transferencia de la corona.

El Maestro Cantor Onn cantó trémulo los delicados planes tejidos en la mente de un niño de cinco años, de seis, de nueve. Planes que podrían haber sido desbaratados en cualquier momento.

—Pero la tejedora era sabia, y la tela aguantó.

—Mikal el Conquistador aprendió a amar la paz más que a sí mismo —dijo Esste—. Lo mismo hará Riktors Mikal. Eso es suficiente. Hemos cumplido con nuestro deber para la humanidad. Ahora debemos enseñar a otros cantores.

—Sólo las viejas canciones —suspiró el Maestro Cantor Onn.

—No —respondió Esste, con una sonrisa—. Les enseñaremos a cantar la del Pájaro Cantor de Mikal.

—Ansset ya ha cantado esa canción, mejor de lo que podíamos esperar.

—¡Entonces armonizaremos! —susurró Esste cuando salieron lentamente de la Sala Alta. Su risa se convirtió en música mientras bajaban las escaleras.

JOSIF

1

Los brazos de Kya-Kya eran demasiado delgados. La muchacha lo advirtió de nuevo mientras tocaba las teclas del terminal de su ordenador; si alguna vez tuviera que usar los brazos para levantar algo pesado, se le romperían. No estoy hecha para soportar cargas, se recordó Kya-Kya. No parezco una persona substancial, y por eso estoy obligada a hacer un trabajo insubstancial.

Era una racionalización que había intentado antes y que nunca se había creído más que a medias. Se graduó en el Instituto Gubernamental de Princeton con el cuarto historial más alto de la historia de la facultad; y cuando intentó encontrar trabajo, en vez de ser inundada por prestigiosas ofertas de empleo, se vio obligada a elegir entre ser programadora de ordenadores en el Centro Informático de Tegucigalpa y un puesto de administradora en una ciudad de algún planeta perdido de la mano de Dios, que ni siquiera podía encontrar en los mapas estelares.

—Es un aprendizaje —le había dicho su consejero—. Hazlo bien y subirás rápidamente.

Pero Kya-Kya sentía que ni siquiera su consejero lo creía. ¿Qué podía esperar hacer bien en Tegucigalpa? Su empleo era en Obras Sociales, el Departamento de Servicios a Ancianos, la Oficina de Pagos de Pensiones. Y no era una oficina imperial... era planetaria. La Tierra podría ser la capital del universo, pero seguía siendo en esencia un mundo de segunda.

Si Kya-Kya pudiera convencerse de una vez que no había conseguido un puesto mejor por alguna falsa impresión que hubiera dado, de debilidad o incompetencia o inseguridad, entonces creería que, probando que era fuerte, competente y digna de confianza, su situación podría mejorar. Pero sabía que no. En la Casa del Canto habían sido los Sordos y no tanto los Ciegos quienes tuvieron que desempeñar un papel de segunda o tercera fila en la comunidad. Aquí, en la Tierra, eran los jóvenes, las mujeres, los dotados.

Y aunque la juventud se curaría con el tiempo, no había nada que pudiera hacer particularmente con su condición femenina... los transexuales estaban aún más discriminados. Y sus dotes, las mismas habilidades que la habían hecho valiosísima para el servicio gubernamental, la convertían en un objeto de envidia, de resentimiento e incluso de miedo.

Llevaba allí tres semanas, y hoy había llegado por fin a su cima. El trabajo le requería, al menos, una tercera parte de su tiempo... cuando se relajaba. Así que, suponiendo que necesitaba probar su competencia, empezó a averiguar cosas sobre el sistema, comprender la función general de todo, la forma en que los sistemas de datos se enlazaban.

—¿Quién programa los ordenadores? —preguntó inocentemente a Warvel, el encargado de Pensiones.

Warvel parecía molesto: no le gustaban las interrupciones.

—Todos nosotros —dijo, reintegrándose inmediatamente a su mesa de despacho, donde las cifras bailoteaban por toda la superficie, mostrándole exactamente lo que sucedía en cada una de las mesas de su oficina.

—¿Pero quién preparó las cosas para que funcionasen? —insistió Kya-Kya—. ¿El *primer* programa?

Warvel parecía más que sorprendido. La miró con intensidad, luego dijo con fiereza:

—Cuando quiera un proyecto de investigación sobre el tema, serás la primera persona a la que llame. Pero ahora mismo tu trabajo es tomar las tablas de inflación y aplicarlas a las clases de pensiones para el año presupuestario que empieza dentro de seis meses, ¡y cuando estás ante mi mesa, Kyaren, ni tú ni yo estamos haciendo nuestro trabajo!

Kya-Kya esperó unos instantes, contemplando la cabeza ligeramente calva del hombre mientras jugaba con los números de su mesa, induciendo al ordenador a continuar con los procedimientos de costumbre. Kya-Kya no podía comprender la violencia de su estallido, que fue tan defensivo como si le hubiera preguntado si era cierto que había resultado castrado en un accidente en el patio de juegos cuando tenía cinco años. Cuando él advirtió que ella estaba aún allí de pie, extendió la mano y señaló un punto en su mesa donde no aparecía ninguna cifra.

—¿Ves ese punto en blanco? —preguntó Warvel.

—Sí.

—Eres tú. Ése es el trabajo que estás realizando ahora mismo.

Y Kya-Kya regresó a su mesa y su terminal, y empezó a introducir los números con sus finos dedos, sintiéndose débil y más insignificante que nunca.

No era solo Warvel, ni el trabajo. Desde que llegó, sintió que ninguno de sus compañeros estaba interesado en entablar amistad con ella. Las conversaciones nunca la incluían; los chistes privados siempre la dejaban completamente a oscuras; la gente se callaba cuando ella se acercaba a una mesa en el comedor o a uno de los surtidores de los pasillos. Al principio (y todavía), ella intentó creer que no hacía amigos con facilidad porque era joven, frágil. Pero la verdad era que, desde el principio, había sabido que era debido al hecho de que era una mujer ambiciosa con calificaciones notables de la mejor universidad del planeta, porque era curiosa quería aprender y ser excelente, lo que constituía una amenaza para todos, y les hacía parecer malos.

Burócratas insignificantes con mentes infinitésimas, se dijo, aporreando las teclas del ordenador. Mentes pequeñas dirigiendo un planeta pequeño, aterrorizados ante alguien que oliera a grandeza potencial... o incluso a potencial mediocridad.

Todos la vieron regresar a su mesa después de su entrevista con Warvel. Incluso las mujeres la miraron de arriba a abajo con la manera desdeñosa que tenían en la Tierra, como si el hecho de escrutar su cuerpo expresara la opinión que tenían de su mente y de su corazón. No hubo ni una mirada de simpatía en ningún rostro.

Dejó de golpear las teclas y se contuvo. Piensa así, Kyaren, se dijo, y nunca llegarás a ninguna parte. Tengo que hacerlo lo mejor que pueda, tengo que intentar serlo, y esperar que llegue un cambio, una oportunidad para destacar.

Su terminal brillaba ante ella, fijo, tan firme como su ambición, tan cegador como su miedo, y no pudo seguir concentrándose más en su trabajo. Pidió permiso para almorzar, se le concedió (había suficientes mesas libres en el comedor), y dejó su trabajo para ir a comer. Los ojos de los demás volvieron a seguirla, y después de marcharse pudo oír el murmullo de una conversación que se iniciaba. La oficina estaba insoportablemente en silencio cuando ella se encontraba presente; cuando se marchaba, todos se sentían amistosos.

Fue en el comedor aquel día cuando conoció a Josif.

Lo bueno de Tegucigalpa era su emplazamiento. El Centro de Información era casi invisible desde el aire: todos los tejados estaban camuflados con las mismas plantas de la jungla. Pero en el complejo en sí, todo era un milagro de verde y cristal, enormes paredes transparentes en cientos de edificios que se elevaban veinte, treinta u ochenta metros en el aire. El comedor estaba en lo alto, donde podía abarcar la mayor parte del resto del complejo; incluso tenía una vista del pueblo que era todo lo que quedaba de la antigua ciudad. Mientras Kya-Kya (o Kyaren, como había decidido llamarse cuando descubrió que iba a trabajar en la Tierra, en un esfuerzo por parecer más nativa) tomaba su comida de los mostradores y la llevaba hasta una mesa vacía, contempló un pájaro cegadoramente brillante revolotear desde el tejado del Departamento de Ingresos y posarse en una islita del Río Chultick. Durante su descenso, una cosa salvaje viviendo en un hábitat perfectamente salvaje, el pájaro había pasado por delante de las ventanas de cristal donde trabajaban docenas de personas recibiendo información de los ordenadores, interpretándola y volviéndola a introducir. Una jungla, con electricidad manipulada entre los árboles para albergar todo el conocimiento de un mundo.

Debido a que estaba observando el pájaro y pensando en esos contrastes, Josif pudo colocar su bandeja sobre la mesa sin que ella se diera cuenta. Por supuesto, Josif tampoco hizo ruido. Era igual de silencioso que estadístico, le diría Kyaren más tarde. Pero mientras contemplaba al pájaro saltando al parecer sin ningún propósito por la isla, se dio cuenta de que alguien la observaba.

Se dio la vuelta y allí estaba Josif. Ojos profundos pero simpáticos, rasgos delicados, y una boca que sonreía perpetuamente como si supiera el chiste y no quisiera contárselo a nadie porque en realidad no tenía ninguna gracia.

—Me he enterado que Warvel te comió viva hoy.

Los chismorreos se propagan rápidamente, pensó Kyaren... pero no pudo dejar de sentirse adulada por este completo desconocido que se preocupaba; no podía dejar de sentirse complacida de que alguien le estuviera hablando de verdad sobre algo diferente al trabajo.

—Me han mordido —dijo Kyaren—, pero no me han tragado todavía.

—Me he fijado en ti —contestó Josif, sonriéndole.

—Yo nunca me he fijado en ti —respondió Kyaren, aunque no era totalmente cierto. Le había visto por los alrededores. Trabajaba en Estadísticas, Departamento de Vitales, Oficina de Muertes, que estaba en el piso de abajo. No le había llamado mucho la atención. Kyaren fue criada en la Casa del Canto, y la asociación de los sexos de alguna manera la había vacunado contra la atracción hacia los hombres. ¿Es apuesto?, se preguntó brevemente. ¿Es guapo? No estaba segura. Interesante, al menos. Los ojos, que parecían tan inocentes. La boca, que parecía tan sabia.

—Sí que lo has hecho —contestó Josif, aún sonriendo—. Eres una desclasada.

De modo que era así de obvio; ella lamentó oírlo expresado en palabras.

—¿Lo soy?

—Es algo que tenemos en común. Los dos somos unos desclasados.

Entonces era una excusa para ligar, y Kyaren suspiró. Se había convertido en experta en detectar planes como aquel: estudiantes aburridos habían intentado muchas veces iluminar una tarde sombría con intentos de seducirla. Una o dos veces había seguido el juego. Nunca valía la pena el esfuerzo.

—Con tan poco en común, dudo que tengamos una buena amistad por delante —se dio la vuelta hacia su comida.

—¿Amigos? Deberíamos ser enemigos —dijo Josif—. Podemos ayudarnos mutuamente mientras nos odiemos.

No pudo evitarlo. Levantó la mirada de su comida. Se dijo que era porque estaba cansada de los intentos de los cocineros por poner un poco de color local... La comida hondureña era una porquería. Apartó la comida y se recostó en la silla, esperando que Josif continuara.

—Verás —dijo Josif, sabiendo que iba a escucharle—, mientras te entretienes rechazándome, puedes tener la satisfacción de saber que eres parte de la mayoría de los que hay aquí. Quiero decir que puede que no estés *dentro*, pero desde luego sabes quién está *fuera*.

Kyaren no pudo evitarlo. Se echó a reír. Él ladeó la cabeza.

—Vaya, se estropeó la teoría de la furcia frígida —dijo Josif.

—Deberías verme en la cama —repuso Kyaren, y entonces se sorprendió al darse cuenta de que en vez de evitar su intento de seducción había seguido la corriente. Josif, sin embargo, evitó dar la respuesta obvia y cambió de tema.

—Tu gran error de hoy ha sido preguntarle a Warvel sobre historia. ¿Cómo iba a saberlo? Podría encontrarse en medio de una guerra y no darse cuenta de lo que estuviera pasando. Para él no suceden cosas... sólo tendencias. Es miopía estadística, una enfermedad endémica en nuestra profesión.

—Sólo quería saber cómo funciona todo. Se pasó al enfadarse. Me sorprende ver lo rápido que se ha corrido la voz.

Josif le sonrió, alargó la mano y le tocó el brazo. Ella no apreció la intimidad del gesto, pero lo toleró.

—Estoy terriblemente aburrido, ¿tú no? Quiero decir, cansado de todo este asunto.

Ella asintió.

—¿A quién le importa nada? Tiene que hacerse, como sembrar y educar a los niños a leer y todo eso, pero a nadie le *gusta* de veras.

—A mí sí —dijo Kyaren—. Al menos, me gustaría a un nivel superior.

—¿Superior a qué?

—Superior a tener que tener que introducir información sobre las pensiones en un terminal.

—Sube quince escalafones y verás que todos siguen siendo unos cretinos.

—Yo no lo sería —dijo Kyaren, y entonces se dio cuenta de que había sido demasiado intensa. ¿Quería de verdad confiar sus ambiciones a este muchacho?

—¿Y qué eres tú, inmune a la estupidez? Todo el que presume de tomar decisiones sobre la vida de otras personas es un cretino. —Josif se rió, sólo que esta vez parecía un poco cortado, hizo un gesto como si se colocara una máscara sobre el rostro y, como si realmente lo hubiera hecho, su cara se volvió frívola e inocente de nuevo, desaparecidos todos los indicios de profunda reflexión.

—Te estoy aburriendo —siguió Josif.

—¿Cómo podrías hacerlo? Eres la primera persona que me habla de algo que no sean estadísticas en tres semanas.

—Es porque apestas a competencia, ya sabes. Una semana antes de que llegaras aquí, todos oyeron hablar de tu puntuación en los exámenes de Princeton. Bastante impresionante. Todos nosotros nos sentimos impulsados a odiarte.

—Ahora dices *nosotros*. Eres parte del grupo, ¿no?

Josif negó con la cabeza y su cara se volvió seria de nuevo.

—No. Pero estoy en la dirección contraria a la tuya. Se cierran a ti porque eres mejor que ellos y te temen. A mí me evitan porque estoy más allá del desdén.

Kyaren pensó que Josif creía lo que decía. También se le ocurrió que si dejaba que la conversación continuara por más tiempo, no podría deshacerse de él fácilmente.

—Gracias por acompañarme durante el almuerzo —dijo—. Aunque la verdad es que no necesitas convertirlo en un hábito.

Él pareció sorprendido.

—¿Qué he dicho? ¿Por qué te has enfadado?

Ella sonrió fríamente.

—No estoy enfadada.

Su mejor voz de seguro-como-el-infierno-que-no-podrás-acostarte-conmigo era capaz de congelar un río tropical. Se imaginó los cristalillos formándose en su nariz mientras se daba la vuelta, le mostraba la espalda y se marchaba, y al instante lo lamentó. Éste era el contacto más humano que había tenido en semanas. En años, realmente... Josif parecía más preocupado personalmente que nadie a quien hubiera conocido en Princeton. Y lo había despedido sin enterarse siquiera de su nombre.

No supo que él la estaba siguiendo hasta que la alcanzó en el pasillo de cristal que cruzaba una franja de jungla entre el comedor y los edificios de trabajo. Josif la cogió por el brazo, lo bastante fuerte para que no pudiera zafarse con facilidad, pero no con tanta firmeza como para que ella quisiera hacerlo. Ella no aminoró su paso, pero él se puso a su altura perfectamente.

—¿Estás segura? —preguntó.

—¿Segura de qué? —contestó ella, otra vez glacial.

—De que no quieres que seamos amigos. Necesito amistad, ya sabes. Incluso de una mujer recelosa, fría de corazón y asustada de muerte como tú. Claro que tu vida social está tan completa que tendrás que buscar meses en tu libro de citas para encontrar una tarde que puedas pasar conmigo.

Ella se giró hacia él, con la intención más por instinto que por deseos, de pararle en seco, soltarse el brazo y regresar a su oficina sola. Pero una sonrisa inadvertida arruinó el efecto: No dijo nada, aunque intentó contener la sonrisa. Él la imitó, esforzándose cómicamente por fruncir el ceño y fracasando finalmente. Ella se rió con fuerza.

—Me llamo Josif —dijo—. Tú eres Kyaren, ¿verdad?

Ella asintió, intentando deshacerse de la sonrisa.

—Vamos a pretender que piensas que merezco la pena. Vamos a pretender que quieres verme esta noche. Vamos a pretender que me das el número de tu habitación y que paseamos por la Zona para que no tengas que preocuparte de que intente llevarte a la cama. Vamos a pretender que te fías de mí.

Ella lo pretendió. No fue difícil.

—3217 —dijo. Entonces él le soltó el brazo y ella regresó sola a su oficina, sintiéndose extrañamente complacida, olvidada la humillación de la reprimenda que Warvel le había dirigido por la mañana. Por primera vez desde que había venido a la Tierra, le gustaba alguien de verdad. No demasiado, pero lo suficiente como para que fuera divertido pasar la tarde con él. La idea de divertirse la sorprendía, aunque no estaba segura del todo de lo que era divertirse.

Para su sorpresa, sólo llevaba unos minutos ante su mesa cuando una de sus compañeras, una mujer con la nariz como el pico de un loro que hacía estimaciones de la población, se acercó a su mesa y se sentó en el borde.

—Kyaren —dijo la mujer.

—¿Sí? —preguntó Kyaren, recelosa y abiertamente preparada para la hostilidad, aunque por dentro esperaba vagamente que fuera un intento amistoso. Ahora tenía buen estado de ánimo.

—Ese bastardo de Muertes, Josif.

—Sí.

—Sólo una advertencia amistosa. No te molestes con él.

—¿Por qué?

La expresión de loro se ensombreció. Aparentemente no estaba acostumbrada a que le preguntaran cuando daba consejos sin solicitar.

—Porque vende su cuerpo.

Aquello estaba tan alejado de su impresión de Josif que Kyaren sólo pudo sorprenderse y decir:

—¿Qué?

—Ya me has oído.

—Pero... no intentó nada. No ofreció nada.

—A *ti* no —dijo la mujer, haciendo girar impacientemente los ojos hacia arriba—. Eres una *mujer*.

Y la mujer se levantó y se dirigió a su mesa, dejando que Kyaren siguiera introduciendo dinero en las vidas de los ancianos mientras se preguntaba si era cierto, insistiendo que aquello no creaba ninguna diferencia, y sabiendo que la idea de que Josif fuera un prostituto homosexual destruiría completamente su deleite por el cuarto de hora que había pasado con él.

Estuvo tentada de no contestar a su voz en la puerta. No estoy aquí, pensó. Para ti, no.

Pero cuando Josif habló por segunda vez, no pudo evitar levantarse de la cama y abrir la puerta. Sólo para verle y confirmar si era cierto o no.

—Hola —dijo Josif, sonriendo.

Ella no devolvió la sonrisa.

—Una pregunta. Verdadero o falso. ¿Eres un prostituto homosexual?

Josif torció la cara y no contestó durante un instante.

—¿Ves? —dijo entonces, suavemente—. No tienes que formar parte del grupo para echar la mierda sobre alguien más.

Él no había dicho que no, y el desdén de Kyaren por la gente que se vendía se volvió dominante. Empezó a cerrar la puerta.

—Espera un segundo —dijo él.

—No has contestado mi pregunta.

—Hiciste dos preguntas.

Ella encajó aquello.

—De acuerdo, entonces.

—No soy un prostituto —dijo él—. Y lo otro sólo garantiza que estás a salvo de mí esta noche, ¿no?

Todo el asunto era feo. Antes había sido divertido, pero ahora sabía que no podía pensar en él excepto en un contexto sexual.

Conocía la homosexualidad, por supuesto; la imagen mental que tenía del acto entre hombres era fea, y ahora no podía evitar imaginarle ejecutando aquel acto. Le hacía ser feo. Su delgadez, la delicadeza de su rostro, la inocencia de sus ojos... ahora eran decepcionantes, repulsivos.

—Lo siento —dijo—. Sólo quiero estar sola.

—No, no quieres —contestó él.

—Sé lo que quiero.

—No lo sabes.

—Bueno, *si* yo no lo sé, *tú* desde luego tampoco.

—Sí lo sé —y empujó la puerta con cuidado, se deslizó bajo su brazo y entró.

—Puedes marcharte —dijo ella.

—Puedo —accedió él amistosamente, sentándose al borde de la cama, el único mueble grande que había en la habitación.

Ella se sentó en una silla.

—Kyaren, te gusté hoy —dijo él.

—No lo hiciste —contestó ella, y como sabía que estaba mintiendo, continuó: No me gustaste nada. Fuiste molesto y pesado y tu atención fue completamente detestable.

—Vamos, somos estadísticos, ¿no? Nada es completo. Digamos que fui detestable en un setenta por ciento y que un sesenta por ciento de ti no me quería cerca. Pero estaré aquí sólo el diez por ciento de la noche, así que hay bastante margen. Concéntrate en apreciarme. Me refiero a que pasé por alto el hecho de que eres tan dura como la flota imperial. Seguramente podrás pasar por alto el hecho de que hago cosas pervertidas. No haré ninguna contigo.

—¿Por qué me molestas con esto?

—Créeme, no me gusta ser molesto.

—¿Por qué no me dejas en paz?

Él la miró largamente antes de contestar, y entonces las lágrimas afloraron a sus ojos y su cara se volvió inocente y vulnerable.

—Porque sigo esperando que no seré siempre el único ser humano en este zoo —dijo.

—Entonces piensa que soy uno de los animales.

—No puedo.

—¿Por qué no?

—Porque no lo eres.

La forma en que la miraba, con los ojos anegados de lágrimas, estaba haciendo mella en Kyaren. ¿Está actuando?, se preguntaba. ¿Es sólo una representación para ligar increíblemente compleja? Entonces se le ocurrió que él probablemente no estaría interesado en aquello en que desembocaban los ligues por regla general.

—¿Qué quieres?

Él malinterpretó adrede la pregunta. Deliberadamente malinterpretado, supo Kyaren, y sin embargo acertado.

—Quiero vivir eternamente —dijo él.

Ella empezó a interrumpirle.

—No, me refiero...

Pero él se negó a ser interrumpido. Habló más fuerte, se levantó de la cama y caminó sin rumbo por el limitado espacio de la habitación.

—Quiero vivir eternamente rodeado por las cosas que amo. Un millón de libros, y una persona. Toda la humanidad del pasado, y sólo un ejemplar único de la raza humana en el presente.

—¿Sólo una persona? —preguntó ella—. ¿Yo?

—¿Tú? —preguntó Josif con divertida sorpresa. Entonces, más humilde, dijo: —¿Por qué no? Al menos durante un rato. Una persona cada vez.

—Toda la humanidad del pasado. ¿Tanto te gusta tu trabajo en la Oficina de Muertes?

Él se echó a reír.

—La Historia, Kyaren. Soy un historiador. Tengo títulos de tres universidades. He escrito tesis y disertaciones. Heces y defecaciones —se corrigió—. Con mi especialidad, no hay una sola opción de que llegue a conseguir un trabajo en este planeta. O un trabajo realmente bueno en cualquier parte.

Josif se acercó a ella, se arrodilló a su lado y colocó la cabeza en su regazo. Ella quiso rechazarle, pero descubrió que no podía hacerlo.

—Amo a toda la humanidad del pasado. Y te amo a ti en el presente —y sonrió tan locamente, alzando una mano crispada para arañar sin efecto a su brazo, que ella no pudo evitar reírse.

Él había ganado. Y ella lo sabía. Y Josif se quedó y empezó a hablar.

Habló de sus obsesiones con la historia, que inició en la biblioteca de Seattle, Oesteamérica, una ciudad que antes había sido una gran metrópolis.

—No me llevaba bien con los otros niños —dijo él—. Pero me entendía de maravilla con Napoleón Bonaparte. Oliver Cromwell. Douglas MacArthur. Atila el Huno.

Los nombres no significaban nada para Kyaren, pero para Josif obviamente traían ricos recuerdos.

—Napoleón es siempre un denso bosque para mí. Leía sobre él entre árboles que cubrían un terreno tan húmedo que casi se podía nadar allí. Mientras que Cromwell es siempre un barquito en Bahía Pungent, bajo la lluvia. La biblioteca me hizo pagar un nuevo ejemplar del libro: la tinta se borró de la copia que tenía. Soñaba con cambiar el mundo. Hasta que crecí lo suficiente para darme cuenta de que hace falta algo más que sueños para provocar cualquier tipo de impresión en los sucesos. Y un lector de libros no mueve a los hombres.

Estaba tan lleno de recuerdos que fluían de él sin control y a la vez con un orden maravillosamente sutil que Kyaren también recordó, aunque no le dijo nada. Había sido educada entre música, entre constantes canciones; pero aquí encontró una canción mejor que las que había conocido en Tew. Las cadencias, temas y melodías de Josif eran verbales, no musicales, y causa de ello la alcanzaban mejor, y cuando por fin terminó de hablar, ella sintió que había escuchado la actuación de un virtuoso. Kyaren resistió la tentación de aplaudir. Josif habría pensado que estaba siendo irónica.

En cambio, ella sólo suspiró, cerró los ojos, y recordó sus propios sueños cuando se convirtió en un gruñido y pensó en cantar un día ante miles de personas que la observarían con atención, la admirarían y se sentirían conmovidos. Los sueños le habían sido arrancados uno a uno, hasta que no quedó nada más que una cicatriz que sangraba a menudo, pero que nunca volvió a abrirse. Ella suspiró, y Josif la malinterpretó.

—Lo siento —dijo—. Pensé que te importaría.

Y se levantó para marcharse.

Ella le detuvo, le cogió de la mano y le apartó de la puerta, que se cerró de nuevo.

—No te vayas —dijo.

—Te aburrí.

Ella sacudió la cabeza.

—No. No me aburriste. Simplemente no sabía por qué me lo decías.

Él se rió suavemente.

—Porque eres la primera persona en mucho tiempo que parecía estar deseando escuchar y ser capaz de comprender.

—Sueños, sueños, sueños —dijo ella—. Nunca has llegado a crecer.

—Sí crecí —contestó él, y fue doloroso oír el dolor en su voz.

—¿Quieres beber algo?

—Agua.

—Es todo lo que tengo —respondió ella—. Así que menos mal que es eso lo que quieres.

Ella regresó con dos vasos, y Josif sorbió tan reverentemente como si hubiera sido vino consagrado en algún altar. Sus ojos eran graves cuando le dijo:

—Te engañé.

Ella alzó una ceja.

—Cambié de tema.

—¿Cuándo? —Él había tocado muchos temas aquella noche. Kyaren miró su reloj. Habían pasado más de dos horas.

—Justo en el principio. Empecé a hablar sobre infancia, sueños, historia y mis locuras privadas. Mientras todo lo que querías era hablar sobre perversión.

Ella negó con la cabeza.

—No quería.

—Yo sí.

—No. Me ha gustado. No quiero estropearlo.

Él bebió rápidamente el resto del agua.

—Kyaren. Lo hace feo, y no lo es.

—No quiero saber si es feo o no.

—Me llaman puto, y no lo soy.

—Te creo. Dejémoslo así.

—¡No, maldita sea! —dijo él fieramente—. ¿Qué crees que he estado haciendo durante el último par de horas? ¿Crees que voy a las fiestas y le cuento a la gente la historia de mi vida? Me estoy pegando a ti, Kyaren, como una lapa a un tiburón.

—No me gusta la analogía.

—No soy un poeta. No sé qué clase de dolor has experimentado en tu vida para convertirte en lo que eres, pero me gusta lo que eres, y quiero estar contigo durante un tiempo, y cuando lo hago no es sólo por jugar. Me vuelvo ubicuo. No pudiste deshacerte de mí. Estaré allá donde te encuentres. Me tendrás que echar a un lado para levantarte de la cama por la mañana y cuando en el trabajo sientas que alguien te tira del pie seré yo, escondido bajo tu mesa. ¿Comprendes? Planeo *quedarme* aquí.

—¿Por qué yo? —preguntó Kyaren.

—¿Crees que lo sé? ¿Una altiva graduada de Princeton como tú? —Josif aventuró una suposición—. Tal vez porque me escuchaste todo el tiempo sin quedarte dormida.

—Pensé hacerlo un par de veces.

—Vine aquí como amante de Bant.

—No quiero oírlo.

—Bant me amaba y yo le amaba y él se vino aquí y me trajo consigo porque no quería estar sin mí y me consiguió un trabajo en Muertes, mientras estaba a cargo de Vitales. Yo no quería venir. Todo lo que ansiaba era estar cerca de una biblioteca y leer. Durante el resto de mi vida, creo. Pero Bant vino aquí y aquí vine yo, y entonces, después de un año, Bant se aburrió de mí. A veces me vuelvo aburrido.

Kyaren decidió no intentar hacerse la graciosa.

—Me he vuelto aburrido, y por eso no me llevó consigo cuando le transfirieron a la dirección de Empleo. Ni siquiera me lo notificó cuando se trasladó a otras dependencias mejores. Pero no me quitó el trabajo. Fue lo suficientemente amable para dejarme conservar mi empleo.

Y Josif se echó a llorar y Kyaren comprendió de repente algo que nadie se había molestado en explicarle en todas las aclaraciones sobre la homosexualidad que había oído. Que el hecho de que Bant le abandonara había sido el fin del mundo para Josif, porque cuando se pegaba a alguien no sabía cómo dejarle.

No obstante, Kyaren no supo cómo reaccionar. Josif, después de todo, era casi un extraño. ¿Por qué le había abierto su corazón esta noche? ¿Que esperaba que hiciera ella? Si esperaba que ella correspondiera desnudando su alma, estaba equivocado: Kyaren conservaba ocultos todos sus recuerdos. No quería empezar a hablar de su infancia en la Casa del Canto. ¿Qué podría decir? ¿Que me sentí miserable durante diez años simplemente porque no tenía la habilidad para alcanzar los niveles mínimos de la Casa del Canto? No quería despertar pena por causa de las incapacidades de su infancia. Quería respeto por su competencia actual.

El respeto no encajaba en esta situación, con el hombre llorando en voz baja, la cara apretada contra sus rodillas mientras permanecía sentado en el suelo apoyado contra la cama. Kyaren sólo podía pensar en una razón para su estallido emocional. Obviamente, Josif no quería seducirla; por tanto, sólo estaba buscando su amistad. Ella sabía lo doloroso que había sido su propio aislamiento. Si el de él había sido la mitad de malo, no era extraño que se aferrara a la primera persona que mostraba signos de apreciarle.

Entonces, se preguntó, ¿por qué no siento ningún deseo de agarrarme a su oferta de amistad?

Porque no se fiaba de él por completo, advirtió. Al instante se avergonzó de sus recelos. Se arrodilló y se sentó junto a él, le pasó la mano por encima de los hombros y trató de consolarlo.

Quince minutos más tarde Josif empezó a desnudarla. Ella le miró sorprendida.

—Creía... —dijo, y él la interrumpió.

—Estadísticas —dijo—. Tendencias. Me siento atraído por los hombres en un sesenta y dos por ciento; un treinta y uno hacia las mujeres, y un siete por ciento hacia las ovejas. Y un cien por cien hacia ti.

Ella había tenido razón al no fiarse de él, dijo la parte cínica y golpeada de su mente. Todo había sido una representación.

Pero se agarró a él y dejó que la desnudara. Porque había otra parte de ella que no había empleado mucho últimamente: Necesitaba sus manos gentiles y sus lágrimas silenciosas, sus mentiras y su afecto. Y por eso pretendió creer que él realmente la necesitaba incluso mientras decía:

—Pensaba que tarde o temprano acabaríamos así.

No dijo que no había pensado que cuando sucediera ella estaría ansiosa, que no sería cuestión de diversión sino de necesidad, que este medio-hombre sería capaz de hacer en una noche lo que nadie había podido hacer durante toda su vida: ganar su confianza lo suficientemente como para conseguir que ella ansiara, aún por un momento, permitirse desearlo.

Así que le consoló aquella noche, y, bastante extrañamente, ella también se sintió consolada, aunque no le dijo nada sobre su soledad, sobre sus sueños. Mientras pasaba las manos por su suave piel, recordó la fría piedra de la Casa del Canto y no pudo dejar de pensar por qué una cosa tendría que recordarle a la otra.

2

—Recorreré el imperio el año que viene —anunció Riktors durante la cena, y los doscientos prefectos reunidos en torno a la mesa vitorearon y aplaudieron. Ansset se sintió sorprendido, desde su puesto al lado de Riktors, de que el estallido fuera tan sincero, un suceso inusitado en palacio. Ansset sonrió a Riktors.

—Son sinceros —dijo, para que sólo Riktors pudiera oírle. Los ojos del emperador se estrecharon un poco, signo suficiente de que había oído y comprendido.

—¡No sólo recorreré el imperio y visitaré al menos un mundo de cada prefectura —dijo Riktors cuando el murmullo cesó—, sino que también llevaré conmigo a mi Pájaro Cantor, para que todo el imperio pueda oírle cantar!

Y los vítores fueron aún más altos y los aplausos todavía más sinceros.

Riktors miró a Ansset y se rió complacido. El niño parecía completamente sorprendido, y a Riktors le encantaba sorprenderlo. No era fácil hacerlo.

Pero cuando la habitación volvió a guardar silencio, Ansset dijo en voz baja:

—El año que viene no estaré aquí.

Lo oyeron los suficientes comensales para que un murmullo recorriera la mesa. Riktors intentó mantenerse inexpresivo. Supo inmediatamente lo que quería decir el muchacho. Era algo que Riktors parecía haber olvidado. Sabía que Ansset tenía ya casi quince años, que el contrato con la Casa del Canto estaba casi cumplido. Pero no se permitía pensar en ello, no se permitía planear un futuro sin Ansset a su lado.

Riktors miró a Ansset y le palmeó la mano.

—Ya hablaremos de esto más tarde —dijo el emperador.

Pero Ansset parecía preocupado. Esta vez, habló más alto.

—Riktors —dijo el muchacho—. Casi tengo quince años. Mi contrato finaliza dentro de un mes.

Algunos de los prefectos de la audiencia gimieron; la mayoría, sin embargo, advirtió que lo que se decía en la cabecera de la mesa no seguía ningún plan preestablecido. Ansset estaba haciendo lo que nadie se atrevía a hacer: recordarle al emperador algo que éste no quería saber. Guardaron silencio.

—Los contratos pueden renovarse —dijo Riktors, intentando parecer jovial e intentando poder cambiar inmediatamente de tema. No sabía cómo reaccionar ante la insistencia de Ansset. ¿Por qué estaba forzando el tema el muchacho?

Fuese cual fuera la razón, seguía determinado a llevarla a cabo.

—El mío no —dijo Ansset—. Dentro de dos meses tengo que volver a casa.

Y ahora todos los presentes en la sala guardaron silencio. Riktors permaneció inmóvil, pero sus manos temblaban al borde de la mesa. Durante un instante rehusó comprender lo que estaba diciendo Ansset; pero Riktors no se había convertido en emperador permitiendo mentirse a sí mismo. Volver a casa, había dicho el muchacho. Su elección de palabras tenía que ser deliberada... en público Ansset no tenía palabras casuales. *Volver a casa,* había dicho. Y de repente los últimos pocos años se deshicieron; Riktors los sintió en su interior, desenmarañándose, convirtiéndose en madejas sin sentido que no podía ensamblar por mucho que lo intentara.

Había incontables días de conversación, las canciones que Ansset le había cantado, los paseos junto al río. Habían jugado juntos como hermanos, Riktors olvidó toda su dignidad y por su parte Ansset (o eso había creído Riktors), todas las enemistades del pasado.

¿Me amas?, le preguntó Riktors una vez, abriéndose como nunca se habría permitido con otra persona. Y Ansset le cantó sobre el amor. Riktors interpretó que aquello significaba que sí.

Y todo el tiempo Ansset había estado contando los días, esperando su decimoquinto cumpleaños, el vencimiento de su contrato, la vuelta a casa.

Tendría que haberlo sabido, se dijo Riktors amargamente. Tendría que haberme dado cuenta de que el muchacho pertenecía a Mikal, que siempre sería de Mikal, que nunca sería mío. No perdonó, como pensé que había hecho.

Riktors se imaginó a Ansset regresando a la Casa del Canto en Tew; lo vio abrazando a Esste, la dura mujer que sólo parecía blanda cuando miraba al Pájaro Cantor. Riktors se la imaginó preguntando: *¿Qué tal fue vivir con el asesino?* Y se imaginó a Ansset llorando; no, llorando nunca; Ansset no. Permanecería en calma, cantándole simplemente la humillación de tener que cantar para Riktors Ashen, emperador, asesino y patético amante de las canciones de Ansset. Riktors imaginó a Ansset y Esste riéndose juntos mientras hablaban del momento en que Riktors, cansado del peso del imperio en su mente, había acudido a Ansset por la noche en busca de la curación de sus manos y había llorado cuando el niño cantaba una sola nota. Un débil, eso es lo que he sido, delante de un niño que nunca muestra una emoción sin saberlo; me ha visto desprotegido, y en vez de amarme sólo ha sentido desprecio.

Riktors sólo llevaba sentado en silencio un instante, pero en su mente pasó de la sorpresa al dolor y a la humillación y, por fin, a la furia. Se puso en pie, sin ocultar la ira en su rostro. Los prefectos se alarmaron: No era aconsejable ser testigos de la ira de los hombres poderosos, lo sabían, y nadie era tan poderoso como Riktors Mikal.

—¡Tienes razón! —dijo Riktors en voz alta—. Mi Pájaro Cantor me ha recordado que dentro de un mes su contrato finalizará y se marchará, como dice, a casa. Creí que ésta era su casa, pero veo que estaba equivocado. Mi Pájaro Cantor regresará a Tew, a su preciosa Casa del Canto, pues Riktors Mikal cumple su palabra. Pero el Pájaro Cantor, ya que obviamente nos tiene poca estima, nunca volverá a ver a su emperador, y su emperador nunca volverá a permitirse escuchar sus mentirosas canciones.

La cara de Riktors estaba roja y tensa de dolor cuando se dio la vuelta y abandonó la cena. Unos pocos prefectos hicieron algunos débiles esfuerzos por tocar su comida; el resto se incorporó inmediatamente, y pronto todos salieron del salón, preguntándose si habría sido mejor quedarse para intentar mostrarle al emperador que seguían siendo tan leales como siempre, o correr hacia sus prefecturas para que él y ellos pudieran pretender que nunca habían venido, que la escena con Ansset nunca había tenido lugar.

Ansset se quedó solo en la mesa, mirando pero sin ver la comida que tenía delante. Se quedó así sentado, en silencio, hasta que el Mayordomo de palacio (el oficio de Chambelán había sido abolido hacía tiempo), se acercó y le condujo a la salida.

—¿A dónde voy? —preguntó Ansset suavemente.

El Mayordomo no dijo nada. Simplemente le condujo por el laberinto de pasillos. Ansset no tardó mucho en reconocer el lugar a donde iban. Cuando Riktors Ashen cambió su nombre y se trasladó al palacio, se había mantenido apartado de las viejas habitaciones de Mikal; en cambio, se estableció en habitaciones en la parte superior del edificio, con ventanas que daban a los prados y bosques de los alrededores. Ahora el Mayordomo guiaba a Ansset a través de puertas que antes habían estado cerradas por las más férreas medidas de seguridad del imperio, y por fin se detuvieron ante la puerta de una habitación donde una chimenea vacía aún contenía cenizas en el hogar; donde el mobiliario permanecía inmóvil, intacto; donde los años de la presencia de Mikal aún se aferraban a los rasgos del lugar, a todos los recuerdos que la habitación guardaba, afectando inevitablemente a Ansset.

Había una fina capa de polvo en el suelo, como en todas las habitaciones sin usar del palacio, que sólo se limpiaban como mucho, anualmente. Ansset entró muy despacio en la habitación, levantando polvo a cada pisada. Se acercó a la chimenea; la urna que había contenido las cenizas de Mikal aún esperaba junto a la abertura. Se dio la vuelta para encarar al Mayordomo, que finalmente habló.

—Riktors Imperator —dijo el Mayordomo, con la formalidad de un mensaje memorizado—, tiene que decirte que: «puesto que no te sentías en casa conmigo, permanecerás donde te sientes en casa, hasta que la Casa del Canto envíe a por ti».

—Riktors me malinterpretó —dijo Ansset—, pero el Mayordomo no mostró ninguna señal de haber oído. Sólo se dio la vuelta y se marchó, y cuando Ansset probó con la puerta, esta no se abrió ante su forcejeo.

3

Pasaban en México, la ciudad más grande del hemisferio, un fin de semana tras otro. Josif iba a visitar las librerías: el mercado de libros antiguos y raros tenía siempre demanda, y Josif era especialista en encontrar gangas. También tenía habilidad para encontrar lo que quería: historias que estaban agotadas desde hacía tiempo, novelas escritas hacía siglos sobre el propio período del autor, diarios y periódicos.

—Dicen que no hay nada original que decir sobre la historia de la Tierra, que todos los hechos se saben desde hace años —dijo Josif fieramente—. Pero eso sucedió hace años, y ahora nadie recuerda cómo fue vivir aquí entonces.

—¿Cuándo? —le preguntó Kyaren.

—Entonces. Como opuesto al ahora.

—Estoy más interesada en el mañana —le decía siempre ella.

Pero no era cierto. Hoy era todo lo que le interesaba durante las primeras semanas que pasaron juntos. Hoy, porque era la mejor época que había vivido nunca y no estaba segura de que fuera a durar, o que el mañana fuera la mitad de deseable.

Kyaren iba a México para sentir el contacto con la gente. En ninguna parte de Esteamérica, y desde luego en ninguna parte de la Casa del Canto, había personas como las que llenaban las aceras de México. No se permitía tomar ningún vehículo excepto los coches eléctricos que traían el material para las tiendas; la gente, las personas individuales, tenían que caminar por todas partes. Y había millones. Y todos parecían estar en la calle siempre; incluso cuando llovía, recorrían las calles con la lluvia deslizándose por sus ropas, mojándoles las caras. Esta era una ciudad donde Kyaren podía saciar su ansia. No conocía a nadie, pero los amaba a todos.

—Sudan —dijo Josif.

—Eres demasiado inmaculado —respondió Kyaren, molesta.

—Sudan y te pisan. No veo ninguna razón para estar en medio de una multitud excepto cuando resulta inevitable.

—Me gusta el sonido.

—Y eso es lo peor de todo. La ciudad más grande del mundo y todos insisten en hablar mexicano, un lenguaje que no tiene ninguna razón de ser.

Kyaren frunció el ceño.

—¿Por qué no?

—Sólo están a cinco mil kilómetros de Seattle, demonios. *Nosotros* conseguimos hablar como el resto del imperio. Es sólo vanidad.

—Es un lenguaje muy hermoso —dijo ella—. Lo he estado aprendiendo, y te abre la mente.

—Y hace que la lengua se te caiga de la boca.

Josif no tenía paciencia con las excentricidades de su planeta nativo.

—A veces me siento terriblemente avergonzado de ser de la Tierra.

—El planeta madre.

—Estos tipos no son mexicanos de verdad. ¿Sabes cómo eran? ¡Bajitos y cetrinos! ¡Muéstrame una persona morena ahí fuera!

—¿Es que importa que puedan remontar su pedigrí a la mexicana número uno y su marido? —preguntó Kyaren—. *Quieren* ser mexicanos. Y cuando vengo aquí, *yo* quiero ser mexicana.

Era una discusión amistosa que siempre terminaban saliendo a la calle (Kyaren quería deambular y hablar con los dependientes y vendedores, Josif se dedicaba a curiosear entre las estanterías, esperando encontrar un título ante el que pudiera dar un salto), o acostándose, donde sus fines coincidían mejor.

Fue durante un fin de semana en México cuando decidieron apoderarse del mundo.

—¿Por qué no del universo?

—Tu ambición es fastidiosa —dijo Josif, tumbado desnudo en el balcón porque le gustaba sentir la lluvia, que caía con fuerza.

—Bien, entonces seamos modestos. ¿Por dónde empezamos?

—Por aquí.

—No es práctico. No tenemos base de operaciones.

—Entonces por Tegucigalpa. Le damos la vuelta en secreto a todos los programas de los ordenadores para que sigan nuestras órdenes. Luego cortamos los salarios de todo el mundo hasta que se rindan.

Se echaron a reír; era un juego. Pero un juego que practicaban suficientemente en serio para hacer investigaciones. Buscarían cualquier posible debilidad, lugares en los que el sistema pudiera ser socavado. También trabajaban intentando conseguir una visión global del sistema para comprender cómo funcionaba. Josif sabía cómo trabajar en la biblioteca gubernamental de México, y los dos pasaban el tiempo leyendo informes sobre cómo era Tegucigalpa sólo trescientos años antes.

—Es relativamente nuevo. La mitad de las funciones han sido instaladas en los últimos diez años. *¡Diez años!* La mayor parte de los otros planetas llevan siglos informatizados por completo.

—Estás demasiado pegado a la Tierra —le reprendió Kyaren, repasando actas de reuniones, que estaban tan corregidas en su nivel de acceso que era difícil sacar de ellos nada coherente.

Pero no fue en México donde encontraron el fraude. Fue en casa.

Kyaren había estado leyendo un libro sobre demografía,

uno que sólo había podido ojear en Princeton. Establecía las normas para las distribuciones de las edades en un planeta; encontró una información fascinante, especialmente las variantes que dependían del empleo local, clima y bienestar relativo. Se divirtió planeando la distribución demográfica de las épocas de la Tierra, basada en las estadísticas fácilmente obtenidas de empleo y economía. Entonces dedicó unos minutos de descanso a comprobar las cifras.

Estaban equivocadas.

Desde el nacimiento hasta los ochenta años, la edad de la jubilación, las cifras eran bastante buenas. Pero de los ochenta a los cien las cosas no encajaban.

A esas edades no moría suficiente gente.

En realidad, advirtió que *casi nadie* moría, comparado con las tasas de mortandad normales. Y entonces, desde los cien a los ciento diez, morían como moscas, de forma que a partir de los ciento diez años las estadísticas eran normales.

Seguramente alguien se habría dado cuenta de esto con anterioridad, pensó Kyaren. En ese caso la Tierra habría ganado reputación por sus tasas de mortalidad inusitadamente bajas. Tenía que ser un conocimiento común: la distribución de alimentos tenía que resultar afectada, y los gastos de pensiones debían ser inusitadamente altos. Los científicos tenían que estar intentando descubrir la razón del fenómeno.

Y sin embargo, ella nunca había oído hablar del tema.

En los manuales de programación que leyeron en la biblioteca de México, Kyaren encontró algunos programas poco conocidos que permitían a un programador verificar un determinado programa en vez de usarlo para encontrar y procesar datos. Kyaren le habló del tema a Josif aquella noche, que pasaron en la habitación de él porque era más amplia y tenía espacio suficiente para ambos sin que necesitaran solicitar mobiliario extra, lo que hubiera hecho que la relación fuera de dominio público.

—He comprobado mis datos una y otra vez, y no están equivocados.

—Bien, la única manera para resolverlo es matar a algunos

viejos, supongo —dijo Josif, leyendo una novela de misterio del siglo veintitrés... traducida, naturalmente.

—Josif, está mal. Algo está mal.

—Kyaren —dijo él, impaciente pero intentando no parecerlo—, es un juego que estamos practicando. La verdad es que no tenemos ninguna responsabilidad por el mundo. Sólo por los muertos y por los que no lo están del todo todavía. Y sólo como números.

—Quiero descubrir si las cifras de mortandad son buenas o no.

Josif cerró el libro.

—Kyaren, las cifras están bien. Es *mi* trabajo, ¿no? Me encargo de las muertes.

—Entonces comprueba a ver si mis cifras son correctas.

Él comprobó. Sus cifras eran correctas.

—Tus cifras están bien. Tal vez el libro está equivocado.

—Ha sido la biblia de la demografía durante tres siglos. Alguien se habría dado cuenta.

Josif volvió a abrir el libro.

—Maldita Tierra. La gente ni siquiera sabe cuándo tiene que morirse.

—Tienes que haberlo advertido —dijo Kyaren—. Tienes que haber visto que la mayoría de las muertes estaban agrupadas entre los cien y los ciento diez años.

—Nunca me he dado cuenta de nada por el estilo. Tratamos con datos individuales, no colectivos. Completamos archivos, ¿sabes? No observamos tendencias.

—Sólo quiero comprobar unas cuantas cosas. ¿Recuerdas el programa que descubrimos para verificar entradas? ¿El localizador de errores?

—Sí.

—¿Recuerdas los números?

—Kyaren, no estás resultando una buena compañía.

Comprobaron juntos los números y códigos; Kyaren salió unos minutos y los verificó en el terminal local de la biblioteca localizando su último uso de la misma. El programa funcionaba bien. En realidad, era bastante simple, y por eso pudieron recordarlo.

Al día siguiente, durante un descanso, Kyaren hizo una pregunta sobre una muerte solitaria en el distrito de Quongyung: Pensaba que una única muerte sería más simple y le daría una sola lectura. Lo que tendría que haber aparecido en la pantalla era la fecha de entrada, el nombre del operario que había introducido la información sobre la muerte, las estadísticas vitales programadas en esa fecha sobre aquella persona, y el número de la operación.

En cambio, lo que apareció fue la brillante señal de RESTRINGIDO. En la mesa de Warvel sonó un fuerte zumbido. Todos alzaron la vista inmediatamente y contemplaron cómo Warvel se ponía rápidamente en pie, con aspecto alarmado. Kyaren supo que su área brillaba en su mesa; naturalmente, cuando localizó la fuente golpeó la mesa con la mano y cargó furiosamente hacia ella.

—¿Qué demonios estás haciendo, Kyaren? —gritó mientras se acercaba.

¿Qué iba a decirle...? ¿Que estaba jugando a que ponía en marcha un plan para adueñarse del mundo? ¿Que estaba comprobando las cifras porque no cuadraban con sus propios cálculos?

—No sé —dijo, haciendo ver que se sentía tan sorprendida y ruborizada como estaba—. Sólo estaba jugando. Introducía palabras y números al azar, no sé.

—¿*Qué* números y palabras? —preguntó Warvel, inclinándose sobre el terminal.

—No recuerdo —mintió ella—. Era sólo un capricho.

—Era sólo una *estupidez*. Hay programas aquí que congelarían todas las operaciones hasta que la apestosa *policía* aparezca para ver quién está intentando juzgar al sistema. ¿Comprendes? ¡Este sistema está hecho a prueba de idiotas, pero no necesitamos a ningún idiota extra que intente probarlo!

Ella pidió disculpas profusamente, pero mientras él se daba la vuelta, implacable, y regresaba a su mesa, Kyaren advirtió que parecía estar más asustado que furioso. Y todos los demás le miraron sombríamente, con furia... y también con miedo.

¿Qué había hecho?

—Kyaren —le dijo Warvel cuando salía de la oficina al terminar el día de trabajo—. Kyaren, tu informe cuatrimestral está a punto de ser publicado dentro de unos pocos días. Me temo que voy a tener que dar una valoración negativa.

Kyaren se quedó de una pieza.

—¿Por qué?

—No has estado trabajando. Obviamente, has estado holgazaneando. Es malo para la moral, y es completamente deshonesto.

—¿Cuándo he holgazaneado? —preguntó ella. Un informe negativo ahora, en su primer trabajo (especialmente en uno tan fácil) podría destruir sus esperanzas de hacer carrera en el gobierno.

—Tengo quejas de catorce personas. Todos los que componen esta oficina excepto tú y yo, Kyaren. Están cansados de verte jugar, estudiar la historia antigua y tontear con el ordenador cuando deberías estar intentando ayudar a los ancianos a enfrentarse con la inflación y las fluctuaciones de la economía. No estamos aquí para divertirnos, Kyaren sino para ayudar a la gente. ¿Comprendes?

Ella asintió.

—Eso es lo que estoy intentando hacer.

—Daré un informe negativo, pero no te despediré a menos que crees más problemas. ¿Comprendes? Tres años de trabajo perfecto y el informe negativo desaparecerá de tu expediente. Es algo que podrás sobrellevar... si te ciñes al trabajo en el futuro.

Ella se marchó. Josif, en casa, se sorprendió.

—¿Catorce quejas?

—Eso es lo que dijo.

—¡Kyaren, podrías tener una relación íntima con una lámpara en mitad del comedor y resultaría difícil que dieran *tres* quejas!

—¿Qué tienen contra mí? —preguntó ella.

La cara de Josif se ensombreció.

—A mí.

—¿Qué?

—A mí. Ya tenías suficientes problemas. Añádeme a ellos... ¿sabes cuántas mujeres han intentado llevarme a la cama? Los homosexuales conocidos tienen algo irresistible para cierta clase de mujeres. Los consideran un desafío. Yo soy el desafío. Y entonces apareces tú y de repente empezamos a pasar juntos los fines de semana. Las que no están celosas están probablemente revolucionadas sólo con pensar el tipo de perversiones que estaré practicando contigo.

—No eres tú.

—¿Entonces qué es?

—Tienen miedo.

—¿De qué?

—¿Cómo voy a saberlo?

Josif se levantó de la cama, se acercó a la puerta y se apoyó en ella.

—Kyaren, soy yo. Tenemos que terminar. Cuando te marches esta noche, punto y final.

Parecía sincero. Ella se preguntó por qué la idea de dejarle y no regresar le hacía sentirse como si estuviera cayendo de un lugar muy alto.

—No voy a marcharme esta noche —dijo Kyaren—. Me marcharé por la mañana.

—No. Por tu propio bien.

Ella se rió, incrédula.

—¡Mi propio bien!

Él la miró desde la puerta con la cara muy seria.

—Mi propio bien es quedarme justo aquí.

Él sacudió la cabeza.

—¿Hablas en serio? —preguntó ella, incrédula—. ¿Así de fácil decides que se supone que tengo que irme porque *tú* piensas que será lo mejor para *mí*?

—Parece bastante estúpido, ¿verdad? —dijo él.

Y empezaron a reírse y Josif regresó a la cama y de repente dejaron de hacerlo y se abrazaron, comprendiendo que aquello no era algo que pudieran terminar simplemente cuando fuera conveniente.

—Josif...

—¿Mmmm? —contestó él, con la cara enterrada en su pelo, mientras mordisqueaba una hebra.

—Josif, les asusté. Tienen miedo de algo.

—Eres una mujer de aspecto bastante impresionante.

—Hay algo curioso en todo ello. ¿Por qué restringir la información sobre las entradas de las muertes?

No pudieron pensar ninguna razón.

Así, al día siguiente, Josif cogió una hoja de papel (algo poco usado en el centro) y escribió en ella diez nombres y diez números.

—¿Puedes ver esto? —preguntó.

—¿Qué son?

—Gente muerta. Las primeras entradas de hoy. Ahora tendrían que estar ya en tu ordenador, ya que yo mismo las introduje todas. Esos son los números de identificación, y la fecha de entrada es de hace unas pocas horas. Esa es básicamente toda la información que te daría el banco de datos. ¿Puedes hacer algo?

Kyaren no se atrevió a llevarse el papel a la oficina: algo tan poco usual como un papel llamaría la atención, y eso era precisamente lo que no necesitaba. Así que memorizó los tres primeros datos y dejó la lista en el lavabo del piso de abajo. Bajó en el primer descanso, pero en vez de buscar otros tres nombres, fue a ver a Josif.

—¿Estás seguro de que los copiastes correctamente?

Josif miró los nombres y números, los introdujo en su terminal, y los datos aparecieron. Todos estaban definitivamente muertos.

—En mi terminal —dijo ella—, están vivos.

Josif se levantó y la siguió al pasillo, donde le habló en voz baja.

—Tendríamos que haberlo imaginado de inmediato. Es un fraude, Kyaren. Están pagando esas pensiones a alguien, pero no a esa gente. Porque está muerta.

Kyaren se apoyó en la pared.

—¿Sabes cuánto *dinero* es eso?

Josif no estaba impresionado.

—Vamos —dijo.

—¿A dónde?

—Fuera de este edificio, inmediatamente.

Él empezó a empujarla. Ella se dejó llevar, pero estaba completamente confundida.

—¿Dónde vamos?

Él no contestaba. No se dirigieron a sus habitaciones. En cambio, se encaminaron hacia el aeropuerto, que estaba en el ala oriental del complejo.

—No es momento para un fin de semana en México —dijo ella.

—Tú sígueme.

Se detuvieron en la terminal de billetes y ella hizo lo que él le dijo, usando su código de oficina. Entonces Josif se acercó al terminal y pidió dos billetes para él, cargándolos a su propia cuenta.

—Puedo pagar los míos —dijo ella.

Él no contestó. Sólo cogió los billetes y subieron al volador con dirección a Marrakesch. No empezó a explicarse hasta que estuvieron en pleno vuelo.

—No es sólo tu oficina, Kyaren —dijo—. Es la mía también. Este asunto tiene que envolver a un montón de gente, en Muertes, en Distribución, en Pensiones, quién sabe dónde más. Si te cogieron con una simple pregunta, seguro que tienen un programa que les avisó de que acabas de preguntar los nombres de tres personas cuyas muertes fueron registradas *hoy*, y que inmediatamente después *yo* solicité los mismos nombres. El ordenador sabe que alguien es consciente de que hay una discrepancia. Y no sé cuánto tiempo podríamos vivir si nos quedáramos allí.

—No harían nada *violento*, ¿no? —preguntó Kyaren.

Josif sólo la besó y dijo:

—Dondequiera que creciste, Kyaren, tuvo que ser el paraíso.

—¿Adónde vamos? —preguntó ella otra vez.

—A informar, naturalmente. Dejemos que la policía se encargue del tema. Que lo haga Babilonia. Tienen el poder de paralizarlo todo y a todos mientras investigan. No tenemos ningún poder.

—¿Y si estamos equivocados?

—Entonces iremos a buscar trabajo a un billón de años luz de distancia.

Contaron la historia a cinco oficiales diferentes antes de que por fin encontraran a alguien que aceptara tomar la responsabilidad de una decisión. El hombre no se presentó. Pero fue el primero en escucharles sin bajar la cabeza, sin parecer incómodo, preocupado o receloso.

—¿Sólo tres nombres? —preguntó finalmente después de que Josif y Kyaren lo hubieran explicado todo.

Ellos asintieron.

—No pensamos que fuera seguro esperar más tiempo.

—Absolutamente cierto —dijo el hombre. Asintió, como si imitara su movimiento de un momento antes—. Sí, es precisa una investigación.

Y observaron cómo alzaba un teléfono, marcaba un código y empezaba a dar órdenes en una jerga que no pudieron comprender.

Su cara fascinaba a Kyaren, aunque no estaba segura de por qué. Parecía bastante poco llamativo: no era un hombre grande, ni particularmente guapo, pero tampoco era inusitadamente feo. Tenía un pelo de largura media, sus ojos medio castaños, su expresión medio agradable.

Kyaren era consciente de un cambio constante, no tanto en su rostro como en su percepción de éste; como una ilusión óptica, la expresión de su cara oscilaba entre la confianza y la fría amenaza. Nadie les había dicho su título o su nombre... era sólo aquél al que le pasaban los problemas difíciles, y a él no parecía importarle.

Finalmente acabó con su llamada y volvió a prestar su atención a Josif y Kyaren.

—Muy buen trabajo —dijo.

Entonces empezó a hablarles, muy tranquilamente, sobre ellos mismos. Le dijo a Kyaren cosas sobre Josif que Josif nunca había mencionado: cómo Josif había intentado suicidarse dos veces después de que Bant le dejara; cómo Josif suspendió cuatro asignaturas en su último trimestre en la universidad, y sin embargo, hizo una disertación tal que la facultad no tuvo otra elección sino votar unánimemente su aceptación; cómo la facultad le despidió de la escuela con las peores cartas de recomendación inimaginables para que le resultara imposible encontrar trabajo en su campo.

—No te llevas muy bien con las autoridades, ¿verdad, Josif? —preguntó el hombre. Josif negó con la cabeza.

Inmediatamente, el hombre se dirigió a Kyaren, y habló de su educación en la Casa del Canto, su fracaso al conseguir los niveles mínimos, su huida cuando supo que era inferior, su negativa a mencionar a la Casa del Canto desde entonces.

—Estás determinada a no dejar que nadie vea tu fracaso, ¿no, Kya-Kya? —preguntó. Kyaren asintió.

Ella era completamente consciente de que había tantas cosas que Josif no le había referido sobre sí mismo... cosas importantes para su comprensión. Y sin embargo, le resultó más un alivio que una humillación. Porque ahora él también sabía cosas que ella había estado ocultándole deliberadamente. Ahora ya no tenían secretos de importancia.

¿Qué era lo que había estado intentando hacer el hombre? ¿O estaba siendo sólo desagradable, recalcándoles que su amistad no era lo que habían pensado? Apenas importaba. Miró furtivamente a Josif, y vio que él también evitaba su mirada. Eso sí que no. Por eso, ella se le quedó mirando hasta que la propia intensidad de su mirada le obligó a volver la cabeza hacia ella. Y entonces Kyaren le sonrió.

—Hola, desconocido —dijo, y él le devolvió la sonrisa.

El hombre se aclaró la garganta.

—Los dos sois un poco mejor que la media. Por varias estúpidas razones, se os ha mantenido artificialmente en lugares donde no habéis podido desarrollar lo que sois capaces de hacer.

Así que os voy a dar una oportunidad. Intentad usarla con inteligencia.

Tendrían que haber pedido explicaciones, pero el hombre se marchó sin decir nada más. Fue el Jefe de Seguridad Planetaria quien por fin les dijo lo que les sucedía.

—Han sido ustedes despedidos de sus empleos previos —dijo, con el aspecto sereno que sólo un hombre con mucho poder puede ofrecer—. Y se les ha dado empleos nuevos.

Josif fue nombrado ayudante del ministro de educación, con autoridad especial sobre los fondos de investigación. Kyaren fue nombrada ayudante especial del administrador de la Tierra, donde podía poner las manos en cualquier cosa del planeta. No eran oficinas imperiales, pero era lo máximo que dos novatos podrían esperar conseguir: trabajos que les darían conexiones para futuras ventajas y todas las oportunidades que necesitarían para mostrar el tipo de trabajo que serían capaces de hacer.

De un solo golpe, se les había dado la oportunidad de hacer carrera.

—¿Quién es ese tipo, un ángel? ¿Dios? —le preguntó Josif al Jefe.

El Jefe se echó a reír.

—La mayoría de la gente lo colocaría en el extremo opuesto. El Diablo. El Ángel de la Muerte. Pero no es nada de eso. Es solo Ferret. El brazo ejecutor del emperador, ya sabéis. Hace a la gente y las deshace, y sólo responde ante el emperador.

Sabían cómo podía hacer a la gente. Vieron cómo las deshacía cuando, unas pocas semanas más tarde, contemplaban los vídeos en su apartamento. El día en Babilonia había sido caluroso y lluvioso, hasta que al atardecer se quedaron en el balcón observando el brillo de las gotas de agua aferrándose a un millón de hojas de hierba, con las largas sombras de los árboles interrumpiendo la lujuriosa sabana en intervalos perfectos y a la vez aleatorios. Un elefante se movía perezosamente a través de la alta hierba. Una bandada de gacelas volaba a lo lejos hacia el norte. Kyaren y Josif se sentían completamente agotados por el trabajo del día, completamente en paz por la belleza de la noche, con un delicioso estado de languidez. Tenían la convicción de que los conspiradores serían expulsados de Tegucigalpa esta noche, y sentían la obligación de observar.

A medida que los momentos del juicio empezaron a ser presentados y las caras de sus antiguos compañeros aparecían una y otra vez en el estrado, Kyaren empezó a sentirse vagamente incómoda. No porque ella les hubiera colocado en aquella posición, sino porque no había sentido ningún reparo al hacerlo. ¿Habría estado tan ansiosa por denunciarlos si no la hubieran excluido tan abiertamente? Se imaginó qué es lo que habría sucedido si hubiera acudido con más humildad a la Oficina de Pensiones, sin que los destacados test la hubieran precedido, sin estar envuelta en su perpetua reserva. ¿Habrían sido entonces sus amigos y la habrían admitido gradualmente en el complot? ¿Los habría denunciado *entonces*?

Era imposible saberlo. Pues si se hubiera comportado con humildad, no habría sido ella, y entonces, ¿quién podría predecir cómo habría actuado?

A su lado, Josif jadeaba. Kyaren miró los vídeos con atención. Había otro hombre en el estrado. Uno al que ella no conocía.

—¿Quién es? —preguntó.

—Bant —respondió Josif, mordiéndose los nudillos.

No se les había ocurrido aquello: que Bant, por supuesto, como encargado de Vitales, tuviera que estar involucrado. Kyaren nunca había llegado a conocerle en persona, pero sentía que le conocía a través de Josif. No obstante, lo que conocía de él era su hilaridad, su insistencia de que el acto sexual tenía que ser divertido. Kyaren no podía imaginar a Josif haciendo el amor con un hombre, pero al menos para Josif fue imposible no hablar del tema. Aparentemente, el ansia de sexo de Bant era sólo una faceta de su ansia general; su despreocupación por los sentimientos de Josif era parte de una despreocupación general hacia cualquiera.

Todos los acusados fueron condenados de cinco a treinta años de trabajos forzados, deportados y exiliados permanentemente de la Tierra, y desterrados para siempre de cualquier empleo. Era una sentencia severa, aunque en apariencia, no lo suficiente.

El locutor empezó a hablar de la necesidad de dar ejemplo con esta gente, para evitar que otros decidieran que un fraude en grupo a los fondos del gobierno merecía la pena del riesgo. Mientras hablaba, los vídeos mostraron a un hombre de espaldas que se acercaba a la fila de prisioneros. Estos tenían guardias detrás; sus manos estaban atadas. Miraron hacia el hombre que se les acercaba, y sus caras de repente mostraron miedo. Los vídeos retrocedieron para que los espectadores pudieran ver por qué. El hombre blandía una espada. No un láser: Una espada, hecha de metal, una cosa aterradora, en parte por ser tan antigua y barbárica.

—Ferret —dijo Kyaren, y Josif asintió. Los vídeos no mostraron la cara del hombre, pero estuvieron seguros de haberle reconocido.

Y entonces Ferret alcanzó al primero de los prisioneros, se detuvo ante él, se dirigió al siguiente, se detuvo. No fue hasta el cuarto cuando activó su mano. La hoja cogió al prisionero en el punto donde la mandíbula se encuentra con la oreja, y luego destelló hacia la izquierda y salió por el mismo punto por el otro lado. Durante un instante, el prisionero pareció sorprendido, sólo sorprendido. Entonces una línea roja apareció a lo largo de su garganta, y de repente la sangre brotó y borboteó de la herida, esparciéndose hacia ambos lados. El cuerpo se dobló, la boca intentando hablar, los ojos suplicando algo en vano. El guardia que había tras él le alzó, y cuando la cabeza del prisionero se inclinó hacia delante, el guardia le cogió por el pelo y tiró de la cabeza hacia atrás, para que pudiera verse la cara. El hecho provocó que la herida borboteara, como el mordisco de una piraña. Y finalmente la sangre dejó de manar y el verdugo, aún dando la espalda a las cámaras, asintió. El guardia dejó caer al hombre al suelo.

Aparentemente, los vídeos habían mostrado esta ejecución detalladamente porque era la primera. A medida que Ferret seguía caminando, rebanando las gargantas de cada tercer, cuarto o quinto prisionero, los vídeos no se cebaron en las víctimas, como habían hecho con la primera. Al contrario, pasaron rápidamente.

Kyaren y Josif, sin embargo, no lo advirtieron, porque en el momento en que la hoja danzó por primera vez alcanzando al prisionero en la garganta, Josif empezó a gritar. Kyaren intentó que no lo viera, que cerrara los ojos ante la muerte del hombre, pero incluso mientras chillaba lleno de pavor, Josif rehusaba apartar su mirada de la sangre y la agonía. Y cuando el prisionero se desmoronó, Josif sollozó en voz alta, gritando:

—¡Bant! ¡Bant!

Ahora sabían cómo Ferret deshacía a la gente. Kyaren pensó que tenía que saber lo que sentía Josif hacia Bant y había escogido matarle como si dijera: «Puedes denunciar a un criminal, pero no puedes hacerlo sin consecuencias.»

Kyaren estaba segura de que había escogido deliberadamente a su víctima, pues cuando llegó a las seis últimas personas se detuvo y los miró a cada uno a los ojos. Los prisioneros reaccionaban muy distintamente, algunos intentaban parecer estoicos ante la posible muerte, otros trataban de suplicarle, algunos casi vomitaban de miedo o disgusto. Cuando pasaba ante uno de los prisioneros, el que estaba a su lado se convencía de que era la víctima: el verdugo no había saltado a más de cuatro personas seguidas antes. Y entonces llegó al último.

El último era Warvel, que estaba completamente seguro de que iba a morir: el verdugo ya se había saltado a cinco. Y Kyaren, que rodeaba a Josif con los brazos, se encontró complacida en su interior, enfermizamente satisfecha de que Warvel también muriera. Si lo había hecho Bant, también lo haría Warvel.

Entonces Ferret extendió la mano. Pero no para matar. La mano estaba ahora vacía, y cogió a Warvel por el cuello, separándole del guardia. Warvel tropezó, casi se cayó, tan débiles eran sus rodillas. Pero los vídeos registraron la voz de Ferret:

—Perdón para éste. El emperador perdona a éste.

Y las ataduras de Warvel fueron soltadas mientras la voz del locutor empezaba a hablar de cómo sería recordado siempre el emperador: porque cuando alguien engañaba o abusaba de la gente, el emperador sería su campeón y llevaría a cabo su venganza.

—Pero la justicia del emperador siempre está templada con la piedad. El emperador siempre recuerda que incluso el peor de los criminales sigue siendo su súbdito.

Warvel.

Bant.

Fuera lo que fuese lo que Ferret quiso enseñarnos, musitó Kyaren en silencio para que ni siquiera ella pudiera oír sus pensamientos mientras movía los labios, fuera lo que fuese lo que quisiera enseñarnos, hemos aprendido. Hemos aprendido.

Y por eso Kyaren y Josif se encontraban en Babilonia cuando Ansset fue enviado allí.

4

Por primera vez en su vida, Ansset perdió las canciones.

Hasta ahora, todo lo que le había sucedido se había añadido a su música. Incluso la muerte de Mikal le había enseñado nuevas canciones, y a profundizar en las antiguas.

Pasó sólo un mes prisionero, pero lo pasó sin canciones. No había sido su intención guardar silencio. Ocasionalmente, al principio, intentó cantar. Incluso algo simple, algo que hubiera aprendido de niño. Los sonidos salían bastante bien de su garganta, pero no había música en ellos. La canción siempre le sonaba vacía, y no podía continuarla.

Ansset especuló sobre la muerte, tal vez por el constante recuerdo de la urna que contenía las cenizas de Mikal, tal vez porque se sentía encerrado en una tumba en la polvorienta habitación con sus constantes recordatorios de un pasado ya perdido. O tal vez porque las drogas que retardaban la pubertad del Pájaro Cantor empezaban a perder su efecto y los cambios se volvían más acusados a causa del retraso artificial.

Ansset se despertaba por la noche, presa de sueños extraños y agotadores. Pequeño para su edad, empezó a sentirse cansado, una urgencia de aferrarse violentamente a algo o a alguien, una pasión por el movimiento que, en los confines de las habitaciones de Mikal, no podía cumplir.

Ansset pensaba que así debía ser la muerte. Esto es lo que experimentan, callados en sus tumbas o capturados embarazosamente en público sin sus cuerpos. Los fantasmas puede que sólo ansíen *tocar* algo, pero los que no tienen cuerpos no pueden hacerlo; puede que ansíen el calor, el frío, incluso las delicias del dolor, pero todo se les niega.

Contó los días. Con el atizador del fuego los anotó cada mañana en las cenizas del hogar, a pesar de que las cenizas eran del cuerpo de Mikal... o precisamente por ello. Y, por fin, llegó el día en que venció su contrato y pudo finalmente irse a casa.

¿Cómo podría Riktors haberle malinterpretado así? En todos sus años con Mikal, Ansset nunca tuvo que mentirle; y en su estancia con Riktors, también hubo una cierta honestidad, aunque entre ellos se silenciaban algunos temas. No habían sido como padre e hijo, como lo fueron Mikal y él. Eran más como hermanos, aunque sentía un poco de confusión sobre quién de los dos era el hermano mayor y cuál era el joven confuso que tenía que ser reconfortado, confirmado, aconsejado y consolado. Y ahora, simplemente por ser sincero, Ansset había descubierto un aspecto de Riktors que nadie habría imaginado que existía: el hombre podía ser terriblemente vengativo, cruel hasta la indefensión.

Ansset pensaba que conocía a Riktors... como creía que conocía prácticamente a todo el mundo. Igual que otras personas confiaban en su vista, Ansset confiaba en su oído. Nadie podía mentirle o esconderse de él; no si hablaban. Pero Riktors Ashen se había escondido de él, al menos en parte, y Ansset se sentía ahora como un vidente inseguro que de repente descubre que los lobos son todos invisibles y caminan junto a él al cobijo de la noche. El día que Ansset cumplió quince años, esperó ansioso a que se abriera la puerta, a que el Mayordomo, o mejor aún, alguien de la Casa del Canto, entrara a tomarle de la mano y sacarle.

El Mayordomo entró, efectivamente. Al anochecer, entró y le tendió en silencio una carta. La letra era de Riktors:

> *Lamento informarte que la Casa del Canto nos ha notificado que no volverás con ellos. Tu servicio a dos emperadores, dicen, te ha contaminado y no puedes regresar. El mensaje estaba firmado por Esste. Es una lástima que este mensaje llegue cuando ya no eres bien recibido aquí. En la actualidad, estamos intentando decidir qué podemos hacer contigo, ya que ni nosotros ni la Casa del Canto puede encontrar ninguna otra justificación para mantenerte. Indudablemente, esto es un golpe para ti. Estoy seguro de que puedes imaginar lo mucho que lo siento.*
>
> *Riktors Mikal, Imperator*

Si el largo silencio de Ansset en las habitaciones de Mikal hubiera terminado con el retorno a la Casa del Canto, le habría ayudado a crecer, igual que el silencio y el sufrimiento en la Sala Alta con Esste le había ayudado. Pero a medida que leía la carta, las canciones le fueron abandonando.

Al principio no creyó en la carta. Al principio pensó que era una broma terrible, un último acto vengativo de Riktors para hacerle lamentar querer marcharse de la Tierra y regresar a la Casa del Canto. Pero conforme pasaban las horas, empezó a dudarlo. No había oído nada de la Casa del Canto en sus años de estancia en la Tierra. Sabía que eso era normal... pero también le distanciaba de sus recuerdos de allí. Las paredes de piedra se desvanecieron en el escenario, y los jardines del Susquehanna eran más reales para él. Riktors era más real que Esste, aunque sus sentimientos hacia Esste eran más tiernos. Pero con aquella distancia empezó a pensar: Tal vez Esste le había estado manipulando simplemente. Tal vez su prueba en la Sala Alta había sido una estratagema y nada más: Su completa victoria sobre él y no una experiencia compartida. Tal vez le enviaron a la Tierra como un sacrificio; tal vez los escépticos tenían razón, y la Casa del Canto lo entregó como respuesta a las presiones de Mikal y le enviaron un Pájaro Cantor al emperador sabiendo que era indigno, sabiendo que aquello destruiría al Pájaro Cantor que enviaban y que nunca podría volver a casa.

Tal vez por eso, cuando Mikal murió, la Casa del Canto hizo lo impensable y le dejó quedarse con Riktors Ashen.

Todo encajaba, y cuanto más lo pensaba Ansset, más claro lo veía, hasta que cuando logró quedarse dormido estaba casi al borde de la desesperación. Aún acunaba la esperanza de que mañana la gente de la Casa del Canto apareciera y le dijera que todo era una cruel broma de Riktors y que habían venido a reclamarle; pero la esperanza era débil, y se dio cuenta de que ahora, en vez de ser una de las pocas personas de la Tierra que podían considerarse independientes del emperador, casi su igual, dependía completamente de Riktors, y no era seguro de que éste sintiera obligación alguna de ser amable.

Aquella noche el Control le abandonó, y se despertó llorando en voz alta. Intentó contenerse, pero no pudo. No tenía forma de saber que la llegada de la pubertad estaba debilitando, temporalmente, su conocimiento de sí mismo. Pensaba que aquello era la prueba de que la Casa del Canto tenía razón: Estaba contaminado, debilitado. Era indigno de regresar y vivir entre los cantores.

Si antes se había sentido intranquilo, ahora estaba frenético. Las habitaciones eran más pequeñas de lo que lo habían sido antes, y la suavidad del suelo era insoportable. Quiso golpearlo y endurecerlo; en cambio, le gritó. El polvo, que su constante deambular había arrinconado en las esquinas y bordes de la habitación, empezaba a irritarle, y estornudaba frecuentemente. Con frecuencia se contenía a punto de echarse a llorar, y se preguntaba qué era el polvo, aunque sabía que era el terror del abandono. Casi todo lo que podía recordar de su vida estaba rodeado por seguridad; al principio por la seguridad de la Casa del Canto, y más tarde por la seguridad del amor de un emperador. Ahora, repentinamente, las dos cosas habían desaparecido, y un abandono largamente olvidado empezaba a entrometerse de nuevo en sus sueños. Alguien le raptaba. Alguien le separaba de su familia. Alguien desvanecía a los suyos en la distancia y nunca los volvería a ver, y se despertaba en la oscuridad lleno de terror, temeroso de moverse en la cama, porque si levantaba un solo brazo ellos dejarían de contenerse, le llevarían y nunca volvería a ser encontrado, viviría perpetuamente en una pequeña celda en un bote que se balanceaba, siempre estaría rodeado por las caras lascivas de unos hombres que sólo veían su desnudez y nunca su alma.

Y luego, después de una semana, su largo silencio terminó. El Mayordomo vino por él.

—Riktors quiere verte —dijo el Mayordomo, y como no estaba entregando un mensaje memorizado, su voz era la suya propia, y era compasiva y cálida, y Ansset tembló mientras caminaba hacia él y tomaba la mano ofrecida y dejaba que le condujeran fuera de las habitaciones de Mikal y le llevaran a los magníficos apartamentos de Riktors.

El emperador le estaba esperando ante una ventana desde la que contemplaba el bosque donde las hojas empezaban a volverse rojas y amarillas. El viento soplaba en el exterior, pero por supuesto no les alcanzaba. El Mayordomo dejó solo a Ansset con Riktors, quien no mostró el menor signo de saber que el niño había entrado.

¿Niño? Ansset, por primera vez, fue consciente de que estaba creciendo, de que había crecido. Riktors no le sobrepasaba en altura como cuando lo recogió en la Casa del Canto. Ansset aún no le llegaba a los hombros, pero sabía que algún día lo haría, y sintió una creciente igualdad con Riktors... no una igualdad de independencia, pues aquella sensación había desaparecido, sino igualdad de masculinidad. Mis manos son grandes, pensó Ansset.

Mis manos podrían arrancarle el corazón.

Arrinconó el pensamiento en los entresijos de su mente. No comprendía su ansia de emprender una acción violenta; pensaba que ya había tenido suficiente de niño.

Riktors se giró para mirarle, y Ansset vio que sus ojos estaban rojos de haber llorado.

—Lo siento —dijo Riktors. Y volvió a llorar.

La pena era sincera, insoportablemente sincera. Por hábito, Ansset se dirigió hacia aquel hombre... pero el hábito se había debilitado: Antes habría abrazado a Riktors y le habría cantado, pero ahora sólo podía acercarse, sin tocarle y, desde luego, sin cantarle. Ahora no tenía canciones para Riktors.

—Si pudiera deshacerlo, lo haría —dijo Riktors—. Pero me presionaste más de lo que puedo soportar. Nadie más que tú podría haberme hecho enfurecer tanto, ni podría haberme lastimado tan profundamente.

La verdad resonaba en la voz de Riktors, y sobrecogido Ansset advirtió que Riktors no le había defraudado. No estaba diciendo mentiras.

—¿No me cantarás? —suplicó Riktors.

Ansset quiso decir que sí. Pero no pudo. Buscó una canción en su interior, pero no pudo encontrar ninguna. En vez de canciones, las lágrimas anegaron su mente. Su cara se convulsionó, y sacudió la cabeza, sin producir ningún sonido.

Riktors le miró amargamente, luego se dio la vuelta.

—Pensaba que no. Sabía que nunca podrías perdonarme.

Ansset sacudió la cabeza y trató de emitir un sonido, intentó decir te perdono. Pero no encontró ningún sonido en su interior. No encontró nada más que miedo y la agonía de ser abandonado.

Riktors esperó a que hablara, negara, perdonara; cuando

comprendió que el silencio duraría eternamente si era Ansset quien tenía que romperlo, Riktors se puso a caminar. Alrededor de la habitación, tocando ventanas y paredes. Finalmente, se acercó a descansar en su cama, la cual, cuando estuvo claro que no iba a tumbarse, cooperó envolviéndolo, proporcionando apoyo a su espalda.

—Bien, entonces no te castigaré más haciendo que estés aquí conmigo en el palacio. No vas a regresar a Tew. No puedo despedirte sin más. Te debo mejor trato que eso. Así que he decidido darte trabajo.

Ansset no sentía ninguna curiosidad.

—¿No te importa? Bien, a mi sí —dijo Riktors ante el silencio de Ansset—. El administrador de la Tierra merece un ascenso. Te daré su puesto. Informarás directamente a la capital imperial, sin que haya prefectos entre nosotros. El Mayordomo quería darte algo más insignificante, alguna oficina en la que no tuvieras mucha responsabilidad —Riktors se echó a reír—. Pero no estás entrenado para hacer trabajos menores, ¿verdad? Al menos conoces el protocolo. Y el personal es muy bueno. Te asesorarán hasta que aprendas. Si necesitas ayuda, me encargaré de que la consigas.

Riktors estudió la cara de Ansset en busca de un signo de emoción, aunque sabía que no iba a manifestarla. Ansset quiso mostrarle algo, mostrarle lo que buscaba. Pero requirió toda su concentración para mantener el Control, para evitar romper el cristal y saltar del palacio para llegar al exterior, para no llorar hasta que se le desgarrara la garganta. Por tanto, Ansset ni dijo ni mostró nada.

—Pero no quiero verte —continuó Riktors.

Ansset sabía que era mentira.

—No, eso es falso. Tengo que verte. No puedo vivir sin verte. Lo tengo bastante claro, Ansset. Me has mostrado lo mucho que te necesito. Pero no quiero necesitarte, no a ti, no ahora. Y por eso no puedo querer verte, y no te veré. No hasta que estés dispuesto a perdonarme. No hasta que vuelvas y me cantes de nuevo.

No puedo cantarle a nadie, quiso decir Ansset.

—Así que haré que te proporcionen un cierto entrenamiento... no hay ninguna escuela para administrar planetas, ya sabes. Lo mejor que puedan hacer, reuniones con el administrador actual. Y luego te llevarán a Babilonia. Es un lugar muy hermoso, según me han dicho. En cuanto llegues a Babilonia, nunca volveremos a vernos.

Su voz era dolorosa, y a Ansset le rompió el corazón. Por un momento quiso abrazar a aquel hombre que, después de todo, había sido su hermano y su amigo. Pensaba que había conocido a Riktors y no sabía cómo no amar a alguien a quien no comprendiera tan completamente. Pero la verdad es que no le comprendí, advirtió Ansset. Riktors se escondía de mí, y no le conozco.

Era una muralla, y Ansset no la había franqueado.

En cambio, Riktors intentó hacerlo. Se levantó de la cama y se acercó al lugar donde Ansset permanecía de pie, se arrodilló ante él, le abrazó por la cintura y lloró aferrándose a él desesperadamente.

—Ansset, por favor. ¡Dí que me amas, dí que este es tu hogar, cántame, Ansset!

Pero Ansset continuó en silencio, y el hombre se dejó caer hasta que quedó tendido a los pies del muchacho, y finalmente dejó de sollozar y dijo, sin alzar la cabeza:

—Vete. Márchate de aquí. Nunca volverás a verme. Gobierna la Tierra, pero no me gobernarás más. Puedes marcharte.

Ansset se zafó del débil brazo de Riktors y se dirigió a la puerta. La tocó y se abrió. Aún no se había marchado cuando Riktors gimió, lleno de agonía:

—¿No me dirás nada?

Ansset se dio la vuelta, buscando algo con lo que romper el silencio. Finalmente, lo encontró.

—Gracias —dijo.

Quería decir gracias por preocuparte de mí, por quererme aún, por darme algo que hacer ahora que sé que no puedo cantar nunca más, ahora que mi casa me está cerrada.

Pero Riktors lo oyó de otra forma. Oyó a Ansset decir gracias por permitirme marcharme, gracias por no pedirme que me quede junto a ti, gracias por dejarme vivir y trabajar en Babilonia donde no se me pedirá que vuelva a cantar para ti nunca más.

Y por eso, para sorpresa de Ansset, cuando su voz pronunció roncamente la palabra, absolutamente falta de música, Riktors no la tomó con amabilidad. Miró a Ansset con una expresión que el muchacho sólo pudo interpretar como frío odio. La mirada continuó durante algunos minutos, una eternidad insoportable, antes de que, finalmente, Ansset no pudiera soportar ver el odio de Riktors por más tiempo. Se dio la vuelta y atravesó la puerta. Cuando ésta se cerró a sus espaldas, Ansset se dio cuenta de que al menos ya no era un Pájaro Cantor. El trabajo que ahora tenía no requería canciones.

Para su sorpresa, se sintió aliviado. La música cayó de él como una carga de la que uno se desprende a gusto. Aún tardaría algún tiempo en darse cuenta de que no cantar era una carga aún más pesada, una carga de la que aún era más difícil desprenderse.

5

El Maestro Cantor Onn regresó solo a la Casa del Canto. Nadie ansiaba difundir la mala noticia; nadie se apresuró ante él para informar que, increíblemente, su misión había fracasado.

Y por eso Esste, que esperaba pacientemente en la Sala Alta, fue la primera en oír que Ansset no regresaría a casa.

—No se me permitió llegar a la Tierra. Los otros pasajeros fueron enviados en lanzadera, y nunca llegué a poner los pies en el planeta.

—El mensaje —dijo Esste—. ¿Fue enviado en el propio lenguaje de Ansset?

—Fue una disculpa personal de Riktors Mikal —dijo Onn,

y lo recitó—. «Lamento informarles que Ansset, antiguo Pájaro Cantor, rehusa regresar a Tew. Su contrato ha vencido, y ya que no es ni un bien inmueble ni un niño, no puedo someterlo legalmente. Espero que comprendan que para su protección no se permita a nadie de la Casa del Canto aterrizar mientras esté en la Tierra. Está ocupado; es feliz; no se preocupen por él.»

Esste y Onn se miraron mutuamente en silencio, pero el silencio entre ellos cantaba.

—Es un mentiroso —dijo Esste por fin.

—Esto sí es cierto: Ansset no canta.

—¿Qué es lo que *hace*?

—Es administrador de la Tierra —respondió Onn, dolorido.

Esste inspiró rápidamente. Permaneció sentada en silencio, con los ojos mirando a la nada. La voz de Onn había sido todo lo amable posible, su canción hacia ella había sido gentil. Pero no había ninguna gentileza en el mensaje. Riktors podría haber forzado a Ansset a quedarse... aquello era creíble. ¿Pero cómo podía haber sido forzado Ansset a ocupar un puesto de tanta responsabilidad?

—Es tan joven —cantó Esste.

—Nunca ha sido joven —respondió Onn, un discante.

—Fui cruel con él.

—No le diste más que amabilidad.

—Cuando Riktors me suplicó que lo dejara con él, debí de haberme negado.

—Todos los Maestros Cantores estuvieron de acuerdo en que debería quedarse.

Y entonces un grito, que no era canción, surgió del interior de Esste con más fuerza que toda su música.

—¡Ansset, hijo mío! ¿Qué te he hecho, Ansset, hijo mío?

Onn no se quedó para ver cómo Esste perdía el Control. Lo que hiciera sola en la Sala Alta era asunto suyo. Descendió las largas escaleras, con el cuerpo cargado con su propio pesar. Había tenido tiempo de hacerse a la idea de que Ansset no iba a regresar. Esste no.

Temía que Esste no pudiera hacerlo. No había pasado una sola semana desde que Ansset fue enviado a la Tierra en que no cantara sobre él, bien mencionando su nombre o cantando una melodía que aquellos que la conocían reconocieron: una canción de las de Ansset, un fragmento de voz que sólo podría haber sido producida por la garganta del chiquillo, o por la de Esste, ya que conocía tan bien todas sus canciones. Su vuelta a casa fue esperada como la de ningún otro cantor. No había planeada ninguna celebración, excepto en los corazones de los que tenían intención de saludarle. Pero las canciones habían estado esperando, dispuestas a estallar en el aire con alegría por el regreso del más grande de todos los Pájaros Cantores. Todo estaba dispuesto para Ansset. Estaba previsto que empezara a enseñar de inmediato. Estaba previsto que su voz cantara durante todas las horas del día, dirigiera la canción en los patios, fuera oída por la noche desde la torre. Estaba previsto que, algún día, fuera Maestro Cantor, tal vez en la Sala Alta.

Onn había tenido tiempo de acostumbrarse al fracaso de todas aquellas intenciones. No obstante, mientras bajaba lentamente las escaleras oía sus pisadas resonando huecamente contra la piedra, pues aún calzaba sus zapatos de viaje. El errante había regresado, pensó. En su mente escuchó la última canción de Ansset, años atrás, en el gran salón. El recuerdo fue débil. Sonaba como el viento en la torre, y le hizo sentir frío.

6

Ansset sólo llevaba una semana en Babilonia cuando se perdió.

Había estado demasiado tiempo en palacio. No se le ocurrió pensar que no sabía nada de lo que le rodeaba. Y de hecho había aprendido casi inmediatamente cada esquina del edificio de administración, que había compartido durante dos semanas con el administrador saliente, el cual intentaba familiarizarle con su personal, los problemas actuales y el trabajo. Era tedioso, pero Ansset rebosaba de aburrimiento durante esos días. Distraía su mente de sí mismo. Era mucho más cómodo sumergirse en el trabajo de gobierno.

Formalmente, no tenía ningún entrenamiento para ello. Pero, informalmente, tenía la mejor preparación del mundo: Horas y horas escuchando a Mikal y Riktors vaciar sus corazones, discretamente, sobre las decisiones a las que se enfrentaban. Había sido el terreno de pruebas para los problemas de un imperio; no era extraño encararse a los problemas de un mundo.

Sin embargo, había momentos en que lo dejaban a solas. Había límites a lo que cualquier persona podía absorber, y aunque Ansset sabía que no tenía motivos para avergonzarse de la manera en que había estado aprendiendo, era plenamente consciente del hecho de que todos pensaban que era un niño. Era pequeño, y su voz no había cambiado, gracias a las drogas de la Casa del Canto. Y por eso, pensaba que eran demasiado solícitos.

—Puedo hacer más —dijo un día cuando sus instructores se detuvieron antes del anochecer.

—Ya es suficiente por hoy —dijo el ministro de educación—. Me han dicho que no me pasara de las cuatro y ya son casi las cinco. Lo has hecho muy bien.

Entonces el ministro advirtió que había parecido demasiado paternalista, intentó corregirse, se rindió y se marchó.

Solo, Ansset se dirigió a la ventana y se asomó. Otras habitaciones tenían balcones, pero ésta daba al oeste, y vio el sol poniéndose por encima de los edificios. Sin embargo, por debajo, donde las torres de los edificios dejaban al terreno libre, crecía densa hierba, y Ansset vio a un pájaro alzarse desde ella; observó a un gran mamífero arrastrándose bajo los edificios, dirigiéndose, supuso, hacia el río que se encontraba al este.

Y quiso estar fuera.

Nadie salía al exterior, por supuesto, no con este clima.

Dentro de unos meses a partir de ahora, cuando el Eufrates se elevara y la llanura fuera agua de horizonte a horizonte, entonces habría partidas en bote esquivando hipopótamos y cantando de casa en casa, mientras el trabajo continuaba en los edificios anclados en roca, como garzas ignorando la corriente porque sus pies se asían con fuerza al lodo.

Ahora, sin embargo, la llanura pertenecía a los animales. Pero no había puerta que no se abriera al contacto de la mano de Ansset, ni botón que no funcionara cuando lo pulsaba. Así, bajó en ascensor hasta la última planta, y luego vagabundeó hasta que encontró el montacargas. Entró, pulsó el único botón y esperó mientras el ascensor se hundía.

La puerta se abrió y Ansset salió a la espesura. Era una tarde calurosa, pero la brisa flotaba bajo los edificios. El aire olía muy distinto a las suaves brisas de Susquehanna, pero no era un olor desagradable, aunque era punzante por la presencia de los animales. El ascensor le había dejado en el centro del espacio bajo el edificio. El sol empezaba a hacerse visible entre el segundo edificio al oeste y el suelo; la sombra de Ansset parecía estirarse un kilómetro hacia el este.

No obstante, mejor que la vista o el olfato, era el sonido. A lo lejos oyó el rugido de alguna bestia; mucho más cerca, el murmullo de los pájaros, un sonido mucho más salvaje que los parloteos de los pájaros más pequeños de Esteamérica. Estaba tan embebido de la novedad del sonido, y de su belleza, que no se dio cuenta de que el ascensor a sus espaldas empezaba a subir hasta que se volvió para seguir el movimiento de un pájaro y se percató de que ya no había nada detrás. No sólo el ascensor, sino el pozo entero se había replegado al edificio, y estaba colocándose en su lugar, un cuadrado de metal muy por encima de él al pie del primer piso.

Ansset no tenía ni idea de cómo hacer bajar de nuevo al ascensor. Por un momento tuvo miedo. Entonces pensó fríamente que se darían cuenta casi de inmediato de que faltaba, y vendrían a buscarle. Siempre venía alguien y le preguntaba si necesitaba algo cada diez minutos.

Mientras estuviera apartado de todos, mientras estuviera

allí con los pies sobre la hierba y los oídos sintonizados con la música, bien podría aprovechar lo mejor que ésta le ofreciera. Los edificios se extendían infinitamente hacia el este; hacia el oeste, sólo había dos de ellos entre él y la llanura abierta. Así, se dirigió al oeste.

Nunca había visto tanto espacio en su vida. Cierto, la llanura estaba salpicada de árboles, de forma que si miraba lo bastante lejos, los árboles formaban una fina línea verde que impedía que el mundo continuara eternamente hasta que se curvara fuera de la vista. Pero el cielo parecía enorme, y los pájaros desaparecían en él con facilidad, tan pequeños eran contra aquel resplandeciente tono azul.

Ansset intentó imaginarse la llanura durante la crecida, con los árboles alzándose resueltamente por encima del agua, para que los conductores de los botes pudieran atracar en las ramas y descansar a la sombra. La tierra era incansablemente plana: no había ningún terreno elevado. Ansset se preguntó qué sucedería con los animales. Decidió que probablemente emigrarían, aunque por un momento imaginó a millares de encargados reuniéndolos y trasladándolos a un lugar seguro. Una vasta evacuación: el hombre protegiendo a la naturaleza, lo opuesto a los antiguos roles. Pero eso sólo sucedía aquí, en el enorme Parque Imperial de los Orígenes, que se extendía desde el Mediterráneo y el Egeo hasta el valle del río Indo. Aquí, la tierra muerta había sido devuelta a la vida, y sólo Babilonia, y de vez en cuando un centro turístico, interrumpía el reino reclamado por los animales.

A medida que el sol tocaba el horizonte, los pájaros se pusieron casi frenéticos con sus llamadas, y muchas nuevas aves estallaron en un sinfín de canciones. Durante el ocaso, todos los animales rondaban, algunos en su última actividad durante el día, otros en la primera actividad después de un día de sueño.

La canción hizo que Ansset se sintiera en paz. Pensó que nunca volvería a sentirse así, y sintió que la tensión que le rodeaba se relajaba y cedía gradualmente. Casi por instinto abrió la boca para cantar. Casi. Porque la propia longitud de tiempo entre las canciones llamó su atención hacia la novedad del acto. Instantáneamente fue consciente de que ésta era su

Primera Canción. Y por eso, mientras empezaba a cantar, la música fue torturada por el cálculo. Lo que debería de haber sido instinto se volvió deliberado, y por tanto fracasó, y no pudo cantar. Lo intentó, y por supuesto salieron tonos. No sabía que mucho de aquella extraña sensación se debía simplemente la falta de práctica, y de que su voz estaba empezando a cambiar. Sólo sabía que algo que había sido tan natural como respirar, como caminar, era ahora completamente artificioso. La canción sonaba extraña en sus oídos. Gritó, la voz tan solitaria como el chillido de un corvejón. Los pájaros que le rodeaban se callaron, sintiendo al instante que no era uno de ellos.

No pertenezco a este lugar, se dijo Ansset en silencio. Ni a ningún otro. Mi propia gente no me quiere, y aquí soy un extraño.

Sólo el Control le impedía echarse a llorar, y gradualmente, a medida que el sentimiento se formaba en su interior, advirtió que, sin canciones, no podía conservar el Control. Tenía que haber una salida en alguna parte.

Y por eso chilló, una y otra vez, gritos y aullidos al cielo. Era un sonido animal, y le asustaba incluso a él mismo mientras lo producía. Podría haber sido una bestia herida; afortunadamente, los depredadores no se dejaban engañar fácilmente, y no acudieron a sus gritos.

Sin embargo, alguien vino, y no mucho después de que Ansset guardara silencio y el sol se pusiera tras los distantes árboles; alguien le tocó el codo desde atrás. Se giró, asustado, sin recordar que esperaba que acudieran al rescate.

Ella parecía familiar, y en un momento la situó en su mente. Encajaba, extrañamente, tanto en la Casa del Canto como en el palacio. Sólo una persona había estado en ambos lugares en su vida, aparte de él mismo.

—Kya-Kya —dijo, y su voz sonó ronca.

—Te oí llorar —dijo ella—. ¿Estas herido?

—No —respondió él, al instante.

Se miraron mutuamente, inseguros de qué decir. Finalmente, Kya-Kya rompió el silencio.

—Todo el mundo estaba lleno de pánico. Ninguno sabía dónde podrías haber ido. Pero yo sí lo sabía. O eso creía, porque también vengo aquí abajo. No son muchos los que bajan durante la estación seca. Los animales no son muy buena compañía. Se pasean con aspecto poderoso y sintiéndose libres. Los seres humanos no están hechos para contemplar el poder y la libertad. Nos hacen sentirnos celosos.

Se rió, y lo mismo hizo él. Sin gracia. Pasaba algo muy extraño.

—¿Trabajas aquí? —preguntó Ansset.

—Soy una de tus ayudantes especiales. No me has visto todavía. Estoy incluida en tu agenda de la semana que viene. No soy muy importante.

Él no dijo nada, y otra vez Kya-Kya esperó, insegura de qué decir. Habían hablado antes: furiosamente, por su parte, cuando conversaron tanto en la Casa del Canto como en el palacio. Pero ella estaba condenada si dejaba que aquéllo se interpusiera en su carrera. Era algo terrible tener a este niño como superior directo, pero sacaría la mejor parte de todo ello.

—Te enseñaré cómo volver. Si quieres hacerlo.

Ansset siguió sin decir nada. Había algo extraño en su rostro, aunque ella no podía pensar qué era. Parecía de alguna manera rígido. Sin embargo, aquello no podía ser... él había permanecido completamente firme cuando Kya-Kya le habló en su celda en la Casa del Canto y él le cantó alivio, una cara inhumana, en realidad.

—¿Quieres regresar? —preguntó.

Él siguió sin responder. Indefensa, insegura de qué hacer por el niño que tenía su futuro en sus manos, esperó. La Casa del Canto vuelve para atormentarme no importa lo que haga, pensó Kya-Kya, como había pensado un centenar de veces desde que se enteró de que Ansset sería el administrador.

Finalmente, se dio cuenta de que lo que había de extraño en su cara no era rigidez. El muchacho estaba temblando. La criatura más perfectamente controlada de la Casa del Canto estaba tiritando, y su voz tembló y sonó extraña cuando dijo:

—No sé dónde estoy.

—Estás sólo a dos edificios de tu...

Y entonces Kya-Kya se dio cuenta de que él no se había referido a eso.

—Ayúdame —dijo Ansset.

Los sentimientos de Kya-Kya hacia el muchacho se volcaron de repente en una dirección completamente opuesta. Se había preparado para tratar con él como un tirano, como un monstruo, como un superior detestable. No se preparó para tratar con un niño que pedía ayuda.

—¿Cómo puedo ayudarte? —susurró.

—No conozco mi camino —dijo él.

—Lo conocerás, con el tiempo.

Él parecía impaciente, más asustado; la máscara caída de su rostro.

—He perdido... He perdido mi voz.

Kya-Kya no comprendía. ¿Le estaba hablando a ella?

—Kya-Kya —dijo Ansset—. Ya no puedo cantar más.

De todos los habitantes de la Tierra, posiblemente sólo Kya-Kya podía entender lo que quería decir, y lo que aquello significaba para él.

—¿Nunca más? —preguntó, incrédula.

Él sacudió la cabeza, y las lágrimas afloraron a sus ojos.

El muchacho estaba indefenso. Aún hermoso, imposible no mirarle a la cara, y sin embargo un niño real ahora, lo que no había sido nunca en la mente de Kya-Kya. ¡Había perdido la voz! ¡Había perdido lo único que le convertía en un éxito donde Kyaren había fracasado sin esperanza!

Instantánemente, se sintió avergonzada de su excitación. Nunca había tenido voz. Él la había perdido. Y se forzó a comparar su pérdida con la pérdida de su propio intelecto, del que dependía para todo. Era inimaginable. ¿El Pájaro Cantor de Mikal, incapaz de cantar?

—¿Por qué? —preguntó.

Como respuesta, una lágrima descontrolada brotó de sus ojos. Avergonzado, Ansset la secó, y el gesto terminó de poner a Kya-Kya de su lado. Fuera cual fuese el lado. Alguien le había hecho algo a Ansset, algo peor que su secuestro, algo peor que la muerte de Mikal. Se acercó a él, lo rodeó con sus brazos y luego dijo palabras que nunca había imaginado en su mente, y aún menos en sus labios.

Ella le habló de la canción del amor, en un susurro, y él lloró en sus brazos.

—Te ayudaré —dijo después—. Te ayudaré en todo lo que pueda. Y verás cómo recuperas la voz.

Ansset sólo sacudió la cabeza. El pecho de Kya-Kya estaba húmedo donde su cabeza presionaba contra ella.

Y entonces ella le condujo a un soporte y golpeó el panel que llamaba al ascensor, y mientras éste bajaba le separó de su lado.

—Mi primera ayuda es ésta. A mí puedes llorarme. A mí puedes mostrarme y decirme todo lo que sientas. Pero a nadie más, Ansset. Creías que antes necesitabas el Control, pero cuando lo necesitas de verdad es ahora.

Él asintió, y casi inmediatamente su cara volvió a recuperar la compostura. El muchacho no ha olvidado todos sus trucos, pensó Kya-Kya.

—Es más fácil cuando puedo dejar que salga algo —dijo. Ahora que no puedo cantar. Eso no lo dijo, pero ella escuchó las palabras igualmente, y aunque caminaba solo y con facilidad a su lado a través de los edificios, donde nadie podía verle, en los puentes cubiertos que conectaban las viviendas y les conducían de vuelta a las secciones administrativas, Ansset tomaba a Kya-Kya de la mano.

Durante años, ella había odiado a Ansset como el epítome de todo lo que la había lastimado. Le sorprendía ver lo fácilmente que el odio podía disiparse, sólo porque el niño se mostraba vulnerable. Ahora que podía hacerle daño, nunca haría tal cosa.

El jefe de personal se les acercó, lleno de alegría por el regreso de Ansset, pero se dirigió a Kya-Kya, no al muchacho.

—¿Dónde lo has encontrado? ¿Dónde estaba?

—Me encontró donde yo elegí estar, Calip —le contestó Ansset fríamente—, y regresé cuando yo decidí hacerlo.

Deliberadamente, se giró hacia Kya-Kya.

—Por favor, reúnete conmigo a las ocho de la mañana, Kya-Kya. Me gustaría que estuvieras presente en las reuniones de mañana. Calip, quiero cenar inmediatamente.

Calip se sorprendió. Estaba tan acostumbrado a dar a Ansset su plan de trabajo y presentarle gente, que no se le había ocurrido pensar que Ansset querría hacer las cosas a su modo. Después de un momento de embarazoso silencio, Calip asintió con la cabeza y salió de la sala.

En cuanto el hombre se marchó, Ansset miró a Kyaren con las cejas alzadas.

—Eso ha estado bastante bien —dijo Kyaren.

—Mikal era mejor, pero aprenderé —respondió Ansset.

Entonces le sonrió, y Kya-Kya le devolvió la sonrisa. Pero en la sonrisa del muchacho ella todavía pudo ver las huellas de su miedo, un atisbo de la expresión de su cara cuando había suplicado ayuda.

Y en la voz de Kyaren, cuando le dijo adiós, Ansset oyó amistad. Y, para su propia sorpresa, estuvo seguro de que ella era sincera de corazón. Tal vez, pensó para sí, puede que sobreviva a esto después de todo.

7

—Es muy importante —dijo el ministro de asuntos latinos—. Ha habido derramamiento de sangre. Treinta personas muertas, que sepamos, y diez en combate abierto.

Ansset asintió.

—Hay otra complicación, señor. Mientras los uruguayos y paraguayos acceden a hablar Imperial en la reunión, los brasileños insisten en hablar portugués.

—Lo cual es absurdo —intervino el jefe de personal—, porque el *portugués* ya ni siquiera se habla.

Ansset nunca había comprendido la utilidad de los lenguajes múltiples. Pensaba que eran una aberración de la historia que afortunadamente había sido enmendada años atrás. Y aquí, en la capital del imperio, había una nación bastante grande que se aferraba a un anacronismo hasta el punto de enfrentarse a aquéllos que les superaban en poder.

—¿Tenemos un intérprete?

El jefe de personal asintió.

—Pero es uno de ellos. Ninguno de los nuestros habla portugués.

Ansset miró a Kyaren, que sonrió. Ella estaba sentada a su lado, pero deferentemente retirada de la mesa, aparentando ser una secretaria, aunque en realidad dispuesta a pasarle una nota de ayuda. Kyaren había estado estudiando el problema durante semanas para el administrador saliente: ya tenía en mente algunas soluciones de compromiso para la guerra de fronteras, dependiendo de lo cooperativos que se mostrasen. Ya que los brasileños controlaban actualmente el territorio, su cooperación era la clave para cualquier solución. Pero los brasileños eran famosos por su falta de cooperación en todo.

—Traedlos aquí —dijo Ansset.

Entraron dos representantes de cada nación. El protocolo en este caso exigía que entraran por orden de edad, para que ninguna nación tuviera preferencia sobre la otra. Ansset advirtió, sin embargo, que cada una de las dos delegaciones incluía a un enviado que era muy, muy viejo. Las cosas tan extrañas que estaban dispuestas a hacer las naciones por salvaguardar su orgullo.

El jefe de personal explicó cuidadosamente las reglas de la discusión. No se toleraría ninguna interrupción. Cualquier enviado que interrumpiera a otro sería despedido inmediatamente y no se permitiría que se le reemplazase. Le pedirían a Ansset permiso para hablar, y escucharían con amabilidad a los otros interlocutores. A Ansset le sorprendió que fueran necesarias aquellas instrucciones. En la corte imperial, todo se daba por sabido.

Entonces todos esperaron mientras el intérprete brasileño traducía las instrucciones al portugués. Ansset observó con atención. Era tal como había sospechado. Los enviados brasileños no prestaban mucha atención a la traducción: habían entendido perfectamente el idioma imperial.

Era el sonido del idioma lo que fascinaba a Ansset. Nunca había pensado antes en moldear su boca de aquella forma, usando su nariz para conseguir tan buen efecto. Le seducía. Mientras el intérprete hablaba, Ansset formó los sonidos en su boca, los sintió en su cabeza. Más que los sonidos individuales, sintió también la cadencia, el sentimiento, el ambiente. El lenguaje era expresivo, y sin comprender el contenido del lenguaje, supo que podría usarlo lo bastante bien para conseguir su propósito.

En cuanto el intérprete terminó, todos los enviados alzaron las manos de la mesa, dirigiendo la palma a Ansset: pedían permiso para hablar. Ansset, impulsivamente, se volvió hacia el embajador brasileño y empezó a cantar. No la música que había ejecutado antes tan a menudo. Era habla considerada canción, y usaba el lenguaje portugués por lo puro de su sonido y la fuerza que tenía. Si había alguna palabra reconocible, era un accidente. Pero Ansset habló y habló, feliz de no haber perdido el poder de la imitación, trabajando cuidadosamente para hacer que esta simple canción conmoviera a los brasileños como quería conmoverlos.

Los brasileños, un anciano que no parecía del todo alerta y un joven con aspecto de resuelta determinación, se sorprendieron al oír su propio idioma, y luego se quedaron boquiabiertos al intentar descifrarlo. Incluso para ellos, parecía perfecto portugués. Pero era un galimatías, y el más joven pareció enfadarse por un instante, pensando que se estaba burlando de ellos.

No obstante, el tono de Ansset ya los había alcanzado; a pesar del sinsentido de las palabras sintieron que les hablaba con afecto y les comprendía. Éste es un lenguaje maravilloso, parecía decir, y comprendo que os sintáis orgullosos de él. Lo que a cualquier otro le habría parecido burla, era una alta alabanza cuando Ansset hablaba, y cuando por fin guardó silencio y los miró con firmeza, los dos brasileños se levantaron de la mesa, la rodearon y se acercaron a Ansset.

Los guardias de la habitación, tan sorprendidos por lo que había sucedido como todos los demás presentes, echaron mano a sus armas. Se relajaron, no obstante, cuando Calip alzó la mano, indicándoles que se tranquilizaran. Primero el viejo brasileño, y luego el joven, abrazaron a Ansset. Era una visión incongruente, el viejo agarrado al hermoso muchacho, y luego el alto joven inclinándose para tocar con su áspera mejilla la de Ansset, que era mucho más suave.

—Os suplico que habléis imperial para que los otros puedan entenderos —murmuró Ansset, en imperial, mientras se abrazaban.

Y el hombre sonrió, se separó de Ansset y dijo:

—El administrador Ansset es demasiado amable. Ningún otro gobernante se ha molestado en comprender nuestro amor hacia nuestro país. Él me ha pedido que hable imperial, y por él lo hablaré.

Kyaren, no menos sorprendida que los demás, no pudo evitar ver la mirada de consternación en la cara del intérprete. Estaba segura de que los brasileños habían planeado una estrategia para usar al intérprete y controlar la reunión para sus propios fines, ya que cada vez que hablara alguien, el intérprete causaría un retraso enloquecedor. Ahora aquello quedaba descartado, y la pretensión de que los enviados brasileños no hablaran imperial tenía que ser descartada también definitivamente.

La reunión continuó, y gradualmente los enviados expusieron sus casos. En la conflictiva región del Paraná, los habitantes originales habían hablado español, y ahora, milenios después, seguían haciéndolo. Sin embargo, en los últimos cuatrocientos años, los brasileños se habían adueñado de la región: con éxito, ya que antes que Mikal hiciera a la Tierra su capital, el gobierno planetario era escaso, y había pocas restricciones en los gobiernos nacionales. Ahora el portugués se perdía, y la mayoría hispano-parlante empezaba a sentir cada vez más placer al ver que abandonaban su idioma. Para complicar las cosas aún más, la gente del norte hablaba la versión paraguaya del español, que era ininteligible para los uruguayos. Se había hablado mucho de autodeterminación durante años, impulsada por las afirmaciones oficiales brasileñas de *Una nación, Indivisible*. Las conversaciones habían acabado en derramamiento de sangre, y los uruguayos y paraguayos exigían que los portugueses abandonaran el territorio. Desgraciadamente, el territorio era un paraíso hidroeléctrico, y los brasileños no querían tener que buscar en otras naciones el cincuenta por ciento de su energía no-solar.

Cuando los enviados terminaron de presentar el caso, Ansset les pidió que prepararan por escrito un resumen de una página, exponiendo lo que pudiera ser una solución justa que satisfaciera las necesidades de todas las partes de la disputa. Entonces les despidió hasta después de haber leído sus propuestas.

En privado, el ministro de asuntos latinos se mostró efusivo.

—¿Cómo lo hiciste? ¿Qué les dijiste?

Y Ansset sólo sonrió y no dijo nada, volviendo su atención a Kyaren, que había tomado notas furiosamente durante toda la reunión.

—El acuerdo tiene solución. No quieren cosas opuestas —dijo—. Los brasileños quieren salvar la cara, mantener sus fronteras. En esto son muy firmes. Y necesitan la energía. Pero los otros simplemente están pidiendo que se conserve su cultura. Quieren que los ciudadanos que hablan español puedan dominar su propio país. No necesitan y en realidad no pueden usar energía hidroeléctrica en esa zona.

El ministro latino asintió, de acuerdo con ella. Empezaron a escribir el compromiso propuesto incluso antes de que empezaran a llegar las sugerencias de los enviados.

Al atardecer, los enviados fueron convocados de nuevo. Kyaren estaba encantada con el aspecto que tenía Ansset: estaba tan fresco y alegre como por la mañana. Como si no se hubiera hecho ningún trabajo, como si la solución a sus problemas pareciera fácil. Ansset les leyó su compromiso, y les proporcionó copias cuando terminó.

—Tendremos que estudiarlo —dijo el enviado paraguayo más joven.

—Dudo que haya necesidad —dijo Ansset, siguiendo el consejo de Kyaren—. Nuestra propuesta se diferencia muy poco de la vuestra. Realmente, estamos muy contentos con la forma en que os habéis aproximado al problema.

Ansset empezó a señalar con mucha habilidad las diferentes objeciones. Kyaren y el ministro latino ya habían examinado con él qué temas podía alterar y hasta qué punto. La voz de Ansset era la pura razón, gentil, amistosa y calida, comunicando amor y aprecio a los enviados. Gracias por estar dispuestos a ceder un poco en este asunto, en interés de la paz. Y ved por qué no puedo ceder en este punto, porque sería intolerable para los otros, y con justicia. Pero podemos ceder *aquí*, ¿serviría de algo? Ah, pensaba que así sería.

Cada uno de los enviados estaba completamente convencido de que Ansset era su representante en la discusión, y cuando la reunión terminó, muy tarde por la noche, los encargados prepararon una copia del nuevo acuerdo y todos los enviados y Ansset la firmaron.

Y entonces, con la paz posible, Ansset recorrió la mesa con la mirada. Seguía sin parecer cansado. Control, pensó Kyaren.

—Amigos míos —dijo Ansset—, he aprendido a respetaros mucho hoy. Habéis actuado con rapidez, con justicia y sabiduría. Ahora bien, sé que algunos de vuestros gobernantes examinarán el acuerdo y querrán cambiarlo. No quiero que tengáis que pelearos con vuestros propios gobiernos. Y desde luego, tampoco quiero veros a vosotros, o a otros enviados, de vuelta con la misma disputa. Así que podéis decirle a vuestros gobiernos con el tono más suplicante que queráis que si no aceptan este compromiso, exactamente tal como está escrito aquí, dentro de cinco días, reescribiré el acuerdo para excluir a ese gobierno por completo de la solución, y si después de eso hay alguna resistencia posterior, depondré a ese gobierno del poder. Tengo intención de dar a este razonable documento el trato de ley. ¿Comprendéis?

Comprendieron.

—Pero no hay razón para decirles lo intransigente que intento ser a menos que pongan objeciones. Confío en vuestra discreción y en vuestro buen juicio, que he aprendido a respetar hoy, como respeto los míos propios. Y ahora vayámonos a dormir. Estoy seguro de que todos estaréis tan cansados como yo.

Cuando Ansset se levantó para marcharse, los enviados, espontáneamente, le aplaudieron.

Sin embargo, la jornada no había acabado todavía, Ansset, Kyaren, y el ministro de asuntos latinos salieron de la sala de reuniones y se dirigieron a una pequeña cámara donde les esperaba el administrador saliente. Había estado observándoles a través del vídeo durante todo el día. Y ahora se suponía que tenía que criticar las acciones y afirmaciones de Ansset y ayudarle a reconocer sus errores.

—Pero no cometiste ningún error —dijo el administrador, con una sonrisa que, a los ojos de Kyaren, no parecía sincera—. Y por eso puedo marcharme con el corazón tranquilo.

Y se marchó.

—Puede hablar todo lo que quiera de tranquilidad —le dijo Ansset a Kyaren cuando el hombre se fue—. Pero no le gustó.

Ella se echó a reír.

—¿Puede decirle a Ansset por qué? —le preguntó al ministro.

El ministro no se rió.

—No quiero parecer despectivo hacia el antiguo administrador, Ansset, pero nadie ha podido nunca tratar razonablemente con los brasileños. Esta es la primera vez que he visto terminar una conferencia sin que el administrador tenga que amenazar con enviarles tropas.

Ansset sonrió.

—Son gente orgullosa —dijo—. Me gustaron.

Entonces el ministro se marchó, y Ansset se sentó. El cansancio apareció por fin en su cara, y estaba temblando.

—Esto es lo más difícil que he hecho en mi vida —dijo en voz baja.

—Se irá haciendo más fácil —contestó Kyaren, aún sorprendida de verle mostrar debilidad.

—Mira —dijo Ansset—. Estoy temblando. Nunca tiemblo.

Porque solías cantar, no dijo Kyaren. Los dos eran perfectamente conscientes de la razón por la que Ansset no podía mantener ya un Control perfecto. Ella le ayudó a incorporarse del banco en el que estaba sentado.

—¿Vas a acostarte ahora? —preguntó Kyaren.

Ansset negó con la cabeza.

—Lo dudo. No podría dormir. Y si me forzara, lo pagaría mañana. Rompería una ventana y masticaría el cristal, o algo por el estilo.

Ansset estaba avergonzado de su nueva debilidad.

—¿Vendrás conmigo, entonces? —preguntó Kyaren—. No he cenado, y podríamos hacerlo juntos y descansar un poco. Si no te importa.

A Ansset no le importaba.

8

Josif se despertó más por el olor que por el sonido. Al menos, el olor fue lo primero de lo que fue consciente, comida auténtica cocinada en vez del blando olor de la máquina de alimentos. Miró al reloj. La una de la madrugada. Se había ido a la cama tres horas antes, sabiendo que Kyaren no regresaría a casa hasta muy tarde. Pero había comida de verdad en la cocina, y aunque tenían comida de verdad a menudo (uno de los lujos que se permitían con sus sueldos recientemente aumentados), siempre la compartían juntos.

Entonces se dio cuenta de las voces. No eran altas. Reconocía la voz de Kyaren por la cadencia. No conocía la otra voz. Parecía de mujer. Interiormente, Josif se relajó, se levantó de la cama, se puso una bata y caminó medio dormido hacia la sala.

En la cocina, Kyaren estaba preparando una ensalada

mientras charlaba con un muchacho de aproximadamente doce o trece años. Estaban de espaldas a él.

—Con todo, los manejaste con mucha maestría —estaba diciendo Kyaren.

El muchacho se encogió de hombros.

—Oí sus canciones y se las canté. Es fácil.

—Para ti —dijo Kyaren—. Pero oye, *estabas* cantando.

El muchacho se echó a reír. Josif recibió el sonido no tanto con los oídos como con su espina dorsal, pues tintineó con su música. Ahora sabía quién era el niño: la única persona tan joven cuya voz podía tener tal clase de poder. Ansset. Josif no lo había conocido en persona nunca. Sólo había visto fotos. Pero no quería que el muchacho se diera la vuelta. Le miró de espaldas, empapado de sudor por el calor de la cocina; la forma en que su pecho se unía a su cintura, que era esbelta, y luego no sobresalía en absoluto a medida que las líneas de su cuerpo bajaban suavemente por las estrechas caderas hasta las piernas fuertes y bien formadas. Su movimiento estaba lleno de gracia cada vez que se apoyaban alternativamente para ver las manos de Kyaren trabajando y volvía a empinarse para mirarla a la cara mientras hablaban.

—¿Cantar? —preguntaba el muchacho—. Si eso era cantar, entonces es cierto que los loros hablan.

—Era cantar —decía Kyaren—. Pero claro, yo nunca he tenido oído.

La Casa del Canto, claro. Josif sabía por Ferret que Kyaren procedía de la Casa del Canto. Pero nunca habían hablado del tema. Claramente estaba en la lista de cosas que Josif podía saber, pero que Kyaren no podía discutir. A Josif no se le había ocurrido, al menos no en serio, que Kyaren pudiera conocer a Ansset. Era como ser de una ciudad de la Tierra. Incluso en el caso de Seattle, que distaba mucho de ser una ciudad grande. Siempre le parecía absurdo cuando la gente preguntaba: «¿De Seattle? Vaya, ¿conoces a mi primo?» El nombre nunca significaba nada para él. Pero la Casa del Canto no era tanto una ciudad como una escuela, ¿no? Y Kyaren conocía al muchacho. Y además daba la casualidad de que era el administrador del planeta, y por tanto la llave hacia su ascenso.

Josif pensó que Ansset podría serles de utilidad. Pero aquella idea quedó enterrada por otros pensamientos y sentimientos mucho más fuertes: Ansset se dio la vuelta y le miró.

Las fotos eran pobres imitaciones. Josif no estaba preparado para aquellos ojos, que encontraron su cara como si Ansset le hubiera estado buscando durante mucho tiempo; los labios, ligeramente entreabiertos, que insinuaban sonrisas y pasión; el brillo de la piel, que parecía suave y marmórea y a la vez tan suave como el suelo a la luz del sol. Josif fue hermoso de niño, pero este muchacho le hacía parecer feo por contraste. Las manos de Josif ansiaron tocar sus mejillas: No podía ser tan perfecto como parecía.

—Hola —dijo Ansset.

Kyaren se dio la vuelta, alarmada. Cuando vio que era Josif, soltó un suspiro de alivio.

—Oh, Josif. Pensaba que estabas dormido.

—Lo estaba —respondió Josif, sorprendido al ver que podía hablar.

—¿Cuánto tiempo llevas aquí?

Fue Ansset quien respondió.

—Unos pocos minutos. Le oí entrar.

—¿Por qué no dijiste nada?

Y Ansset respondió de nuevo, aunque la pregunta había sido dirigida a Josif.

—Sabía que no era ningún peligro. Vino del dormitorio. Supongo que es Josif, tu amigo.

—Sí —dijo Kyaren. Su tono parecía tentativo. Josif se dio cuenta de que nunca lo había mencionado a Ansset: estaba sorprendida de que el muchacho conociera su existencia.

Aparentemente, también Ansset se dio cuenta de su duda.

—Oh, Kyaren, ¿crees que me dejarían hacerme amigo tuyo sin una comprobación de seguridad? —preguntó Ansset; parecía divertido—. Son tan concienzudos... Estoy seguro de que saben perfectamente dónde estoy ahora mismo, y qué estamos haciendo.

—¿Nos están escuchando? —inquirió Kyaren, alarmada.

—No les está permitido —contestó Ansset—, pero probablemente lo están haciendo. Si no los locales, sí las tropas imperiales. No te preocupes. Probablemente sólo están monitorizando los latidos del corazón y el número de personas presentes, ese tipo de cosas. Se me permite un poco de intimidad. Puedo insistir en ello, y lo haré —su voz irradiaba calma. Tanto Josif como Kyaren se relajaron visiblemente.

La ensalada estaba terminada, y Kyaren esparció champiñones calientes por encima.

—No esperaba comida de verdad —dijo Ansset.

—Normalmente comemos de las máquinas —respondió Kyaren, y pasaron un rato durante la comida charlando de las virtudes y peligros, gastos e inconvenientes de comer de verdad. Por supuesto, en palacio, Ansset nunca había probado la comida de máquina; vivir con el emperador tenía sus ventajas.

Sin embargo, Josif dijo poco, y comió también poco. Intentaba convencerse de que era porque estaba cansado. No obstante, tenía los ojos completamente abiertos y su atención nunca flaqueaba. Observaba a Kyaren y a Ansset, pero principalmente al muchacho, mientras sus manos describían graciosos esquemas en el aire, mientras sus ojos danzaban deleitados con los sabores, con el ingenio y a veces con nada, sólo para diversión por estar donde estaba, por hacer lo que estaba haciendo.

Cada palabra de Ansset era amor, y el silencio de Josif le contestaba.

—¿No te parece, Josif? —preguntó Kyaren, y Josif advirtió que no había estado escuchando la conversación.

—Lo siento —dijo—. Creo que he pegado una cabezada.

—¿Con los ojos completamente abiertos? —se rió Kyaren. Parecía cansada.

Ansset miró a Josif con atención. Josif pensó que el muchacho estaba intentando decirle algo; que sabía que Josif había mentido, que no se había adormilado.

—¿Por qué no te vas a la cama? —preguntó Ansset—. Estás cansado.

Josif asintió.

—Eso haré.

—Y será mejor que yo me marche también. Ha sido maravilloso. Gracias.

Ansset se levantó y se dirigió hacia la puerta. Kyaren fue con él, charlando por el camino. Josif, sin embargo, ignoró la cortesía y regresó al dormitorio. No lo pensó. Sabía lo que tenía que hacer. Ansset obviamente no sera sólo un amigo casual, sino sólo un oficial superior del gobierno. Kyaren volvería a invitarlo, una y otra vez. Y por eso Josif empezó a coger sus ropas de los estantes y las puso en su maleta.

Pero estaba cansado, y pronto se sentó al borde de la cama, agarrando las asas de su maleta medio llena y preguntándose de qué serviría aquello. La idea de dejar a Kyaren era aterradora. La idea de no dejarla era aún peor.

Lo he hecho antes, pensó. Todo esto ha sucedido antes, ¿y para qué ha servido?

Recordó a Pyoter. Entonces le resultó imposible levantarse, terminar de empaquetar, marcharse. Pyoter fue el primero al que amó, el que lo había tomado cuando era un niño tímido de inusitada belleza y le había enseñado a amar y a ser amado. Josif descubrió entonces lo que no sabía sobre sí mismo. Que cuando confiaba en alguien, no escondía nada. Que cuando amaba, no podía amar a nadie más. Pyoter y él estuvieron juntos en todas partes, haciéndolo todo siempre juntos. Los dos habían dicho *nosotros* tan a menudo, que les costaba trabajo pronunciar la palabra *yo*. Sólo se llevaban un año de diferencia, pero su amistad había sido tan juvenil y exuberante que nadie pensó que pudiera haber algo sexual en ella; pero Josif también aprendió que no podía amar sin hacer el amor, que era una parte de todo, el centro del anhelo. Y por eso Pyoter y él lo habían compartido todo y le parecía que su historia duraría eternamente.

Hasta Bant. Bant lo supo de inmediato. Josif no supo nunca qué fue lo que marcó la diferencia, o por qué cambió él. Sólo que un día todo había sido igual; Bant un amigo, pero muy distante. Pyoter, el principio y el fin del mundo para él.

Y al día siguiente todo había cambiado. Pyoter era un extraño y Bant, que por fin se había llevado a Josif a la cama, le había reemplazado por completo.

A Josif le horrorizaba pensar que podía cambiar tan rápidamente, que sus actitudes pudieran cambiar de la noche a la mañana. Se negaba a pensar que pudiera deberse sólo al sexo; reconstruyó los hechos y vio las semillas del cambio en los meses anteriores, cuando Bant le contrató como secretario y cuando empezaron su trato amistoso en la oficina. Josif recordaba ahora los contactos, las sonrisas, el calor; había estado cambiando todo el tiempo, y sólo lo había advertido de una vez.

No podía soportar ser infiel a Pyoter. Intentó durante semanas, que las cosas fueran iguales entre ellos. Fue imposible. Pyoter no era tonto, y Josif vio cómo se iba sintiendo más y más lastimado a medida que se hacía más evidente que Josif ya no le pertenecía como antes.

—¿Por qué no me dejas de una vez, en lugar de destrozarme poco a poco de esta manera? —dijo Pyoter por fin.

Esta vez, pensó Josif, esta vez *tengo* que marcharme. Antes de que destruya a Kyaren. Porque no puedo resistir a ese niño, y tarde o temprano se producirá el cambio, si es que no se ha producido ya. Tarde o temprano ya no será Kyaren quien aparezca en mis pensamientos y en mis sentimientos. Aunque el muchacho se convierta en mi amigo, llegaré a un punto en que estaré tan obsesionado con él, como estuve obsesionado con Brant, que ya no podré soportar estar con Kyaren.

El maletín yacía a sus pies, a medio llenar. ¿Por qué no me voy?, se preguntó Josif. ¿Por qué sigo estando aquí? Sé lo que tengo que hacer, sé por qué, es así como soy y la única manera de detenerme es acabar con todo, y sin embargo, estoy aquí, no he empaquetado y no voy a marcharme. ¿Por qué no?

La respuesta estaba en la puerta, con la cara llena de sorpresa y confusión.

—¿Qué estas haciendo? —preguntó Kyaren.

—Empaquetando —respondió Josif, pero ya sabía que no podría marcharse. Nunca había sido capaz de dejar a Pyoter o a Bant voluntariamente; tampoco podría dejar a Kyaren. No me controlo, advirtió Josif. Me entregué a ella, y no puedo decidir recuperarme simplemente.

—¿Por qué? —preguntó Kyaren, preocupada porque no podía comprender lo que estaba haciendo.

Si me quedo, la destruiré como destruí a Pyoter.

—Seguiremos siendo amigos —respondió Josif.

—¿A qué viene esto? ¿Por qué ahora, a las tres de la mañana, ¿Qué he hecho?

—Ansset —dijo Josif.

Ella le malinterpretó.

—¿Cómo puedes estar celoso de él? ¡Sólo tiene quince años! Les suministran drogas en la Casa del Canto. Es estéril. La pubertad tarda años en aparecer... casi no tiene sexo, Josif...

—No estoy celoso de él.

Ella se quedó observándole un rato, y entonces comprendió lo que quería decir.

—Sigue quedando el viejo sesenta y dos por ciento, ¿no? —preguntó.

—No —respondió él—. Sólo veo el potencial. Quiero evitarlo.

—No hay potencial.

—No comprendes.

—Claro que sí. Has pretendido esto todo el tiempo. Sólo he estado ocupando tu cama hasta que encontraras un muchacho hermoso que me reemplazara, ¿verdad?

Tal vez habría sido mejor posponerlo, pensó Josif. Posponerlo es definitivamente mejor, no puedo hacerlo esta noche. Porque Ansset es sólo potencial, y Kyaren es real, la amo *ahora*, y no puedo soportar el dolor y la furia de su voz.

—No —dijo suave, fervientemente—. Kyaren, no comprendes. No te *elegí*. No *elegí* a Bant. Este tipo de cosas pasan. Pasan simplemente, y no tengo control sobre ellas.

—Quieres decir que en una sola noche olvidas de repente que me quieres...

—¡No! —exclamó él, lleno de agonía—. ¡No! Kyaren, sólo sé que es posible. Es posible y no quiero que pase, ¿no lo ves?

—No lo veo. Si me amas, me amas.

Josif se levantó, caminó hacia ella, tirando el maletín en el proceso.

—Kyaren, no quiero dejarte.

—Entonces no lo hagas.

—Es porque te quiero por lo que quiero dejarte.

—Si me amas, te quedarás.

Josif lo supo desde el momento en que ella apareció en la puerta. No podría dejarla. Cuando viniera el cambio, vendría, y entonces sería irreversible, y se marcharía porque amaría a alguien más y habría algo en él que le haría imposible amar a dos personas a la vez. Pero ahora esa persona a la que amaba era Kyaren, y no podía dejarla porque quería quedarse.

—Te haré daño —dijo.

—No podrías hacerme más daño que dejándome ahora, sin ninguna razón.

Josif se preguntó si ella estaba en lo cierto, o si era más fácil por ninguna otra razón que por la razón que habría en el futuro. Seguramente sería más fácil soportarlo si no tuvieras que saber quién te robó el corazón de tu amante. Pero tal vez no; ella era una mujer, y Josif no comprendía a las mujeres. Tal vez tenía razón y sería mejor de esta manera.

—Además, Josif, ¿qué te hace pensar que Ansset querría tener relaciones contigo? No las tuvo con dos emperadores, ya sabes.

Tenía razón. Tenía razón y él lo sabía y se acercó al maletín y lo desempaquetó y sacó las ropas.

—Nunca lo haré —dijo Josif—. He sido un idiota. Sólo estoy cansado.

Se desnudó y se metió en la cama.

Hicieron el amor en silencio, y varias veces Kyaren pareció sorprenderse por la fuerza de su pasión esta noche. No se daba cuenta de que a pesar de sus mejores esfuerzos Josif seguía viendo los rizos colgando del cuello de Ansset, la suave mejilla que no había tocado más que en su mente, y que era absolutamente suave por esa causa. Intentó apartar el rostro de Ansset de su mente. Y fracasó.

Kyaren suspiró satisfecha después, y le besó. Cree que todo está mejor, pensó Josif amargamente. Cree que me ha conservado. Me habría conservado mejor si me hubiera dejado ir ahora.

Y cuando su respiración se volvió pesada y regular, Josif se apoyó en un brazo y la miró a la cara, que siempre apartaba de él en sueños. Acarició suavemente su mejilla; la boca de Kyaren se movió, casi como el instinto de mamar de un niño.

—Te lo advertí —dijo en voz baja, tan baja que las palabras ni siquiera encontraron voz. Te lo advertí.

Entonces se rindió, se tumbó y trató de dormir, amargado porque había intentado controlar su vida sólo una vez y no había podido hacerlo después de todo.

Kyaren, sin embargo, no estaba dormida, o se había despertado con su caricia.

—Josif —dijo—. Voy a tener un hijo tuyo.

—No —dijo él en voz baja.

—Por favor.

Y como se sentía cansado y no estaba dispuesto a negarle nada, y porque sabía que muy pronto se lo negaría todo, él se calmó y volvieron a hacer el amor. Y a la semana siguiente Kyaren concibió, y cuando Josif vio lo feliz que aquello la hacía y lo mucho que él se preocupaba por ella ahora, empezó a pensar que tal vez se había equivocado, que tal vez Ansset no significaría nada para él.

Por el bien del niño, y porque quería atarse a Kyaren aún más fuerte, Josif insistió y se casaron. Ahora nunca te dejaré salir de mi corazón. Ahora te amaré para siempre, pensaba.

Estoy mintiendo, se dijo, y esta vez tenía razón.

9

El viaje fue idea de Ansset. Riktors acababa de regresar de su recorrido por las prefecturas, y los resultados habían sido espléndidos.

—Bien, ¿por qué yo no? —preguntó Ansset, y cuanto más hablaba, más les gustaba la idea a sus consejeros—. Siempre hay diferencias entre una región y otra en un planeta, y la mayoría de los planetas desarrollan dialectos, algunos incluso lenguajes. Pero la Tierra tiene naciones. Si para el emperador tiene sentido contactar con cada prefectura, también tiene sentido que el administrador de la Tierra contacte con cada nación.

A Kyaren también le explicó algo más:

—Las estadísticas y cifras con las que tú y los otros jugáis constantemente no significan nada para mí. No puedo pensar de esa forma. Me dices lo que habéis concluido y yo no entiendo por qué. Pero cuando los vea, cuando les oiga hablar, cuando escuche las canciones de la gente y de sus gobernantes, podré comprender mejor.

—¿Mejor?

—De lo que hago ahora. Y en cierta medida, mejor de lo que vosotros les comprendéis, pues los ordenadores incluso cuentan el número de viejos deslizadores que regresan a los vertederos para ser convertidos en chatarra.

Así que emprendieron el viaje, y Ansset llevó consigo a sus mejores consejeros, y permitió que llevaran a sus cónyuges aquéllos que los tenían.

Por eso Josif pudo acompañarles, aunque no era consejero del administrador.

El viaje empezó en las Américas, con visitas a Uruguay, Paraguay, Brasil, Titicaca, Panamá, México, Oesteamérica, Esteamérica y Quebec. Josif y Kyaren se quedaron en México tres días extras, visitando de nuevo los lugares y rememorando las cosas vistas y hechas cuando se amaron por primera vez. Llevaban a su hijo con ellos, naturalmente, el pequeño Efrim. Josif había elegido aquel nombre porque un

Josif anterior, miles de años antes, le dio a su hijo favorito ese nombre.

—Historia —había refunfuñado Kyaren—. Un nombre ridículo.

La verdad era que le gustaba un poco.

Efrim sólo tenía un año, pero pensaba que era un atleta completo. Coordinaba los movimientos extraordinariamente bien para su edad, pero no era tan diestro como pensaba, y se rompió el brazo al caerse de una grada en ruinas en el Estadio Olímpico.

—Efrim se comporta bien —se quejó Kyaren—. Eres tú quien me está volviendo loca, Josif.

—Me preocupo.

—Te preocupas innecesariamente —dijo Kyaren—. Con un par de semanas de descanso, se pondrá bien. Deja que yo me ocupe de él. Sólo lo estás poniendo nervioso.

—No soporto tener que estar aquí de pie sin hacer nada.

Y por eso decidieron que Josif volviera a unirse a la expedición del administrador en Quebec y que se reunirían de nuevo cuando Efrim estuviera bien, en Europa.

—¿No deberías ir *tú* y quedarme *yo*? Después de todo, tú eres la consejera personal. Sólo soy un cónyuge.

—Ansset no me necesita. Y Efrim no te necesita a ti. Dedícate a ver el paisaje y estudiar la historia y deja que Efrim se preocupe de curarse en vez de intentar entretener constantemente a su padre. Ayer estuvo con hipo durante media hora de lo mucho que le hiciste reír.

—Si tanto quieres deshacerte de mí, me iré entonces.

Ella le besó.

—Lárgate —dijo. Él se marchó, apenado en parte de tener que dejarla, pero complacido por no perderse las semanas en la vieja Europa, que, más que ninguna otra región, había conservado intactas las viejas naciones.

Ansset advirtió su presencia casi en cuanto regresó.

—¿Ya de vuelta?

—Kyaren se ha quedado con el bebé. Me despidió. Dice que soy imposible.

—Espero que el niño se cure rápidamente.

Y luego Ansset volvió al trabajo. Tenía reunión con el autoproclamado rey de Quebec, un título sólo apenas tolerado por el emperador porque los reyes de Quebec eran apropiadamente sumisos y remarcadamente odiados por su pueblo. No había peligro de rebelión, y por tanto no suponía un problema que necesitara ser corregido.

Sin embargo, durante los días siguientes, Ansset y Josif se encontraron más a menudo. Al principio, Ansset pensó que los encuentros eran casuales. Luego se dio cuenta de que él mismo los estaba preparando, y que acudía deliberadamente a lugares donde sabía que estaría Josif. Él y Josif habían tenido poco contacto: mientras Ansset sabía por su voz que no le desagradaba a Josif, éste aún le evitaba, y raramente permanecía en una conversación mucho tiempo y dejaba siempre a Ansset a solas con Kyaren. Él lo respetaba, y necesitaba hablar con alguien. Así que no dejó de reunirse con Josif. En realidad, empezó a hacer los encuentros más obvios. Le invitaba a comer, le pedía que diera con él largos paseos, le hablaba por la noche. Ansset no podía comprender por qué Josif siempre parecía reacio a aceptar, aunque nunca rehusaba una invitación. Y gradualmente, a lo largo de los días, a través de París, Viena, Berlín, Stratford, Baile Atha Cliath, con la lluvia haciendo siempre que el aire fuera deliciosamente frío y confortablemente sombrío, Josif perdió su reticencia, y Ansset empezó a comprender por qué Kyaren era tan devota a él.

Ansset también empezó a darse cuenta de que Josif se sentía atraído sexualmente hacia él. Cientos de hombres y mujeres lo habían sentido antes. Ansset estaba acostumbrado, había tenido que enfrentarse a ello a través de los años en palacio. Josif, sin embargo, era diferente. Su deseo parecía no tanto ansia como afecto, parte de su amistad. A Ansset le intrigaba, cuando años antes este tipo de cosas le habrían repelido. Tenía curiosidad. Había crecido diecisiete centímetros desde su llegada a Babilonia, y su voz se hacía más grave constantemente. Había otros cambios, y se descubría experimentando deseos que no sabía cómo satisfacer, preguntas que no se atrevía a formular porque ya conocía la respuesta hablada, y tenía miedo a la otra respuesta.

En la Casa del Canto se decía poco de las drogas que se suministraban a los cantantes y Pájaros Cantores. Sólo que retardaban la pubertad, que tenían efectos colaterales. También se rumoreaba que era peor para los hombres que para las mujeres, pero nunca se decía cómo ni por qué. Las drogas les alargaban la niñez cinco años más, cinco años con las hermosas voces de la infancia.

Bien, Ansset había perdido sus canciones y por eso no necesitaba su voz, excepto para cantar las roncas canciones que hacían que todos los líderes nacionales se dedicaran a él por completo, fáciles trucos de los que se avergonzaba, a pesar de emplearlos. Sus cinco años más de infancia habían acabado, y quería saber qué pasaba a continuación.

Después de la reunión con el jefe galés, de rudos modales pero cuyo gaélico fascinaba a Ansset, con el administrador del planeta y el viceministro de colonización, fueron juntos al Castillo de Caernarvon, construido miles de años antes, era el último castillo de Bretaña que sobrevivía con algunas de las piedras originales en su sitio. Caminaron juntos por las murallas, observando el profundo color verde de la hierba, los árboles y el azul del agua que se extendía entre el castillo y la isla de Angelsea. El único signo de vida moderna era el deslizador, los guardias que había junto a él, y la pista donde la hierba era más baja por los vehículos que la transitaban. Por supuesto, había otras personas en el castillo: se mantenía como hotel de lujo, y pasarían la noche allí. Había guardias de seguridad distribuidos por todas partes para controlar el lugar. Pero donde Ansset y Josif se encontraban no había nadie. Los pájaros revoloteaban sobre el mar.

—¿Qué es este sitio? —preguntó Ansset—. ¿Por qué se conserva así?

—Un castillo era como una nave de combate —respondió Josif—. Todos los hombres entraban en él cuando atacaba el enemigo, y las murallas lo mantenían a raya.

—Entonces eso fue antes de los lásers.

—Y antes de las bombas y la artillería. Sólo arcos, flechas y lanzas. Y unas cuantas cosas más. Solían lanzar aceite hirviendo por las murallas para matar a los hombres que intentaban escalarlas.

Ansset miró hacia abajo, ocultando fácilmente su revulsión, pero curioso por ver la altura que supondría una caída al suelo.

—Estar aquí arriba parece bastante peligroso.

—Vivían en tiempos violentos.

Ansset pensó en sus propios tiempos violentos.

—Todos los vivimos —dijo.

—No como entonces. Si tenías una espada, tenías poder. Mandabas sobre todos aquellos que eran más débiles que tú. Siempre estaban en guerra. Siempre trataban de matarse unos a otros. Luchaban por la tierra.

—Mikal acabó con las guerras.

Josif se echó a reír.

—Sí, ganándolas todas. Probablemente, es la única manera de conseguir la paz. Se han intentado otros sistemas. Ninguno funcionó —la mano de Josif frotó la dura piedra.

—He vivido en un sitio como éste —dijo Ansset.

—¿La Casa del Canto? No pensaba que fuera un castillo.

—Nadie arrojaba aceite hirviendo, si es a eso a lo que te refieres. Y no habría mantenido a raya a un ejército, digamos, durante más de media hora. Pero es de piedra, igual que ésta.

Ansset se sentó, se quitó los zapatos y dejó que sus pies desnudos tocaran la piedra.

—Me siento como si estuviera en casa.

Y corrió ligero sobre la piedra y entró en uno de los torreones, donde subió una ondulante escalera hasta llegar a la cima. Josif le siguió. Ansset se detuvo en el borde, el punto más alto del castillo, sintiéndose aturdido. Le recordaba la Sala Alta, sólo que aquí nunca hacía frío ni soplaba el viento, por acción de la cúpula transparente que protegía la roca. Empezó a darse cuenta de la época a la que pertenecía aquel castillo. La Casa del Canto tenía un millar de años. Y los hombres habían vivido en Tew dos mil años más antes de que fuera construida. Cuando Tew fue colonizada, hacía tres mil años, este castillo tenía ya dieciséis mil años, y había pasado ya diez mil bajo la cúpula.

—Somos tan viejos —dijo Ansset.

Josif asintió.

—Lo hemos olvidado todo en ese tiempo, y tampoco hemos aprendido nada.

Ansset sonrió.

—Tal vez.

—Algunos de nosotros.

—Eres muy terco.

—Tal vez —dijo Josif—. Ya no construimos cosas como ésta. Somos demasiado sofisticados. Sólo ponemos una flota en órbita del planeta, y así, en vez de una fortaleza como ésta, plantada al borde del mar, la fortaleza arroja su sombra sobre cada centímetro del suelo. Eran tiempos aterradores entonces, Ansset, pero también había sus ventajas.

—Tengo entendido que defecaban y conservaban los detritos.

—No tenían conversores.

—Creo que los amontonaban. Y los ponían en la tierra para que el grano pudiera crecer mejor.

—Eso pasaba en China.

—Oh.

—En un sentido, era mejor entonces. Había sitios en donde podía esconderse una persona.

Josif parecía tan triste que Ansset se preocupó.

—¿Esconderse?

—Había todavía países por descubrir. Sólo cruzar el mar y marcharse a Eire habría sido suficiente. Un hombre podría haberse escondido de sus enemigos.

—¿Tienes enemigos? —preguntó Ansset.

Josif se rió amargamente.

—Sólo yo. Yo soy el único.

Y, más que nunca desde que había sido aprisionado en

la habitación de Mikal, en palacio, Ansset anheló sus canciones. Pero no tenía ninguna canción, para aliviar los temores que asaltaban a Josif. Sabía que, en parte, Josif tenía miedo de *él*; quería cantar la canción del amor, decirle a aquel hombre que Ansset jamás le haría ningún daño, que en los últimos meses, y especialmente en los últimos días, Ansset había acabado por amarle como amaba a Kyaren, a los dos, de maneras diferentes, sanando parte de la gran herida que quedó abierta en su interior cuando perdió sus canciones.

Pero no podía cantarlo, ni decirlo, y por eso alargó una mano y acarició suavemente a Josif en el hombro y en el brazo.

Para su sorpresa, Josif se separó de él inmediatamente, se dio la vuelta y corrió escaleras abajo. Ansset le siguió casi al instante, y estuvo a punto de tropezar con él cuando se detuvo ante la puerta que conducía a las murallas. Josif se giró para mirarle. Tenía la cara torcida y extraña.

—¿Qué pasa? —preguntó Ansset.

—Kyaren llega mañana.

—Lo sé. Estoy ansioso. La he echado de menos.

—Yo también.

—Pero me alegro de que no estuviera aquí —dijo Ansset—. O nunca habría llegado a amarte.

Josif se marchó entonces, y Ansset, sin comprenderle, no le siguió.

Reflexionó sobre aquello el resto de la tarde y durante la noche. Sabía que Josif le amaba, pero sabía también que Josif amaba a Kyaren... no se podía mentir sobre ese tipo de cosas. ¿Por qué tenía que haber dificultades? ¿Por qué sentía Josif tanto dolor?

Fue a la habitación de Josif, pero encontró a alguien más en su interior.

—¿Dónde está Josif? —preguntó, y el guardia de seguridad al que habían asignado el dormitorio se encogió de hombros.

—Sólo duermo donde me dicen, señor —contestó.

Ansset fue directamente a ver a Calip, que era el responsable de asignar las habitaciones.

—¿Dónde está Josif?

Calip pareció sorprendido.

—¿No lo sabes? Dijo que le habías pedido que se trasladara a otra habitación. Para que pudiera estar más cerca de la biblioteca.

—¿En qué habitación?

Calip no respondió inmediatamente, sino que bajó la cabeza.

—Señor —dijo después de un instante—, ¿sabías que Josif es homosexual?

—No creo que sea el único —respondió Ansset—. ¿Tienes habitaciones especiales asignadas a los homosexuales?

—No estaba seguro de que lo supieras. Pensábamos... que parecía tan agitado porque había hecho intentos contigo y que tú te habías opuesto.

—Cuando yo me oponga a algo, te lo diré. No ha intentado nada. Es mi amigo. Quiero saber dónde está su habitación.

—Nos pidió que no te lo dijéramos. Dijo que quería estar solo.

—¿Trabajas para él o para mí?

—Señor —dijo Calip, que parecía muy trastornado—. Pensamos que tiene razón. Tu amistad con él es buena, pero ya ha ido bastante lejos.

—¿Soy o no soy el administrador del planeta? —preguntó Ansset con voz glacial.

Calip se asustó: la voz de Ansset podía hacer aquellas cosas, especialmente cuando imitaba el tono imperativo más aterrador de Mikal.

—Sí, señor —dijo Calip—. Lo siento.

—¿Te ha dicho alguien que no aceptes mis órdenes?

—Señor, se espera de mí que te aconseje cuando piense que estás cometiendo un error —dijo Calip haciendo acopio de valor.

—¿Crees que soy tonto? —preguntó Ansset—. ¿Crees que he vivido en palacio todos estos años sin aprender a cuidar de mí mismo?

Calip sacudió la cabeza.

—Cuando pido algo, Calip, tu único deber es encontrar la manera más rápida de proporcionármelo. ¿En qué habitación está Josif?

Y Calip se lo dijo. Pero su voz temblaba de ira.

—Escuchas demasiado a menudo a las personas equivocadas, señor. Deberías escucharme a mí de vez en cuando.

Ansset pensó que tal vez Calip tuviera razón. Después de todo, Mikal y Riktors habían escuchado siempre a todos sus consejeros, antes de tomar decisiones importantes, mientras que Ansset se había ido despegando gradualmente de todo el mundo menos de Kyaren y, en los últimos días, de Josif. Pero en este caso el consejo de Calip era inadecuado. Legalmente, Ansset era un adulto. No era asunto de Calip... era una cuestión de amigos.

Encontró la habitación sin problemas, pero dudó antes de llamar, intentando comprender una vez más los motivos de Josif, sus razones para separarse de él tan bruscamente. No encontraba ninguno. Las emociones de Josif no le eran ocultas: Ansset sabía perfectamente todo lo que el hombre deseaba y no deseaba. Josif deseaba a Ansset, y a la vez no lo deseaba, y Ansset no sabía por qué. No era debido a que Kyaren estuviera celosa, pues ella no era propensa a ese tipo de cosas, y si Josif quería hacer el amor con Ansset, no le importaría. Sin embargo, Josif actuaba como si el propio contacto de Ansset fuera venenoso, aunque Ansset sabía que deseaba aquel contacto.

No comprendía. Tenía que comprenderlo, y por eso llamó a la puerta y la abrió.

Josif trató inmediatamente de volver a cerrarla, pero Ansset se coló en el interior. Y cuando Josif intentó marcharse, Ansset la cerró, y se quedó allí de pie, mirándole a los ojos.

—¿Por qué estás en guerra contigo mismo? —le preguntó.

—Deseo cosas que no quiero desear —respondió Josif, aturdido. Por favor, déjame.

—¿Por qué no deberías querer lo que deseas? —preguntó Ansset, alargando una mano y tocando la mejilla de Josif.

La lucha apareció claramente en el rostro de Josif. Quería desprenderse del brazo de Ansset, pero no lo hizo. En cambio, quiso más. A medida que los dedos de Ansset se dirigían a su cuello, Josif extendió la mano, acarició la cara de Ansset, pasó las yemas de sus dedos por sus labios y sus ojos.

Y entonces, bruscamente, Josif se dio la vuelta, se dirigió a la cama y se arrojó en ella.

—¡No! —exclamó—. ¡No te quiero!

Ansset le siguió, se sentó a su lado, y le acarició la espalda.

—Sí me quieres —dijo—. ¿Por qué quieres negarlo?

—No quiero. No puedo.

—Es demasiado tarde, Josif. No puedes mentirme, lo sabes.

Josif se giró, apartándose de Ansset, y miró a la cara al muchacho.

—¿Sí?

—Sé lo que quieres —dijo Ansset—, y estoy dispuesto.

Y la lucha interna reflejada en la cara y en la voz de Josif se desvaneció y se rindió, aunque Ansset seguía sin comprender qué guerra había sido librada, ni qué fortaleza había caído. Josif había ganado, pero también había perdido; y sin embargo, iba a conseguir lo que anhelaba.

La caricia de Josif no fue como la caricia del guardia que le había deseado cuando llegó a la Tierra. Sus ojos no eran como los de los pederastas que visitaban el palacio y apenas oían las canciones de Ansset mientras miraban su cuerpo. Los labios de Josif sobre su piel hablaban más elocuentemente de lo que lo habían hecho cuando sólo el aire recibía su contacto. Y las preguntas de Ansset empezaron a ser respondidas.

Entonces, de repente, cuando sus sentimientos eran más intensos, Ansset sintió un súbito dolor en la ingle. No había estado empleando el Control: emitió un gemido suave, inadvertido. Josif no se dio cuenta, o lo malinterpretó si lo hizo. Pero el dolor aumentó y aumentó, centrándose en sus riñones y extendiéndose en oleadas de fuego por todo su cuerpo. Seguramente este dolor no era normal, pensó Ansset, aterrorizado. Seguramente que no sentían siempre esto. Lo habría oído. Lo habría sabido.

Y el climax llegó a Ansset no como un éxtasis, sino como un dolor exquisito, más de lo que su Control podía contener, más de lo que su voz podía expresar. Se agitó en silencio, reflejando en su rostro una mueca de agonía, y la boca abierta con gritos demasiado dolorosos para convertirse en sonido.

Josif estaba horrorizado. ¿Qué había hecho? Ansset estaba sintiendo claramente un dolor terrible; nunca antes había visto al muchacho mostrar dolor. Sin embargo, Josif sabía que no debería haber dolor, sobre todo con la suave manera en que Josif le había estado enseñando.

—¿Qué te pasa? —preguntó.

Ansset no podía encontrar su voz. Sólo se convulsionó con tanta violencia que cayó de la cama.

—¡Ansset! —gritó Josif.

La cabeza de Ansset golpeó contra la pared. Una vez, otra, otra. Parecía no darse cuenta. Le brotaba saliva de la boca, y su cuerpo desnudo se arqueó hacia arriba para golpear después brutalmente contra el suelo. Josif sabía que Ansset había estado al borde del orgasmo, pero en vez del placer que había intentado darle al muchacho, había sucedido esto. Josif nunca había querido causar daño a nadie en su vida; cuando lo había hecho, casi le había destruido. Y nunca había observado un dolor como el de Ansset. Cada uno de los temblores del cuerpo del muchacho le golpeaban como un mazazo.

—¡Ansset! —gritó—. ¡Sólo quería amarte! ¡Ansset!

Con la voz de Josif resonando en sus oídos, Ansset por fin se golpeó la cabeza con la fuerza suficiente como para perder el conocimiento, el único alivio que podía encontrar del dolor, que hacía tiempo había dejado de ser insoportable, para convertirse en infinito y eterno, la única razón de su existencia. El dolor *era* Ansset, y luego, a media que la habitación se ennegrecía y los gritos se apagaban, Ansset pudo por fin apartarse de la agonía.

Despertó con la tenue luz de la mañana que entraba a través de una ventana. Las paredes eran de piedra, aunque no gruesas; aún estaba en el castillo, pero en uno de los edificios del patio. Fue consciente de que había movimiento en la habitación. Giró la cabeza. Calip y dos médicos estaban de pie ante él.

—¿Qué sucedió? —preguntó Ansset, con voz más débil de lo que esperaba.

Los tres hombres se pusieron inmediatamente alerta.

—¿Está despierto? —le preguntó Calip a uno de los médicos.

—Estoy despierto —respondió Ansset.

Calip corrió a su lado.

—Señor, has estado delirando toda la noche. Tardamos dos horas en descubrir qué te había pasado y poder aliviar el dolor.

—Podría haberte matado —dijo uno de los médicos—. Si tu corazón hubiera sido un poco más débil, lo habría hecho.

—¿Qué fue? —preguntó Ansset, atontado.

—Las drogas de la Casa del Canto. Era imposible tratar lo que te hicieron. Pero encontramos una factible combinación, y ya que era nuestra mejor probabilidad de salvarte la vida, intentamos el contra-tratamiento y funcionó, después de un rato. Resulta increíble que te dejaran quedarte aquí después de los quince años sin hacernos saber las fórmulas del tratamiento.

—¿Cuál fue la causa? —preguntó Ansset.

—Deberías haberme escuchado —respondió Calip.

—¿Crees que ahora no lo sé? —dijo Ansset, impaciente.

—Las drogas de la Casa del Canto convirtieron el orgasmo en una tortura. Fuera quien fuese tu amante, señor —dijo el médico, te excitó bien.

—¿Sucederá siempre?

—No —dijo el médico, mirando primero a su colega y luego a Calip, que asintió—. Bien, tu cuerpo cuida de sí mismo. Como el control de natalidad, sólo que de un modo más notable. Nunca volverá a sucederte, porque serás impotente permanentemente, o lo serás al menor signo de dolor. Tu cuerpo no está dispuesto a pasar otra vez por esto.

—Sólo tiene diecisiete años —le dijo el otro médico a Calip.

—¿Se pondrá bien ahora? —les preguntó Calip.

—Está agotado, pero no hay daño físico excepto algunas magulladuras. Puede que sientas dolores de cabeza durante unos cuantos días —el doctor le apartó con la mano el pelo de delante de los ojos—. No te preocupes, señor. Podrían haberte pasado cosas peores. No lo echarás de menos.

Ansset consiguió ofrecer una leve sonrisa. No le molestaba demasiado: en realidad, no sabía lo que perdía. Pero cuando los doctores se marcharon, recordó las caricias de Josif, y se dio cuenta de que lo que había sentido antes de que empezara el dolor nunca volvería.

Con todo, quería a Josif a su lado. Quería asegurarle a Josif que no había sido culpa suya. Conocía al hombre bastante bien como para imaginar la terrible culpa que estaría sintiendo, la certeza de que había causado dolor cuando intentaba proporcionar placer.

—Tengo que hablar con Josif —dijo.

—Se ha marchado —respondió Calip.

—¿Dónde?

—No lo sé. No estaba aquí esta mañana, y no me he molestado en dar una orden de búsqueda. La verdad es que me importa un comino donde esté.

Calip salió de la habitación y Ansset, más cansado de lo que pensaba, volvió a quedarse dormido.

Se despertó de nuevo con Kyaren a su lado.

—Kyaren —dijo.

—Me lo han contado —respondió ella; parecía preocupada—. Ansset, lo siento.

—Yo no —respondió Ansset—. Josif no tenía manera de saberlo. Ni yo mismo lo sabía. Fue la Casa del Canto. Podrían habérmelo dicho.

Kyaren asintió, pero su mente estaba en otro lugar.

—Calip no quiere autorizar una búsqueda de Josif. Sigue

diciendo que espera que se tire por un barranco. Está lloviendo ahí fuera. No lo sabes, Ansset, Josif intentó suicidarse antes. Fue hace años, pero podría querer hacerlo de nuevo.

Ansset se alarmó de inmediato. Se sentó, y se sorprendió al descubrir que no le dolía demasiado la cabeza, y que estaba solamente cansado, no incapacitado.

—Entonces tenemos que encontrarle. Llama al Jefe de Seguridad.

Ella le llamó y el hombre apareció en poco segundos.

—Tenemos que organizar una búsqueda de Josif —dijo Ansset—. Me cuesta trabajo creer que no se haya organizado ninguna partida hasta ahora.

El Jefe miró al suelo.

—No se ha hecho —dijo.

—Puede haberse suicidado —dijo Ansset, dejando que la furia asomara a su voz.

—Calip no ordenó una búsqueda, señor, pero yo, de todas maneras, tampoco la habría hecho.

Ansset no podía creer la insubordinación de aquellos hombres, en los cuales había confiado plenamente durante los dos últimos años.

—Entonces deberías ser despedido de tu puesto. Estás despedido.

—Como desees, señor. Pero no habría organizado una búsqueda de Josif porque sé dónde está.

Su voz seguía siendo insegura. Puede que sepa dónde está Josif, pensó Ansset, pero desde luego no sabe *cómo* está.

—¿Quién lo tiene? ¿Dónde está?

—Seguridad Imperial, señor. Era natural. No sabíamos qué te había sucedido. Sospechamos que podría tratarse de un atentado contra tu vida. Descubrimos qué te sucedía tres horas después de haberte encontrado. Mientras tanto, habíamos avisado al emperador. Teníamos órdenes suyas de que se le informase si te sucedía algo.

—La Seguridad Imperial tiene a Josif —dijo Kyaren, paralizada.

—¿Por qué no me lo dijiste?

—El verdugo me pidió que no te lo dijera hasta que lo preguntaras.

—¿El verdugo ordena que no me notifiques algo de tanta importancia?

El Jefe parecía incómodo.

—El emperador siempre apoya a Ferret en todo lo que dice. Y tienes que comprender, señor, que al encontrarte como te encontramos, con Josif como estaba...

—¿Cómo estaba? —demandó Kyaren.

—Completamente desnudo —respondió impasible el Jefe—. Y gritando a pleno pulmón. Pensamos que había intentado matarte. No teníamos idea de lo que pasaba. Con los homosexuales nunca se sabe.

Kyaren abofeteó al Jefe, quien lo tomó con resignación.

—No tratas con ellos como yo —dijo—. Este tipo de cosas pasan a menudo.

—¿Qué tipo de cosas? —preguntó Ansset, cogiendo las manos de Kyaren y sujetándolas. Ella estaba temblando—. ¿Sucede cada vez que las drogas de la Casa del Canto están a punto de matar a alguien?

—Me refiero a la violencia. Los homosexuales son así.

—Josif no es así —dijo Ansset— Josif no. Y por tanto, tu teoría no vale una mierda.

Ansset afeó su voz todo lo que pudo; reservaba la vulgaridad para las ocasiones necesarias, y le complació ver que el Jefe de Seguridad retrocedía.

—Ahora consíguenos un vuelo directo a Susquehanna.

—No los hay desde Caernarvon.

—Ahora los hay. Y despegará dentro de quince minutos.

Despegó quince minutos más tarde. Ansset y Kyaren permanecían sentados juntos, solos, en el reactor comercial, a excepción de un mozo, a quien despidieron inmediatamente. Los guardias de seguridad, contra el procedimiento de costumbre, les seguían en otro avión. Ansset estaba aún débil, pero la tensión le ayudó a mantenerse firme durante el trayecto al aeropuerto. Ahora se relajaba, no dormía pero tampoco estaba completamente despierto, perdido en sus pensamientos.

Sin embargo, después de un rato, se dio cuenta de que Kyaren podría necesitar compañía más de lo que él precisaba descanso.

Ella miraba por la ventana inmóvil al océano de debajo; pero tenía las manos blancas de aferrar el reposabrazos del asiento, que estaba rígido para soportar su tensión.

—Kyaren —dijo Ansset—. Estará bien. Podré aclarar todo esto con Riktors en poco tiempo.

Ella asintió, pero no dijo nada.

—Eso no es todo, ¿verdad?

Ella sacudió la cabeza.

—¿Te molesta que Josif y yo estuviéramos juntos? Yo no creía que fuera a hacerlo, pero él actuaba como si pensara que sí.

—No —contestó Kyaren—. No me importa que estuvierais juntos.

—Pero...

—¿Pero qué?

—Estabas pensando un *pero*. No te importa, *pero*...

Ella miró su regazo y entrelazó los dedos, nerviosa.

—Ansset, la primera vez que os visteis. Hace dos años, cuando viniste a casa para cenar ensalada.

Ansset sonrió.

—Lo recuerdo.

—Josif me lo dijo. Que pensaba que iba a enamorarse de ti.

—¿Te importó?

—¿Por qué iba a importarme? —respondió ella, con la voz sobresaltada por la emoción—. Hay mucho amor, ¿qué podía importarme? Os amo a ti y a él, ya sabes, y tú nos amas a nosotros dos, pero él seguía tomándolo como si fuera algo que sólo podía hacer una vez... Como si tuviera que dejar de amarme en cuanto te amara. Lo dijo. Dijo que si alguna vez te hacía el amor, sucedería.

—¿Suceder el qué?

—Que habría dejado de amarme.

A Ansset le parecía un contrasentido. Pero entonces se dio cuenta que, pretendiéndolo o no, hasta ahora había amado en serio. A Esste y *luego* a Mikal y *luego* a Riktors y *luego* a Kyaren. ¿Pero amaba menos a Kyaren por haber amado a Josif? Por supuesto que no.

Sin embargo, los actos de Josif tenían sentido. Si él realmente lo creía así, entonces tenía cierto sentido perverso el hecho de que hubiera evitado hacerse su amigo, sabiendo que le costaría caro si alguna vez llegaban a ser algo más que amigos.

—¿Dónde está Efrim? —preguntó Ansset.

—Le dejé en Caernarvon con la esposa del ministro de información.

—Josif aún te ama —dijo Ansset.

Ella le miró y trató de sonreír en su apoyo. Pero su corazón no la acompañaba. Josif estaba bajo custodia de la Seguridad Imperial porque había hecho aquello que había dicho sería el final de su relación. ¿Y qué pasaría con Efrim?

—Siempre está el contrato —dijo Kyaren, y lloró. Ansset la rodeó con sus brazos y apoyó su cabeza contra su hombro. Se sorprendió al darse cuenta de que ahora era ya más alto que Kyaren. Estaba creciendo. Pronto sería un hombre. Se preguntó qué significaría aquello. Seguro que no podría exigirse más de sí mismo como adulto de que lo había hecho como niño. No había más.

10

Riktors les recibió en el gran salón.

No había guardias. Sólo Ferret. Pero Ansset y Kyaren sabían que era un guardia suficiente.

El mayordomo de palacio les hizo entrar, pero a un gesto

de Riktors se marchó. Kyaren era plenamente consciente de la tensión del ambiente. Ansset no dejaba entrever ninguna emoción, pero Kyaren sabía que ello no significaba nada. El Control aún le servía cuando era necesario, y la tensión era evidente en Riktors. Kyaren no había visto al hombre de cerca. Tenía la presencia imperial, un aire al que nadie osaría oponerse. Sin embargo, también parecía sentir temor. Como si Ansset poseyera un arma que pudiera herirle y tuviera miedo de que pudiera emplearla.

Kyaren sabía que Ansset y el emperador no se habían visto desde hacía dos años. Sabía también por sus conversaciones con Ansset que la separación entre ambos no había sido amistosa. No obstante, externamente parecían complacidos de verse, y Kyaren no pensaba que estuvieran fingiendo.

—Te he echado de menos —dijo Riktors.

—Y yo a ti —respondió Ansset.

—Mis sirvientes me dicen que lo has hecho muy bien.

—Mejor de lo que suponía, pero no tan bien como hubiera esperado.

—Ven aquí —dijo Riktors.

Ansset avanzó, se detuvo a unos pocos metros del trono y se arrodilló, tocando el suelo con la cabeza. Impaciente, Riktors le hizo un gesto para que se levantara y se aproximara más.

—No tienes que hacer esas cosas, no cuando no hay una audiencia.

—Pero he venido a pedir un favor al trono.

—Lo sé —dijo Riktors, con el rostro sombrío—. Lo discutiremos más tarde. ¿Cómo estás?

—Razonablemente bien de salud, rodeado por gente más o menos valiosa. He venido a por Josif. Es inocente de cualquier crimen.

—¿Lo es? —preguntó Riktors.

A Kyaren, de repente, se le encogió el corazón y sintió que perdía algo. Un momento después lo identificó como confianza. No esperaba ninguna resistencia: sólo un error que se aclararía en cuanto hubiera una explicación. ¿Qué crimen había cometido Josif? ¿Por qué el emperador retrasaba y discutía?

Supo la respuesta al tiempo que formulaba la pregunta. Josif habia hecho el amor al Pájaro Cantor de Mikal. Ni siquiera el emperador había hecho tal cosa. Josif había tenido lo que el emperador ni siquiera había pedido. ¿Pero lo había querido? ¿Cuál era la razón para la ira y el retraso?

—Es inocente —dijo Ansset lentamente, pero el peligro se arrastraba en su voz—. Quiero verle.

—¿Es en ese Josif en todo lo que puedes pensar? —preguntó Riktors. Hubo un tiempo en que primero habrías cantado para mí, en que habrías venido a mí lleno de canciones.

Ansset no dijo nada.

—¡Dos años! —gritó Riktors, la emoción controlando su voz— ¡En dos años no me has visitado, ni lo has intentado!

—No pensaba que me quisieras.

—¿Quererte? —dijo Riktors, recuperando parte de su dignidad—. Desde que vine aquí, el palacio estaba lleno de tu música. Y luego se perdió. Durante dos años, silencio. Y el parloteo de los necios. Canta para mí, Ansset.

Y Ansset permaneció en silencio.

Riktors le observó, y Kyaren advirtió que éste era el precio que Riktors esperaba. Una canción a cambio de la libertad de Josif. Era un precio barato, si Ansset aún tuviera canciones dentro de él. Pero Riktors no lo sabía. ¿Cómo podría haberlo sabido?

—¡Canta para mí, Ansset! —gimió Riktors.

—No puede —respondió Kyaren. Miró a Ansset, pero el muchacho permanecía en silencio, contemplando impasible al emperador. Control. Otra cosa más que ella había sido incapaz de aprender en la Casa del Canto.

—¿Qué quieres decir con que no puede? —preguntó Riktors.

—Quiero decir que ha perdido sus canciones. No ha cantado nada desde que te dejó. Desde que tú...

—¿Desde que yo qué? —el emperador la desafió a continuar, la desafió a condenarle.

—Desde que le encerraste durante un mes en las habitaciones de Mikal —se atrevió a decir ella.

—No puede perder sus canciones —dijo Riktors—. Lo han estado entrenando desde que tenía tres años.

—Puede y lo ha hecho. ¿No te das cuenta? No *aprende* las canciones. Aprende a descubrirlas. En su interior. Y luego las extrae a la superficie. ¿Crees que las sabe todas de memoria y elige la apropiada para cada ocasión? Las canciones brotaban de su alma, y tú lo has roto y ahora ya no puede encontrarlas.

Su propia furia la sorprendía. Había escuchado a Ansset con compasión. Nunca se le había ocurrido pensar lo mucho que había llegado a odiar a Riktors por el bien de Ansset. Lo cual era extraño, pues Ansset nunca dejó entrever que sintiera odio hacia Riktors. Sólo dolor.

Riktors pareció no percatarse de la impertinencia de su tono. Sólo miró a Ansset inquisitivo.

—¿Es cierto?

Ansset asintió.

Riktors dejó caer la cabeza entre sus manos, que se apoyaban en los brazos del trono.

—¿Qué he hecho? —dijo. Sus manos se retorcieron en su pelo.

Lamenta de verdad la pérdida de Ansset, pensó Kyaren, y advirtió que a pesar de todo lo que había hecho para lastimar a Ansset, el emperador aún le amaba. Y así, a tientas, ofreció algunas palabras para aliviar el dolor del golpe que acababa de recibir.

—No fuiste tú solo —dijo—. En realidad, fue la Casa del Canto. Lo que la Casa del Canto hizo. Dejarle aquí abandonado. No sabes lo que la Casa del Canto significa para... para la gente como él.

Había estado a punto de decir *nosotros*.

—*Yo* conocí a los bastardos allí mismo. Nunca se preocupan por ninguno de nosotros, pero te encadenan y nunca te dejan ir.

Junto a ella, Ansset sacudía la cabeza.

—Es cierto, Ansset. Ya estuvo mal de su parte que te dejaran aquí sin avisarte, pero que ni siquiera te prepararan para... para lo que pasó, para lo que te hicieron las drogas...

Kyaren no terminó. Simplemente, se volvió hacia Riktors, que no parecía estar escuchando.

—Es la Casa del Canto quien le hizo más daño —dijo.

Él escuchó. Se enderezó y pareció mucho más aliviado, aunque aún había tensión en él, la suficiente como para que Kyaren, que no le conocía, la advirtiese.

—Sí —dijo—. Es la Casa del Canto quien le hizo más daño.

De repente, Ansset dio un paso adelante, hacia el trono. Estaba furioso. Kyaren se sorprendió: había sido ella la que había estado hablando y sin embargo Ansset parecía furioso con Riktors.

—Fue una mentira —dijo Ansset.

Riktors sólo le miró, sorprendido.

—Conozco tu voz, Riktors, la conozco tan bien como conozco la mía propia, y fue una mentira, Riktors, y de las grandes. ¡Una mentira que te llega hasta el fondo y quiero saber por qué!

Riktors no respondió. Pero después de unos momentos apartó los ojos de Ansset y miró a Ferret, que inmediatamente dio un paso al frente.

—¡Quédate donde estás! —ordenó Ansset, y Ferret, sorprendido por la ferocidad de su voz, obedeció. Ansset se dirigió de nuevo a Riktors—. No fue la Casa del Canto quien me hizo más daño, ¿verdad?

Riktors sacudió la cabeza.

—¿Dónde está la mentira, Riktors? Fui aislado de la Casa del Canto, y eso me ha costado más que ninguna otra pérdida que haya experimentado, incluso la de Mikal, incluso la de nuestra amistad. ¿Y dices que no fue la Casa del Canto quien me hizo más daño? ¿Quién fue, entonces? ¿Quién fue el que me separó de ellos?

Una vez más, Riktors apeló a Ferret.

—Es peligroso, Ferret.

Ferret sacudió la cabeza.

—Cuando planee atacarte, lo sabré.

Kyaren vio claramente que Riktors no compartía su confianza. Pero cualquier piedad o comprensión que hubiera sentido hacia aquel hombre había desaparecido ahora; no obstante, descubrió que era difícil creer que nadie pudiera ser más cruel que Riktors.

—Todo fue una mentira entonces —dijo en medio del silencio—. La Casa del Canto quería que volviese.

Riktors no dijo nada.

—Fuiste listo —le dijo Ansset—. Durante toda nuestra conversación, el último día, no me dijiste un sola mentira. Ni una sola. Y pensé que toda tu tensión se debía a que estabas triste de verme marchar.

Riktors habló por fin, con voz ronca.

—Estaba triste de verte marchar.

—A cualquier parte. A donde fuera. Yo te pertenecía, ¿no? Tenía que amarte más que a nadie, ¿verdad? Si yo pensaba en la Casa del Canto como en mi hogar, no podías soportarlo, ¿no? Si amaba más a la Casa del Canto de lo que amaba a este palacio, entonces me apartarías de la Casa del Canto, ¿no? Sólo que tenías que retorcerlo todo para que los odiara en el proceso, y a ti no. No podrías hacer que te odiara.

Las palabras parecían golpear visiblemente a Riktors, que jadeó cuando Ansset terminó de hablar. Ansset podía no tener ya canciones, pero su voz era aún un arma potente y la usaba para enfurecer a Riktors.

—Quería tus canciones —dijo Riktors.

—Querías mis canciones más que mi felicidad —respondió Ansset amargamente—. Así que me quitaste la felicidad y me robaste las canciones.

Y entonces Kyaren hizo una conexión en su mente, y se dio cuenta de que Riktors no negociaba a Josif a cambio de una canción.

—Ansset —dijo Kyaren—. Josif.

Ansset recordó, y la máscara del Control apareció una vez más en su rostro. Ya habría tiempo suficiente para el odio cuando Josif estuviera libre.

—Quiero a Josif. Ahora —dijo Ansset.

—No —respondió Riktors.

—¿No has acabado? —preguntó Ansset—. ¿Crees que aún puedes salvar algo? ¿O estás determinado a que si no puedes tener mi amor (y no puedes, Riktors, no puedes), entonces no lo tenga nadie? Si alguna vez me has amado, Riktors, dejarás que me lleve a Josif. Ahora.

No puedes, Riktors, no puedes.

Si alguna vez me has amado, Riktors.

Las palabras golpearon a Riktors con fuerza; su cara se agitó, aunque Kyaren no pudo saber si era por acción del odio o de la pena.

—Llama a un guardia —dijo Riktors.

—No —repuso Ferret.

Riktors se levantó del trono.

—¡Llama a un guardia! —rugió, y Ferret salió y regresó un momento después con dos guardias.

—Llevadles con el prisionero. Con Josif.

Los guardias se miraron el uno al otro, luego a Ferret, quien asintió y suspiró algo. Los guardias parecían dudosos, pero emprendieron el camino. Ansset y Kyaren les siguieron.

—No nos hará nada,¿verdad? —susurró Kyaren.

Ansset negó con la cabeza.

—Riktors nunca me hará daño directamente, ni a ti, mientras estés conmigo, y mientras estés conmigo, nadie podrá separarte de mí.

Ella le miró a la cara. El Control estaba cediendo. Vio al asesino en sus ojos y tuvo miedo. Nada de esto tendría que haberle pasado nunca a Ansset.

—¿Cómo evitaron que la gente de la Casa del Canto viniera a por ti? Si realmente quisieran que regresaras...

—El imperio controla los espaciopuertos. Además, si pudo mentirme a mí, pudo mentirles a ellos. Pero eso es ya agua pasada. Ya habrá tiempo suficiente para arreglar las cosas cuando recuperemos a Josif.

Kyaren estaba confundida por el laberinto del palacio y había perdido todo sentido de dirección. Pero iban hacia abajo, hacia la prisión, supuso. Sin embargo, tuvieron que dar un giro que Ansset no esperaba: fue tomado por sorpresa y tuvo que rehacer unos cuantos pasos.

—¿Qué pasa? —preguntó Kyaren.

—No está en la prisión.

—¿Entonces, dónde?

—En el hospital —respondió Ansset.

Los guardias se detuvieron delante de una puerta.

—Está bastante drogado. Ahora no se encuentra muy bien, pero Ferret dice que te dejemos verle como está. Lo siento.

Entonces el guardia abrió la puerta, ellos entraron y entonces vieron a Josif.

Al principio no parecía pasarle nada, a excepción de las drogas. Josif les vio, pero sus ojos no mostraron reconocimiento alguno, y su boca se abrió parcialmente. Estaba sentado en una cama estrecha, apoyada contra la pared. Tenía las piernas abiertas y sus brazos colgaban inertes. Parecía como si no tuviera intención de moverse nunca.

Entonces Kyaren bajó la mirada, entre las piernas de Josif, justo cuando Ansset lo vio y dio la vuelta para tratar de bloquear su visión. Fue demasiado tarde.

Kyaren gritó, pasó junto a él y, todavía gritando, tomó a Josif por los hombros y le apretó contra sí, abrazándole llena de agonía y pena. Él chocó contra ella, y con la cabeza ladeada babeó. Kyaren aún se oía gritar histéricamente; poco a poco dejó de gritar, hasta que por fin sus sollozos espasmódicos terminaron y en la habitación volvió a hacerse el silencio. Miró a Ansset. Su cara era terrible, no porque mostrara emoción, sino porque no era su cara en absoluto.

Cuidadosamente, apoyó a Josif contra la pared. Giró su cabeza hacia la derecha, de forma que no pudiera verla, sino que contemplara la pared. Josif no intentó moverse. Las drogas le tenían bien controlado.

—Tienen previsto implantarle mañana un tubo permanente —dijo uno de los guardias.

Ansset le ignoró y Kyaren trató de hacerlo. Intentaron salir de la habitación, pero el guardia alzó una pistola. No era un láser, sino un tranquilizante.

—Ferret dijo que después de que lo vierais no se os permitiera regresar al gran salón.

Ansset no se detuvo. Simplemente, lanzó el pie hacia arriba. La mano del hombre se rompió a la altura de la muñeca;

la pistola cayó, mientras la mano quedaba laxa y colgada perpendicular al suelo. Un momento para registrar el dolor, y el guardia se apartó del camino. El otro fue demasiado lento: Ansset le golpeó la cara con las dos manos, y Kyaren corrió para seguir al Pájaro Cantor mientras éste pasaba junto al guardia que gritaba, arrodillado, con las manos delante de la cara y la sangre cayéndole por los brazos.

Kyaren estaba convencida de que no habían venido por este camino. Pero Ansset parecía seguro de saber por dónde iba, y a ella se le ocurrió que quería evitar los pasillos donde pudiera haber guardias esperando. También evitó algunas puertas, y finalmente llegó al gran salón a través de la entrada principal, que permanecía abierta.

Kyaren llegó a las puertas un momento después de que Ansset las atravesara, pero el muchacho ya había recorrido la mitad del salón, dirigiéndose no hacia Riktors, sino hacia Ferret. De repente, Ansset dio un salto en el aire y Kyaren esperó que, en su furia, destruyera al asesino del emperador.

Un instante después, Ansset y Ferret estaban enzarzados. Ninguno de los movimientos de Ansset podía penetrar las defensas del hombre; Ferret era incapaz de asestar un golpe o un corte en el cuerpo de Ansset.

Por fin, exhaustos, ambos se agarraron firmemente el uno al otro, incapaces de moverse por miedo a que el otro pudiera utilizar el movimiento en su contra. La boca de Ansset estaba cerca del oído de Ferret. Gimió en voz baja, y el gemido era su agonía por ser incapaz de expresar lo que había en él, tanto con su cuerpo como con su voz. No podía matar, no podía cantar, y no podía encontrar otro medio de dejar salir lo que exigía una salida en su interior.

Ferret le susurró triunfante al oído.

—No has olvidado nada.

Riktors habló desde el trono, donde había vuelto a sentarse, aliviado de que el ataque de Ansset no fuera dirigido contra él, consolado porque ninguno de los dos combatientes fuera capaz de ganar.

—¿Quién crees que te enseñó a matar de esa forma, Ansset?

—Maté a mi maestro —dijo Ansset.

—Se te dijo que lo habías hecho —respondió Riktors—. Fue una mentira.

—No puedes superarme —dijo Ferret.

—Eras siervo de Mikal, le habías jurado obediencia —dijo Ansset.

—Soy siervo del emperador —respondió Ferret—. Mikal era viejo.

Era una traición, una herida demasiado grande. Rompió algo en el interior de Ansset. La barrera se quebró, y todo el dolor de los años que había pensado que la Casa del Canto no le quería, toda la pena por la mutilación de Josif, toda la furia por las mentiras de Riktors, toda la venganza y el odio que se habían ido construyendo en él, incapaces de ser expresadas... surgieron de una vez.

Ansset cantó de nuevo.

Pero no fue una canción sutil, como habían sido todas las suyas. Había perdido gran parte de su técnica en los años de silencio y no había intención de llenar la sala o desplegar matices de melodía. Fue una canción instintiva, que no dependía de la apariencia que la Casa del Canto había otorgado en la habilidad de Ansset, sino más bien de los poderes interiores que la Casa del Canto había ido descubriendo gradualmente, el poder de comprender con exactitud lo que había en los corazones y las mentes de los otros, rehacerlo, manipularlo y cambiarlo hasta que sintieran lo que Ansset quería que sintieran.

La canción era terrible, incluso para Kyaren, que estaba en el otro extremo de la sala, y que no podía comprenderla toda porque no la cantaba para ella.

Pero para Riktors, que la entendió casi entera, fue el fin del mundo. La canción eran todos sus crímenes expuestos frente a él, y contra su voluntad, se sintió culpable por ellos, una culpa aterradora, como si los ojos de Dios analizaran su alma, como si los dientes del diablo mordieran su corazón; las Furias aletearon apasionadamente al borde de su visión; alzó la voz en un vasto alarido que podría haber anulado cualquier otro sonido, pero no el de la canción de Ansset.

Pues la canción continuaba.

Continuaba, repleta de los colores del amor de Ansset hacia Riktors, traicionado; del amor de Mikal hacia Ansset, destruido; y la timidez, la amabilidad y la pasión de la noche de Ansset con Josif, fuera de su alcance para siempre. Estaba ensombrecida por la oscuridad del dolor de Ansset al sentir que la mejor alegría que el cuerpo puede recibir le era arrancada y sustituida por el peor dolor que el cuerpo puede soportar. Y todas aquellas penas y agonías llenaban el aire, intensificadas por los largos, larguísimos meses que Ansset había pasado en silencio, con sus canciones robadas, el Control parcialmente roto.

Ahora no había ningún Control. Ahora no había nada que le sujetase.

El Mayordomo oyó la canción de Ansset como la muerte de un animal del bosque, pero habría sido imposible oír el sonido dentro del palacio. Y entonces escuchó el alarido de Riktors. Gritó llamando a los guardias, corrió hacia el gran salón, entró en él y vio:

A Ansset, con la cara alzada hacia el techo, la canción aún surgiendo de su garganta como un volcán en erupción, aparentemente interminable, parecía el fin del mundo. Tenía las manos abiertas, los dedos extendidos, las piernas separadas, como si el mundo estuviera temblando y él apenas fuera capaz de mantenerse derecho.

A Kyaren, apoyada contra la puerta, llorando por las partes de la canción que podía entender.

A Riktors Mikal, emperador de toda la humanidad, que yacía en el suelo gritando una y otra vez, suplicando perdón, revolviéndose para intentar encontrar un lugar donde no llegara el sonido. Le había encontrado, casi toda la canción le había tocado, y estaba loco, las ropas rasgadas, la sangre manando de su cara allá donde sus propias uñas la habían arañado. Horas antes estaba sereno e intocable; ahora había sido derribado por una canción.

Pero no toda la canción. Había partes del canto que Riktors Mikal no podía entender. Éste tenía razón respecto a Riktors cuando sintió que, como Mikal antes que él, era cruel, pero no sin límites. Riktors, como Mikal, sentía amor y responsabilidad hacia la humanidad. Las muertes que propiciaba las hacía por necesidad, debido al objetivo que tenía en mente. Y cuando el objetivo se cumplía, no mataba. Riktors no comprendía toda la canción porque, aunque era más cruel de lo que Esste había pensado, también era, en el fondo, parcialmente amable.

Pues había un fragmento de la canción que hablaba de muerte, y amaba a la muerte; que hablaba de matar, y amaba matar. Había una parte de la canción que proclamaba que tenía que haber expiación por los crímenes y que el único pago posible era la muerte, y que sólo los que amaban a la muerte podrían pagar el precio.

Sólo una persona en la sala comprendía aquel fragmento de la canción.

El Mayordomo de palacio miró por último a Ferret, que era el único que permanecía en silencio. Se había abierto el estómago con sus propias manos; con sus propias manos estaba arrojando sus entrañas al suelo. Una y otra vez, entre borbotones de sangre, se destrozaba a sí mismo. Su cara estaba en éxtasis; él era el único en la sala que había encontrado una espita adecuada para dar salida a la presión del canto.

Siguió destruyéndose rítmicamente hasta que por fin encontró su corazón; con sus últimas fuerzas se lo arrancó del pecho y lo sostuvo en sus manos. Sólo entonces bajó la mirada. Y contempló sus manos mientras estrujaban el órgano. Era su bendición. Podía morir.

Y mientras caía al suelo, la canción terminó, y los gritos de Riktors cesaron, y los únicos sonidos que se pudieron oír fueron la pesada respiración del Mayordomo y los quedos sollozos de Kyaren al otro extremo de la sala.

KYAREN

1

Podría haber sido el caos. La voz podría haberse extendido y miles de soldados, administradores, prefectos y rebeldes de toda índole hubieran podido conducir al imperio a una guerra civil que hubiera acabado con todo el trabajo que Mikal habia edificado y Riktors había mantenido.

Podría.

Pero no sucedió. Porque el Mayordomo de palacio era un hombre que sabía que no era adecuado para manejar la responsabilidad que se le entregaba. Porque Kyaren era una mujer de gran presencia de ánimo, capaz de mantener la pena al margen hasta que la necesitara.

Riktors Ashen entró en coma, y cuando salió de ese estado se negó a hablar; aunque sus ojos evidenciaban que podía ver la luz, no parpadeaba cuando se le colocaba algo delante; no respondía; cuando se le levantaban los brazos, éstos permanecían levantados hasta que alguien los bajaba. No merecía la pena cuestionarse su continuidad para gobernar el imperio. Nadie sabía cuándo se recuperaría, si es que llegaba a hacerlo.

Pero pocas personas sabían que pasaba algo. El Mayordomo de palacio dispuso inmediatamente férreos dispositivos de seguridad en los lugares de palacio donde no podía evitarse la verdad: los aposentos de Riktors, donde yacía atendido por dos doctores que sospechaban que, a menos que sucediera algo, nunca saldrían de la habitación con vida. La estancia de Ansset, donde el muchacho del Control perfecto, ahora casi un hombre en estatura y viejo en penas, yacía sollozando histéricamente cuando estaba despierto. La celda de la prisión, donde Josif salió de su drogado estupor y se mató, liando una sábana alrededor de su cuello hasta que se asfixió. Y las habitaciones donde el Mayordomo de palacio y Kyaren se reunían con los oficiales imperiales y les daban las instrucciones de Riktors, como si éste estuviera simplemente ocupado en otro lugar. Los ministros y consejeros que normalmente tenían acceso al emperador fueron enviados a misiones que les mantendrían lejos, para que no pudieran preguntarse por qué se les negaba su presencia. Uno de ellos fue asignado para reemplazar a Ansset como administrador de la Tierra. Y cuando alguien preguntaba por qué Riktors no congregaba a la corte, el Mayordomo replicaba:

—Riktors ha vuelto a traer a casa a su Pájaro Cantor y desean estar a solas.

Todos asentían, y pensaban que comprendían.

Sin embargo, sabían que no podían mantener el engaño durante mucho tiempo. Tenían que tomar una decisión, y ésta era demasiado dura para ellos. Los dos, el Mayordomo y Kyaren, tenían dotes de gobierno y debido a que necesitaban ayuda desesperadamente, dependían el uno del otro y no sentían celos mutuos; así, de un modo gradual, empezaron a pensar como uno solo en casi todos los aspectos a tratar; cuando uno de ellos tomaba una decisión solo, era invariablemente la decisión que hubiera tomado el otro en la misma situación. Sin embargo, necesitaban ayuda, y después de sólo dos semanas, Kyaren decidió hacer lo que sabía que tendrían que haber hecho desde el principio.

Con el consentimiento del Mayordomo, envió un mensaje a Tew, pidiéndole a Esste que dejara la Sala Alta y acudiera a curar los males del imperio.

2

Es silencio, tan negro como la oscuridad tras la estrella más lejana. Pero en el silencio Ansset oye una canción y se despierta. Esta vez no se despierta llorando; no ve a Josif siempre ante él, sonriendo tímida y cuidadosamente, como si no sintiera la mutilación de su cuerpo; no ve a Mikal reduciéndose a cenizas; no ve ninguna de las dolorosas visiones de su pasado. Esta vez, la canción controla su despertar, y es un dulce canto de una habitación en una alta torre de piedra donde la niebla rebulle en los postigos. Es una canción como el cuidado de una madre en la cabellera de su hijo; la canción le sostiene y le conforta, y él extiende la mano, buscando un rostro en la oscuridad. Y encuentra el rostro y acaricia la frente.

—Madre —dice.

Y ella responde:

—Oh, mi niño.

Y entonces ella habla cantando y él comprende cada palabra, aunque la canción no tiene palabras. Ella le habla de su soledad sin él y canta suavemente sobre su alegría por estar con él de nuevo. Le dice que su vida es aún rica en posibilidades, y Ansset no es capaz de dudar de su canción.

Intenta cantarle, pues una vez conoció ese lenguaje. Pero su voz ha sido torturada, y cuando canta no surge de él como debiera. Se atropella, y la canción es débil y penosa, y llora por su fracaso.

Pero ella le sostiene en sus brazos y le conforta de nuevo, y llora con él en su cabello, y dice:

—Todo va bien, Ansset, hijo mío, hijo mío.

Y, para su sorpresa, ella tiene razón. Se duerme de nuevo, mecido en sus brazos, y la oscuridad desaparece, tanto la de luz como la de sonido. La ha encontrado de nuevo y ella le ama después de todo.

3

Esste se quedó durante un año, obrando milagros en silencio.

—Nunca tuve intención de involucrarme directamente en estas cosas —le dijo a Kyaren, cuando le llegó el momento de marcharse.

—Me gustaría que no te fueras.

—Este no es mi mundo real, Kya-Kya. Mi verdadero trabajo me espera en la Casa del Canto. Este es *tu* trabajo. Lo haces bien.

En el año que permaneció allí, Esste curó el palacio mientras mantenía el imperio bajo control. La humanidad había estado desorganizada durante más de veinte mil años, reunida en un imperio durante menos de un siglo. Podría haberse fragmentado fácilmente.

Pero la hábil voz de Esste era confiada y fuerte; cuando llegó el momento de anunciar que Riktors estaba enfermo, ella ya se había ganado la confianza, el respeto o el miedo de aquellos de quienes tenía que depender. No tomaba decisiones: eso quedaba a cargo de Kyaren y el Mayordomo, que estaban al tanto de lo que sucedía. Esste sólo hablaba, cantaba y suavizaba los millones de voces que gritaban pidiendo consejo y ayuda a la capital, que buscaban debilidad o pereza en la capital. No había rendijas por las que pudieran entrar los cuchillos. Y, al final del año, la regencia quedó asegurada.

Esste, sin embargo, consideraba mucho más importante el trabajo que hizo con Ansset y Riktors. Fue su canto lo que por fin sacó a Riktors de su catalepsia. Ella fue el antídoto para la ira de Ansset. Y aunque Riktors no habló durante siete meses, recobró la capacidad de atención, observaba a la gente deambulando por su habitación, comía decentemente y se encargaba de su propio aseo, para alivio de sus doctores. Y, después de siete meses, empezó a contestar cuando se le hablaba. Su respuesta fue obscena y el criado al que se dirigió se resintió, dolorido, pero Esste se echó a reír y se dirigió a Riktors y le abrazó.

—Vieja bruja —dijo Riktors, encogiendo los ojos—. Has ocupado mi puesto.

—Sólo lo he guardado para ti, Riktors. Hasta que estés preparado para volver a ocuparlo.

Pero pronto quedó claro que Riktors nunca podría ocuparlo de nuevo. A veces se volvía muy alegre, pero a menudo le vencía una gran melancolía. Actuaba siguiendo sus caprichos y luego los olvidaba de repente a la mitad: una vez dejó a treinta cazadores rastreando el bosque y regresó a palacio, causando un pánico terrible hasta que lo encontraron nadando desnudo en el río, intentando capturar los gansos que aterrizaban en las corrientes cerca de la ribera. No podía concentrarse en asuntos de estado. Y cuando se le solicitaban decisiones, actuaba rápida y bruscamente, intentando deshacerse de los problemas de inmediato, sin que le preocupara el hecho de resolverlos bien o no. No había perdido la memoria. Recordaba claramente que antes se había preocupado mucho por estas cosas.

—Pero ahora me pesan. Me oprimen, como un uniforme estrecho. Soy un emperador terrible, ¿verdad?

—Eres bastante bueno —respondió Esste—, siempre y cuando no interfieras en los que están dispuestos a soportar la carga.

Riktors miró por la ventana las nubes que se cernían sobre el bosque.

—¿Se ha puesto alguien mis zapatos?

—No son tus zapatos. Riktors —dijo Esste—. Son los de Mikal. Tú los usaste y caminaste con ellos. Pero ahora no te calzan..., como tú mismo dijiste. Aún puedes ser útil. Estando vivo y apareciendo de vez en cuando puedes conservar unido el imperio. Mientras, otros toman las decisiones que tú no puedes tomar ya. ¿No es bastante justo?

—¿Lo es?

—¿Para qué podrías utilizar ahora el poder? Lo utilizaste una vez y casi mataste a todo lo que amabas.

Él la miró horrorizado.

—Creí que no íbamos a discutir eso.

—No lo hacemos. Excepto cuando necesitas que te lo recuerden.

Y así Riktors vivió en sus habitaciones de palacio, y se divertía con lo que quería, apareciendo en público para que los ciudadanos supieran que estaba vivo. Pero todos los asuntos eran llevados a cabo por subordinados. Y gradualmente, a medida que el año pasaba, Esste se separó de las discusiones, dejó de ir a las reuniones, y el Mayordomo y Kyaren gobernaron juntos, pues ninguno de los dos era todavía suficientemente fuerte para gobernar solo, y ambos se alegraban de que no fuera necesario.

Curar a Riktors todo lo posible sólo era una parte del trabajo de Esste. Estaba Efrim, que en un sentido era el más fácil y en otro el más difícil.

Efrim sólo tenía un año cuando su padre murió, pero el niño era suficientemente despierto para sentir la pérdida. Lloraba por su padre, que había sido tierno y había jugado con él, y Kyaren no podía consolarle. Por eso, fue Esste quien se encargó de él y le cantó hasta que descubrió las canciones que llenaban la necesidad del niño.

—Pero no estaré aquí eternamente —dijo Esste—, y debe tener a alguien que reemplace a su padre.

El Mayordomo era rápido de reflejos y se volvió hacia Kyaren.

—Está en palacio, y yo también. Soy un buen partido, ¿no crees?

Así pues, antes de que Esste llevara allí seis meses, Efrim llamaba *papá* al Mayordomo, y antes de que Esste se marchara, Kyaren y el Mayordomo firmaron un contrato.

—Siempre te llamo Mayordomo —dijo Esste un día—. ¿No tienes nombre?

El Mayordomo se echó a reir.

—Cuando ocupé este puesto, Riktors me dijo que no tenía nombre. «Has perdido tu nombre», me dijo. «Tu nombre es Mayordomo, y eres mío.» Bien, supongo que ahora no soy realmente suyo. Pero me he acostumbrado a no tener ningún otro nombre.

Así Efrim quedó curado, y Kyaren con él, casi por accidente. Oh, no había nada de la pasión que había conocido con Josif. Pero ya había tenido suficiente pasión. Había algo parecido y reconfortante en el trabajo compartido. No había una sola parte de su vida que no compartiera con el Mayordomo, y no había una parte de la vida del Mayordomo que no compartiera con ella. Periódicamente se enfadaban, pero nunca estaban solos.

Sin embargo, todas aquellas curaciones, la de Riktors, la de Efrim, de Kyaren, del imperio..., no eran la labor más importante de Esste.

Ansset se negaba a cantar.

En cuanto terminó el período de histeria y volvió a ser racional, Esste intentó escuchar su voz.

—Las canciones pueden perderse —dijo—, pero también pueden recuperarse.

—No lo dudo —respondió él—. Pero he cantado mi última canción.

Ella no trató de persuadirle. Sólo esperó que, antes de que se marchara, el muchacho cambiara de parecer.

Hubo cambios, desde luego. Siempre había sido más amable que Riktors, y por eso el sufrimiento que le había purgado de todo su odio no hizo mella en su personalidad. Volvió a reírse de nuevo y jugó felizmente con Efrim como si fuera un hermano mayor que imitara el parloteo infantil de Efrim perfectamente.

—Siento como si tuviera dos niños —dijo Kyaren un día, riéndose.

—Uno crecerá antes que el otro —predijo Esste, y Ansset cumplió su pronóstico. En sólo unos pocos meses empezó a interesarse por cuestiones de gobierno. Era una de las pocas personas de palacio que había estado en él bajo el poder de Riktors y bajo el de Mikal. Conocía a muchas personas a las que el Mayordomo y Kyaren no conocían. Y lo que era más importante, era mucho mejor que Esste para comprender lo que la gente tenía que decir, lo que realmente pretendían, lo que querían de verdad, capaz de responderles de la forma necesaria para que quedaran satisfechos. Fueron los restos de sus canciones lo que le habían convertido en un buen administrador de la Tierra. Ahora, en ausencia del emperador y a medida que Esste empezaba a retirarse cada vez más del gobierno, Ansset comenzó a desempeñar el rol público, reuniéndose con las personas con las que Riktors no podía reunirse, los elementos peligrosos que Kyaren y el Mayordomo no podían manejar con seguridad.

Y funcionó bien. Mientras Kyaren y el Mayordomo permanecieron virtualmente desconocidos ante el resto del imperio, Ansset era ya tan famoso como lo habían sido Riktors y Mikal. Y aunque nadie volvió a oírle cantar en el palacio como antes, aún le llamaban el Pájaro Cantor, y la gente le amaba.

Sin embargo, Ansset no era realmente feliz, a pesar de su alegría y de su duro trabajo. El día que Esste se marchó, ella le llevó aparte y hablaron.

—Madre Esste, déjame ir contigo.

—No.

—Madre Esste —repitió—, ¿no he estado en la Tierra el tiempo suficiente? Tengo diecinueve años. Debería haber regresado a casa hace cuatro.

—Hace cuatro años podrías haber vuelto a casa, Ansset, pero hoy no puedes.

Él hundió su cara en su mano.

—Madre, te encontré sólo unos días antes de partir de la Casa del Canto; éste es el primer año que paso contigo. No me dejes otra vez.

Ella suspiró, y el suspiro fue una canción de alivio y amor que Ansset oyó y comprendió, pero no perdonó.

—No quiero consuelo. Quiero ir a casa.

—¿Y qué harías allí, Ansset?

Era una cuestión en la que no había pensado, probablemente porque sabía en secreto que la respuesta le haría daño, y ahora intentaba evitar el dolor.

¿Qué haría allí? No podía cantar, y por tanto no podía enseñar. Había administrado un mundo y ayudado a gobernar un imperio..., ¿se contentaría con ser un Ciego que se encargara de los pequeños asuntos de la Casa del Canto? Allí sería inútil, y la Casa del Canto sería un recordatorio constante de lo que había perdido. Pues en la Casa del Canto no había manera de escapar de las canciones: los niños cantaban en todos los pasadizos y las canciones salían al patio por las ventanas, y susurraban en las paredes, y vibraban gentilmente en el suelo de piedra. Ansset se sentiría mucho peor que Kyaren, pues ella, al menos, no había cantado nunca y no sabía de qué carecía. Era mejor para los mudos vivir entre los mudos, donde nadie advirtiera su silencio y donde no echaría de menos su voz perdida.

—No haría nada —respondió Ansset—. Excepto amarte.

—Lo recordaré —dijo ella—. Con todo mi corazón.

Esste le abrazó con fuerza y lloró de nuevo porque se marchaba: delante de Ansset no tenía necesidad del Control.

—Antes de que me vaya, hay algo que quiero que hagas por mí.

—Lo que tú digas.

—Quiero que vengas conmigo a ver a Riktors.

La cara de Ansset se endureció. Negó con la cabeza.

—Ansset, no es el mismo hombre.

—Otra razón más para no ir.

—Ansset —dijo ella con firmeza, y él la escuchó—. Ansset, hay lugares en ti que no puedo sanar, y hay lugares en Riktors que tampoco puedo sanar. Sus heridas fueron causadas por tu canción; tus heridas fueron provocadas por su interferencia en tu vida. ¿Crees que podrías sanar lo que yo no puedo curar?

Ansset no respondió.

—Ansset —dijo ella, con la intención de ser obedecida—. Sabes que aún le amas.

—No.

—Ansset, tu amor no ha tenido nunca reservas. Lo dabas sin barreras, y lo recibías sin precauciones, y sólo porque te produjera dolor no significa que haya desaparecido.

Y así, ella le condujo lentamente a las habitaciones de Riktors. El hombre estaba asomado a una ventana, como de costumbre, observando a los pájaros posarse en las praderas. No se volvió hasta que pasaron varios minutos. Al principio sólo vio a Esste, y sonrió. Luego vio a Ansset, y cambió la cara.

Se estudiaron el uno al otro en silencio, los dos esperando que regresaran las terribles emociones. Pero éstas no regresaron. Había incertidumbre y pena, y el recuerdo de la amistad y del dolor, aunque no había dolor en sí, y la pena y la culpa habían desaparecido. Ansset se sorprendió al descubrir que no sentía ningún odio, y por eso avanzó hacia Riktors mientras éste se le acercaba también.

No seré tu amigo como lo fui antes, dijo Ansset en silencio al hombre que ahora tenía su altura, pues Riktors se había arqueado un poco y Ansset había crecido. Pero seré tu amigo en todo lo posible.

Y en el silencio entre ellos los ojos de Riktors parecían decir lo mismo.

—Hola —dijo Ansset.

—Hola —respondió Riktors.

Dijeron poco más, pues no había mucho que decir. Sin embargo, cuando Esste salió de la habitación, permanecieron juntos ante la ventana, asomados, mirando a los halcones cazar y gritando instrucciones a los pájaros que intentaban sobrevivir desesperadamente.

4

Riktors murió tres años después, en primavera, y en su testamento pidió al impero que aceptase a Ansset como su heredero. Parecía lo natural, ya que Riktors no tenía hijos y su amor mutuo era legendario. Así, Ansset fue coronado y reinó durante sesenta años, hasta que tuvo ochenta y dos, siempre con la ayuda de Kyaren y el Mayordomo. En privado, se consideraban iguales, aunque era la cabeza de Ansset la que llevaba la corona.

Fueron amados, todos ellos, como nunca habían sido amados Mikal y Riktors, que tenían muchos enemigos. Las historias fueron apareciendo gradualmente, sobre Ansset, Mikal, Riktors, Josif, Kyaren y el Mayordomo; se convirtieron en mitos a los que la gente podía aferrarse, porque eran verdad. Las historias se contaban no en reuniones públicas, donde podía ser un acto político alabar a los gobernantes del imperio, sino en privado, en las casas donde la gente se maravillaba de las cosas por las que sufrían los poderosos, mientras los niños soñaban con ser Pájaros Cantores, amados por todo el mundo, y poder así convertirse algún día en emperadores del dorado trono de Susquehanna.

Las leyendas divertían a Ansset, porque había crecido en el relato, y emocionaban a Kyaren, porque sabía que eran un reflejo del amor del pueblo. Pero aquello no cambiaba nada. En medio del acto de gobierno, rodeados del trabajo por atender a cien mil mundos, consiguieron levantar una familia. Cada noche regresaban juntos a casa, Mayordomo y Kyaren como marido y mujer, con Efrim como su primogénito, y Ansset era el tio que nunca se casó, que actuaba más como el hermano mayor de todo el mundo, que jugaba con los niños y hablaba con los padres, pero, al final, se iba solo a la cama, donde el rumor de la familia penetraba suavemente, como si procediera de muy lejos.

Sois míos, pero no sois míos, decía Ansset. Yo soy vuestro, pero apenas lo sabéis.

No era desgraciado.

Pero tampoco era feliz.

5

—Es una mala jugada —dijo Kyaren, enfadada.

—Si esperas que alguno de nosotros acepte la corona, vas a llevarte una decepción —dijo el Mayordomo.

—No os daría la corona si la quisiérais —dijo Ansset, sonriendo—. Me estoy haciendo viejo, y vosotros sois aún más viejos que yo. Así que al infierno con los dos.

Se dio la vuelta y llamó a la otra habitación, donde Efrim hablaba con dos de sus hermanos mientras sostenía en brazos a su nieto.

—Efrim —llamó Ansset—. ¿Estás dispuesto a ser emperador?

Efrim se echó a reir, pero entonces vio que Ansset no se estaba riendo. Se acercó a la mesa donde estaban sentados sus padres y su tío.

—¿Bromeas? —preguntó.

—¿Estás dispuesto? Me marcho.

—¿A dónde?

—¿Qué importa?

—No es ningún misterio —intervino Kyaren—. Tiene la loca idea de que la Casa del Canto está deseando que vuelva.

Ansset seguía sonriendo, mirando la cara de Efrim.

—¿Estás abdicando de verdad?

—Efrim —dijo Ansset, permitiéndose parecer impaciente—, sabías condenadamente bien que serías emperador algún día. ¿Cuántos hijos *míos* ves correteando por aquí? Ahora te pregunto, ¿estás dispuesto?

—Sí —respondió Efrim seriamente.

—Cuando Mikal abdicó, tardó solamente un par de semanas. Yo no lo retardaré tanto. Mañana.

—¿Por qué tanta rapidez? —preguntó Kyaren.

—Me he decidido. Quiero hacerlo. Aquí estoy perdiendo el tiempo.

—Si sólo quieres hacer una visita, Ansset, hazla —dijo el Mayordomo—. Quédate unos cuantos meses en Tew. Luego decide.

—No comprendéis —dijo Ansset—. No quiero ir como emperador. Quiero ir como Ansset. Ni siquiera como Ansset el antiguo Pájaro Cantor. Sólo Ansset, que está dispuesto a barrer o a limpiar las celdas o cualquier cosa que quieran que haga. ¿No lo comprendéis? Este es vuestro hogar, y también el mío, en cierto sentido...

—En todos los sentidos...

—No. Porque vosotros pertenecéis a este lugar. Pero yo no nací para esto. No encajo aquí. Fui educado entre canciones. Quiero morir entre ellas.

—Esste está muerta, Ansset. Murió hace años. ¿Conocerás a alguien? Serás sólo un extraño.

Kyaren parecía preocupada, pero Ansset extendió la mano y juguetonamente suavizó las arrugas de su frente.

—No te preocupes —dijo ella, apartando su mano—. Están marcadas permanentemente.

—No vuelvo para ver a Esste. No vuelvo para ver a nadie.

Y Efrim colocó una mano sobre el hombro de su tío.

—Es a Ansset a quien quieres encontrar, ¿verdad? Algún otro niño o niña con una voz que mueva las piedras, ¿no?

Ansset palmeó la mano de Efrim y se echó a reír.

—¿Otro yo? ¡Nunca encontraré a otro Ansset, Efrim! Si voy buscando eso, nunca lo encontraré. Puede que no haya cantado mucho tiempo, pero nadie cantará así nunca más.

Y Kyaren advirtió que a pesar de todos los logros de su vida, a pesar de todo lo que había conseguido, Ansset se sentía orgulloso, sobre todo, por lo que había hecho cuando tenía diez años.

Las leyendas habrían sido bastante buenas sólo con las historias que eran comunes antes de la abdicación de Ansset. Pero había una historia más que añadir, y en ésta Ansset dejó la Tierra, dejó su cargo, dejó todo su dinero en la estación y llegó sin nada ante la puerta de la Casa del Canto.

Y le dejaron entrar.

RRUK

1

Ansset llevaba sólo treinta años como emperador cuando el trabajo de Esste llegó a su fin. Sintió aproximarse el final en verano; sintió el tedio de hacer una y otra vez trabajos en los que había sido maestra mucho antes. No había estudiantes que le interesaran. No quedaban maestros que fueran amigos íntimos, excepto Onn. Se sentía cada vez más distanciada de la vida de la Casa del Canto, aunque aún la dirigía desde la Sala Alta.

En otoño, Esste empezó a anhelar las cosas que ya no podía tener. Anhelaba su infancia. Anhelaba un amante en una casa de cristal. Anhelaba a Ansset, el hermoso niño a quien había tenido en brazos y amado como no había amado a nadie más.

Pero los anhelos no podían ser satisfechos; la casa de cristal estaría ocupada ahora por otros amores, seguramente; la niña Esste había muerto, cambiando su joven piel hasta que ahora la mujer de rostro curtido con la túnica oscura era su única reliquia; y Ansset era emperador de la humanidad, no un niño, y ella ya no podía abrazarle.

Oh, acarició la idea de viajar de nuevo a Susquehanna. Pero antes había ido en respuesta a la necesidad del imperio. No podía justificar un viaje así sólo para satisfacer su propia necesidad, especialmente cuando sabía que, en el fondo, su verdadera necesidad no quedaría satisfecha.

Todas las canciones deben terminar, decía la máxima, antes de que podamos conocerlas. Sin fronteras, una cosa no puede ser comprendida como un conjunto. Y por eso Esste decidió poner la frontera final a su vida, para que todos sus trabajos y todos sus días pudieran ser vistos y comprendidos y, tal vez, cantados.

Era invierno y la nieve caía densamente fuera de las ventanas de la Sala Alta. Esste no había decidido de antemano que fuera este día entre los demás. Tal vez fue la belleza de la nieve; tal vez fue el conocimiento de que el frío se la llevaría pronto, con una tormenta como ésta. Pero envió a cumplir varias misiones a todos los que tenían posibilidades de descubrirla demasiado pronto. Entonces abrió todos los postigos y dejó que el viento entrara, se quitó las ropas y se tumbó sobre la piedra en el centro de la habitación.

A medida que el viento la barría, cubriéndola de nieve que se fundía cada vez más lentamente, Esste se escondió tras su Control y meditó. Había cantado muchas canciones en su vida, ¿pero qué cantaría al final? ¿Qué canción escucharía la Sala Alta como su propio funeral?

Permaneció indecisa demasiado tiempo, y no cantó nada mientras yacía en el suelo de la Sala Alta. Al final, el Control la abandonó, como siempre debe fallar en los momentos extremos; pero a medida que se arrastraba débilmente bajo sus ropas y sábanas, una parte de ella advirtió con satisfacción que el trabajo ya estaba hecho. Las sábanas solas no harían nada. La nieve tenía dos pulgadas de espesor en la Sala Alta. Mañana un nuevo Maestro Cantor vendría y la Casa del Canto aprendería nuevas canciones.

2

Onn estaba ocupado.

Había mucho por hacer, y varios Sordos y Ciegos clave habían obtenido misiones al mismo tiempo, lo que a veces sucedía, aunque resultaba un inconveniente.

—A veces —había confesado Onn a un joven maestro—, me parece que bien podría ser sordo, por el poco tiempo que paso con música.

Pero no le importaba. Era un buen cantor, un buen profesor, digno de respeto. Sin embargo, al contrario de muchos de los altos instructores y Maestros Cantores que tenían la responsabilidad de que la Casa del Canto fuera bien dirigida, también era un buen administrador. Hacía sus trabajos. Recordaba detalles. Así, donde la mayoría de los maestros estaban deseando ver que casi todo el trabajo y las decisiones estuvieran a cargo de los Ciegos, Onn se preocupaba de saber todo lo posible acerca de las operaciones de la Casa del Canto, y ayudaba a Esste en lo que podía.

Y lo más importante: lo hacía sin ser molesto. Y por eso era razonable, para él y para todo el mundo, asumir que sería el próximo Maestro Cantor de la Sala Alta cuando Esste decidiera que su trabajo había acabado. Y así habría sido, si no hubiera estado tan ocupado.

Cuando el Maestro Cantor de la Sala Alta no deseaba ser molestado, simplemente no contestaba las llamadas de la puerta. Esta era la práctica aceptada. Los únicos que podían desafiarla eran los Ciegos y los Sordos que hacían su trabajo, porque, según la norma del lugar, los consideraban generalmente como no-existentes. Un Sordo cuya rutina le decía que barriera una habitación simplemente barrería la habitación, y la persona que hubiera exigido intimidad no habría puesto reparos..., aunque si un estudiante o un maestro entrara sin permiso, el resultado habría sido bastante desagradable.

Todo esto se tenía por norma. Pero Onn necesitaba consultar al ordenador para responder a una pregunta, y eso implicaba consultar con Esste. El problema parecía urgente en ese momento, aunque unas cuantas horas más tarde ni siquiera pudo recordar cuál era. Se dirigió a la Sala Alta y llamó a la puerta.

No hubo respuesta.

Si Onn hubiera sido ambicioso en lugar de dedicado, habría pensado en la posibilidad de que Esste no contestara porque hubiera decidido renunciar a su trabajo, y él se habría marchado de puntillas y esperado pacientemente. O si Onn hubiera tenido menos confianza en sí mismo, no se habría atrevido a traspasar la puerta. Pero era dedicado y confiado, y abrió la puerta, y por eso fue él quien encontró el cadáver de Esste bajo una densa capa de nieve.

La pérdida de Esste le llenó de pena, y se sentó en el frío suelo junto al cadáver durante un rato, después de haber cerrado los postigos y conectado la calefacción, lamentando la pérdida de su amistad, pues la había amado mucho.

Sin embargo, también conocía su responsabilidad. Había encontrado el cuerpo. Por tanto, tenía que informar a la persona que sería el siguiente Maestro Cantor de la Sala Alta. Sin embargo, él mismo era la única elección lógica para tal puesto. Y la costumbre le prohibía nombrarse a sí mismo. No podía hacerlo.

Se le ocurrió (era humano, después de todo) salir de la habitación inmediatamente y dejarlo todo tal como lo había encontrado y esperar pacientemente a que algún Sordo o Ciego hallara el cadáver. De todas formas, era así como tenía que haber sido.

Pero era honrado, y sabía que el propio hecho de haber desafiado la costumbre y entrado sin permiso era razón suficiente para que se le negara el cargo. Si podía saltarse la cortesía y entrar cuando una persona requería intimidad, era demasiado poco reflexivo para ser Maestro Cantor en la Sala Alta.

¿Pero quién más? No era un accidente que fuera la elección más obvia para la Sala Alta... no era sólo porque fuera el más destacado, sino también porque no había nadie más capacitado para el trabajo. Había muchos cantores dotados y buenos profesores entre los Maestros Cantores y grandes maestros... después de todo, se les seleccionaba para cantar y enseñar. ¿Pero una persona con una voluntad tan fuerte, con tanta dedicación y tanta sabiduría para que la Casa del Canto pudiera estar a salvo si la guiara esa voluntad y esa sabiduría?

En todos los años de existencia de la Casa del Canto, siempre hubo alguien, una elección fácil, o al menos una comprensible. Siempre estaba preparado un Maestro Cantor, o al menos un joven gran maestro destacado cuya elección era claramente acertada.

Esta vez no había nadie. Oh, había dos o tres que podrían haber hecho un trabajo pasable, pero Onn no habría podido soportar trabajar a sus órdenes, porque uno tenía tendencia a tomar decisiones caprichosas y otro se enzarzaba a menudo en tontas discusiones, y el tercero era demasiado distraído para poder confiar en él. Siempre tendría que haber alguien solucionando sus errores. Las cosas no debían ser de esa manera.

Al anochecer, Onn empezaba a desesperarse. Había atrancado la puerta (no tenía sentido dejar que corrieran los rumores si por casualidad entraba un Sordo), y con la nieve formando charcos en el suelo se sentía mojado e incómodo. Resolvió no salir de la habitación hasta que hubiera tomado una decisión. Pero no podía decidirse.

Y así, por la mañana temprano, después de un sueño reparador, se levantó, programó la puerta para que se abriera a mano, la cerró tras él y empezó a deambular por las Celdas y Cámaras, las Salas Comunes, los lavabos y las cocinas, esperando que se le ocurriera alguna idea sorprendente o que se resolviera su indecisión, para que pudiera elegir a alquien que reemplazara a Esste.

Fue por la tarde cuando, abatido, entró en una Sala Común donde se enseñaba a un grupo de Brisas. Entró sólo para consolarse, las jóvenes voces eran lo suficientemente poco habilidosas para que sus cantos no le forzaran a prestar atención, aunque eran lo bastante buenas para que sus armonías y contramelodías resultaran un placer al oído.

Y se sentó al fondo de la habitación, empezó a observar a la profesora, comenzó a escucharla. La reconoció de inmediato, naturalmente. Tenía suficiente habilidad para poder enseñar en Celdas y Cámaras: su propia voz era refinada y pura. Pero no era joven, y no era probable que pudiera ser ascendida al grado de gran maestro o Maestro Cantor; por eso había pedido quedarse en la Sala Común, ya que amaba a los niños y no se avergonzaba ni se sentía decepcionada por acabar sus días enseñandoles. Esste había dado inmediatamente su consentimiento, ya que era bueno que los niños aprendieran de las mejores voces posibles, y esta mujer era mejor cantante que todos los profesores de la Sala Común.

Sus modales con los niños eran amorosos pero directos, amables pero adecuados. Estaba claro que los niños sentían devoción hacia ella; las riñas normales que estallaban normalmente en una clase de esta edad eran manejadas fácilmente, y estaban ansiosos de cantar bien para conseguir su aprobación. Cuando una canción era especialmente buena, ella se les unía, no en voz alta, sino con una armonía suave y hermosa que excitaba a los niños y les inspiraba para cantar mejor.

Onn había tomado una decisión antes de que él mismo pudiera darse cuenta. De repente se encontró rebatiendo una decisión que no sabía que había tomado. Es demasiado inexperta, se dijo, aunque de hecho no había nadie más que él que tuviera, en parte, experiencia en trabajar en la Sala Alta. Es demasiado tranquila, demasiado tímida para imponer su voluntad en la Casa del Canto, insistió, pero sabía que al igual que guiaba a los niños con amor, no con fuerza, podría guiar a la Casa del Canto de la misma forma.

Y finalmente todas sus objeciones se centraron en la última: pena. Ella amaba enseñar a los niños pequeños, y en la Sala Alta únicamente tendría tiempo para uno o dos niños, y esos tendrían que ser de Celdas y Cámaras. No se sentiría feliz de renunciar a un trabajo del que disfrutaba para aceptar una tarea que ella misma y la mayoría de los demás pensarían que era superior a sus habilidades.

Onn, sin embargo, estaba seguro. Al observarla, supo que ocuparía el lugar de Esste. Y si era duro con ella, si tenía que renunciar a algo para hacerlo... bien, la Casa del Canto exigía precios altos a sus hijos, y ella cumpliría con su deber voluntariamente, como hacían todos los miembros de la Casa del Canto.

Se puso en pie, y ella terminó la canción para preguntarle qué quería.

—Rruk —dijo Onn—, Esste ha muerto.

Se sintió complacido al ver que ella no advertía que se la llamaba a reemplazar a Esste. En cambio, su angustia fue conmovedora, y era tan solo pesar por su amada Maestra Esste. Cantó su pena, y los niños se le unieron, inseguros. Su canción había empezado con toda la técnica que tenía, pero a medida que los niños trataban de unírsele, la simplificó por hábito, puso su música a su alcance, y juntos cantaron enternecedoramente acerca del amor que tenía que acabar con la muerte. Aquello conmovió enormemente a Onn. Rruk era una mujer generosa. Había elegido bien.

Cuando la canción terminó, Onn dijo las palabras que, sabía, le provocarían mucha tristeza.

—Rruk, yo encontré su cuerpo, y te pido que te encargues de los preparativos del funeral.

Ella comprendió al instante, y su Control se mantuvo, aunque dijo en voz baja:

—Maestro Cantor Onn, la casualidad que te hizo encontrar su cuerpo fue cruel, pero la que te trajo a mí fue una locura.

—Sin embargo, es tu misión.

—Entonces lo haré. Pero pienso que no seré la única en lamentar el hecho de que, por primera vez, nuestra costumbre haya fallado en la elección del mejor capacitado para ese deber.

Se cantaban mutuamente, con las voces controladas pero hermosas, llenas de emociones, que los niños apenas podían comprender, pues carecían de la experiencia necesaria.

—Nuestra costumbre no ha fallado —dijo Onn—, y lo verás con el tiempo.

Ella salió entonces de la clase y los estudiantes corrieron a contarle a todo el mundo la noticia, y por toda la Casa del Canto dieron comienzo las canciones de pesar por la muerte de Esste, junto con los susurros de sorpresa al saber que Onn no era el sucesor, sino que en realidad había elegido por primera vez en la historia un Maestro Cantor de la Sala Alta que no era ni siquiera un maestro, sino simplemente una profesora de Brisas.

Onn y Rruk atendieron cuidadosamente el cadáver de Esste. Desnuda, la anciana parecía increíblemente frágil, en nada parecida a la imagen de poder que había presentado siempre. Pero, claro, ella vivió entre aquellos para quienes el cuerpo no significaba nada; la voz representaba la clave de lo que era una persona, y por ese baremo no se había conocido a ninguna persona más poderosa en la Casa del Canto en el transcurso de muchas generaciones. Onn y Rruk cantaban y hablaban mientras trabajaban, Rruk haciendo muchas preguntas y Onn intentando enseñarle en unas cuantas horas lo que había tardado muchos años en aprender.

—No puedo aprenderlo —dijo ella, finalmente, llena de frustración.

—Estaré aquí y te ayudaré en todo lo que necesites —respondió él.

Ella accedió y, por eso, en vez de intentar asegurar inmediatamente su autoridad como Maestra Cantora, empezó siendo meramente la portavoz de las decisiones de Onn. Una cosa así no podía mantenerse oculta, y fueron muchos los que pensaron que Onn habría hecho mejor eligiéndoles a ellos, y que había elegido a Rruk porque era débil y así podría gobernar la Casa del Canto a través de ella.

Poco a poco, sin embargo, Rruk empezó a ejecutar sola sus deberes y lentamente la gente de la Casa del Canto se dio cuenta de que, en cierta forma, los había hecho a todos más felices; que aunque la música no había mejorado o empeorado sensiblemente, las canciones se habían vuelto, de alguna manera, más felices. Trataba a todos los niños con tanto respeto como a cualquier adulto; trataba a todos los adultos con tanta paciencia y amor como a cualquier niño. Y funcionaba. Y cuando Onn murió, no muchos años después, no hubo ninguna duda de que había elegido correctamente. De hecho, fueron muchos los que dijeron que había sido una suerte para la Casa del Canto que Rruk y no Onn ocupara el puesto de Maestro Cantor en la Sala Alta. Pues la Casa del Canto no había perdido la experiencia de Onn y había ganado también la comprensión de Rruk.

Por esto, Rruk fue la Maestra Cantora de la Sala Alta cuando Ansset regresó a casa.

3

La guardesa no le reconoció, por supuesto.

Habían pasado muchos años, y aunque la guardesa era un Gemido cuando Ansset estaba en Celdas y Cámaras, no había manera de conectar la cara arrugada y los cabellos blancos con el hermoso niño rubio cuyas canciones habían sido tan puras y elevadas.

Pero la Casa del Canto no era desagradecida, y estaba claro que el anciano ante la puerta no estaba abrumado por el dinero: sus ropas eran sencillas y no llevaba bolsa ni adornos. Se negó a declarar qué asuntos le traían aquí y sólo dijo que quería ver al Maestro Cantor de la Sala Alta, lo que, naturalmente, estaba fuera de la cuestión. Pero mientras quisiera esperar en el recibidor se le invitaba a hacerlo, y cuando la guardesa vio que no había traído comida, le condujo a las cocinas y le dejó comer con un grupo de estudiantes de Celdas y Cámaras.

El anciano no se aprovechó de la amabilidad. Cuando terminó la comida, le condujeron de nuevo a la antesala y se quedó allí hasta que sirvieron la siguiente comida.

El anciano no hablaba con ninguno de los niños. Sólo comía despacio y con cuidado y observaba su propio plato. Los niños empezaron a sentirse cómodos a su alrededor y hablaron y cantaron. Él nunca se unió a ellos ni mostró la menor reacción.

Tener en la cocina al anciano se convirtió para los niños en un orgullo. Después de todo, llevaban en la Casa del Canto al menos cinco o seis años y conocían a todos los adultos, particularmente a los viejos; los únicos nuevos eran a menudo cantantes, Pájaros Cantores que regresaban a casa cuando cumplían los quince años y buscadores que volvían con niños nuevos para la Sala Común. Tener con ellos a un anciano era algo inaudito.

Y era un misterio entre los niños. Se contaban historias sobre él, que había cometido terribles crímenes en algún mundo distante y venía a la Casa del Canto para ocultarse; que era el abuelo de un famoso cantor y estaba aquí para espiar a su nieto; que era un sordomudo que sentía sus canciones a través de las vibraciones de la mesa (lo que hizo que varios niños se metieran algodón en los oídos y palparan la mesa durante las comidas intentando sentir algo); que era un Pájaro Cantor que había fracasado y ahora intentaba ganar un lugar en la Casa del Canto. Algunas historias eran lógicas y ricas en detalles. Otras eran tan mágicas y fantásticas que ni siquiera los niños más crédulos las tomaban por ciertas, aunque, por supuesto, se repetían igualmente. Sin embargo, a pesar de todas las narraciones y fabulaciones sobre el anciano de la Cocina Arcoiris, ni una sola de esas historias fue contada nunca a un adulto.

Así que fue sólo por casualidad que Rruk se enterara de que el anciano estaba allí. Se había habituado a ayudar en la limpieza después de la comida. La cocinera de la Arcoiris era una Ciega a quien ayudaban dos jóvenes Sordos que circulaban de cocina en cocina. Un día, los Sordos llegaron tarde a la limpieza, y así el anciano se levantó y se puso a lavar los platos. La cocinera era una mujer observadora y se dio cuenta de que, a pesar de que las manos del hombre eran fuertes, nunca habían hecho ningún trabajo duro: sus palmas eran suaves como las de un bebé. Pero el anciano era cuidadoso y los platos quedaron limpios, y muy pronto los dos jóvenes Sordos descubrieron que si llegaban más y más tarde para limpiar la Cocina Arcoiris, no tenían que hacer ningún tipo de limpieza.

La cocinera lo mencionó a la guardesa cuando conducía al viejo a la cocina un día, y ésta se encogió de hombros.

—¿Por qué no? Deja que sienta que se está ganando su sustento.

La cocinera seguía creyendo que alguien superior a la guardesa había autorizado la estancia del viejo.

Fue cuando el anciano, en un descuido, tocó una olla que había estado en el fuego en vez de sobre la mesa cuando la cocinera advirtió que pasaba algo raro. El viejo se había quemado seriamente, eso estaba claro. Pero no emitió sonido ni mostró dolor alguno. Simplemente continuó su trabajo después de la cena, fregando platos, aunque el dolor tuvo que haber sido muy molesto. La cocinera se preocupó. Porque sólo se le ocurrían dos razones por las que el viejo pudiera haber tocado la olla sin parpadear siquiera.

—O bien es un leproso y no siente, cosa que dudo, ya que no tiene ningún problema manejando las ollas y sartenes, o posee el Control.

—¿Control? —preguntó el cocinero jefe—. ¿Quién es, de todas formas?

—Alguien a quien la guardesa deja entrar. Por amabilidad, supongo.

—Se me tendría que haber comunicado. ¿Una boca extra comiendo y no me lo decís para que pueda incluirlo en el presupuesto?

La cocinera de la Arcoiris se encogió de hombros.

—Siempre hay comida de sobra.

—Es por principio. O estamos organizados o no lo estamos.

Así que el cocinero jefe lo mencionó al comprador, y el comprador lo mencionó a seguridad, y seguridad le preguntó a la guardesa qué demonios pasaba.

—Tiene hambre y está claro que es muy pobre.

—¿Cuánto tiempo lleva haciendo esto?

—Tres meses, más o menos. Más.

—No regentamos un hotel. Hay que pedirle a ese hombre, amablemente, que se marche. ¿Para qué vino?

—Para ver al Maestro Cantor de la Sala Alta.

—Deshazte de él. No más comidas. Sé amable, pero firme. Para eso sirve un portero.

Así que la guardesa, con mucha amabilidad, le dijo al viejo que no podría volver a comer más en la Casa del Canto.

Él no dijo nada. Sólo se sentó en la antesala.

Cinco días más tarde, la guardesa fue a ver al encargado de seguridad.

—Planea morir de hambre en la antesala.

El jefe de seguridad fue a ver al anciano.

—¿Qué quieres, viejo?

—He venido a ver a la Maestra Cantora de la Sala Alta.

—¿Quién eres?

No hubo respuesta.

—No dejamos verla al primero que llega. Está ocupada.

—Se alegraría si me viera.

—Lo dudo. No tienes ni idea de lo que pasa aquí.

Otra vez ninguna respuesta. ¿Había sonreido el viejo? El encargado de seguridad estaba demasiado furioso para saberlo o para que le importase.

Si el anciano hubiera sido violento o molesto, podrían haberle expulsado por la fuerza. Pero la fuerza se evitaba si era posible, y finalmente, ya que intentaba quedarse allí hasta morir de hambre, el encargado de seguridad fue a la Sala Alta y habló con Rruk.

—Si está tan determinado a verme y parece inofensivo, entonces debe verme, desde luego.

Y así Rruk bajó las escaleras y atravesó el laberinto y llegó a la antesala, donde esperaba el anciano.

A sus ojos, el anciano era hermoso. Arrugado, desde luego, pero sus ojos eran inocentes y a la vez sabios, como si lo hubiera visto y olvidado todo. Sus labios, que se abrieron en una sonrisa en el momento en que la vio, eran infantiles. Y su piel, translúcida por la edad y a la vez ruda en comparación con su pelo blanquísimo, era inmaculada. Las arrugas habían sido forjadas más por dolor que por alegría, pero la expresión del anciano transcendía toda la historia de su cara, y extendió sus manos hacia Rruk.

—Rruk —dijo, y la abrazó.

Y en el abrazo ella sorprendió a la guardesa y al encargado de seguridad al decir:

—Ansset. Has vuelto a casa.

Sólo había un Ansset que pudiera regresar a la Casa del Canto. Para la guardesa, Ansset era el niño que había cantado tan maravillosamente en el momento de su despedida. Para el encargado de seguridad, que nunca le había conocido, Ansset era el emperador del universo.

Para Rruk, Ansset era un amigo bienamado cuya presencia había echado de menos amargamente y por quien se había lamentado cuando no regresó a casa hacía más de sesenta años.

4

—Has cambiado —dijo Rruk.

—Tú también.

Rruk se comparó con la niña torpe que había sido.

—No tanto como podrías pensar. Ansset, ¿por qué no les dijiste quién eres?

Ansset se apoyó contra uno de los postigos de la Sala Alta.

—Si le hubiera dicho a la guardesa quién soy, en diez minutos la Casa del Canto entera hubiera sabido que estoy aquí. Me habrías dejado quedarme de visita, y después de unos cuantos días me hubieras llevado aparte y me habías dicho: «No puedes quedarte aquí».

—No puedes.

—Pero lo he hecho. Durante meses. No soy tan viejo todavía, pero siento como si volviera a vivir mi infancia. Los niños son hermosos. Cuando tenía su edad y su tamaño no lo sabía.

—Ni yo.

—Tampoco lo saben ellos. Se tiran pan cuando la cocinera no está mirando, ya sabes. Es una terrible infracción al Control.

—El Control no puede ser absoluto en los niños. O en la mayoría de ellos, al menos.

—Rruk, he estado fuera tanto tiempo... Deja que me quede.

Ella sacudió la cabeza.

—No puedo.

—¿Por qué no? Puedo hacer lo que he venido haciendo.

¿He causado algún daño? Piensa sólo que soy un Ciego más. Ya sabes que eso es lo que soy. Un Pájaro Cantor que regresó y no puede ser utilizado como instructor.

Rruk le escuchaba y su calma exterior enmascaraba su interior, cada vez más turbulento. No había hecho ningún daño en los meses que había estado en la Casa del Canto, y sin embargo iba contra la costumbre.

—No me importan mucho las costumbres —dijo Ansset—. Nada en mi vida ha sido particularmente rutinario.

—Esste decidió...

—Esste está muerta —dijo él, y aunque sus palabras eran rudas, Rruk se preguntó si no podía detectar una nota de ternura en su voz—. Tú ocupas ahora la Sala Alta. Esste me amaba, pero la compasión no era su estilo.

—Esste te oyó intentando cantar.

—No puedo cantar. No canto.

—Pero lo haces. Involuntariamente, tal vez, pero lo haces. Sólo hablando, las melodías de tu voz son más elocuentes que muchas de las que nosotros podemos conseguir cuando intentamos interpretar.

Ansset apartó la mirada.

—No has oído tus propias canciones, Ansset. Has experimentado demasiadas cosas en los últimos tiempos. En tus primeros años, principalmente. Tu voz está llena de los mundos exteriores. Llena de demasiado dolor recordado y de pesada responsabilidad. ¿Quién podría oírte y no quedar afectado?

—¿Temes que pueda contaminar a los niños?

—Y a los profesores. Y a mí.

Ansset reflexionó durante un momento.

—Hasta ahora he guardado silencio. Puedo seguir callado. Seré un mudo en la Casa del Canto.

—¿Cuánto tiempo podrías soportarlo?

—¿No hay retiros? Déjame ir y venir como me plazca, déjame deambular por Tew cuando sienta la necesidad de hablar, y luego volver a casa.

—Ésta ya no es tu casa.

Y entonces el Control desapareció de Ansset y su cara y su voz se volvieron suplicantes.

—Rruk, ésta es mi casa. Durante sesenta y cinco años ha sido mi casa, aunque se me prohibió regresar. He intentado mantenerme al margen. He gobernado en aquel palacio durante demasiados años, he vivido entre gente a la que amaba, pero, Rruk, ¿cuánto tiempo podría vivir separado de esta piedra?

Y Rruk recordó su propia época como cantora, y los años en Umusuwee, donde la habían amado y tratado bien, donde había llamado a sus patrones Padre y Madre; y, sin embargo, cuando cumplió quince años casi voló de regreso a casa, porque la jungla podía ser hermosa y dulce, pero la fría piedra había formado todo su interior y no podía soportar estar apartada de ella más de lo necesario.

—¿Qué tienen estas paredes, Ansset, que nos hacen sentir tanto apego?

Ansset la miró inquisitivamente.

—Ansset, no puedo decidir con justicia. Comprendo lo que sientes, creo que comprendo, pero el Maestro Cantor de la Sala Alta no puede actuar movido por la piedad.

—Piedad —dijo él, su Control se hizo fuerte de nuevo.

—Tengo que actuar por el bien de la Casa del Canto. Y tu presencia aquí introduciría demasiadas cosas que no puedo controlar. Las consecuencias podrían resentirse durante siglos.

—Piedad —repitió Ansset—. Entendí mal. Pensaba que te estaba pidiendo un acto de amor.

Ahora fue Rruk quien guardó silencio, observándole. Amor. Eso es, pensó, para eso existimos aquí. Amor, paz y belleza, para eso está la Casa del Canto. Y uno de nuestros mejores hijos, uno de los mejores (no, el mejor Pájaro Cantor que la Casa del Canto ha producido nunca), nos pide amor y por miedo no puedo dárselo.

A Rruk no le parecía justo. Hacer que Ansset se marchara no le parecía apropiado, no importaba lo que pudiera exigir la lógica. Y Rruk no era Esste; no gobernaba por lógica y buen sentido.

—Si en este caso fuera necesaria una decisión sensata, entonces habría una Maestra Cantora sensata en la Sala Alta —le dijo—. Pero no tomo mis decisiones de esa forma. No me siento bien dejando que te quedes, aunque me siento mucho peor haciendo que te marches.

—Gracias —dijo él en voz baja.

—Silencio dentro de estas paredes. Ningún niño debe oír tu voz, ni siquiera un gruñido. Servirás como un Sordo. Y cuando no puedas soportar más el silencio, puedes salir y dirigirte a donde quieras. Toma el dinero que necesites..., puedes gastar eternamente y no acercarte siquiera a lo que cobró la Casa del Canto por tus servicios cuando estabas en la Tierra.

—¿Y puedo volver?

—Mientras quieras. Siempre y cuando guardes silencio aquí dentro. Y me perdonarás si les prohíbo a los Ciegos y Sordos que le digan a ninguno de los cantores quién eres.

Él renunció al Control, le sonrió y la abrazó, y luego le cantó:

Nunca te lastimaré.
Siempre te ayudaré.
Si tienes hambre
Te daré mi comida.
Si estás asustado
Yo soy su amigo.
Te amo ahora
Y el amor no tiene fin.

La canción rompió el corazón de Rruk, sólo durante un momento. Porque era terrible. La voz no era ni siquiera tan buena como la de un niño. Era la voz de un anciano que había hablado demasiado y no había cantado durante demasiados años. No estaba controlada, ni modulada, la melodía ni siquiera era correcta. ¡Cuánto ha perdido!, gritó en su interior. ¿Es esto todo lo que queda?

Y, sin embargo, el poder estaba aún allí. El poder no había sido entregado a Ansset por la Casa del Canto. Nació con él y fue mejorado con sus propios sufrimientos, y por eso cuando le cantó la canción del amor la conmovió profundamente. Rruk recordó su propia vocecita débil cantándole aquellas palabras en lo que parecía un millón de años antes, como si fuera ayer. Recordó su lealtad hacia ella cuando no tenía necesidad de ser leal. Y sus últimos recelos por dejar que se quedara desaparecieron.

—Puedes hablar *conmigo* —dijo—. No hables con ninguno de los otros, pero conmigo no puedes ser mudo.

—Contaminaré tu voz igual que la de los otros.

Ella negó con la cabeza.

—Nada que proceda de ti podrá hacerme ningún daño. Cuando oigo tu voz recuerdo la Despedida de Ansset. Algunos de nosotros aún la recordamos. Nos hace ser humildes, porque sabemos lo que puede hacer una voz. Y me mantendrá limpia.

—Gracias —repitió él, y entonces la dejó, bajó las escaleras y se dirigió a las zonas de la Casa del Canto donde acababa de prometer que nunca volverían a oír su voz.

5

Después de unos cuantos días de ocio, el anciano regresó a la Cocina Arcoiris. Los niños estaban excitados. Habían tenido miedo de que aquel hombre misterioso se hubiera marchado para siempre. Observaron atentamente en busca de alguna pista que explicara la razón de su desaparición. Pero él se comportaba como si no hubiera sucedido nada fuera de lo corriente. Y ayudaba a la cocinera igual que antes.

Ahora, sin embargo, el anciano no desaparecía después de las comidas. Empezó a aparecer en los corredores, en las Celdas, en la Sala Común. Hacía los trabajos que normalmente ejecutaban los jóvenes Sordos: barrer, limpiar, cambiar las camas, lavar la ropa. Aparecía en silencio, sin llamar, como los Sordos, pero al contrario de ellos, no era ignorado. Nadie le hablaba, por supuesto, pero los ojos le seguían por las habitaciones, observándole subrepticiamente, aunque él no hacía nada particulamente inusitado. Era él mismo lo que era inusitado, pues o bien la Casa del Canto había roto una regla de un millar de años y había dejado trabajar en su interior a alguien que nunca había cantado allí cuando niño, o el anciano había sido un cantor en alguna ocasión y se escondía una historia tras su última aparición y su degradación.

También había especulaciones entre los profesores, desde luego. No eran inmunes, y pronto descubrieron que los Sordos y Ciegos nunca discutían sobre el anciano, ni bajo presión ni con zalamerías. Rruk aclaró rápidamente que no toleraría interrogatorios. Y por eso especularon. Por supuesto, el nombre de Ansset apareció entre todos los otros nombres de cantores que no habían regresado o que no habían encontrado un lugar en la Casa del Canto, pero ninguno de los nombres fue considerado probable, y el de Ansset estaba muy lejos de ser el más sugerido. No podían imaginar barriendo suelos a un hombre que había sido emperador.

Sólo dos personas estaban seguras, además de Rruk y los Sordos y Ciegos.

Una era un nuevo maestro cantor llamado Ller, que estuvo ausente durante muchos años, desempeñando la función de buscador, y que había regresado para encontrar al anciano deambulando por la Casa del Canto, esquivo y silencioso como un fantasma. Le reconoció al instante: los años no podían ocultarle los rasgos de una cara que había memorizado en la infancia. Ller acarició la idea de encontrar a Ansset a solas en alguna ocasión, acercársele y saludarle con el amor y el honor que sentía hacia aquel hombre. Pero luego lo pensó mejor. Si Ansset permanecía silencioso y desconocido en la Casa del Canto, era por alguna buena razón, y hasta que a Ller no se le diera permiso para violar aquel silencio y anonimato, respetaría su paz. No obstante, cada vez que veía al anciano, no podía dejar de sentir una oleada de infancia barriéndole, y una cierta tristeza al ver el estado del mayor de todos los cantores.

La otra persona que lo reconoció nunca lo había oído cantar, ni había visto su cara antes, y sin embargo estaba tan segura como Ller. Su nombre era Fiimma, había oído las leyendas de Ansset, y las había considerado su ideal. No en un sentido competitivo: ella no tenía la idea de sobrepasar al largamente desaparecido Pájaro Cantor. Pero anhelaba poder llegar al corazón de la gente de forma tan irrevocable que fuera recordada tan larga y felizmente como se recordaba a Ansset. Era muy joven para ansiar la inmortalidad, pero sabía más de la muerte que la mayoría de los niños de la Casa del Canto. Había visto cómo asesinaban a sus padres cuando no tenía aún dos años y, aunque nunca hablaba del tema, recordaba claramente el suceso. No le proporcionaba pesadillas; manejaba el peso de la memoria con relativa calma. Pero no olvidaba y a menudo veía ante ella el momento de la muerte y sabía que sólo la muerte la había salvado de los ladrones.

Así que ansiaba vivir eternamente en la leyenda, igual que Ansset, y se esforzaba en recordar todo lo que oyera sobre él. Había preguntado a los profesores que le habían conocido años antes sobre sus maneras, sobre sus expresiones. Estos habían sido de poca ayuda. Por tanto, imaginó el resto. ¿Cómo sentiría, cómo actuaría, qué aspecto tendría un hombre que hubiera hecho lo que hizo Ansset? ¿Por qué no regresaba a la Casa del Canto? ¿Qué desearía en el fondo de su corazón?

Y gradualmente, al ver al anciano en la Cocina Arcoiris y oír todas las especulaciones en torno a él, Fiimma empezó a preguntarse si podría *ser* Ansset. Al principio la idea fue sólo atractivamente misteriosa: no la creía. Pero a medida que pasaban los días y las semanas, Fiimma empezó a estar segura. Ansset, que se había convertido en emperador, podría venir de esta forma, silencioso y desconocido. ¿Quién sabe qué barreras podría haber para su regreso? Entonces él desapareció durante unos cuantos días y regresó luego como Sordo, capaz de recorrer por completo los pasillos de la Casa del Canto.

Fiimma advirtió que se había tomado una decisión, pero que no había sido fácil, y el silencio del anciano no había sido levantado a pesar de que se le había permitido quedarse. ¿Podría aceptar Ansset un silencio tal como condición para su permanencia?

Fiimma pensaba que sí.

Y por fin estuvo tan segura de que era él que en una cena en la Cocina Arcoiris se sentó deliberadamente a su lado. A menudo, el anciano se sentaba solo, pero si se sorprendió al verle junto a él no dio signos de ello y continuó partiendo trozos de pan y echándolos en su estofado.

—Te conozco —susurró ella.

Él no respondió, ni dejó de partir pan.

—Eres Ansset, ¿verdad?

Una vez más, él no dio signos de haberla oído.

—Si eres Ansset, entonces sigue partiendo pan. Si no lo eres, muerde directamente la barra.

Fiimma pensaba que era astuta, pero el anciano simplemente respondió dejando caer el resto del pan en el estofado de una vez.

Y comió, ignorándola como si no existiera. Varios niños habían advertido la presencia de la muchacha y lo comentaron entre sí. Ella tuvo miedo de romper alguna regla al estar con el anciano; desde luego, no había conseguido nada en su intento de que le hablara.

Pero no podía dejar que el momento pasara tan infructuosamente.

—Ansset —le suplicó—, si eres tú, quiero que me enseñes. Quiero aprender todas tus canciones.

¿Alteró el anciano el ritmo de su comida? ¿Se detuvo un momento a pensar? Fiimma no estaba segura, pero aun así sintió esperanza.

—Ansset, *quiero* aprender tus canciones! ¡*Tienes* que enseñarme!

Y entonces, con su osadía completamente exhausta, le dejó y se sentó con los otros niños, que le pidieron que les contara lo que había dicho y si el anciano le había respondido. Fiim ma no les dijo nada. Sentía que el anciano podría estar enfadado con ella si le contaba a alguien su certeza de que era Ansset. ¿*Era* Ansset? Se negaba a permitirse tener alguna duda.

Al día siguiente el anciano no acudió al Comedor Arcoiris, y no volvió a hacerlo mientras Fiimma comiera allí.

6

El silencio se le hizo insoportable mucho antes de lo que había esperado. Tal vez era un recuerdo prolongado de los días que había pasado prisionero en las habitaciones de Mikal, cuando tenía quince años. Tal vez era que, al igual que tantos ancianos, se había vuelto locuaz y el confinamiento de su promesa de silencio pesaba más de lo que lo habría hecho en su juventud. Fuera cual fuese la razón, ansiaba poder hablar, y por eso fue en silencio a Rruk, consiguió su permiso y viajó a la primera de sus libertades, como las llamaba en su mente.

En las primeras libertades no dejó las tierras de la Casa del Canto. No había necesidad, ya que la Casa del Canto era dueña de más de una tercera parte del único continente del planeta. Pasó semanas deambulando por los bosques del Valle de los Cánticos, esquivando las pocas excursiones que realizaban allí los niños de la Casa del Canto. Se dirigió al lago rodeado por las montañas, donde Esste le había dicho por primera vez que le amaba, donde le enseñó por primera vez el auténtico poder del Control.

Y se sorprendió al descubrir que el sendero había desaparecido. ¿Es que ya no se traía a los niños a este sitio? Estaba seguro de que sí: aún había carreteras para deslizadores cortadas a través de los bosques, y la hierba seguía siendo baja, un signo seguro de que iban allí visitantes de vez en cuando.

Pero desde el pie de la cascada no había ningún sendero para acceder fácilmente a la cima. Recordó lo mejor que pudo y, por fin, muy cansado, llegó a lo alto y miró al lago.

El tiempo no lo había tocado. Si los árboles eran más viejos, no veía signo de ello. Si el agua había cambiado, no podía recordar cómo había sido antes. Los pájaros aún se zambullían en la superficie en busca de pescado; el viento aún ululaba entre las hojas y agujas con una música inexpresable.

Soy viejo, pensó Ansset, tumbado junto al agua. Recuerdo el lejano pasado más fácilmente de lo que recuerdo el ayer. Si cerraba los ojos, podía imaginar a Esste junto a él y oír su voz. Relajando todo el Control, ya que estaba solo, dejó que acudieran las lágrimas del recuerdo; el ardiente sol calentó las lágrimas a medida que afloraban por la comisura de sus ojos. Pero el llanto, por muy quedo que fuera, no podía aliviar lo que había en su interior.

Y por eso cantó.

Después de tanto tiempo de silencio, su voz fue patética. El más humilde Gruñido podría hacerlo mejor. La edad jugaba malas pasadas con el tono, y en cuanto al timbre de la voz, no había ninguno. Sólo el áspero soniquete de una voz vieja usada más de la cuenta cuando fue joven.

Una vez había podido cantar con los pájaros y mejorar su labor. Ahora los pájaros guardaron silencio cuando cantó, y su voz era una intrusa en este lugar.

Lloró lleno de pesar y juró que nunca se humillaría de nuevo.

Pero había pasado demasiado tiempo sin canciones en el palacio y en la Casa del Canto. Había pasado demasiados años sin cantar, porque los demás habrían podido oír su vacío y su fracaso. Aquí, solo en el bosque, no había nadie, y si cantaba mal nadie más que él podría oírle. Así, el mismo día que hizo el juramento lo rompió, y cantó de nuevo. No fue mejor, pero no se sintió tan mal esta vez.

Aunque ésta sea toda la voz que tengo, pensó, sigue siendo una voz.

Ninguna otra persona le oiría cantar nunca, de eso estaba seguro. Pero él se oiría, y cantaría lo que había permanecido guardado en su interior durante tanto, tantísimo tiempo. Era feo, no se parecía en nada a lo que quería hacer, pero cumplía su propósito. Le vaciaba cuando estaba demasiado lleno, y en sus roncas canciones encontraba algún consuelo.

Durante su primera libertad llegó a conocer el Valle de los Cánticos como nadie lo había conocido, porque nadie venía aquí por placer, sin supervisión. Pero había demasiados recuerdos, y el lugar era demasiado solitario... la soledad era buena, pero no podía soportarla mucho tiempo.

Su segunda libertad le condujo a uno de los tres retiros de la Casa del Canto.

No podía ir al que se llamana Retiro, situado en las riberas del lago más grande del mundo, porque allí era donde acudían los profesores y maestros de la Casa del Canto cuando necesitaban relajarse de su trabajo. Allí tendría que seguir manteniendo su voto de silencio.

Los otros dos, sin embargo, estaban abiertos para él.

Vigilia, muy lejos, al sur, era una isla de arena y roca bañada por el agua de un mar poco profundo. Era hermosa de una manera feroz, y la ciudad de piedra de Vigilia, que se alzaba en la parte más al norte, era un lugar agradable, una isla de verde en medio de tierra árida. Vigilia había sido una fortaleza en los días en que la Casa del Canto había sido un pueblo y el mundo estaba sacudido por la guerra. Ahora era el lugar donde iban los fracasados.

Cientos de cantores salían de la Casa del Canto cada año, para cumplir su servicio hasta que alcanzaran la edad de quince años. Sólo unos pocos cada década eran Pájaros Cantores, pero los cantantes eran también altamente apreciados, y todos eran bienvenidos cuando regresaban a casa.

Algunos cantores se adaptaban tan bien al mundo en el que servían que no querían volver a casa. El buscador que se enviaba a recogerlos trataba de persuadirlos durante varios días, pero si la persuasión no funcionaba, no se empleaba la fuerza y la Casa del Canto pagaba su educación hasta que cumplieran veintidós años, igual que si hubieran sido Sordos.

Algunos cantores regresaban a la Casa del Canto y rápidamente encontraban la felicidad sirviendo como profesores y eran buenos en ello; y se quedaban en la Casa del Canto durante el resto de su vida, a excepción de algunos períodos de descanso en Retiro. Con el tiempo, si tenían la habilidad necesaria, podían convertirse en Maestros Cantores. Y gobernaban la Casa del Canto.

Pero había otras variantes. No todos los que regresaban a Tew estaban capacitados para ser profesores, y había que encontrar un lugar para ellos. Y no todos los cantores terminaban su tiempo de servicio. Había algunos que no podían soportar los mundos exteriores, que necesitaban el consuelo de las paredes de piedra, el retiro, la vida rigurosa y la rutina. Eran aquellos que se volvían locos. «El precio de la música», lo llamaban los líderes de la Casa del Canto, y se encargaban amorosamente de aquellos que habían pagado el precio más alto, ganando sus voces, pero perdiendo sus mentes.

Eran éstos los que iban a Vigilia, y Ansset podía hablar con ellos, porque nunca regresarían a la Casa del Canto.

El mar entre el Desierto Furtivo y la Isla de Vigilia era poco profundo, raramente tenía más de dos metros de profundidad, con bancos de arena que cambiaban con frecuencia, de modo que el paso casi podría hacerse a pie si el sol no fuera tan peligrosamente caluroso y el fondo tan impredecible. El paso se hacía incómodamente en una barcaza con un toldo para proporcionar sombra. Ansset fue conducido por un joven Sordo que pasaba tres meses al año allí, dirigiendo el ferry. El Sordo hablaba sin parar (los visitantes eran escasos) y Ansset oyó en su voz la paz del lugar. Pues a pesar de que la tierra era seca y el agua poco profunda, había vida en este sitio. Los peces se movían perezosamente bajo el agua. Los pájaros se zambullían en su busca y los comían sobre el ala. Grandes insectos caminaban por la superficie o vivían bajo ella, sorbiendo el aire de arriba.

—Es aquí donde está toda la vida —dijo el muchacho—. El pájaro no podría vivir bajo el agua sin los insectos que viven en la superficie o bajo ella. Los pájaros no podrían vivir sin zambullirse para conseguir el pescado. Y los insectos comen las plantas de la superficie. Toda la vida existe sólo por esta fina capa de agua que toca el aire.

El muchacho había estudiado. No tenía voz, pero sí mente y corazón, y había encontrado un lugar para sí mismo, allí fuera. Si no podía vivir en el agua, viviría en el aire.

—Ya sabe, la Casa del Canto no podría vivir sin enviar cantores a los mundos externos —siguió diciendo.

—Y los mundos externos le dijo Ansset—, me pregunto si los mundos externos podrían vivir sin la Casa del Canto.

El muchacho se echó a reír.

—Oh, pienso que la música es un lujo, eso es todo. Encantadora, pero no la necesitan.

Ansset se guardó su desacuerdo. Y se preguntó si tal vez, en el fondo, el muchacho no tendría razón.

Sólo había siete personas viviendo en Vigilia, de modo que Ansset no tuvo problemas para encontrar alojamiento. Tres eran Ciegos; por tanto, sólo había cuatro locos.

Uno de los locos era una muchacha de no más de veinte años, que caminaba todos los días desde el frío de las torres hasta el mar, donde se tumbaba desnuda, con el cuerpo medio sumergido en el agua. Se movía con las olas. Y cada vez que soplaba la brisa, cantaba una melodía hermosa y lastimera que nunca era dos veces la misma, pero que no parecía variar jamás, una canción de soledad y una mente tan plácida y aparentemente tan vacía como el mar. Cuando el viento moría, lo mismo hacía su canción, de manera que la mayor parte del tiempo permanecía tendida en silencio. No hablaba con nadie y parecía no advertir que existiera nadie más, excepto cuando comía lo que se le colocaba delante. Nunca desobedecía las pocas órdenes que se le daban.

Otro loco era un anciano que había pasado en Vigilia casi toda su vida. Salía de la ciudad y daba largos paseos, y en realidad parecía estar perfectamente cuerdo.

—Me curé hace mucho tiempo —decía—, pero prefiero estar aquí.

Estaba muy bronceado por el sol y recogía marisco de la orilla, que formaban una parte importante del menú de Vigilia. El hombre contaba las mismas historias una y otra vez y, si no le interrumpían, las repetía una detrás de otra a la misma persona todo el día y hasta la noche. Ansset lo hizo una vez, dejándole disfrutar de su audiencia. El viejo, por fin, se quedó dormido. No había cambiado las historias ni una sola vez. Ansset preguntó a uno de los Ciegos.

—No —respondió el Ciego—. Ninguna de sus historias es verdadera.

Y los otros dos locos se mantenían a salvo en habitaciones donde sólo los Ciegos que les cuidaban se percataban de su locura. Algunas veces Ansset les oía cantar, pero las canciones eran siempre demasiado distantes y no podía escucharlas bien.

Ansset visitó Vigilia sólo una vez; era más de lo que podía soportar. Se daba cuenta de que aquellas personas eran las que habían pagado un precio más alto que él por sus canciones, y que habían recibido menos. Cantó solo, en las rocosas colinas tras las torres, y aprendió nuevos ecos y nuevas emociones para su canto.

Y cantó con la muchacha que yacía junto al mar, medio sumergida, y su voz no silenció la de ella. Incluso, una vez, la muchacha le miró y él sintió que, después de todo, tal vez su voz no fuera tan odiosa. Le cantó la canción del amor y al día siguiente se marchó de Vigilia.

El otro retiro era Promontorio, y era con mucho el más grande de todos. Era aquí donde vivían los Ciegos, los cantores que regresaban a la Casa del Canto y descubrían que no disfrutaban de la enseñanza, que no eran realmente buenos en ella. Promontorio era una ciudad de personas que cantaban constantemente, pero que pasaban la vida haciendo cosas distintas de la música.

Promontorio también estaba al borde del mar: el gran edificio de piedra (pues los hijos de la Casa del Canto no podían estar muy lejos de la piedra) asomaba a un mar frío y picado. No había niños allí, pero los juegos celebrados en los bosques, en los campos y en las frías aguas de la bahía eran siempre juegos infantiles. Rruk se lo había explicado antes de que se dirigiera a Promontorio:

—Renunciaron a la mayor parte de su infancia cantando para el placer de otras personas. Ahora pueden ser niños todo el tiempo que quieran.

Sin embargo, no todo eran juegos. Había enormes bibliotecas, con profesores que habían aprendido lo que el universo tenía que enseñarles y que pasaban su conocimiento a Ciegos más jóvenes hasta que morían, normalmente felices. Por supuesto, aquí nunca se llamaban Ciegos: eran sólo personas, como si todo el mundo viviera de aquella manera. Los que mostraban habilidades de gobierno y administración excepcionales eran conducidos a la Casa del Canto, donde servían; el resto pasaba la mayor parte del tiempo felices en Promontorio.

Ansset, sin embargo, no lo era. El lugar era maravilloso y la gente agradable, pero estaba demasiado abarrotado, y aunque no tenían ninguna restricción para hablarle, descubrió que le miraban con extrañeza porque no cantaba nunca. Muy pronto descubrieron quién era (su identidad no era ningún secreto entre los Ciegos), y aunque le trataban con deferencia, no había esperanza de amistad. Su extraña vida era ininteligible para la mayoría, y le dejaban solo.

Inevitablemente, entonces, aunque visitó varias veces Promontorio, regresaba a la Casa del Canto después de una semana. Hablar con los Ciegos y cantar solo en el bosque o en el desierto no eran condiciones suficientes para apartarle de las canciones de los niños.

Y, después de una temporada, hubo otra razón para que regresara. Nunca había pretendido romper su voto de silencio; se avergonzaba cuando advertía que Rruk no podía confiar en él después de todo, que su Control no era suficiente para detenerle. Pero sabía que algunas promesas no pueden mantenerse. Y otras no deberían serlo. Y por eso, en una habitación aislada de la Casa del Canto, donde Esste le había enseñado a cantar hasta que tocara el filo de las paredes, Ansset empezó a cantar.

7

Si Ller no hubiera sido el Maestro Cantor de Fiimma, el hecho habría pasado inadvertido. Y si Fiimma hubiera sido una cantante peor, Ller no se habría molestado en informar sobre el tema. Pero estaba claro que Fiimma iba a ser un Pájaro Cantor. Y los cambios en sus canciones, que podrían haber sido misteriosos para otro Maestro Cantor, fueron fácilmente interpretados por Ller. Pues sabía que Ansset estaba en la Casa del Canto. Y reconoció su música en las extrañas nuevas canciones de Fiimma.

Al principio pensó que era sólo un lapsus momentáneo: que Fiimma había oído a Ansset de alguna manera e incorporado a sus canciones lo que había oído. Pero los temas se hicieron persistentes. Fiimma cantaba canciones que requerían experiencias que nunca había tenido. Siempre cantó sobre la muerte, pero ahora cantaba sobre matar; cantaba sobre pasiones que nunca podría haber sentido; sus melodías hablaban del dolor de sufrimientos que no podía haber experimentado con su corta edad.

—Fiimma —dijo Ller—, lo sé.

Ella tenía Control. No se mostró sorprendida ni temerosa como era de esperar.

—¿Te dijo que hizo un voto de silencio?

Ella asintió.

—Ven conmigo.

Ller la condujo a la Sala Alta, donde Rruk los dejó entrar. Rruk había escuchado cantar antes a Fiimma: la niña había sido prometedora desde el principio.

—Quiero que oigas cantar a Fiimma —dijo Ller.

Pero Fiimma no quiso cantar.
—Entonces tendré que decírtelo —continuó Ller—. Sé que Ansset está aquí. Pensaba que era el único cantor que lo sabía. Pero Fiimma le ha oído cantar. Ha distorsionado su voz.
—Ha hecho mi voz más hermosa —dijo Fiimma.
—Canta cosas que no debería conocer.
Rruk miró a la niña, pero se dirigió a Ller.
—Ller, amigo mío, Ansset solía cantar cosas que no conocía. Lo tomaba de las voces de la gente que le hablaban, como no ha podido hacer ningún otro cantante.
—Pero Fiimma no ha mostrado nunca esa habilidad. No hay ninguna duda, Rruk. Ansset no sólo ha estado cantando en la Casa del Canto, sino que ha estado enseñando a Fiimma. No sé qué condiciones le impusiste, pero pensé que deberías saberlo. Su voz ha sido contaminada.
Fue entonces cuando Fiimma cantó a Rruk, aclarando toda duda sobre la influencia de Ansset. La muchacha tuvo que haber escondido las cosas que había aprendido de Ansset cuando cantó anteriormente para Ller, porque ahora su voz brotaba completa, y no era la que había tenido tan sólo unos meses atrás.
La canción era más potente de lo que tenía derecho a ser. Había aprendido emociones que no podía haber sentido. Y conocía trucos, cosas sutiles y distorsionadas que hacía con la voz y eran irresistiblemente sorprendentes, que no podían ser resistidas con facilidad, cosas que Rruk y Ller apenas pudieron soportar sin quebrar el Control. La canción era hermosa, y también terrible, algo que no debería brotar de la boca de una niña.
—¿Qué te ha hecho? —preguntó Rruk cuando la canción terminó.
—Me ha enseñado mi voz más hermosa —dijo Fiimma—. ¿No la oíste? ¿No fue hermosa?
Rruk no contestó. Sólo convocó al encargado de mantenimiento e hizo llamar a Ansset.

8

—Confiaba en ti —dijo Rruk.

Ansset no contestó.

—Has enseñado a Fiimma. Le has cantado. Y le has enseñado conscientemente cosas que no tenía por qué aprender.

—Sí —dijo él en voz baja.

—El daño es irreparable. Nunca recuperará su propia voz. Su pureza ha desaparecido. Fue la mejor voz que hemos tenido en muchos años.

—Aún lo es.

—No es ella misma. ¿Cómo pudiste hacerlo? ¿Por qué?

Él permaneció en silencio un instante, luego tomó una decisión.

—Sabía quién era.

—No podía saberlo.

—Nadie se lo dijo. Simplemente lo sabía. Cuando me di cuenta, la evité todo lo que pude. Durante dos años, cada vez que la veía me marchaba. Porque lo sabía.

—¿Por qué no pudiste evitarlo?

—No me dejaba. Me seguía. Quería que le enseñara. Había oído hablar de mí desde que llegó, y quería conocer mi voz. Un día me siguió a una habitación que no usa nadie, donde iba algunas veces a causa..., a causa de los recuerdos. Y me suplicó.

Rruk se puso en pie y se apartó de él.

—Dime qué coacción utilizó. Dime por qué no saliste por la puerta.

—Lo intenté. Pero no comprendes, Rruk. Ella quería oír mi voz. Quería oírme cantar.

—Pensé que no podías hacerlo.

—No puedo. Y así se lo dije. Rompí el voto y se lo dije: «No tengo canciones. Las perdí todas hace años».

Y mientras lo decía, Rruk comprendió. Pues su habla era una canción, y aquello era suficiente para haber roto todas las barreras.

—Me las cantó en respuesta, ya ves —dijo Ansset. Cogió mis palabras y mis sentimientos y me los cantó en respuesta. Su voz era hermosísima. Tomó mi voz cascada y la convirtió en canción. La canción que yo habría cantado si hubiera sido capaz. No pude evitarlo entonces. No quise.

Rruk volvió a mirarle. Estaba Controlada, pero él sabía, o pensaba saber qué estaba pensando.

—Rruk, amiga mía —dijo Ansset—, oyes a un centenar de niños cantar tus canciones todos los días. Los has alcanzado a todos, les cantas en la gran sala, sabes que cuando esos cantores salgan y vuelvan, y en todos los años por venir, tu voz se conservará entre sus voces.

»¡Pero la mía, no! ¡La mía, nunca! Oh, tal vez la canción infantil de mi despedida. Pero entonces no había vivido. No había aprendido.

»Rruk, hay cosas que conozco y que no deberían ser olvidadas. Pero no puedo contarlas a nadie, excepto cantando y sólo alguien que canta puede comprender mi voz. ¿Sabes lo que eso significa?

»No puedo tener hijos. Vivía con una familia que me amaba en Susquehanna, pero nunca fueron mis hijos. No pude darles nada que estuviera enraizado en mi interior, porque no podían oír las canciones. Y vengo aquí, donde podría hablar con todos y ser comprendido, y tengo que guardar silencio. Eso estuvo bien, el silencio fue mi precio, sé que hay que pagar por la felicidad, y lo estaba deseando.

»Pero Fiimma. Fiimma es mi hija.

Rruk sacudió la cabeza y le cantó en voz baja que lamentaba lo que tenía que hacer, pero que tendría que marcharse. Había roto su palabra y dañado a una niña, y tendría que marcharse.

Más tarde se decidiría qué hacer con Fiimma.

Por un momento pareció que él iba a aceptarlo en silencio. Se levantó y se dirigió hacia la puerta. Pero en vez de marcharse, se dio la vuelta. Y le gritó a Rruk. Y el grito se convirtió en canción. Le contó su alegría por encontrar a Fiimma, aunque no la había buscado nunca. Le contó la agonía de saber que sus canciones estaban muertas para siempre, que su voz, no importaba lo mucho que mejorara en sus cantos solitarios en el bosque y el desierto, estaba irrevocablemente perdida, incapaz de expresar lo que había en su interior.

—Mi voz surge fea y débil, pero ella escucha, Rruk. Ella comprende. La traduce a su propia niñez y se convierte en algo hermoso.

—Y feo. Hay cosas feas en ti, Ansset.

—¡Las hay, sí! Y también hay cosas feas en este lugar. Algunas de ellas viven y respiran y tratan de cantar penosamente en Vigilia. Algunas están jugando como niños perdidos en Promontorio, pretendiendo que hay algo importante en el resto de sus vidas. ¡Pero saben que es mentira! Saben que sus vidas terminaron cuando cumplieron quince años y regresaron a casa y no pudieron convertirse en instructores. ¡Vivieron toda su vida en quince años y el resto, los siguientes cien años, no son nada! ¿Es eso hermoso?

—Tú has vivido más de quince años —respondió Rruk.

—Sí. Lo he sentido todo. Y sobreviví. Encontré medios para sobrevivir, Rruk. ¿Cuánto tiempo crees que alguien tan frágil y dotado como Fiimma podría haber durado fuera de aquí? ¿Crees que podría sobrevivir a lo que yo experimenté?

—No.

—Ahora podría. Porque ahora conoce todos mis tonos. Sabe cómo mantener viva la esperanza cuando todo lo demás haya muerto. Lo sabe porque yo le enseñé, y eso es lo que surge de sus canciones. Es rudo y áspero, pero en *ella* será hermoso. ¿Y crees que lastimará con sus canciones? Serán diferentes, pero el público de ahí fuera... sé lo que quiere. La quiere a ella. Como es ahora. Mucho más de lo que la hubiera querido antes.

—Aprendiste a dar discursos en Susquehanna —dijo Rruk.

Él se echó a reír y se volvió hacia la puerta.

—Alguien tenía que darlos.

—Eres bueno.

—Rruk — dijo él, aún dándole la espalda—. Si no hubiera sido Fiimma. Si no hubiera sido una cantora tan perfecta. Si no hubiera querido tanto mi voz, nunca habría roto el juramento que te hice.

Rruk se acercó al lugar donde él permanecía de pie. Le tocó en el hombro y le pasó los dedos por la espalda. Él se dio la vuelta y ella le cogió la cara con las manos, la acercó y le besó en los ojos y en los labios.

—Te he amado toda mi vida —dijo.

Y lloró.

9

La orden se propagó rápidamente por la Casa del Canto, comunicada por los Sordos. Los niños tenían que regresar a la Sala Común y las Celdas, donde los Ciegos les vigilarían y les darían de comer si era necesario. Todos los profesores, tutores y maestros, todos los grandes maestros y Maestros Cantores y todos los buscadores que estuvieran en casa tenían que acudir al gran salón, pues la Maestra Cantora de la Sala Alta tenía que hablarles.

No cantar. Hablarles.

Así que acudieron, preocupados, preguntándose en silencio y en voz alta qué iba a suceder.

Rruk se presentó ante ellos, controlada de nuevo para que nadie supiera que había perdido el Control. Tras ella, en el estrado de piedra, estaba sentado el anciano, Ansset. Sólo Lier, entre todos los profesores, le reconoció y se preguntó qué pasaba. Lo más seguro era que le hubieran expulsado en silencio, no que le trajeran ante ellos de esta manera. Y sin embargo Ller sintió un escalofrío de esperanza recorriéndole. Tal vez el Pájaro Cantor de Mikal cantaría de nuevo. Era absurdo: había oído los terribles cambios que sus canciones habían propiciado en la voz de Fiimma. Pero aun así, esperaba. Porque conocía la voz de Ansset y, habiéndola oído, no podía sino ansiar oírla de nuevo.

Rruk se expresó claramente, pero hablando. No confiaba lo que tenía que decir a la canción.

—Fueron las circunstancias las que me hicieron Maestra Cantora de la Sala Alta —les recordó—. Nadie pensó en mí excepto Onn, que tendría que haber ocupado el puesto. Pero las circunstancias moldean la Casa del Canto. Hace años se estableció la costumbre de que para gobernar la Casa del Canto y decidir quién era adecuado o no para ocupar el puesto de Maestro Cantor de la Sala Alta cuando muriera tendríamos que confiar en la casualidad. Y fue la casualidad la que me colocó en este puesto, donde es mi deber salvaguardar la Casa del Canto.

»Pero no sólo debo salvaguardarla. Las paredes de la Casa del Canto no están hechas de roca únicamente para hacernos sentir cómodos dentro de ellas. Están hechas de roca para enseñarnos a ser fuertes. Y a veces hay que cambiar las cosas. A veces debe suceder algo, aunque pueda ser evitado. A veces debemos dejar que suceda algo nuevo en la Casa del Canto.

Fue entonces cuando Ller se dio cuenta de la presencia de Fiimma, la única estudiante que se encontraba en el gran salón, sentada en un lejano rincón.

—Algo nuevo ha sucedido —dijo Rruk, y llamó a la niña que esperaba, con aspecto temeroso, no porque mostrara miedo, sino porque no manifestaba nada mientras se levantaba muy despacio y caminaba hacia el estrado.

—Canta —dijo Rruk.

Y Fiimma cantó.

Y cuando la canción terminó, los maestros se sintieron abrumados. No pudieron contenerse. Le cantaron en respuesta. Pues en vez de la canción inocente y simple de un niño, en vez de mero virtuosismo, Fiimma cantaba con una profundidad que la mayoría de ellos jamás había sentido. Les arrancó sentimientos que ni siquiera sabían que tenían. Les cantó como si fuera tan antigua como la Tierra, como si todo el dolor de milenios de humanidad le hubiera sido transmitido, dejándola marcada pero entera, sabia pero esperanzada.

Y por eso le cantaron en respuesta lo que no pudieron conservar para sí; cantaron su alegría, su admiración, su gratitud;

principalmente, cantaron su propia esperanza, reavivada por su canción, aunque no habían sabido hasta ahora que necesitaban esperanza; no sabían que habían estado siempre desesperados.

Finalmente, sus canciones terminaron y volvió a hacerse el silencio. Rruk envió a Fiimma de vuelta a su rincón. La niña tropezó una vez mientras lo hacía: era débil. Ller sabía lo que le había costado la canción. Fiimma pensó claramente que el destino de Ansset estaba en sus manos y cantó mejor de lo que pensaba que podría hacerlo, por su propia necesidad de Ansset, por su propio amor por el anciano.

—Cantores —dijo Rruk, hablando de nuevo. Su voz, sin cantar, sonaba áspera en el silencio—. Tendría que estar claro que algo le ha pasado a esta niña. Ha experimentado algo que los niños de la Casa del Canto no han experimentado nunca. Pero no sé si eso le ha hecho daño o si la ha ayudado. ¿Cuál era su canción? Y lo que la ha cambiado, ¿debería ser entregado a todos nosotros, y a todos los niños?

Ller no habló. Sabía lo realmente importante que era que los niños encontraran sus propias voces. Pero la voz de Fiimma, mientras cantaba, había seguido siendo su propia voz. No la voz de la niña de unos meses antes. Pero tampoco la voz de Ansset. Era aún su propia voz, pero más rica, más oscura, pero no negra. Pues, aunque la oscuridad de su voz había aumentado con las enseñanzas de Ansset, la brillantez también se había hecho más resplandeciente.

Nadie habló. No estaban preparados, ni para la canción de Fiimma ni para el dilema que Rruk les había entregado. No sabían lo suficiente. La extrañeza de la canción de Fiimma había surgido claramente del sufrimiento, pero la voz de Rruk no mostraba nada del sufrimiento que pretendía causarles. Estaba bastante claro, aunque hablara en vez de cantar, que ella misma favorecía aunque temía el curso de acción que proponía. Por tanto, conservaron su silencio.

—No sois amables —les dijo Rruk—. Me dejáis la decisión a mí. Para que, si decido mal, la culpa sea enteramente mía.

Fue entonces cuando Ller se levantó y habló, porque no podía dejarla sola.

—Soy el maestro de Fiimma —explicó, aunque todo el mundo lo sabía—. Debería sentirme envidioso de que su canción haya sido cambiada por otra persona. Debería estar enfadado porque mi trabajo con ella ha sido deshecho. Pero no lo estoy. Ni lo habría estado ninguno de vosotros. Si os dijera que tengo un sistema para doblar el alcance de todos vuestros niños, ¿no lo aceptaríais? Si os dijera que tengo un sistema para ayudar a vuestros niños a cantar el doble de alto y aún más suavemente de lo que lo hacen ahora, ¿no aprovecharíais la oportunidad? Todos sabéis que lo más importante es la emoción tras el canto. Lo que le ha sucedido a Fiimma ha sido el aumento del alcance de sus emociones, no sólo al doble, sino a un millar de veces. Ha cambiado sus canciones. Sé mejor que nadie cuánto las ha cambiado, y no todos los cambios son felices. ¿Pero hay algo que esta niña no esté preparada para cantar? ¿Hay algo que esta niña no esté preparada para sufrir y soportar? Soy consciente de los peligros de lo que propone Rruk, pero esos peligros son el precio. Y el precio puede proporcionarnos un poder que nunca hemos tenido antes.

Al final de su discurso, Ller estaba cantando, y cuando su canción terminó hubo muchos murmullos de aprobación, aunque todos estaban teñidos de miedo. Con todo, fue suficiente. Rruk extendió los brazos y exclamó:

—¡Gracias por compartirlo conmigo!

Entonces los envió a por sus niños e hizo que los llevaran a la gran sala.

10

Ansset les cantó.

Al principio no pudieron comprender por qué los habían traído a escuchar a aquel anciano. No habían ambicionado el sonido de su voz como lo hizo Fiimma. Fue dura para ellos.

Su tono era falso. Su voz no era fuerte. Sus canciones eran rudas y sin pulir.

Pero después de un rato, después de una hora, empezaron a comprender. Y, comprendiendo, empezaron a sentir. Sus rudas melodías eran sólo intenciones: empezaron a vislumbrar la música que él *pretendía* cantarles. Empezaron a comprender las historias que su voz les narraba, y sintieron con ellas exactamente lo mismo que él sentía.

Ansset les cantó su vida. Les cantó desde el principio, su secuestro, su vida en la Casa del Canto, su silencio y la agonía que por fin había sido rota y curada por Esste en la prueba de la Sala Alta. Les cantó sobre Mikal. Les cantó acerca de su cautiverio, de sus asesinatos y de la pena por la muerte de Mikal. Les cantó sobre Riktors Ashen y sobre su desesperación cuando la Casa del Canto no quiso aceptarle de vuelta. Les cantó sobre Kyaren, que fue su amiga cuando más necesitaba la amistad; les cantó acerca de gobernar la Tierra. A medida que revivía cada suceso, sus emociones eran casi las mismas que había sentido en cada ocasión. Y como sentía fuertemente, su audiencia lo sintió con la misma fuerza, pues si Ansset había perdido la voz, había ganado en poder, y podía tocar los corazones como no podía hacerlo ningún otro cantor, a pesar de sus debilidades.

Y cuando cantó su amor por Josif y la muerte de Josif, cuando cantó la terrible canción que destruyó la mente de Riktors y mató a Ferret, fue más allá de lo que alguien puede soportar. El Control se rompió por toda la sala.

Habían sido derribados no sólo por su voz, sino también por el cansancio. Ansset no cantaba con rapidez, pues algunas canciones no pueden ser cantadas sin tiempo. Fue en su cuarto día de canto, con la voz quebrándose a menudo por el cansancio y a veces susurrando porque no podía sostener el tono, cuando les llevó al borde de la locura, donde él mismo había estado.

Durante una hora aterradora, Ller y Rruk creyeron haber cometido un error, temieron que nadie pudiera soportar lo que estaba haciendo Ansset, que sería un golpe del que la Casa del Canto nunca podría recuperarse.

Pero él continuó. Cantó la cura de las canciones de Esste; cantó el gentil amor de Kyaren y el Mayordomo y su familia; cantó la reconciliación con Riktors; cantó los años de servicio al imperio y el amor, por fin, a todos los que conocía.

Y cantó sobre el regreso a casa.

Al final del sexto día su voz guardó silencio, y su trabajo culminó.

Los efectos tardaron tiempo en sentirse. Al principio todas las canciones de las Salas Comunes y Cámaras empeoraron; todos los niños se tambalearon bajo el peso de lo que se les había dado. Pero después de unos días algunos niños empezaron a incorporar la vida de Ansset en sus canciones. Tras unas semanas, en un grado o en otro, todos los niños lo hicieron. Y los maestros también fueron enriquecidos por la experiencia, de modo que una nueva profundidad recorrió los pasillos de la Casa del Canto.

Y ese año, incluso los cantores que dejaban la Casa del Canto sonaban como Pájaros Cantores para la gente a la que iban a servir. Y los Pájaros Cantores eran tan potentes, tan hermosos, que la gente decía por todo el imperio: «Algo ha sucedido en la Casa del Canto.» Aquellos que habían oído cantar a Ansset notaron que habían escuchado aquellas canciones antes.

—Cantan como el Pájaro Cantor de Mikal —decían—. Pensé que nunca volvería a escuchar cantar así, pero cantan como el Pájaro Cantor de Mikal.

11

Después de cantar toda su vida a los niños de la Casa del Canto, Ansset sintió que se libraba de un gran peso. Fue a ver a Rruk a la Sala Alta y trató de explicarle lo que sentía.

—No sabía qué era lo que quería hacer. Pero por eso volví a casa.

—Lo sé —dijo Rruk.

Ansset no se molestaba ya con el Control. Ella había visto todo su interior, toda su vida, ya que le había revelado hasta los lugares más profundos desde el estrado en el gran salón. Ahora no había secretos. Y por eso lloró su alivio durante una hora, y luego permaneció sentado en silencio con ella durante otra hora.

—¿Qué quieres hacer ahora? —le preguntó Rruk—. Ahora ya no hay razón para guardar silencio. Eres libre para vivir como quieres. Haz lo que quieras.

Ansset pensó, pero no durante mucho tiempo.

—No —dijo—. He hecho todo lo que vine a hacer.

—Oh —respondió ella—. ¿Qué más queda? ¿Dónde vas a ir?

—A ninguna parte —dijo él. Y entonces preguntó: ¿He realizado un Trabajo?

—Sí —contestó ella, sabiendo mientras lo hacía que le estaba dando permiso para morir.

—¿He realizado un Trabajo digno de esta sala? —preguntó él.

—Sí —dijo ella de nuevo, aunque a nadie se le había concedido una cosa así antes.

—¿Ahora? —preguntó él.

—Sí —contestó ella, y cuando ya salía de la habitación Ansset empezó a abrir todos los postigos, dejando entrar el frío aire de finales de otoño. Hasta ahora, sólo a los Maestros Cantores de la Sala Alta se les había permitido escoger el momento en que terminaba su trabajo. Pero sería absurdo, pensó Rruk, negar al mayor Pájaro Cantor de todos la muerte que se les concedía a otros mucho menos dignos de tal honor.

Cuando ella salía por la puerta, Ansset le habló.

—Rruk —dijo.

Ella se volvió para mirarle.

—Fuiste la primera en amarme y eres la última.

—Todos te aman —dijo ella, sin molestarse en no llorar.

—Tal vez. Pensaba que moriría y desaparecería del universo, Rruk. Pero gracias a ti ahora todos son mis hijos.

Sonrió y ella consiguió devolverle la sonrisa; corrió de vuelta a la habitación, le abrazó una vez más como si aún fueran niños en vez de un anciano y una anciana que se habían conocido mutuamente demasiado bien y a la vez apenas lo habían hecho. Entonces Rruk se dio la vuelta y se marchó, y cerró la puerta a sus espaldas, y tres días más tarde el frío y el hambre habían hecho su trabajo. Ansset estaba tan preparado para marcharse que nunca había flaqueado, ni había buscado en el último momento el consuelo de las mantas. Murió desnudo sobre la piedra, y Rruk pensó después que nunca había visto a nadie con un aspecto tan cómodo como él, con las rocas presionando su espalda y el viento barriendo sin piedad sobre su cuerpo.

Retrasaron el funeral hasta que pudiera venir el emperador, Efrim, con sus padres, Kyaren y el Mayordomo, los primeros en llegar. Kyaren no lloró, aunque estuvo a punto de hacerlo cuando estuvo a solas con Rruk.

—Sabía que iba a morir, pero nunca pensé que sería tan pronto, sin que le volviera a ver.

Y, rompiendo otra vez los precedentes, aunque romper los tabúes se estaba convirtiendo en algo bastante común en la Casa del Canto, Efrim, Kyaren y el Mayordomo asistieron al funeral y escucharon las canciones; y no lo lamentaron cuando lloraron incontrolablemente por la canción funeraria de Fiimma.

Sin embargo, de todos los habitantes de la Casa del Canto, sólo Rruk asistió al funeral, a excepción de los Sordos, que hicieron el trabajo.

—No es muy conveniente para el canto ver cómo la muerte se lleva a alguien al seno de la tierra —le dijo a Kyaren mientras las dos flanqueaban la tumba—. El polvo se cierra sobre él definitivamente.

Y las dos mujeres, las únicas supervivientes de los que le habían amado en su infancia, permanecieron abrazadas mientras los Sordos arrojaban tierra a la tumba.

—No está muerto —dijo Kyaren—. Nunca será olvidado. Siempre le recordarán.

Pero Rruk sabía que los recuerdos, por amplios que fueran, se oscurecían, y tarde o temprano Ansset sólo sería un nombre perdido en los libros de estudio. Tal vez sus historias sobrevivirían como leyendas, pero una vez más su nombre estaría unido a una vida que apenas era ya la suya: las historias sobre el Pájaro Cantor de Mikal eran ya más grandes que los hechos reales. Más nobles y, por tanto, menos dolorosas.

Sin embargo, parte de Ansset viviría. Nadie sabría que era Ansset. Pero mientras los cantantes y Pájaros Cantores salieran de Tew y recorrieran la galaxia, llevarían con ellos lo que hubieran aprendido de las voces de los cantores de la Casa del Canto. Y ahora una poderosa corriente bajo aquellas voces sería la vida de Ansset, que les había sido entregada irrevocablemente, suya para siempre, eternamente llena de fuerza, belleza, dolor y esperanza.

ÍNDICE

OTROS TÍTULOS DE LA COLECCIÓN
VIB

OMAMORI

RICHARD McGILL

Muchas son las novelas que se leen y se olvidan. Algunas son excepcionales, calan hondo. Omamori es una de ellas, una rara joya de la narrativa actual que narra la historia de las sucesivas generaciones de dos familias —japonesa una, norteamericana la otra— enlazadas por las tradiciones de una gran dinastía comercial que se fundó y asentó sobre los hilos de la más fina seda. Una fraternidad que desde 1871, entre intereses comunes, ideales compartidos, amores lícitos e ilícitos, entre razas enfrentadas por el destino, fue sobreviviendo a las terribles catástrofes que asolaron el mundo en su derredor y culminaron en 1945 con la pesadilla atómica de Nagasaki.

PRESUNTO INOCENTE

SCOTT TUROW

Presunto inocente es la historia de Rusty Sabich, fiscal adjunto en una gran ciudad norteamericana, a quien se le encarga investigar el asesinato de Carolyn Polhemus, joven colega, sensual, atractiva, ambiciosa y sin escrúpulos. De pronto, Rusty se encuentra implicado en el asesinato. El fiscal se convierte en acusado.

Novela que revela con crudeza la psicología, el drama y la lógica de la justicia.